Christine Fischer

Elisa und das Kind des Meeres

Bibliographische Information der Deutschen Bibliothek.
Die Deutsche Bibliothek verzeichnet diese Publikation in der deutschen Nationalbibliografie; detaillierte bibliografische Daten sind im Internet Unter http://dnd.d-nb.de abrufbar.

Impressum

1. Auflage als Taschenbuch 2016

© Christine Hedwig Fischer   www.dresdner-autorin.de

Alle Rechte vorbehalten, insbesondere das der Übersetzung, des öffentlichen Vortrags sowie der Übertragung durch Rundfunk und Fernsehen. Kein Teil des Werkes darf in irgendeiner Form ohne schriftliche Genehmigung der Autorin reproduziert oder unter Verwendung elektronischer Systeme verarbeitet, vervielfältigt oder verbreitet werden.

Umschlag: Flückiger-Design / www.coverdesign-mm.jimdo.com
    Unter Verwendung von folgendem Bildmaterial:
- ©nizas – Fotolia.com
- Gemälde von Canaletto „Dresden vom rechten Elbufer oberhalb der Augustusbrücke"

Satz: Thomas Wiedner
Herstellung und Verlag: BoD – Books on Demand Norderstedt
Gedruckt auf chlorfrei gebleichtem Papier

ISBN 978-3-74120-806-5

Christine Fischer

UND DAS KIND DES MEERES

Historischer Roman

— Band II —

Der höchste Lohn für unsere Bemühungen ist nicht das,
was wir dafür bekommen,
sondern das, was wir dadurch werden.

John Ruskin (1819 – 1900)

1. KAPITEL

I

Die Stadt atmete wieder. Verhalten noch, aber spürbar für jene, die so lange hinter ihren Mauern leiden mussten. Das Sprengloch in der steinernen Elbbrücke war repariert, das vergoldete Brückenkreuz stand wieder auf seinem alten Platz. Die meisten der zerschossenen Häuser trugen bereits neue Dächer.

Von den Dresdner Bürgern jubelnd empfangen, war der alternde König am 7. Juni 1815 aus preußischer Gefangenschaft zurückgekehrt und regierte sein ihm kläglich beschnittenes Land, als sei nichts geschehen. Dabei war auf dem Wiener Kongress mehr als die Hälfte des sächsischen Territoriums an Preußen gefallen; eine Art Bestrafung für die Treue des sächsischen Königs zu Napoleon.

Die Jahre der französischen Besatzung hatten tiefe Wunden in die Residenzstadt Dresden geschlagen, die nur langsam heilen wollten. Doch allmählich fassten die Menschen neuen Mut, taten fleißig ihre Arbeit, übten christliche Nächstenliebe, wenn die Not im Nachbarhaus größer als die eigene war.

Im April des Jahres 1817 kehrten Elisa und ihr Mann Alois Weller aus Wien zurück. Fast zwei Jahre hatten sie dort die Gastfreundschaft der Familie von Lebrecht in Anspruch genommen. Nun, da sie wieder zu Hause waren und daran gingen, ihren Alltag zu ordnen, zog auch in dem Eckhaus am Dresdner Neumarkt Frieden ein. Frieden und Harmonie.

Die Freude darüber, ihren Alois nach langer Trennung wieder bei sich zu haben, gab Elisa die Kraft, die schlimmen Jahre, die sie ohne ihn in der besetzten Stadt hatte zubringen müssen, hinter sich zu lassen und hoffnungsvoll in eine glückliche Zukunft zu sehen.

Ganz ungetrübt jedoch konnte sie ihr Glück nicht genießen. Ein quälender Gedanke schwelte in ihrer Brust, ein Gefühl der Ungewissheit, das sie vergeblich zu verdrängen suchte.

In dieser Nacht fand Elisa nicht in den Schlaf. Aufrecht saß sie im Bett und seufzte so herzerweichend, dass ihr Mann davon erwachte. „Was hast du, Liebes, weshalb schläfst du nicht?" Besorgt wandte er sich zu ihr um.

„Ach ... seit Tagen schwirren mir immer wieder die gleichen, kummervollen Gedanken durch den Kopf. Sie lassen mir einfach keine Ruhe."

„Erzähl mir davon, dann wird dir leichter ums Herz."

„Alois, das ist eine lange Geschichte und mit zwei Worten nicht gesagt."

„Dann sag es mit drei oder vier Worten!"

Wellers Versuch, seine Frau ein wenig aufzuheitern, entlockte ihr ein schüchternes Lächeln. „Nun, ja …", sagte sie und senkte verlegen die Augen. „Ich möchte zu gern wissen, wie meine Verwandten vom Eichenhof die schlimmen Jahre überstanden haben."

Weller stutzte. „Wieso weißt du das nicht? Wenn ich mich recht entsinne, standen dir beide doch recht nahe."

Elisa schlang die Arme um die angezogenen Knie und stützte das Kinn darauf. „Ja, das schon, doch ich hatte damals den Kontakt zu ihnen abgebrochen, weil ich verärgert war. Ich konnte ihnen nicht verzeihen, dass sie mich nach Mutters Tod nicht zu sich genommen hatten und es zuließen, dass ich in die Obhut des Bruders meines Großvaters kam, weit weg von meinem geliebten Dresden. Der Mann war ein düsterer Mensch. Ich mochte ihn auf den Tod nicht leiden. Trotzdem schickten sie mich zu ihm mit der Begründung, sie müssten sich dem Testament des Großvaters beugen."

Sie rang die Hände zum Himmel. „Allmächtiger! Ich war vierzehn Jahre alt und hätte wahrlich keinen Vormund mehr gebraucht."

Weller hob die Brauen. „Du solltest nicht so hart über sie urteilen, Elisa. Ein Testament ist ein Testament. Man kann es anfechten, aber nicht ignorieren. Ein Testament hat Gesetzeskraft. Und wäre dir im Falle der Zuwiderhandlung nicht ein beachtlicher Teil deines großväterlichen Erbes verloren gegangen?"

Elisa zog die Mundwinkel herunter.

„Darauf hätte ich liebend gern verzichtet, wenn sie mich an Kindes statt angenommen und in meiner gewohnten Umgebung gelassen hätten. Wie auch immer, jedenfalls war ich über alle Maßen enttäuscht und traurig und wohl auch etwas starrsinnig, das gebe ich zu. Doch jetzt quält mich die Ungewissheit, und mein schlechtes Gewissen mahnt mich, endlich zu ihnen zu gehen und den Zwist zu begraben."

Die Hände unter dem Kopf, sah Weller nachdenklich zur Decke. „Ist es nicht seltsam, mein Engel, dass du erst jetzt nach ihnen fragst? Nach achtzehn Jahren? Du bist ein so fürsorgliches Wesen, voller Mitleid und Herzensgüte. Du hast dich jahrelang bis an den Rand der Selbstzerstörung für andere Menschen eingesetzt. Und jetzt sagst du mir, das Schicksal deiner letzten dir verbliebenen Verwandten sei dir während dieser Zeit egal gewesen, obwohl diese braven Leute nichts weiter taten, als den letzten Willen deines Großvaters zu respektieren? Das kaufe ich dir nicht ab. Ich vermute, da steckt noch etwas anderes dahinter." Er musterte sie mit einem Seitenblick. „Stimmt's?"

Elisa kroch zu ihm und schmiegte sich an seine Brust. Ein tiefer Seufzer sollte die Antwort ersetzen, doch Weller ließ nicht locker.

„He! Ich habe dich etwas gefragt!"

Mahnend trommelte er mit den Fingerkuppen auf ihren nackten Arm, bis sie ihn mürrisch zurückzog.

„In Gottes Namen, ja, da ist noch etwas. Du weißt schon ... diese vermaledeite Scheune. Nach allem, was ich in jener Nacht von ihrem Heuboden aus mit ansehen musste, gibt es für mich keinen schrecklicheren Ort als diese dunkle, nach Moder riechende Scheune. Dort nahm das Unglück seinen Lauf. Mir wird übel, wenn ich nur daran denke. Noch einmal dorthin zu gehen ... nein, Alois, das schaffe ich nicht."

„So schlimm?"

Elisa schlug die Augen nieder, war den Tränen nahe.

Weller küsste sie auf die Stirn. „Dann lass uns warten, bis die Wege ins Gebirge trocken sind. Irgendwann muss dieser regennasse Sommer ein Ende haben. Dann fahren wir gemeinsam zum Eichenhof. An meiner Seite musst du dich nicht ängstigen, Liebes. Was immer dich dort auch erwarten mag."

2

Kurz nach der Rückkehr des Paares aus Wien war der Mann, dem Elisa die beiden unteren Etagen ihres Hauses verkauft hatte, gestorben. Die Erben flehten Elisa an, den Kauf rückgängig zu machen. Sie brauchten das Geld in diesen schweren Zeiten für ihren Unterhalt.

Die Entscheidung fiel Elisa nicht leicht. Eine beträchtliche Summe aus dem Verkauf hatte sie bereits großzügig für Arme und Kranke verwendet. Doch nachdem ihr das Dresdner Bankhaus Kaskel schriftlich bestätigte, ihr Vermögen sichere ihr auf Jahre hinaus ein Leben in materieller Sicherheit, stimmte sie dem Rückkauf zu.

Der finanzielle Wohlstand war für Elisa auch weiterhin ein sanftes Ruhekissen, doch kein Grund, die Hände in den Schoß zu legen. In gewohnter Weise machte sich in der Praxis von Doktor Christian Gotthelf Pienitz nützlich. Und da sie vor sechs Jahren in Leipzig die Hebammenschule absolviert hatte, ließ sie sich jetzt öfters in dem neu gegründeten Entbindungsinstitut sehen, das im Kurländer Palais, unweit der Brühlschen Terrasse, eingerichtet worden war. Carl Gustav Carus leitete das Institut samt angeschlossener Hebammenschule. Wegen dieser ehrenvollen Professur war der Arzt im November 1814 schweren Herzens mit der Familie von Leipzig nach Dresden gezogen.

Auch Weller war nicht untätig. Jetzt, in seinem 46. Lebensjahr, erfüllte sich der schlanke, frühzeitig ergraute Mann mit den feingliedrigen Händen einen lang gehegten Wunsch: Neben den Klavierstunden, die er Kindern betuchter Bürger gab, arbeitete er emsig an der Erweiterung seines Repertoires. Seit seiner

Entlassung aus dem Militärdienst und der Rückkehr mit Elisa nach Dresden hatte er es zu einem gefragten Pianisten gebracht, über die Grenzen der Stadt hinaus. Er gab Konzerte zu festlichen Anlässen, begleitete singende Hausherren und musizierende Töchter einfühlsam am Klavier und stellte einmal im Quartal einem geladenen Publikum Werke bekannter Komponisten vor.

Elisa begleitete ihren Mann zu jedem Konzert. Sie saß ihm dann direkt gegenüber und machte es ihm damit ungewollt schwer, sich auf das Spiel zu konzentrieren. Mit ihren 33 Jahren war Elisa noch immer eine Schönheit. Im Gegensatz zu anderen Frauen ihres Alters, die wie sie harte Schicksalsschläge hatten hinnehmen müssen, fand sich in ihren schulterlangen schwarzen Locken noch kein einziges graues Haar. Auch hatten ihre dunklen Augen nichts von dem Feuer verloren, das Weller schon vor zwanzig Jahren in seinen Bann gezogen hatte, als er noch ihr Lehrer war.

Eines Morgens lehnte Elisa nachdenklich am offenen Fenster und schaute hinab auf den Neumarkt. Reges Treiben herrschte dort. Die Glocken der Frauenkirche läuteten.

Weller trat hinter Elisa und umschlang ihren Leib. Das Kinn auf ihrer Schulter, beobachtete er das Brautpaar, das soeben aus der Frauenkirche kam. Eine heitere Hochzeitsgesellschaft folgte ihm. Kinder streuten Blumen. Eine Musikkapelle spielte fröhlich auf.

„Schau nur, Alois, die Menschen lachen wieder. Ist es nicht ein großes Glück nach all dem Leid?"

„Das ist es, mein Engel. Jedermann sehnt sich nach Frieden und ein wenig Glück. Doch kaum einer ist mit so viel Glück gesegnet wie ich. Weil du bei mir bist. Weil wir wieder zueinander gefunden haben."

Ein wohliger Schauer durchfuhr Elisa, als sie Wellers Atem im Nacken spürte und seine Lippen, die ihren Hals liebkosten. Unzählige Male hatte sie sich in den zurückliegenden Jahren vergeblich nach den Berührungen ihres Mannes gesehnt. Jetzt, da er wieder bei ihr war und sie mit Zärtlichkeit verwöhnte, genoss sie seine Gegenwart und war dankbar für jeden gemeinsam erlebten Tag. Sie fragte sich, ob es ein Wunder oder Gottes Fügung war, dass er die Zeit des Mordens und Sterbens heil überstanden hatte. Wie auch immer – sie wollte alles tun, damit Alois ihr für immer so heiter und voller Tatendrang erhalten blieb und kein neues Unheil ihr Glück zerstörte.

3

Im Haus des Buchhändlers und Verlegers Arnold war Alois Weller ein gern gesehener Gast. Bis zu diesem regnerischen Sommertag.

Johann Christoph Arnold trug sich mit dem Gedanken, gemeinsam mit zwei weiteren angesehenen Herren der Stadt erneut eine Abendzeitung herauszugeben, ähnlich dem bis zum Jahr 1806 gern gelesenen Dresdner Anzeiger. Die neue Zeitung – als Sprachrohr des Dresdner Liederkreises gedacht – sollte ein streitbares Blatt werden. Und dafür brauchten die drei Herren kluge Köpfe, die ihre Meinung in interessanten Artikeln frei zu äußern verstanden.

Wellers fortschrittliche Gesinnung und seine flüssige Art zu schreiben waren Arnold bekannt. Er beabsichtigte, ihm die Mitwirkung an der Zeitung anzutragen. Aus diesem Grund hatte er den gestandenen Schulmeister und Pianisten zu einem Gespräch in seine Wohnung eingeladen.

Weller fühlte sich geschmeichelt, an diesem Nachmittag der einzige Gast des erfolgreichen, allerorts geschätzten Unternehmers zu sein. Mit seinen dreiundfünfzig Jahren zählte er zu den vermögendsten und angesehensten Bürgern der Stadt.

Heiter gestimmt begrüßte Arnold seinen Gast mit Handschlag und forderte ihn auf, ihm in das kleinere der beiden Wohnzimmer zu folgen. Interessiert schaute sich Weller in dem Zimmer um. Es war wohl erst kürzlich mit einem hellgrünen Anstrich versehen und mit neuen Möbeln in beeindruckender Weise ausgestattet worden.

„Nehmen Sie am besten auf der Chaiselongue Platz. Man sitzt darauf äußerst bequem. Mittlerweile avanciert es zum Lieblingsplatz meiner Frau."

Bevor Weller der Aufforderung folgte, warf er einen kritischen Blick auf das edle Sitzmöbel, das mit sandfarbenem Seidenstoff bezogen und zum Daraufsitzen eigentlich zu schade war.

Schwergewichtig ließ Arnold sich in den Sessel gegenüber fallen und kam, nachdem das Hausmädchen ihnen Kaffee eingeschenkt und den Raum mit einem höflichen Knicks wieder verlassen hatte, gleich auf den Punkt.

„Für die Herausgabe der Abendzeitung suche ich fähige Leute, die über ihren Tellerrand hinaus schauen und die Bürger in streitbaren Artikeln über Kunst und Literatur informieren. Die Herren Winkler und Kind sind die Mitherausgeber der Zeitung. Sie, lieber Freund, spreche ich an, weil Sie ebenfalls zum Dresdner Liederkreis gehören. Friedrich Kind selbst hat Sie mir wärmstens empfohlen. Ich hörte von ihm, mit welch glühenden Worten Sie die oft hitzig geführten Debatten auf das Unterhaltsamste zu bereichern verstehen."

Weller schluckte. Seit Wochen drängte es ihn, sich aus dem Dresdner Liederkreis zu verabschieden. Die darin vereinten hiesigen Möchtegerndichter, die sich in Eigenlob und gegenseitiger Beweihräucherung badeten und den Dichterstand allmählich in den Sumpf der Lächerlichkeit zogen, beleidigten seinen Kunstverstand. Mit Friedrich Kind, dem egozentrischen Protagonisten des Liederkreises, hatte er sich erst kürzlich überworfen, nachdem er es gewagt hatte, den Schöpfer eines zum Himmel schreienden Schmacht- und Schmalzgedichtes vor aller Augen und Ohren einen Wiesenrandpoeten zu nennen. Kein gutes Haar hatte er an dem Kunstwerk gelassen. Man war empört.

Arnolds Angebot überraschte Weller nicht, der Charakter der beabsichtigten Zeitung schon. Er fragte sich, ob er ernsthaft an einem Blatt mitwirken wollte, das sich ausschließlich mit Kunst und Literatur befasste. Hatte Dresden keine brennenderen Themen?

Weller wollte nicht lange um den heißen Brei herumreden, selbst auf die Gefahr hin, Arnold zu verärgern. „Frei heraus gesagt, wäre mir die Mitarbeit an einem politischen Journal lieber, verehrter Arnold. Allein, wenn ich an die momentan traurige Lage Sachsens denke. Das Land wird von einem König regiert, der durch seine zaghafte, von mangelndem Selbstbewusstsein geprägte Politik die Hälfte seines Reiches an Preußen verloren hat und dem duldsamen Bürger nun glauben machen will, es sei alles in schönster Ordnung. Wäre nicht eher eine Zeitung vonnöten, die ihre Leserschaft ermutigt, aufzubegehren gegen den Tiefschlaf einer Regierung, die sich im Krebsgang fortbewegt?"

Pikiert hob Arnold die Brauen. „Ich merke schon, mein Freund, Sie liebäugeln wieder mit dem Königstein …"

Weller lachte kalt auf. „Ach, Sie wissen davon? Ich bitte Sie, das ist drei Jahrzehnte her und soll sich natürlich nicht wiederholen. Doch mit blinder Angst verändern wir die bestehenden Verhältnisse nicht, treiben den Fortschritt nicht voran. Dabei wäre gerade dieses jetzt bitter nötig. Die Herrschenden schläfern das Volk ein, restaurieren ihr altes Machtgefüge wie der Bauer seinen morschen Stall. Und die Polizei unseres eifrigen Ministers Graf von Einsiedel sorgt dafür, dass der Bürger jedes aufmüpfige Wort, das ihm auf der Zunge liegt, artig hinunterwürgt. Wie ein Haufen blökender Schafe werden wir bewacht und lassen uns das noch artig gefallen. Niemand rührt sich. Niemand erhebt sich. Die Bürger leben gehorsam dahin, wie es dem braven Sachsen seit eh und je eigen ist."

Weller hatte mit empörter Stimme gesprochen. Die Erregung stand ihm im Gesicht.

Arnold spitzte den Mund, schlug die Beine übereinander und lehnte sich zurück. Die forsche Rede seines Gastes behagte ihm nicht. „Was erwarten Sie, Weller? Die Menschen sind ausgezehrt. Zu großen Taten fehlt ihnen die Kraft. Mit den kleinen Taten, die ihnen der Alltag abverlangt, haben sie genug zu tun. Irre ich mich oder waren Sie in den Schreckensjahren 1813 und 1814 gar nicht in Dresden?"

Betroffen schlug Weller die Augen nieder. „Nein, Sie irren sich nicht."

„Dann lassen Sie sich sagen, lieber Freund, dass die 60.000 Einwohner unserer Stadt in den genannten zwei Jahren durchgängig über zehn Millionen Mann Militär zur Einquartierung hatten. Exakt waren es 10.092.292 Köpfe!"

„Die Zahl ist in der Tat erschreckend", bemerkte Weller kleinlaut.

„Sie stammt aus zuverlässiger Quelle!" Mit Blicken gab Arnold seinem Gegenüber zu verstehen, wie sehr er dessen voreilige Schlüsse missbilligte.

„Dann muss ich meine Meinung wohl einen Pflock zurückstecken. Zumal ich von dem aufopfernden Einsatz meiner Frau weiß und im Jahr 1814 Schwester und Schwager in Dresden verloren habe. Letzterem verdanke ich sehr viel. Wie auch immer. Ich bleibe dabei: In journalistischer Hinsicht bevorzuge ich Themen politischer Natur. Zwar sind Kunst und Literatur ein unverzichtbarer Teil meines Lebens, doch drängt mich mein Gewissen, mich in anderer Weise zu engagieren. Deshalb bitte ich Sie um Nachsicht, wenn ich Ihr ehrenvolles Angebot dankend ablehne."

Aus reiner Höflichkeit lenkte Weller das Gespräch in eine andere Richtung und verabschiedete sich dann zeitiger als vorgesehen.

Auf dem Heimweg überdachte er noch einmal die Worte, die er Arnold gegenüber geäußert hatte, und bedauerte das Zerwürfnis. Doch nach reiflicher Überlegung sagte er sich, dass er mit voller Überzeugung hinter dem Geäußerten stand. Er rieb sich das Kinn und murmelte: „In nicht allzu ferner Zukunft werden die Bürger an dem starren Machtgefüge rütteln und für ein geeintes Deutschland mit einer demokratischen Verfassung auf die Straße gehen. Sie werden für diese ehrenen Ziele kämpfen, dessen bin ich gewiss. Sie werden sie erzwingen."

4

Wegen des Zwistes mit Friedrich Kind wollte Weller seine Frau nicht mehr zum Liederkreis begleiten und erwartete nun, dass auch sie den Veranstaltungen fernblieb. Doch heute kam man in der Wohnung des Theaterkritikers Theodor Winkler zusammen, da wollte sie unbedingt dabei sein.

In ihrem tiefblauen Kleid stand sie vor dem Spiegel, schwang sich das dünne weiße Wolltuch um die Schultern und richtete ihr Haar, das sie, der Mode nach, am Hinterkopf lockig hochgesteckt hatte. Ein weißes Band hielt die Haarpracht zusammen und schmückte sie zugleich.

„Alois, ist es für dich so unerträglich, dir die literarischen Versuche deiner Mitbürger anzuhören? Jeder fängt einmal klein an. Mancher muss halt erst wachsen."

„Poetenzwerge wachsen nicht!"

„Aber ein jeder von ihnen schreibt mit Hingabe und viel Herzblut."

„Blut, so wässrig wie die geistlosen Worterfüsse."

„Alois, warum bist du so barsch gegen diese armen Menschen, die sich ehrlich mühen?"

„Arme Menschen sagst du? Manch wirklich armer Mensch besitzt mehr Geist als die meisten dieser gut situierten Liederkreisler. Nur hat jener nicht das Geld und den Stand, sein geistig Gut hinaus in die Welt zu tragen. Für den Bessergestellten ist das Dichten heute zur Mode geworden. In maßloser Selbstüberschätzung glaubt er allen Ernstes, die Allgemeinheit mit seinen geistigen Früchten zu erquicken."

„Alois!"

„Na, ist doch wahr. Kaum einer trägt in diesem Liederkreis etwas Ordentliches vor, aber jeder gebärdet sich, als sei er der geborene Dichter und wandle bereits auf Goethes Spuren. Ich kann sie nicht mehr hören, diese Wortknödelei. Und du solltest ebenfalls darauf verzichten. Des guten Geschmacks wegen. Falls *du* ihn nicht auch schon verloren hast!"

Elisa schnellte herum. „Das ist die Höhe! Alois, du vergisst dich! Glaube nur nicht, dass ich untertänigst vor dir niederknie und dich um Erlaubnis frage."

Weller sprang auf und rannte aus dem Zimmer. Wenig später kam er in Rock und Hut zurück. „Ich geh spazieren und danach auf ein Bier in die Neustadt. Nur, dass du Bescheid weißt."

„Geh nur, mein Lieber, vergnüge dich! Ich finde auch ohne dich zu Winkler. Wenigstens ich sollte mich dort sehen lassen. Weiß ich, wozu ich den einen oder anderen im Leben noch einmal brauche? Zudem werde ich mich heute gewiss bestens unterhalten. Carl Maria von Weber soll kommen, hörte ich. Der neue königliche Hofkapellmeister. Erinnerst du dich? Wir besuchten bereits zwei Aufführungen mit ihm am Dirigentenpult. Es ist jener sympathische junge Herr mit dem schmalen Gesicht und der auffallend schlanken Nase. Alois, du solltest dir ein Beispiel an dem Manne nehmen!"

Weller, schon an der Tür, warf seiner Frau einen missmutigen Blick zu. „Und wieso, wenn ich untertänigst fragen darf?"

„Weil er sich mit dem Friedrich Kind auch nicht sonderlich versteht und dennoch die gesellschaftlichen Kontakte über den Liederkreis nicht missen möchte. Schaust du mal, sind meine Haare ordentlich unter dem Hut?"

Weller verdrehte die Augen, kam noch einmal zurück und schob Elisa mit geschicktem Finger eine lose Strähne unter den Hut. Trotz dieser Ablenkung brachte er es nicht fertig, die kritische Bemerkung seiner Frau unkommentiert hinzunehmen.

„Liebchen … wenn ich an Webers Stelle wäre und Friedrich Kind mir das Libretto für eine Oper anbieten würde, die zur ersten deutschen Oper avanciert, würde auch ich mich gehörig am Riemen reißen, um den Mann nicht zu verprellen. Aber mir hat Friedrich Kind kein Libretto angeboten. Und deshalb darf ich ihn verprellen und jetzt spazieren gehen und in der Neustadt ein Bier trinken. Adieu, meine Liebe! Wir sehen uns zur Nacht."

Er schwenkte seinen Hut, küsste Elisa flüchtig auf die Stirn und stob davon.

Elisa verspätete sich nur wenig. Das Hausmädchen öffnete ihr die Tür zum Wohnzimmer der Winklers. Leises Gemurmel empfing sie. Etwa zwanzig ältere Damen und Herren – letztere in der Überzahl – hatten die im Kreis aufgestellten Stühle, Sessel und zwei Sofas bereits belegt. In der Raummitte stand ein mit Schnitzereien verziertes hohes Lesepult, zu beiden Seiten umsäumt von wuchtigen Kerzenständern. Die flackernden Kerzen hüllten den Raum in ein diffuses Licht, wohl in der Absicht, ihm etwas mehr Romantik zu schenken. Neben dem Pult stand – für alle Fälle – ein Stuhl für den Vortragenden. Neben der Tür hatte Frau Winkler einen runden Tisch eindecken lassen. Drei große Teller mit Broten standen darauf und reichlich Tassen. Die Herrschaften sollten, der Tradition folgend, in den Pausen mit Butterbroten und Tee bewirtet werden.

Beim Betreten des Zimmers zog Elisa alle Blicke auf sich. Die Männer, von der Schönheit der jungen Frau entzückt, schauten freundlich, die Damen etwas pikiert, weil Frau Weller nicht, wie es sich gehörte, in Begleitung ihres Mannes gekommen war.

Unruhig spähte Elisa nach einem freien Platz. Ein Mann, er saß vor dem Schmuckstück des Zimmers, dem grünen Kachelofen, gab ihr winkend zu verstehen, dass sie sich neben ihn setzen könne. Freudig folgte sie der Aufforderung. „Ich fühle mich geehrt, Herr von Weber. An Ihrer Seite wird mir heute gewiss jede vorgetragene Literatur zur geistigen Erbauung."

Weber, amüsierte über den spöttischen Unterton, beantwortete Elisas Bemerkung mit einem vielsagenden Lächeln. Höflich rückte er ihr den Stuhl zurecht und sagte, als sie beide Platz genommen hatten: „Nach dem, was mir an literarischer Neuschöpfung angekündigt wurde, fürchte ich, die Erbauung hält sich auch diesmal in Grenzen. Lassen wir uns also überraschen und im besten Fall eines Besseren belehren."

Das Gemurmel verstummte, als Friedrich Kind in die Mitte trat. Den Kopf erhoben, die Hände auf dem Rücken, eröffnete er den Abend mit der Nachricht, die Herausgabe der Dresdner Abend-Zeitung durch ihn und Theodor Winkler sei ein voller Erfolg.

„Unsere Zeitung wird inzwischen weit über die Landesgrenzen hinaus vertrieben. Sie erfreut sich wachsender Beliebtheit und – das darf ich heute stolz verkünden – sie avanciert zu einer der am meisten gelesenen Zeitungen Deutschlands."

Die Hand vor dem Mund, raunte Elisa Weber unauffällig zu: „Ich weiß nicht, wie Sie das sehen, aber mein Mann verteufelt die Zeitung vehement und lässt kein gutes Haar an ihr. Sie sei das Opium für den kleingeistigen Leser, der die banalen Inhalte der Artikel wie heiße Wurst verschlingt."

Weber presste die Lippen zusammen, um nicht lauthals loszulachen. Als er sich beruhigt hatte, neigte er den Kopf zu Elisa und flüsterte ihr zu: „Der Publizist Ludwig Börne äußerte unlängst in aller Öffentlichkeit, er wolle nicht einmal als Bücherlaus in den Seiten der Abend-Zeitung begraben sein."

Jetzt musste Elisa sich das Lachen verkneifen, was ihr nur schwer gelang und zur Folge hatte, dass einige Damen ihr empörte Blicke zuwarfen.

Friedrich Kind hob erneut zu einer Erklärung an, die alles Geflüster und Gemurmel der Anwesenden erneut verstummen ließ: „Zum heutigen Auftakt darf ich Ihnen, liebe Freunde, ein wahrlich zu Herzen gehendes Gedicht unserer hochverehrten Frau Martha Elsbeth Gommeritz ankündigen."

Mit ausgestrecktem Arm eilte Friedrich Kind zu der hochbetagten, von Kopf bis Fuß in cremefarbene Spitze gekleideten Dame, ergriff die Hand, die sie ihm reichte, und begleitete sie zum Lesepult, wo sie sogleich mit ihrem Vortrag begann.

Elisa hielt die Luft an. Das Bild war zu grotesk. Alles widersprach sich: äußere Erscheinung, krächzende Stimme, Inhalt des Vorgetragen. Spätestens jetzt fragte sie sich ernsthaft, weshalb sie dieser sonderbaren Gesellschaft nicht längst den Rücken gekehrt hatte. Und Weber? Weshalb waren er und mehrere andere angesehene Bürger, an deren Geschmack und literarischer Urteilskraft sie nicht zweifelte, noch immer hier?

Frau Gommeritz mühte sich, ihre Sache besonders gut zu machen. Ihr Leib bebte, ihre Stimme zitterte.

> *„Einst ging ich mit blutendem Herzen*
> *zu meinem Liebsten, der es wollt nicht mehr sein,*
> *und bat ihn mit Seelenschmerzen:*
> *Geliebter, lass mich all hier wieder ein …"*

Mit zwölf Strophen dieser Art meinte Frau Gommeritz ihr Publikum zu erfreuen.

Elisa ballte die Fäuste. Wie konnte Friedrich Kind so etwas dulden, ja, diesen klebrigen Poetensaft noch loben? Trotz aller Kritik war er schließlich ein Mann des Geistes. Das hier war nicht nur peinlich, das war der blanke Hohn. Biedere Heuchelei. Ganz und gar nicht zu vergleichen mit den Leseabenden bei dem Dichter Ludwig Tieck, der sich mittlerweile als scharfzüngiger Gegner und Spötter des Liederkreises positioniert hatte. Nach einem Leseabend hatte er zu ihr und Weller über die Initiatoren gesagt: *Sie scheinen mir wahrlich die literarischen Jakobiner Deutschlands. Jene ruinierten die bürgerliche Freiheit. Diese ruinieren den guten Geschmack und die Dichtkunst. Jene mordeten durch die Guillotine. Diese durch Langeweile.*

Daran musste Elisa jetzt denken und beschloss, sich mit diesem Abend von dem Liederkreis zu verabschieden. Ein für alle Mal.

Auf dem Heimweg bot Weber ihr seine Begleitung an. „Ich glaube, wir haben in etwa den gleichen Weg, verehrte Frau Weller. Ich wohne am Altmarkt, Ecke Kreuzgasse."

Elisa freute sich über Webers Begleitung. Endlich bot sich ihr die Gelegenheit, den bejubelten Hofkapellmeister einmal persönlich zu sprechen. „Seit wann, wenn mir die Frage gestattet ist, sind Sie eigentlich mit Ihrer Frau Caroline schon in Dresden?"

Weber legte die Hände auf den Rücken und beugte sich, weil er ziemlich groß war, ein wenig zu Elisa hinab, während er sprach. „Wir sind Mitte Januar nach Dresden gekommen, nachdem meine Bewerbung zum Hofkapellmeister erfolgreich war. Als ich hörte, man beabsichtige in Dresden Opern nicht nur in italienischer, sondern auch in deutscher Sprache aufzuführen, war ich hellauf begeistert und zögerte nicht mit meiner Bewerbung."

„Welch großes Glück für Dresden! Wir hatten bereits zweimal das Vergnügen, Sie am Dirigentenpult zu erleben. Die Oper Joseph hat mir außerordentlich gefallen. Zwar stammt sie von einem französischen Komponisten, wird aber durch Ihre schöpferische Einflussnahme in deutscher Sprache gesungen. Ich hörte, Sie arbeiten an einer Oper, nicht nur in deutscher Sprache, sondern mit einem inhaltlichen Bezug zur hiesigen Region. Stimmt das?"

Webers Blick erhellte sich. „So, so, hat es sich schon herumgesprochen; interessant. Nun … im Moment mache ich mich mit dem Libretto vertraut. Friedrich Kind schrieb es nach einer sehr stimmungsvollen Vorlage, einem alten Volksmärchen. Es heißt *Der Freischütz* und gibt mir die Möglichkeit, die Handlung in die romantische Natur des Sandsteingebirges im Elbtal zu legen. So jedenfalls stelle ich mir die Oper vor und hatte beim Lesen des Librettos bereits die eine und andere recht volkstümliche Melodie im Ohr."

„Sie machen mich neugierig. Demnach wird es ein Werk, das drei wichtige Aspekte einer deutschen Oper miteinander verbindet: die Handlung, die Sprache, die Natur. Aber sagen Sie, wie finden Sie neben Ihrer anstrengenden Arbeit als Hofkapellmeister überhaupt die Zeit für ein so umfangreiches kompositorisches Werk?"

Sie hatten den Neumarkt erreicht. Weber wusste, das Elisa hier wohnt. Er blieb stehen und warf einen flüchtigen Blick auf das Eckhaus an der Rampischen Straße. „Fürwahr ein sehr schönes Haus. Ist es Ihr Eigentum?"

„Mein verstorbener Schwager hat es mir vererbt."

Weber nickte und zog die Stirn kraus. „Meine Stadtwohnung liegt an der Kreuzgasse. Sie schenkt mir nur selten die Ruhe, die ich zum Komponieren brauche. Nun, um Ihre Frage zu beantworten: Mir schwebt der Kauf eines Landhauses vor den Toren Dresdens vor. In dem Dorf Hosterwitz habe ich bereits ein passendes Objekt im Auge. Dort werde ich ab dem kommenden Frühjahr konzentriert an meinem Freischütz arbeiten. In herrlicher Ruhe und Abgeschiedenheit."

Elisa reichte Weber zum Abschied die Hand. „Vielen herzlichen Dank für das freimütige Gespräch, Herr Hofkapellmeister. Ich wünsche Ihnen für Ihre Arbeit den besten Erfolg und versichere Ihnen, wir alle fiebern der neuen Oper mit großer Freude und den allergrößten Erwartungen entgegen."

Während Elisa die Haustür aufschloss, ihr Tuch ablegte und die Treppe hinaufging, fragte sie sich, wie Alois ihre eigensinnige Entscheidung, allein zum Liederkreis zu gehen, verkraftet hatte. Beleidigt? Zornig? Mit wortgewaltigem Protest?

Weller stand in der Tür zum Wohnzimmer. Wie ein reumütiger Sünder hielt er die Arme auf und rief: „Ohne dich, mein trotzköpfiger Engel, bereitet mir der herrlichste Spaziergang keine Freude. Selbst das Bier schmeckt fad. Komm und lass uns wieder gut miteinander sein."

Erleichtert flog Elisa an Wellers Brust. Sie genoss seine Umarmung und den innigen Kuss, der ihr mehr als alle Worte sagte. Doch sie genoss auch ihren kleinen Sieg. Standhaft hatte sie sich ihrem Mann widersetzt und ihren Willen durchgesetzt. *Trotzköpfiger Engel* hatte er sie scherzhaft genannt. Und wenn schon! So war sie nun einmal. Gewiss, ihr starker Wille hatte ihr im Leben schon manches Ungemach bereitet. Doch ebenso oft hatte er sie vor Unheil bewahrt.

5

Nach endlos scheinenden Regentagen riss der Himmel in der letzten Juniwoche endlich auf. Und als die Sonne das graue Nass aus der Kuppel der Frauenkirche gesogen hatte und die Kinder barfuß über das Pflaster des Neumarktes rannten, bestellte Weller in aller Frühe eine Kutsche und fuhr mit Elisa in östlicher Richtung aus der Stadt. Um die Mittagsstunde erreichten sie das Dorf Lohmen, und wenig später lugten bereits die Erhebungen des Sandsteingebirges über den Horizont.

„Mir ist vor Aufregung speiübel, Alois. Ich hoffe, wir treffen Onkel und Tante bei guter Gesundheit an und ich darf mich mit ihnen versöhnen."

Weller legte den Arm um Elisas Schultern, die leicht zitterten. Er wusste, dass sie als Kind die Sommer gern auf dem Rittergut verbracht hatte und dass ihr Onkel ein gestandener Mann war. Doch er wusste auch von den Überfällen und Verwüstungen nach der Schlacht um Dresden. Vor allem die Russen und Preußen hatten den Bauern im Umland übel mitgespielt und sich, weil sie im Hinterland der ausgezehrten Stadt an Nahrung und Holz für ihre Wachfeuer kommen wollten, wie die Vandalen aufgeführt. Hatten sie das Gut des Onkels verschont?

Jetzt erkannten sie bereits die mächtige Eiche, deren knorrige Äste einen Teil des Hofes wie einen riesigen Schirm überdachten.

Die Kutsche hielt vor dem Tor. Weller stieg aus. Er erschrak, als er seiner Frau die Hand reichte und ihr ins Gesicht sah. Es war leichenblass. „Liebste, willst du noch einen Moment warten, bevor wir hineingehen?"

Elisa schüttelte den Kopf. Bilder aus der Vergangenheit stürmten auf sie ein, während sie in ihrem langen schwarzen Kleid aus der Kutsche stieg und zögernd auf das geschwungene, zweiflügelige Tor zuging, durch das sie unzählige Male auf ihrem Pferd Dalibor geritten war; hinaus in die freie Natur, über Wiesen und Felder einem unbeschwerten Tag entgegen.

Weller bezahlte den Kutscher und gebot ihm zu warten, bis sie wiederkämen. Flüchtig prüfte er, ob seine weiße Halsbinde korrekt saß, und rückte den hohen schwarzen Hut zurecht. Dann nickte er Elisa aufmunternd zu und ging voraus. Die kleine Tür neben dem Tor war nicht verschlossen. Unverzagt schritt Weller hindurch in Richtung Haupthaus. Dort hoffte er den Besitzer anzutreffen. Elisa folgte ihm. Fürsorglich ergriff er ihre Hand.

„Kann ich den Herrschaften behilflich sein?"

Weller hatte den Knecht gar nicht bemerkt, der vom Pferdestall über den Hof auf sie zukam. Schon wollte er ihm entgegengehen, als Elisa ihre Hand ruckartig aus seiner Hand löste und stehen blieb. Überrascht wandte er sich zu ihr um, sah die Angst in ihren Augen und verstand: An den Pferdestall grenzte die Scheune.

„Wir kommen aus Dresden und wünschen den Gutsherrn zu sprechen. Ist er im Haus?"

Der Knecht nickte.

„Dann führe uns zu ihm."

Beide Hände in den Taschen seiner schlottrigen Hosen vergraben, trottete der junge Mann zum Haupthaus, stellte sich unter die geöffneten Fenster der oberen Etage und rief laut hinauf: „Herr Frederich? Besuch für Sie! Zwei Herrschaften aus Dresden wollen Sie sprechen."

Ein Mann um die Fünfzig, breitschultrig, schütteres, dunkelblondes Haar, erschien am Fenster. Neugierig äugte er hinunter. „Ist gut, Hans, ich komme!"

Bei dem Namen *Frederich* war Elisa so arg zusammengezuckt, als habe ihr jemand einen Schlag versetzt. Sie zweifelte nicht daran, dass der Mann am Fenster jener Frederich von damals war. Rettichs Saufkumpan. Sie spürte die nahende Ohnmacht, riss sich jedoch zusammen und holte tief Luft. Vor diesem Kerl in die Knie zu gehen, nein, diese Blöße wollte sie sich um nichts in der Welt geben. Niemand hier sollte mitbekommen, wie ihr in diesem Moment zumute war. Erst recht nicht ER!

Von einer Sekunde zur anderen wandelte sich ihre Schwäche in unbändigen Hass. So viel stand fest: Wenn dieser Mann der Besitzer des Eichenhofs war, gab es Onkel und Tante nicht mehr.

„Die Herrschaften möchten mich sprechen? Frederich Feldmann mein Name. Ich bin der Besitzer des Ritterguts. Und wer, bitte schön, sind Sie?"

„Alois Weller. Meine Frau Elisa. Wir hätten gern einige Fragen an Sie gestellt, das Gut betreffend."

Geschickt verhinderte Weller den Handkuss, den Feldmann im Begriff war, Elisa zu geben. Schützend stellte er sich einen Schritt vor sie.

Doch zu seiner Verwunderung wich sie ihm aus, trat entschlossen vor Feldmann hin, sah ihm fest in die Augen und sagte, den Hauch einer Drohung in der Stimme: „Geborene Tilla, falls Ihnen das etwas sagt …"

Feldmann stutzte. „Nein, Madame, bis auf die Tatsache, dass der frühere Besitzer des Gutes Tilla hieß, sagt mir das nichts. Aber bitte, kommen Sie herein. Im Haus will ich Ihnen gern Ihre Fragen beantworten."

Sie folgten der Aufforderung. Die Wohnstube war mit neuen Möbeln im französischen Stil ausgestattet und zeugte vom Wohlstand des Gutsherrn. Nichts in dem Raum kam Elisa bekannt vor. Lediglich die beiden zum Hof zeigenden Fenster erinnerten sie an die glückliche Zeit, die sie als Kind hier verlebt hatte.

Gemeinsam mit Feldmann nahmen sie an dem in der Mitte stehenden Esstisch Platz. Eine Magd schenkte ihnen Wein ein und fragte, ob der Herr noch etwas wünsche. Feldmann winkte sie mit einer schroffen Geste hinaus.

„Ich rede nicht lange drum herum", begann Weller. „Meine Frau ist die Nichte des früheren Gutsbesitzers. Wir wüssten gern, was aus ihm und seiner Frau geworden ist und wieso *Sie* jetzt der Eigentümer des Gutes sind."

Feldmann rang sich ein verständnisvolles Lächeln ab, das sogleich zerfiel, als ihn Elisas hasserfüllter Blick traf. Kurz entschlossen stand er auf, entschuldigte sich für einen Moment, verschwand im Nebenzimmer und kam mit einem Schreiben zurück, das er vor Wellers Augen auf den Tisch legte.

Bevor er sich wieder setzte, schlug er demonstrativ die Hand darauf und rief: „Bitte, mein Herr, schauen Sie selbst! Hier ist urkundlich beglaubigt, dass ich der Besitzer dieses Rittergutes bin. Das hat alles seine Richtigkeit! Der vorherige Besitzer und seine Frau sind tot. Die Russen haben im Sommer 1813 das Gut auf den Kopf gestellt und nichts dagelassen, was irgend zu beißen oder zu verbrennen war. Wie ich später erfuhr, ging der Streit um ein altes Pferd. Der Gutsherr weigerte sich, es zum Schlachten herauszugeben. Sie haben ihn erschossen. Die

Frau konnte zwar fliehen, kam aber nicht weit. Bauern fanden sie Tage später tot in einer Wiese."

Betroffen warf Weller einen Blick auf Elisa. Sie ahnte, dass jenes Pferd ihr über alles geliebter Hengst Dalibor war. Obgleich sie ihm leid tat, konnte er ihr die weit wichtigere Frage an Feldmann nicht ersparen: „Verzeihen Sie meine Neugier, wie sind Sie in den Besitz des Gutes gekommen?"

„Gekauft! Ich habe es schlicht und einfach gekauft. Auch das können Sie der Urkunde entnehmen. Es hat alles seine Richtigkeit." Feldmanns Augenlieder zuckten, während er den Satz, den er bereits gesagt hatte, mit Nachdruck wiederholte. Das fiel Weller auf.

„Wie wir wissen, gab es einen Verwalter, der wichtige Informationen zum Ehepaar Tilla und deren Familie besaß und im Falle ihres Ablebens über weitreichende Handlungsvollmacht verfügte. Wir gehen davon aus, dass der Gutsherr ein Testament hinterlassen hat. Lag jenes bei der Veräußerung des Gutes vor?"

Feldmann nickte unsicher. „Selbstverständlich. Wie ich Ihnen schon sagte, es hat alles seine Richtigkeit und ging mit rechten Dingen zu."

„Ist schon sonderbar: Mein Onkel soll mich mit keiner Silbe in seinem Testament bedacht haben?"

„Dazu kann ich nichts sagen, Madame. Der Verwalter hat alle diesbezüglichen Fragen mit den Erben in Bautzen geregelt."

Weller stutzte. „Den Erben in Bautzen?"

„Er meint die Familie meiner Tante", erklärte Elisa. „Der Eichenhof gehörte vormals ihrem verstorbenen Mann, und der stammte aus Bautzen. Er war damals hierher übergesiedelt, weil das Gut zu günstigen Konditionen zum Verkauf stand. Nach seinem Tod bewirtschaftete es meine Tante mit ihrem zweiten Mann – meinem Onkel. Dass es nach seinem Tod zurück an die Familie in Bautzen fiel, kann ich vielleicht noch nachvollziehen, jedoch ist mir schleierhaft, dass mein Onkel keinerlei die Familie Tilla betreffende testamentarische Verfügung getroffen haben soll. Ich war ihm und seiner Frau ans Herz gewachsen wie eine leibliche Tochter."

Feldmann richtete sich auf. „Sie, Madame, sollten lediglich Ihre Zustimmung zur Person des Käufers geben. Tut mir leid, mehr weiß ich darüber nicht."

Elisa presste die Lippen zusammen. Sie musste sich beherrschen, um dem Mann nicht ins Gesicht zu schreien, was sie von dieser dreisten Lüge hielt. „Dann frage ich mich, wieso man mich – dem Willen meines Onkels folgend – nicht vom Tode meiner Verwandten unterrichtet hat, bevor der Kauf vonstattenging."

Ihre geschliffenen Worte, ihre direkte Art zu fragen verunsicherten Feldmann. Seine Wangenknochen zuckten. Seine ungewöhnlich großen Ohren liefen rot an. Stockend und sichtbar gereizt, suchte er nach einer Antwort. „Wieso man Sie nicht benachrichtigt hat, Madame? Das kann ich Ihnen sagen. Weil Sie … weil von der Familie Tilla … niemand aufzufinden war!"

Er hatte das einen Schlag zu laut gesagt und mit einem giftigen Unterton, der Elisa das Blut in Wallung brachte. Empört beugte sie sich über den Tisch und sagte so ruhig, wie es ihr möglich war: „ICH bin da gewesen, mein Herr. Ich!"

„Aber nicht anzutreffen!", konterte Feldmann. „Nicht anzutreffen in Ihrem Haus am Dresdner Neumarkt. Woche um Woche hat man vergeblich an Ihrer Tür geläutet. Kein Mensch vermochte zu sagen, wo Sie sich aufhielten, wann Sie wiederkämen, ja – ob Sie überhaupt noch am Leben sind."

Schockiert ergriff Weller die Hand seiner entsetzt blickenden Frau und versuchte sie zu beruhigen. „Lass gut sein, Liebes, wir wollen unsere Gemüter nicht allzu sehr erhitzen. Wie Sie, Herr Feldmann, uns glaubhaft nachgewiesen haben, sind Sie der rechtmäßige Besitzer des Rittergutes. Das ist schmerzlich für meine Frau, aber nicht zu ändern. Wohl oder übel müssen wir den Verkauf akzeptieren. Verzeihen Sie, dass wir uns so spontan an Sie gewandt und den Sachverhalt hinterfragt haben. Wir wollten Sie in keiner Weise verärgern oder Ihnen Unredlichkeit unterstellen."

Ohne von dem Wein getrunken zu haben, verabschiedeten sie sich und fuhren unverzüglich mit der Kutsche, die an der Eiche auf sie wartete, zurück nach Dresden.

Frederich Feldmann indes schwang sich auf sein Pferd und ritt nach Stolpen. Vor der Seilerei Rettich sprang er ab und lief in forschem Schritt, die fragenden Blicke der Frauen am Waschtrog ignorierend, hinüber zu Rettichs Werkstatt.

Der junge Meister stand mit seinem Gehilfen an der Warbel. Beide waren eben dabei, dicke Hanffäden miteinander zu verdrillen, als Feldmann aufgeregt hereinplatzte.

„He, Rettich! Muss dich sprechen!"

„Kann jetzt nicht, geh ins Haus, ich komme gleich."

„Nix da! Muss dich sofort sprechen. Ist wichtig. Nun komm schon!"

Rettich, ein schmächtiger Mann von Mitte zwanzig mit fuchsrotem Haar und Sommersprossengesicht, gab dem Gehilfen eine kurze Anweisung und eilte dem körperlich überlegenen Feldmann, der bereits am Haus war, im Eilschritt nach. Feldmann kannte sich hier aus. Mit Rettichs Vater Eckhard hatte er so manchen Humpen am langen Küchentisch geleert. Der Sohn war nicht weniger trinkfest und ein ebensolcher Draufgänger, der keine Skrupel kannte. Auch in dieser Hinsicht machte er seinem verruchten Vater alle Ehre. An dem Küchentisch hatte der junge Rettich mit Feldmann auch den vermeintlich todsicheren Plan ausgeheckt, als sie merkten, dass die Erbin Elisa Tilla weder in Dresden noch sonst irgendwo aufzufinden war.

Eine Schüssel auf dem Schoß, saß Rettichs Mutter am Fenster und schälte Äpfel. Die alternde Witwe trauerte um ihren kürzlich verstorbenen Bruder, der ihrem Sohn 15 Jahre lang den ermordeten Vater ersetzt hatte.

„Wir haben Wichtiges zu bereden, Mutter", sagte Rettich schroff. „Setz dich derweil in den Garten!"

Den respektlosen Umgang mit seiner Mutter hatte er sich angewöhnt, seit er der Herr im Haus und der Ernährer der Familie war, die jetzt nur noch aus ihnen beiden bestand. Kein junges Weib in und um Stolpen wollte in die Seilerei einheiraten oder auch nur etwas mit den Rettichs privat zu tun haben. Der junge Rettich trete nur allzu deutlich in die Fußstapfen seines Vaters Eckhard, meinten die Älteren, die jenen noch von früher her kannten. Ein Sauf- und Raufbold übelster Sorte sei er gewesen und ein Schürzenjäger obendrein. Keine redliche Familie wollte so einen Schwiegersohn haben.

„He! Was gibt's denn so Dringendes?" Mit zwei Bierhumpen setzte sich Rettich zu Feldmann an den Tisch und prostete ihm zu.

„Die Sache fliegt auf", schnaufte Feldmann. Mit dem Ärmel wischte er sich den Schaum vom Mund. „Eben war die junge Tilla mit ihrem Mann bei mir. Der hat zwar den Verkauf geschluckt, nachdem ich ihm das Dokument unter die Nase gehalten habe, aber die Frau wird nicht lockerlassen. Die ist nicht dumm und hat mächtig Wut im Bauch. Ich sage dir, die wird herumschnüffeln, bis sie hinter die Wahrheit steigt. Und dann, mein Freund, gnade uns Gott!"

„Uns?", grinste Rettich, leerte seinen Humpen und setzte ihn, um seine Frage zu untermauern, einen Schlag zu laut auf dem Tisch ab. „*Du* hast den Kaufvertrag unterschrieben und den Anteil der Tilla einbehalten. *Du!*"

Wutschnaubend ballte Feldmann die Hand zur Faust. „Red nicht! Es war deine Idee, die Tilla auszubooten. Und dafür hast du ein sattes Stück vom Kuchen abgekommen. Auf Heller und Pfennig hat dir der Verwalter den einbehaltenen Betrag ausgezahlt; vergiss das nicht!"

„Ach ja? Und wo, bitte schön, steht das geschrieben? Zeig mir das Schriftstück, das diese Behauptung beweist!"

„Schweinehund, was bildest du dir ein, he? Mit gefangen, mit gehangen! Wenn es so weit kommen sollte, dann sorge ich dafür, dass du auch hier dein Teil abbekommst."

Rettich winkte ab. „Drauf geschissen! Mich kriegst du nicht am Arsch zu fassen, und … drohe du mir nicht! Dafür weiß ich zu viel von dir und meinem Vater. Beide habt ihr die Mutter der Tilla geschändet. Oder glaubst du, ich wüsste nicht, was für eine Sauerei damals in der Scheune vom Eichenhof abgelaufen ist?"

Feldmann kochte vor Wut. Dieses unverschämte Bürschlein wagte es, ihn, den dreißig Jahre Älteren mit etwas zu erpressen, das eine Ewigkeit her war. Eine Jugendsünde, ein moralischer Ausrutscher, den er längst bereut hatte. Seit jener

Nacht flehte er den Herrn bei jedem Kirchgang um Vergebung an und wünschte sich, die schmutzige Sache hätte es nie gegeben. Er kniff die Augen zusammen, wollte drauflos poltern, beherrschte sich aber. Schließlich stimmte, was der junge Rettich ihm vorwarf. Ob es ihm gefiel oder nicht – irgendwie musste er das rothaarige Großmaul überreden, ihm zu helfen, den Kopf rechtzeitig aus der Schlinge zu ziehen. Aber wie?

Als habe Rettich seine Gedanken erraten, erhellte sich plötzlich sein Gesicht. Er stand auf, ging um den Tisch herum und schlug Feldmann kumpelhaft auf die Schulter. „Nun mach mal halblang, Frederich. Und blas dich nicht so auf. Verlass dich auf mich. Mir fällt schon was ein, wie wir der Tilla die Lust am Nachforschen nehmen. Du kennst mich doch. Bisher hab ich in solch delikaten Angelegenheiten noch immer eine Lösung gefunden."

Auf der Heimfahrt war Elisa mehr als wortkarg. Innerlich aufgewühlt von dem eben Erlebten, das Gesicht starr zum Fenster gewandt, knüllte sie ihr Taschentuch in den Händen und kämpfte mit den Tränen. Obwohl sie bereits mit einem ungutem Gefühl zum Eichenhof gefahren war, wollte sie den Tod von Onkel und Tante nicht wahrhaben. Und zu ihrer Trauer und ihrem Schmerz kam die Tatsache hinzu, dass Frederich Feldmann, dieser verruchte Mensch, der neue Besitzer des Eichenhofs war. Sie nahm ihm den redlichen Hergang beim Kauf des Guts nicht ab. Jedem hätte sie das ansehnliche Rittergut gegönnt, nie und nimmer jedoch dem einstigen Kumpan von Eckhard Rettich.

Weller ergriff ihre Hand. Er spürte ihre Verärgerung darüber, dass er das Gespräch so abrupt beendet hatte, und ahnte, dass für Elisa in dieser Angelegenheit noch nicht das letzte Wort gesprochen war.

„So schlimm die Tatsache für dich auch ist, mein Engel, musst du sie dennoch akzeptieren. Versuche den Eichenhof und all den Kummer, der damit verbunden ist, zu vergessen. Du wirst sehen, die Zeit heilt alle Wunden."

Elisa seufzte. Ihr war klar, dass ihr Mann keine weiteren Nachforschungen anstellen würde. Mit dem ihm vorgelegten Kaufvertrag war für ihn die Sache erledigt. Das konnte sie ihm nicht verübeln, schließlich wusste er nichts von der Verknüpfung dieses scheinheiligen Mannes mit der Vergangenheit. Wusste nicht, welch widerwärtiger Kerl dieser Feldmann war.

„Offenbar hast du ihm seine fadenscheinige Erklärung abgekauft, Alois. Ich nicht. Von wegen Mitspracherecht bei der Benennung des Käufers. Ha! Ich könnte wetten, der Onkel hat mir zumindest einen Teil aus dem Verkauf des Gutes vermacht. Glaube mir, da ist etwas ganz übel gelaufen. Feldmann wollte mich gar nicht finden." Weller hob nachdenklich die Schultern. „Du solltest dich nicht länger mit dieser unschönen Sache belasten und alle möglichen Leute verdächtigen. Oder anders gesagt, ich möchte nichts mehr davon hören."

„Kannst du nicht verstehen, dass ich nichts weiter als Klarheit haben will?"

„Elisa, du bist jetzt enttäuscht und verärgert, das verstehe ich. Aber was, wenn dein Onkel dich tatsächlich nicht in seinem Testament bedacht hat? Und zwar aus der verständlichen Verärgerung heraus über den Bruch mit ihm? Meinst du nicht, du solltest diese Möglichkeit wenigstens in Erwägung ziehen?"

Elisa schnäuzte sich. Sie dachte daran, wie ihr Leben nach dem Freitod der Mutter verlaufen war, und fragte sich, ob Onkel und Tante überhaupt von ihrer Rückkehr nach Dresden im Jahre 1806 wussten. Was, wenn sie bis zuletzt geglaubt hatten, sie wäre noch immer bei ihrem Vormund an der Ostsee? Dann war sie womöglich an dem Dilemma selber schuld?

Mit dieser Ungewissheit konnte sie nicht leben. Ihr Entschluss stand fest: Sie musste wissen, was in dem Testament stand, musste der Wahrheit auf den Grund gehen. Doch das Testament lag in Bautzen bei der Familie ihrer Tante. Wollte sie diese Menschen um Einsicht in das Dokument bitten, war ihre Reise nach Bautzen unumgänglich. Doch wie sollte sie das anstellen? In dreißig Jahren hatte sie sich noch kein einziges Mal zu ihnen bequemt. Und noch wichtiger: Wie bekam sie Weller, der nichts davon erfahren durfte, für mehrere Tage aus dem Haus?

6

Der Sommer ging zu Ende, als sich die erhoffte Gelegenheit bot. Weller beabsichtigte eine Reise nach Thüringen.

„Du willst mich schon wieder allein lassen?" Elisas traurige Augen waren ein wenig gespielt.

„Sieh es mir bitte nach, mein Engel. Auf der Wartburg, oberhalb der Stadt Eisenach, gibt es am 18. Oktober ein recht bedeutsames Fest. Die *Allgemeine Deutsche Burschenschaft*, die vor zwei Jahren in Jena gegründet wurde, hat dazu Studenten von 13 protestantischen Universitäten eingeladen. Auch einige ausgewählte Professoren und Lehrer hat man angesprochen."

„Und worum geht es auf diesem Fest?"

„Man feiert Martin Luthers Thesenanschlag an die Wittenberger Stadtkirche vor 300 Jahren. Und damit feiert man den Beginn der Reformation. Deshalb die Wartburg. Hier, lies selbst!" Weller reichte Elisa ein nach frischer Druckerschwärze riechendes Blatt, das ihm zwei Studenten aus Leipzig geschickt hatten. „Es ist das erste große Studententreffen in Deutschland. Weib, ich sage dir, das interessiert mich sehr."

Nachdem Elisa das Blatt mit der Einladung gelesen hatte, gab sie es ihrem Mann augenzwinkernd mit der Bemerkung zurück: „Sie erwähnen als zweiten

Feiergrund den vierten Jahrestag der Völkerschlacht bei Leipzig. Alois, sei ehrlich. Ist es nicht vor allem dieser Anlass, der dich auf die Wartburg treibt?"

Weller zog die Finger durchs dichte graue Haar, setzte sich neben Elisa und nahm sie in den Arm. „Du hast mich durchschaut, mein Engel. Ich vermute, der Sieg über Napoleon ist den meisten Studenten der wichtigere Anlass. Viele von ihnen, die auf den Schlachtfeldern gegen den Kaiser gekämpft haben, sind bitter enttäuscht. Nicht im Mindesten sehen sie erfüllt, was sie vom Wiener Kongress erhofften. Was hatte man ihnen nicht alles versprochen, damit sie bei der Stange blieben: Einen einheitlichen deutschen Staat, liberale Gesetze, Beschränkung der Privilegien des Adels. Und was ist herausgekommen? Die Gründung des Deutschen Bundes. Sonst nichts! Die Kleinstaaterei und das alte Machtgebilde bleiben unverändert. Die 38 deutschen Staaten wursteln weiter so dahin wie in der vornapoleonischen Zeit. Es ist ein Graus!"

Weller zog Elisa enger an sich heran und gab ihr einen Kuss auf die Wange. „Du weißt, dass diese fortschrittlichen Ideen und Ziele auch die meinen sind. Also, Liebes, grolle nicht und lass mich gemeinsam mit den jungen Männern auf die Wartburg ziehen."

„Dann tu, was dir so sehr am Herzen liegt, mein patriotischer Kämpfer. Ich weiß mich hier schon zu beschäftigen." Seufzend schmiegte sie sich an ihn. „Obwohl ich dich ungern gehen lasse, das weißt du hoffentlich."

„Und ob ich das weiß. Doch bitte versteh mich, ich betrachte es als eine Ehre, dass man mich, *den fortschrittlich gesinnten Lehrer*, wie sie schreiben, eingeladen hat. Übrigens werde ich den Weg nach Thüringen über das westliche Erzgebirge nehmen. Dort habe ich noch ein trauriges Versprechen einzulösen, das ich meinem sterbenden Waffenbruder Adam Gröblin im Winter 1812 auf dem Kampfplatz an der Beresina gab."

Er stand auf, ging ins Bibliothekszimmer, kam mit einer handgroßen, auf Gold gemalten russischen Ikone zurück und legte sie Elisa in die Hand.

„So etwas Schönes habe ich noch nie gesehen. Wo hast du sie her?"

„Kriegsbeute aus Moskau. Gröblin wollte sie seiner Mutter schenken. Mit seinen letzten Atemzügen nahm er mir das Versprechen ab, dies an seiner Stelle zu tun. Glaube mir, es wird ein bitterer Weg für mich.

7

Die Fahrt in die herbstliche Oberlausitz führte vorbei an leuchtenden Wäldern, und die Luft war erfüllt vom Duft frisch gepflügter Felder. Vor wenigen Jahren erst hatte hier erbittertes Kampfgetöse geherrscht, und die Erde war vom Blut zigtausender Soldaten und Pferde getränkt.

Nach langer Fahrt und zwei Pausen, in denen die Pferde gewechselt wurden, passierte Elisas Kutsche am frühen Abend den weithin sichtbaren Reichenturm. Vor einem der schmucken Patrizierhäuser stieg Elisa aus und bezahlte den Kutscher. Überschwänglich bedankte er sich für den halben Thaler und versicherte der elegant gekleideten Dame, er stehe ihr für die Rückfahrt gern zur Verfügung.

In der Mitte der ockerfarbenen Fassade prangte über der Haustür ein plastisch gestaltetes Rundbild. Darin ein stolzer Dreimaster mit geblähten Segeln. Das kleine Kunstwerk sagte dem Betrachter, dass in diesem Haus ein wohlhabender Kaufmann wohnte. Seine Verbindung zu den Häfen im Norden erlaubte ihm den Handel mit Waren aus Übersee. Ein solcher Kaufmann war Johannes Kleinschmidt.

Elisa hatte sich auf ihren Besuch in Bautzen gewissenhaft vorbereitet. Auch ihre Garderobe hatte sie mit Bedacht gewählt. Sie wusste, wie gut ihr das kirschrote Kleid mit dem weißen Spitzenkragen stand. Darüber trug sie einen mausgrauen, bis zur Hüfte reichenden Umhang, auf dem Kopf einen elegant geschwungenen, ebenfalls grauen Hut mit drei zierlichen roten Rosen aus der Sebnitzer Werkstatt am weißen Seidenband. Vorsichtshalber hatte sie ihren wollenen schwarzen Mantel mitgenommen; die Nächte waren bereits empfindlich kalt.

Während sie, von einer Magd empfangen, das Haus betrat, überlegte sie, was sie dem Hausherrn entgegnen sollte, falls er sie nach ihrem Verhältnis zu Onkel und Tante in den zurückliegenden Jahren fragte. Womöglich hatte die Tante sich über die starrsinnige Nichte beklagt, die ihr so viele glückliche Tage auf dem Eichenhof verdankte. Und nun kam sie nach Jahren wie aus heiterem Himmel und forderte Auskunft über den Inhalt des Testaments. Die Bitte entbehrte nicht einer gewissen Peinlichkeit, das war ihr bewusst. Sei's drum, dachte sie. So verquer konnte das Leben nun einmal verlaufen. Peinlichkeit hin, Peinlichkeit her – jetzt ging es allein darum, der Wahrheit auf den Grund zu gehen.

Die Begrüßung durch Herrn und Frau Kleinschmidt war herzlich, aber nicht überschwänglich. Sie führten den Gast in einen mit hellgrünen Tapeten ausgestatteten Salon und stellten ihm ihre bereits erwachsenen Kinder vor.

Elisa nahm auf einem der vier Sesselstühle Platz, die im Halbrund um einen flachen barocken Tisch mit geschwungenen Beinen standen. Noch wagte sie nicht, nach dem angebotenen Glas Wein zu greifen. Nach einer halben Stunde belangloser Konservation bat sie mit ernster Miene ums Wort und berichtete dann, was sie auf dem Eichenhof erfahren hatte. Auch machte sie kein Hehl daraus, dass ihr der neue Besitzer reichlich suspekt vorkam. Seine Ahnungslosigkeit, den Inhalt des Testaments betreffend, habe sie ebenso stutzig gemacht wie die

Tatsache, dass sie dem neuen Besitzer zwar ihre Zustimmung geben, jedoch nicht am Erlös des Verkaufs des Gutes beteiligt werden sollte.

Johannes Kleinschmidt hatte Elisa zwar geduldig, doch mit wachsender Empörung zugehört. Jetzt fuhr er von der Chaiselongue hoch und rief: „Ich falle aus allen Wolken!"

Frau und Tochter, die neben ihm saßen, wechselten erschrockene Blicke. Die drei Söhne rissen die Augen auf. Sie waren extra für dieses Gespräch aus Zittau und Görlitz angereist, um die entfernte Verwandte aus Dresden, von der sie schon viel gehört hatten, persönlich kennenzulernen.

„Wie ist so etwas nur möglich?", wetterte Kleinschmidt mit erhitztem Gemüt. „Fast möchte ich nicht glauben, was Sie mir berichten. Wie kann ein von mir ins Vertrauen gezogener Mensch sich dermaßen intrigant verhalten?"

„Wenn es um Geld geht, ist vielen Leuten jedes Mittel recht", entgegnete Elisa mit gedämpfter Stimme und beobachtete das entrüstete Familienoberhaupt, das mit grimmiger Miene durchs Zimmer schritt.

„Höchst ärgerlich! Leider können wir besagten Verwalter nicht mehr zur Rechenschaft ziehen. Zwei Wochen nach dem Verkauf des Rittergutes ist er plötzlich verstorben. An einer Darmkolik. Angeblich! Mit dem jetzigen Wissen könnte man wahrlich denken, man habe ihn vergiftet oder …"

„Johannes, bitte!", stoppte ihn seine Frau. „Du solltest dich vor derartigen Vermutungen hüten."

Die zuckenden Hände auf dem Rücken, lief Kleinschmidt wutschnaubend von einem Zimmerende zum anderen. Der große, etwas untersetzte Mann mit dem glatten aschblonden Haar kam Elisa vor wie ein gehetztes Tier. Seine Empörung war echt. Er hatte ganz sicher nichts mit dieser hinterhältigen Sache zu tun.

„Dieser Lump! In die Hand hat er mir versprochen, alles zu meiner Zufriedenheit zu erledigen. Wie im Testament meines Schwagers verfügt, habe ich ein Drittel des Verkaufserlöses für Sie, Elisa, zurückbehalten. In dem festen Glauben, einen redlichen Mann vor mir zu haben, vertraute ich das Geld besagtem Verwalter an und beauftragte ihn, es so lange in dem Dresdner Bankhaus zu deponieren, bis er es Ihnen ordnungsgemäß übereignen kann. Hätten Sie sich nach drei Jahren noch immer nicht in Ihrem Haus eingefunden, wäre der Geldbetrag an mich, den Haupterben, gefallen. So war es schriftlich fixiert."

Elisa hob den Kopf. Nach kurzer Überlegung entschloss sie sich, der Familie den tieferen Grund ihrer Nachforschungen anzudeuten.

„Wie es aussieht, hat der Verwalter Sie, verehrter Herr Kleinschmidt, und letztlich auch mich um dieses Drittel der Kaufsumme betrogen. Das mag für uns beide schmerzlich sein. Weit schmerzlicher für mich jedoch ist die Tatsache, dass ich keinen Einfluss auf die Vergabe des Rittergutes hatte."

Überrascht blieb Kleinschmidt stehen. „Ach ja?"

Im Bruchteil einer Sekunde überlegte Elisa, wie viel von dem wahren Geschehen sie der Familie, der sie heute zum ersten Mal begegnete, offenbaren sollte. „Vor langer Zeit erfuhr ich aus zuverlässigem Munde, welch übler Mensch dieser Frederich Feldmann ist. Er soll meiner Mutter in penetranter Weise nachgestellt, ja, sie sogar körperlich in unaussprechlicher Weise belästigt haben." Betroffen senkte sie den Blick.

Frau Kleinschmidt, das füllige graue Haar kunstvoll am Hinterkopf hochgesteckt und ein weißes Seidentuch darum gebunden, sah Elisa mitfühlend an und wagte, nachdem ihr Mann sich wieder neben sie gesetzt hatte, die Frage: „Wo waren Sie denn, als man vergeblich nach Ihnen suchte? Und weshalb melden Sie sich erst jetzt bei uns?"

Da war sie, die Frage, die Elisa befürchtet und sich deshalb die Antwort bereits während der Fahrt zurechtgelegt hatte. Verhalten berichtete sie, weshalb sie und ihr Ehemann erst vergangenes Frühjahr aus Wien nach Dresden zurückgekehrt sind. Auch das Zerwürfnis mit Onkel und Tante erwähnte sie, ohne jedoch auf Details und Hintergründe einzugehen.

„Das klingt alles recht plausibel. Eine traurige Geschichte, fürwahr. Im Namen meiner Familie danke ich Ihnen für Ihre offenen Worte." Zufrieden blickte Kleinschmidt in die Runde und erntete ausnahmslos Zustimmung.

„Dann ist es jetzt Zeit für den Kaffee." Würdevoll erhob sich Frau Kleinschmidt, hakte sich bei Elisa, die sie zu sich herangewinkt hatte, unter und ging mit ihr voran ins sonnendurchflutete Speisezimmer.

„Wie mir der himmlische Duft verraten hat, steht die gefüllte Kaffeekanne bereits auf dem Tisch. Übrigens beziehen wir unseren Kaffee direkt aus Hamburg. Bester Arabicakaffee aus dem Hochland Mittelamerikas. Eine sündhaft teure Köstlichkeit, die Sie, liebe Elisa – wir dürfen Sie doch so nennen? –, unbedingt probieren müssen. Ebenso wie den Kuchen. Wir backen ihn selber. Keiner in der Stadt backt so vorzügliche Obstkuchen wie unsere gute Marie. Ich hoffe, Kaffee und Kuchen werden Ihnen munden."

In ihrem langen, eierschalenfarbenen Kleid, ein luftiges Fichu um die nackten Schultern gelegt, schwebte die Dame des Hauses ans Ende der Kaffeetafel und bedeutete jedem mit den Augen seinen Platz.

Elisa fiel das Service aus chinesischem Porzellan auf. Wie dünnwandig die schmucklosen, nur mit einem schmalen Goldrand verzierten weißen Tassen doch waren. In der Mitte der Tafel stand ein Traum von einer weißen Porzellanvase. Darin ein dicker Strauß roter Rosen, dessen süßer Duft den Raum erfüllte.

Kleinschmidt kam als Letzter. Als er die beiden runden, dick mit Früchten und knusprigen Butterstreuseln belegten Kuchen sah, strahlten seine Augen. Der Ärger war verflogen. Froh gestimmt nahm er seinen Platz an der Stirnseite der Tafel ein. Elisa saß seitlich neben ihm.

„Ist es nicht traurig, liebe Freundin, dass wir uns erst durch einen so ärgerlichen Anlass kennenlernen? Wir haben immer bedauert, nicht schon eher Ihre Bekanntschaft gemacht zu haben. Zugegeben, wir sind miteinander nicht blutsverwandt, doch meine Schwägerin – Gott hab sie selig – sprach bei jedem ihrer Besuche in den höchsten Tönen von Ihnen. Ich glaube, Sie liebte sie wie das eigene Kind, das sie leider nie haben konnte."

„Und sie war mir stets eine fürsorgliche und liebenswerte ältere Freundin. Ihr Andenken werde ich mein Lebtag in meinem Herzen bewahren."

Nach fünf Tagen trat Elisa die Heimreise an. Sie war zufrieden mit dem, was sie in Bautzen erkundet hatte. Nun wusste sie, dass Onkel und Tante sie nicht verteufelt, sondern sich ihre Liebe zu ihr bewahrt hatten. Mit dieser Gewissheit wollte sie den feigen Betrug aufdecken und den Betrüger vor den Richter bringen. Doch was würde Alois dazu sagen? Ein Rechtsstreit brachte die Angelegenheit unweigerlich an die Öffentlichkeit. Und das gefiel Alois ganz sicher nicht.

In Dresden angekommen, beschloss Elisa, Feldmann einen geharnischten Brief zu schreiben und ihm darin mit einer Klage zu drohen, falls er das ihr vorenthaltene Geld nicht umgehend herausrückte.

Eine Nachricht von Weller kam ihr gelegen. Er schrieb, er habe sich mit Robert und Helfried einer Gruppe junger Dichter angeschlossen. Gemeinsam werde man nach dem Wartburgfest durchs östliche Erzgebirge nach Sachsen wandern. Deshalb sei er etwa zwei Wochen später bei ihr. Sie solle ihm deswegen nicht böse sein.

Elisa schmunzelte. Nein, böse war sie darüber nicht. Sie setzte sich an ihren Schreibsekretär. Auf ihm stand, golden umrahmt, Wellers Porträt, das sie vor langer Zeit mit viel Liebe gemalt hatte. Sie warf einen Blick darauf und flüsterte: „Siehst du, mein Liebster, manches im Leben bringt sich ganz von selber ins Lot. Wenn ich nur unerschrocken genug vorgehe, ist diese unschöne Sache bereinigt, bevor du wieder bei mir bist."

Der Brief an Feldmann, dessen Wortlaut Elisa sich bereits im Kopf zurechtgelegt hatte, war zügig aufgesetzt. Sie hoffte damit Feldmanns Geständnis zu erzwingen, und wenn er schlau war, würde er umgehend bezahlen und sie bitten, die Klage zurückziehen. Zwar wäre der Gerechtigkeit damit nicht Genüge getan, doch der gefürchtete Rechtsstreit wäre vom Tisch. Bevor Elisa den Brief zusammenfaltete und mit ihrem Siegel verschloss, setzte sie ein Postskriptum unter ihre Unterschrift:

Ich gewähre Ihnen eine Frist von zwanzig Tagen!

8

Frederich Feldmann schäumte, als er Elisas Drohbrief in den Händen hielt. Seit dem Besuch der Wellers auf seinem Hof waren Monate vergangen. Insgeheim hatte er gehofft, Alois Weller habe sich mit den Tatsachen abgefunden und die Sache unter den Tisch gekehrt. Und nun das!

„Dieses Miststück von einem Weib gibt keine Ruhe. Hat sie die Kröten so nötig? Aber ich weiß schon: Rächen will sie sich an mir. Zusehen, wie ich mich wie ein Wurm am Boden vor ihr winde. Dabei habe ich ihrer Mutter damals in der Scheune gar nicht so viel getan. Nicht so viel wie Eckhard Rettich. Ein Weib sich mal nehmen, was ist schon dabei. Rettich war der Schweinehund. Er hat sie bis zur Besinnungslosigkeit geschlagen. Zwar schmort er dafür seit Jahren in der Hölle, doch ich soll jetzt für seine Schandtat bluten. Wegen diesem verdammten Weib!"

Die Angst im Nacken durchmaß Feldmann das Zimmer mit hartem Schritt. Schnaubend vor Wut bemerkte er nicht, dass Bruno, sein Sohn, hereingekommen war.

„Was haben Sie, Vater? Von welchem Weib sprechen Sie?"

Erschrocken schnellte Feldmann herum. „Vergiss, was du gehört hast, Sohn. Ich will dich damit nicht belasten." Um Fassung bemüht, faltete er das Schreiben zusammen, warf es in das Schubfach der Eckvitrine und drehte den Schlüssel herum. „Das muss ich selber klären. Muss mich mit der dreisten Person einigen, bevor sie noch dreister wird. Kluge Weiber mögen heutzutage in Mode sein. Vornehme Gesellschaften verstehen sie zu amüsieren. Doch liegst du mit ihnen im Streit, ziehen sie dir gnadenlos die Haut vom Leibe."

„Wenn die Sache etwas mit dem Hof zu tun hat, Vater, habe ich ein Recht, davon zu erfahren. Sie wollten ihn mir doch in einigen Jahren …"

„Ja, in Gottes Namen! Am besten, ich übereigne ihn dir sofort. Dann ist er uns wenigstens sicher und keiner kann daran rütteln."

Bruno, ein schlanker junger Mann von Anfang dreißig, mit schmalem Gesicht und welligem braunen Haar, hob die Brauen. „Ich verstehe nicht. Wer könnte denn daran rütteln?"

Feldmann legte Bruno die Hand auf die Schulter und dachte einen Moment nach, ehe er ihm mit einiger Überwindung erklärte: „Die Nichte des letzten Gutsbesitzers. Ihr stand ein Anteil aus dem Verkaufserlös zu. Da sie jedoch seinerzeit nicht auffindbar war, meinten wir – Rettich und ich – sie sei tot. Wir haben ihren Anteil einbehalten, anstatt ihn für sie im Dresdner Bankhaus zu deponieren. Das war Rettichs Idee. Leider habe ich mich ihm nicht entschieden genug widersetzt."

„Was hat dieser Lumpenhund mit dem Kauf des Ritterguts zu tun?"

„Rede nicht so abfällig über ihn, schließlich sind wir durch seine Vermittlung an das Gut gekommen. Und soweit war auch alles rechtens. Hätte Rettich sich dem Verwalter gegenüber nicht für mich stark gemacht, hätte ich den Zuschlag nie bekommen."

„Sich für Sie stark gemacht, sagen Sie? Nun, ich denke, Rettich tat das nicht umsonst."

Feldmann lachte kalt auf, vermied aber den Blickkontakt mit seinem Sohn. „Natürlich nicht umsonst, was denkst du denn. Rettich ist keiner, der seinen Hintern aus reiner Nächstenliebe für jemanden fortbewegt. Da muss schon ordentlich was bei rausspringen."

Bruno trat so nahe vor den Vater, dass er nicht umhin kam, ihm in die Augen zu sehen. „Und? Ist dabei ordentlich was herausgesprungen für ihn und … für Sie?" Bruno hatte keine Scheu, in dieser Art mit dem Vater zu sprechen. Vor Jahren hatte er ihn, als er, wie so oft, stockbetrunken aus der Kneipe kam und den Heimweg nicht fand, aus einer brennenden Scheune gerettet, wo er im Heu eingeschlafen war. Bruno hatte dabei sein Leben riskiert und dem Vater später mit harten Worten vorgeworfen, er gefährde mit seinem Lotterleben das Wohl der Familie. Seither stand Frederich Feldmann in der Schuld seines Sohnes.

„Halte dich zurück, Bruno! Was du über die Geschichte wissen musst, weißt du jetzt. Ich zahle die Frau aus und dann ist Schluss damit. Glaube mir, dieses Weib hat Haare auf den Zähnen. Vor der müssen wir auf der Hut sein. Die wird weiter in der Wunde wühlen, obwohl die Sache eine Ewigkeit her ist."

Bruno öffnete das Fenster. Genussvoll sog er die hereinströmende würzige Herbstluft ein. Nach einer Weile drehte er sich noch einmal zum Vater um mit der Bemerkung: „Einer Ewigkeit, sagst du? Dann wird es Zeit, dass du einen Schlussstrich ziehst!"

Am nächsten Morgen begab sich Bruno trotz einsetzendem Regen auf den Weg nach Dresden. Gegen den Einwand des Vaters bestand er darauf, das Schreiben der Adressatin persönlich zu übergeben. Zudem war er gespannt, wie die Frau aussah, die es wagte, ihren Vater und Rettich die Pistole auf die Brust zu setzen.

Bruno schämte sich für seinen Vater, der sich nicht zum ersten Mal von vermeintlichen Freunden zu einer Kumpanei hatte überreden lassen und die Familie damit in eine missliche Lage brachte. Seit er denken konnte, war ihm der Vater mit seiner zügellosen Sauferei ein abstoßendes Beispiel gewesen. Nein, so wie er wollte Bruno nicht werden. Die Mutter war an den Eskapaden ihres Mannes verzweifelt. Wie oft hatte sie flehentlich auf ihn eingeredet, er solle endlich zur Vernunft kommen und Verantwortung für die Familie übernehmen. Doch Frederich Feldmann hatte weder das Saufen aufgegeben, noch sich von seinen zwielichtigen Freunden getrennt.

Vor dem Haus der Wellers stieg Bruno aus der Kutsche. Eine Weile stand er andächtig vor der Frauenkirche und sah, die Augen mit der flachen Hand vor der Sonne schützend, zu dem goldenen Turmkreuz hinauf. „Was für ein prachtvoller Bau. Was für eine grandiose Leistung hiesiger Bauleute."

„Es scheint, Sie sehen unsere Kirche zum ersten Mal, mein Herr."

Die freundliche Stimme gehörte einer schlanken, dunkelhaarigen, etwa gleichaltrigen Frau, die mit einem Korb voller Gemüse am Arm neben ihn trat.

„Nein, Madame. Ich komme hin und wieder nach Dresden, doch an diesem stolzen Bau kann ich mich nicht sattsehen. Fast möchte ich Sie darum beneiden, ihn jeden Tag zu sehen."

„Jeden Tag und direkt von den Fenstern meiner Wohnung aus. Ich sehe ihn, höre sein Glockengeläut, erfreue mich an den Menschen, die durch seine sieben Türen aus allen Himmelsrichtungen hinein- und mit Gottes Wort wieder hinausgehen. Der Anblick dieser Kirche ist fürwahr in den zehn Jahren, die ich in Dresden wohne, ein Teil meines Lebens geworden."

Jetzt lüftete Bruno seinen Hut und verbeugte sich. „Da wir uns so nett unterhalten, darf ich mich Ihnen, verehrte Dame, höflichst vorstellen. Bruno Feldmann mein Name. Ich komme vom Rittergut bei Lohmen. Eichenhof genannt. Wills der Zufall, haben Sie vielleicht schon einmal von ihm gehört."

Zunächst wunderte sich Bruno nur ein wenig, dass die eben noch freundlich mit ihm plaudernde Dame schlagartig verstummte und ihr anmutiges Gesicht einem Leichentuch glich. Doch dann zählte er eins und eins zusammen und glaubte den Grund für ihre Sprachlosigkeit zu kennen.

„Mit Verlaub, sind Sie möglicherweise jene Dame, derentwegen ich nach Dresden kam? Sind Sie … Madame Weller?"

„Die bin ich. Und ich ahne, weshalb Sie mich, vermutlich im Auftrag Ihres Herrn Vater, besuchen möchten. Selber zu erscheinen und mich von Angesicht zu Angesicht für sein Verhalten um Entschuldigung zu bitten, zieht er offensichtlich nicht in Betracht. Kann es sein, dass Ihr Herr Vater ein Feigling ist?"

Bruno wischte sich mit dem Handrücken die Wange. Der Regen, der sich eine Pause gegönnt hatte, setzte erneut ein. Die Menschen flüchteten in ihre Häuser. Binnen Minuten war der Neumarkt leer.

Sie hat tatsächlich Haare auf den Zähnen, sagte sich Bruno. Doch jetzt zu kneifen, kam nicht in Frage. Selbst auf die Gefahr hin, dass dieser weibliche Drache plötzlich Feuer spie, hatte er eine Mission zu erfüllen. Mochte sein Vater sein, wie er war. Er, Bruno Feldmann, war ein ehrlicher, aufrichtiger Mensch und ein mutiger Mann, bereit, sich der weiblichen Dominanz zu stellen.

„Wäre es Ihnen recht, wenn wir unser Gespräch in etwas trockenerer Umgebung fortführten?"

Der flehende Blick ihres Gegenübers stimmte Elisa milde. „Kommen Sie! Ich wohne in dem Eckhaus an der Rampischen Straße."

Zu Brunos Erstaunen roch es im Haus leicht säuerlich. Er vermutete, dass die Treppe am Morgen mit Essigwasser gewischt worden war. So tat man es in Lazaretten, um der Ausbreitung von Seuchen zu begegnen. Offenbar hatte diese Frau in den Jahren der französischen Belagerung in einem Lazarett Dienst getan.

Die Magd nahm ihm Hut und Mantel ab. Im Wohnzimmer in der ersten Etage bat Elisa ihn auf dem Sofa Platz zu nehmen. Sie selbst rückte sich einen der beiden Sesselstühle so zurecht, dass sie ihm ins Gesicht sehen konnte, und kam gleich zur Sache. „Nun denn – was haben Sie mir im Auftrag Ihres Vaters auszurichten? Wie Sie sich denken können, bin ich auf seine Antwort gespannt."

Flüchtig beäugte Bruno die gepflegte, vom erlesenen Geschmack der Hausherrin zeugende Einrichtung des hellen, zur Frauenkirche hin zeigenden Wohnzimmers. Dagegen wirkte die barocke Möblierung des Herrenhauses auf dem Eichenhof antiquiert. Er prägte sich die Einrichtung des Zimmers gut ein. Sobald er der Herr des Eichenhofs war, wollte er das Haus ebenso modern und freundlich einrichten.

„Ich habe Ihnen dieses Schreiben hier zu übergeben." Bruno holte ein kleines, zweimal gefaltetes, mit dem Feldmannschen Siegel versehenes Papier aus der Innentasche seines Mantels. „Mein Vater wollte es Ihnen vermittels eines Boten zukommen lassen. Ich habe jedoch darauf bestanden, dass ein Mitglied der Familie Feldmann Ihnen dieses Schreiben persönlich übergibt. In meinen Augen ist das eine Frage des Anstandes, nach alledem, was ich von jener unschönen Sache …"

„Unschöne Sache?", unterbrach ihn Elisa. „Mein Herr! Für das Leid, das Ihr Vater mit seinem Kumpan unserer Familie zugefügt hat, könnte Ihre Wortwahl banaler nicht sein!"

„Beruhigen Sie sich, Madame. In diesem Schreiben sieht mein Vater sein verwerfliches Verhalten ein und ist bereit, den Ihnen zustehenden Betrag in voller Höhe umgehend auszuzahlen. Aber bitte, lesen Sie selbst!"

Er reichte Elisa den Brief über den Tisch und meinte, nachdem sie ihn gelesen hätte, wäre die Sache erledigt, deshalb betonte er: „Im Namen meiner Familie möchte ich mich bei Ihnen für das unverzeihliche Verhalten meines Vaters entschuldigen, welches er mir im Übrigen erst vor Tagen eingestand. Ich schäme mich für das, was er getan hat, und werde alles in meiner Macht Stehende tun, damit sich eine derartige moralische Entgleisung seinerseits nicht wiederholt. Gewiss ist es auch in Ihrem Interesse, wenn mit der Auszahlung des Geldes die bedauerliche Angelegenheit ein für alle Mal bereinigt ist."

Elisa schluckte. „Welche seiner moralischen Entgleisungen meinen Sie denn? Die jetzige oder die vor achtzehn Jahren?"

„Ich verstehe nicht, Madame ... wie meinen Sie?"

„Ich meine die Schändung meiner Mutter, an deren mittelbaren Folgen sie jämmerlich zugrunde gegangen ist. Ich meine den Zerfall meiner Familie. Ich meine die Tränen, die unendliche Trauer über den Verlust des mir liebsten Menschen, den ich bis zum heutigen Tage nicht verwunden habe."

Bruno sah sie entgeistert an. Im ersten Moment meinte er, einem Irrtum oder einer dreisten Lüge aufgesessen zu sein, doch als er sah, wie mühsam die Frau ihr inneres Beben und die aufsteigenden Tränen zu verbergen suchte, bröckelten seine Zweifel. Dennoch fiel es ihm schwer, die ungeheuerliche Anschuldigung zu glauben. Ja, sein Vater hatte ihm und der Mutter viel Ungemach bereitet nach seinen Sauftouren, aber sollte er tatsächlich zu etwas so Niederträchtigem imstande sein?

„Madame Weller, Sie sehen mich fassungslos. Davon habe ich nichts gewusst. Wenn stimmt, was Sie meinem Vater vorwerfen, muss ich mich für sein Verhalten zutiefst schämen und es aufs Schärfste verurteilen. Mich für ihn entschuldigen kann ich nicht. Das muss er selber tun, da stimme ich Ihnen zu."

Er schob die Brauen zusammen, senkte den Kopf, überlegte. Plötzlich schoss er in die Höhe, trat vor Elisa hin und legte mit feierlicher Miene seine Hand auf die linke Brust. „Bei meiner Ehre! Madame, ich verspreche Ihnen, ich werde meinen Vater zur Rede stellen. Ich werde ihm seine Pflicht Ihnen gegenüber so lange schonungslos vor Augen führen, bis er sich bei Ihnen persönlich entschuldigt. Weigert er sich, will ich nicht mehr Feldmann heißen."

Elisa begleitete ihn an die Haustür und wünschte ihm die Kraft, sein Versprechen einzuhalten. Als sie die Treppe wieder hinaufgegangen war, öffnete sie im Wohnzimmer ein Fenster und schaute hinab auf den Neumarkt. Sein Pflaster glänzte in den letzten, am späten Nachmittag unverhofft hinter dem Wolkengrau erschienen Sonnenstrahlen.

Bruno Feldmann lief im Eilschritt in Richtung Altmarkt; in Gedanken versunken, wie es Elisa schien. Wenn er von der Sache wirklich nichts gewusst hat, wird es zum Bruch mit dem Vater kommen, überlegte sie. Hatte sie das

Recht, den jungen Mann gegen seinen Vater aufzuwiegeln, anstatt sich in einem freimütigen Brief an diesen zu wenden und sich ihren Kummer und ihre Wut von der Seele zu schreiben? War der Weg über den Sohn nicht ebenfalls der bequemere? War er nicht ebenso feige?

Innerlich aufgewühlt ging Elisa an diesem Abend spät und mit einem flauen Gefühl im Magen zu Bett. Weit nach Mitternacht lag sie noch immer reglos auf dem Rücken und starrte zur Decke. Womöglich hatte sie mit ihrer Offenbarung Bruno gegenüber schlafende Hunde geweckt. Hatte etwas angestoßen, das nun nicht mehr aufzuhalten war. Etwas, das unbeteiligte Menschen gefährden und am Ende ihr eigenes, jetzt so friedliches Leben mit Alois aus den Angeln heben könnte. Sollte sie ihm ihr eigenmächtiges Handeln eingestehen oder sich besser in Schweigen hüllen und abwarten, was geschehen würde?

9

Weller traf bei lauem, aber trockenem Herbstwetter mit seinen Begleitern in Weimar ein. Helfried, ein blondhaariger junger Mann aus gutem Hause, dessen weiche, ebenmäßige Gesichtszüge ihm etwas Weibliches gaben, studierte an der Ingenieurakademie zu Dresden. Der untersetzte, robust wirkende Robert studierte in Leipzig die Rechtswissenschaften; mit mäßigem Erfolg, wie Helfried durchblicken ließ.

Für die Dauer ihres Aufenthaltes in der Dichterstadt bezogen die Männer Zimmer im Logierhaus *Elephant*, und zwar auf Wellers Kosten. Die vornehme Herberge zählte nicht eben zu den preiswerten, und Studenten hatten nun einmal wenig Geld.

Von Weimar aus unternahmen die drei Tageswanderungen in die herbstliche Natur und diskutierten dabei Fragen, die sie in Erwartung des Wartburgfestes bewegten. Am Morgen des 17. Oktober reisten sie weiter nach Eisenach. Dort angekommen, saßen sie bis in die Nacht hinein mit Studenten anderer Burschenschaften im großen Saal einer Gastwirtschaft zusammen. Bald ging es hier bei reichlich Wein und Bier hoch her.

„Wir wissen doch alle", rief Robert den jungen Männern zu, „dass Luthers Thesenanschlag und der Sieg über Napoleon nur der Vorwand sind für unser eigentliches Ziel, welches wir mit dem Wartburgfest verbinden: Unser offener Protest gegen die Restauration der alten Macht. Und wir verbinden diesen Protest mit der Forderung nach einem einheitlichen deutschen Vaterland!"

Beifall und begeisterte Rufe von jeder Ecke des Saales brausten auf. „Bravo! Du sprichst uns aus der Seele, Kamerad! Bravo!" Und Helfried fügte noch lauter hinzu: „Ein so offen deklariertes Zusammentreffen hätte man nicht nur verboten, man hätte die Organisatoren in Polizeigewahrsam genommen und schlimmstenfalls, wenn sie ihre Meinung verteidigt hätten, vor Gericht gestellt!"

Wieder erntete die frei geäußerte Meinung allgemeine Zustimmung. „So ist es! Genau so!"

Helfried legte noch eins nach: „Die Polizei unterdrückt mit Gewalt die freie Bürgermeinung. Entweder man hält den Mund oder man wandert ins Gefängnis! Das ist nicht nur skandalös, das ist eine Schweinerei!"

Ein anderer Student sprang mit dem Bierhumpen in der Hand spontan von seinem Platz auf und untermauerte Helfrieds Worte: „Wie recht du hast, Bruder! Und in der Anklageschrift hätte es dann natürlich geheißen: zur Sicherheit der Staaten des Deutschen Bundes. Dabei weiß jeder klar denkende Mensch, dass es in diesem Bund allein um den Machterhalt Österreichs und Preußens geht. Wir brauchen keinen Deutschen Bund! Wir fordern ein Staatsgebilde, das die deutsche Nation vereint. Und zwar unter einer von einem Parlament gewählten Regierung. Wir fordern den deutschen Nationalstaat! Weg mit all jenen, die diesem Ziel im Wege stehen!"

Wieder brauste Beifall auf. Bier wurde nachbestellt. Die Gemüter erhitzten sich. Die Äußerungen wurden freimütiger und schärfer in der Wortwahl.

Weller hielt sich bewusst zurück. Er saß neben Helfried am Ende des langen Holztisches – einer von dreien – und versuchte die Emotionen der jungen Männer, die teilweise arg aus dem Ruder liefen, zu verstehen.

Ernsthaft ins Nachdenken kam er, als ein gewisser Carl Ludwig Sand hinzukam. Er rühmte sich nicht nur damit, Mitglied des Festausschusses zu sein, sondern der geistige Kopf des Jubiläumsfestes, ja der deutschen Burschenbewegung überhaupt. Rasch tat er sich als Wortführer hervor, ließ kaum noch einen anderen reden und wurde nicht müde, seine Stimme immer wieder zu feurigen Ausrufen zu erheben. „Freiheit! Ehre! Vaterland!"

Sand war ein schlanker, gerade gewachsener Mann von 22 Jahren. Er hatte braunes, lockig ihm auf die Schulter fallendes Haar, dunkle Augen und einen flaumigen Oberlippenbart.

Während Robert ihm mit glühenden Wangen kräftig Beifall zollte und sich, als die Gelegenheit dazu war, in seine Nähe setzte, wurden Weller und Helfried zunehmend stiller. Schließlich waren sie des Geschreis überdrüssig, verließen den Saal und machten sich, da es ohnehin schon recht spät war, auf den Weg zu ihrem Quartier.

„Kennst du diesen Sand?", fragte Weller den jungen Mann. „Ich finde ihn reichlich übertrieben in seinem Gebaren und in dem, was er von sich gibt. Ich kann mich des Eindrucks nicht erwehren, dass er mit sich selber nicht im Reinen ist. Er erweckt in mir den Eindruck, als lenke seine Worte ein tief sitzender seelischer Schmerz."

Helfried räusperte sich und verlangsamte den Schritt. „Ich kenne den Carl Sand tatsächlich. Über zig Ecken bin ich sogar mit ihm verwandt."

„Ach ja?" Weller sah ihn interessiert von der Seite an.

„Sein Vater ist Justizrat im preußischen Wunsiedel. Er hat Carl zu einem tiefgläubigen Christen erzogen. Ehrlich gesagt, eine geistige Größe ist Carl nicht, obwohl er in Erlangen und Tübingen Theologie studiert hat. Er ist jedoch voller Initiative, wenn es um den deutschen Nationalstaat geht. Im August 1816 hat er die Erlanger Burschenschaft gegründet. Wenig später traf ihn ein harter Schicksalsschlag: Zwei Tage nach seiner Antrittspredigt ist sein bester Freund vor seinen Augen ertrunken. Den Verlust des Freundes und die Dramatik seines Todes hat er bis heute nicht verwunden. Beides hat ihn einerseits hilflos, andererseits unerschrocken gemacht. Unerschrocken, wenn es um die Durchsetzung seiner patriotischen Ziele geht."

Das feuchte Laub raschelte unter ihren Füßen. Ein erdiger Geruch stieg auf. Weller atmete die würzige Luft tief ein, ehe er den begonnenen Gedanken weiterführte. „Vermute ich richtig, dass Sand sich bereits als Führer der nationalen Burschenschaftsbewegung sieht?"

Helfried prustete spöttisch. „Mehr noch! Sand sieht sich als Führer der nationalen und liberalen Studentenbewegung und erfreut sich bereits einer breiten Anhängerschaft."

Ihr Weg führte sie durch ein lichtes Waldstück. „Hier gibt es noch Pilze, riechst du's?"

Helfried nickte. Durch die Wipfel der Fichten fegte ein kühler Wind. Als die Männer das Wäldchen hinter sich gelassen hatten, griff Weller das Thema Sand noch einmal auf. „Und was hältst du so von Sand, ich meine ... was für ein Mensch ist er?"

Helfried vergrub die Hände in den Hosentaschen und wiegte den Kopf. Weller sah ihm an, wie er nach Worten suchte.

„Ich will nicht ungerecht sein, aber Sand reagiert nicht selten verbohrt, eigenwillig, engstirnig. Er verliert zu oft den klaren Blick für die Realität. Du hast ja gesehen, wie vehement er sich in den Vordergrund stellt."

Weller nickte. „Nur sein Wort gilt. Er duldet keine andere Meinung. Das ist für eure Sache nicht gut. Unkontrollierte Hitzköpfe schaden ihr eher, als dass sie ihr nützen. Und so ein Hitzkopf ist dieser Carl Ludwig Sand anscheinend. Ihr solltet ihn im Auge behalten. Die spontane Dummheit eines Einzelnen kann schnell zum Problem für die Mehrheit werden."

Am nächsten Morgen 6 Uhr standen an die 500 Studenten aus elf protestantischen deutschen Universitäten sowie einige wenige Professoren und Lehrer auf dem

Marktplatz von Eisenach. Die Glocken der Stadt läuteten. Das Fest hatte begonnen.

Ein langer Zug setzte sich in Richtung Wartburg in Bewegung. Fahnen wehten. Lieder erklangen. An der Spitze des Zuges ging der Jenaer Student Karl Hermann Scheidler, der Anführer und Ordner des Festes. Auch Carl Sand lief in vorderster Reihe als Fahnenbegleiter. Zwischendurch entfernte er sich und verteilte selbst verfasste und gedruckte Flugblätter, mit denen er seine radikalen Ideen und Forderungen verbreiten wollte.

Im prunkvollen Rittersaal der Wartburg fand das Fest seinen feierlichen und zugleich politischen Höhepunkt. Ein Theologiestudent hielt die Festrede, ein Professor sprach in bewegenden Worten zum eigentlichen Thema des Treffens, das alle vereinte: Die Forderung nach einem deutschen Nationalstaat. Es folgte der Coral „Nun danket alle Gott". Der Schlusssegen beendete diesen Teil des Festes.

„Das war eine Mischung aus protestantischem Gottesdienst und politischer Kundgebung", resümierte Weller, während er mit Helfried der Einladung zum Festessen folgte. Als sie an einer der langen Tafeln saßen, drangen Bemerkungen an sein Ohr, wie: *Knüpft die Gegner der Einheit auf! Niederstechen sollte man die bornierte Bande!*

Derartiges drang vor allem aus dem Umfeld von Carl Sand herüber. Seine laute, vor Enthusiasmus sich gelegentlich überschlagende Stimme war nicht zu überhören. Während des Festessens ging es ebenso spruchgewaltig zu wie am Vorabend in kleinerer Runde. Ein Trinkspruch jagte den anderen, dazwischen Hochrufe auf Martin Luther, Gerhard von Scharnhorst, Ferdinand von Schill, Theodor Körner.

Weller und Helfried kamen mit zwei Studenten aus Halle ins Gespräch. Frei heraus fragte Weller, was sie zu den radikalen Forderungen einiger Studenten – allen voran Carl Sand – meinten. Er, der Lehrer aus Dresden, vertrete die Ansicht, mit Mordanschlägen könne man keine politischen Ziele durchsetzen. „Erzeugt nicht Gewalt wieder Gewalt, im Kleinen wie im Großen?"

„Gewalt ist früher oder später ein zwingendes Erfordernis", kam der Einwand der beiden Hallenser. „Erst wenn du dem Drachen die Köpfe abschlägst, ist er tot!"

Helfried konterte: „Wenn ich mich nicht irre, wachsen den Drachen die Köpfe nach."

Alle lachten. Sogar der, der den sinnigen Spruch von sich gegeben hatte und jetzt zu seiner Ehrenrettung anfügte: „Wie sonst sollen wir unsere gerechten Ziele durchsetzen, wenn wir nicht zuerst deren einflussreiche Gegner, also deren führende Köpfe eliminieren?"

Weller schob seinen Teller beiseite und stützte das Kinn auf die Hände. Dann erklärte er mit gewichtiger Miene: „Durch Zusammenschluss, durch aufklärende und wachrüttelnde Artikel in der Presse, durch Petitionen an die Obrigkeit. Vor allem aber durch Beständigkeit und Unnachgiebigkeit in den Forderungen. Und erst wenn diese Forderungen, diese lauten Rufe des Bürgers nach Veränderung von der Obrigkeit mit Gewalt beantwortet werden, ist Gegengewalt als Mittel der Verteidigung angebracht und dann auch – das sage ich aus tiefster Überzeugung – erforderlich!"

Die jungen Männer verstummten. Sie ahnten, dass der über 20 Jahre ältere Alois Weller von Anbeginn an den Befreiungskriegen gegen Napoleon teilgenommen hatte und sehr wohl wusste, wovon er sprach.

„Aber eins nach dem anderen! Auf der Liste der einzufordernden Maßnahmen steht in Sachsen jetzt zu allererst eine Verwaltungsreform. Meinetwegen nach preußischem Vorbild. Aber unser König scheut Veränderungen wie der Teufel das Weihwasser. Jegliche Verwaltungsbefugnis hat er dem Geheimen Kabinett übertragen, ein Machtgremium, das sich der Kontrolle durch die Stände entzieht. Und Kabinettschef Graf Detlev von Einsiedel wacht mit Argusaugen darüber, dass nur ja alles beim Alten bleibt. Mittlerweile hat jeder der wieder eingesetzten Amtshauptleute seinen eigenen Verwaltungsbezirk."

Wellers Stimme klang zornig. Er kniff die Augen zusammen und fuhr mit spöttischem Unterton fort: „Damit obliegt ihnen die Machtbefugnis in allen wichtigen Lebensbereichen der Bürger: Justiz, Polizei, Finanzwesen, Handels- und Gewerbeaufsicht, Militärwesen und nicht zuletzt Kirche, Schule und sämtliche kommunalen Angelegenheiten."

„Langsam frage ich mich, ob es in Frankreich tatsächlich jemals eine Revolution gegeben hat", warf Helfried hohnlachend ein. „Im restlichen Europa merkt man davon herzlich wenig."

Mit Anbruch der Dämmerung war das Fest vorbei, allmählich leerte sich der Saal. In losen Grüppchen erfolgte der Abmarsch zurück nach Eisenach. Doch nicht alle Burschen nahmen diesen Weg. Einige riefen die Kameraden auf, ihnen zum nahe gelegenen Wartenberg zu folgen. „Lasst uns ein Feuer entfachen, ein weithin sichtbares Zeichen gegen die Feinde einer geeinten deutschen Nation!" Symbolhaft wollten sie ihrer Ansicht nach *undeutsche* Bücher verbrennen. Werke von August von Kotzebue, Karl Leberecht Immermann, auch die verhasste *Germanomanie* des jüdischen Schriftstellers Saul Ascher, Napoleons *Code civil* und über zwanzig weitere Bücher und Zeitungen.

Für Robert stand es außer Frage, dieser kleinen radikalen Gruppe unter Sands Führung, die jetzt mit Fackeln und patriotischen Gesängen auf den Wartenberg zog, zu folgen. „Warum kommt ihr nicht mit? Das wird ein Spaß!"

„Bücher verbrennen nennst du einen Spaß?" Helfried schüttelte den Kopf. „Hab ich mich so schwer in dir getäuscht?"

„Helfried, mein Gott, hab dich nicht so. Da werden natürlich keine richtigen Bücher verbrannt, sondern nur gebündelte Makulatur. Das sind wertlose Attrappen!"

Er gab sich große Mühe, die Sache herunterzuspielen. „Was ist schon dabei? Auf den Bündeln stehen obenauf der Titel und der Name des deutschfeindlichen Autors. Das nehmen wir und dann geht's ab damit ins Feuer! Ein preußischer Uniformrock, ein hessischer Soldatenzopf und ein österreichischer Korporalstock wandern hinterher. Jedermann soll sehen: Wir deutschen Studenten bringen mutig den Widerstand ins Rollen!"

Weller hatte sich bis jetzt zurückgehalten, weil er die Burschen nicht bevormunden wollte. In ihrem Alter war er ebenso enthusiastisch, hatte sogar eine Haftstrafe abgesessen, weil er fortschrittlich gesinnte, die bestehenden Verhältnisse offen kritisierende Ideen vertrat und damit auch kein Blatt vor den Mund nahm. Doch das hier ging ihm zu weit. Wollten oder konnten diese Heißsporne nicht sehen, welche Folgen eine derartige Aktion haben konnte?

„Bei allem Verständnis für eure hehren Ziele rate ich euch, gut zu überlegen, was ihr tut. Mit dieser Demonstration stachelt ihr die Hüter der Restauration erst richtig gegen euch auf. Wollt ihr das? Nützt euch das?"

Robert zuckte die Achseln. „Dann werden die Burschenschaften der Universitäten das Fanal für den bewaffneten Aufstand sein und sogleich ...!"

„Herr im Himmel!", fiel Helfried ihm ins Wort. „Begreifst du nicht? Das ist doch, worauf Metternich und die führenden Köpfe im Deutschen Bund nur warten!"

„Ach, geht, ihr Weicheier! Ich lass mich von euch nicht entmutigen." Mürrisch drehte er sich auf dem Absatz herum und rannte der kleinen Gruppe, die bereits außer Sicht war, im Laufschritt hinterher.

Weller und Helfried sahen sich an. Sie dachten das gleiche. Kopfschüttelnd machten sie kehrt und gingen zügig in Richtung Eisenach. Auf halbem Wege schauten sie noch einmal zurück. Eine helle, rasch größer werdende Flammensäule loderte auf dem Wartenberg in den Nachthimmel.

„Sie haben es tatsächlich wahrgemacht." Im Gehen legte Weller Helfried die Hand auf die Schulter. „Ich fürchte, das wird Folgen haben. Nicht nur für die studentischen Burschenschaften, sondern für uns alle. Mit diesem Feuer geben diese Fanatiker Metternich einen Freibrief in der Hand, der es ihm erlaubt, den kleinsten Widerstand gegen das herrschende Staatsgebilde im Keim zu ersticken. Darauf hat er doch nur gewartet."

„Ich brauche das Geld, Rettich, hörst du? Und zwar so schnell wie möglich! Mein Sohn macht mir die Hölle heiß. Ich muss der Frau ihren Anteil auszahlen, sonst zeigt sie mich an. Kapierst du das? Eher gibt die keine Ruhe!" Frederich Feldmann schnappte nach Luft, weil Rettich keine Miene verzog und so tat, als ginge ihn die Sache nichts an. „Kapierst du das?" Feldmann wurde lauter. Derb rüttelte er Rettich am Arm. „Wenn jeder von uns seinen einbehaltenen Teil wieder rausrückt, kommen wir vielleicht noch mal glimpflich davon. Dann hat das Weib sein Geld und der ganze Ärger ist vergessen."

Rettich rotzte ins Gras. „Was faselst du immer von *wir*? Hab dir schon hundertmal gesagt, dass ich nix damit zu tun habe. *Du* hast das Rittergut bekommen. *Du* wirst dafür geradestehen."

„Frechheit!", schrie Feldmann und donnerte die Faust auf den Gartentisch.

„Nun mal ganz ruhig, Frederich, und mach dir wegen dem Weib nicht gleich ins Hemd. Ich knöpf mir das feine Dämchen bei nächster Gelegenheit mal vor, und danach gibt sie garantiert Ruhe. Für immer!" Er grinste und soff sein Bier aus. Beide bemerkten nicht, dass Bruno vom Fenster der Dachkammer aus den Disput interessiert verfolgte.

„Das fehlte noch. Lass ja deine dreckigen Finger von ihr! Der Verdacht fällt doch sofort auf mich, wenn der Frau was passiert. So weit kommt's noch, dass ich für dich in den Kerker wandere."

„Wenn du ein Mann wärst, würdest du dem Weib und ihrem Mann mal richtig Feuer unterm Hintern machen und beiden mit ein paar Scheinchen das Maul stopfen. Aber dazu hast du offenbar den Arsch nicht in der Hose!"

Feldmann kochte das Blut. Er schoss hoch, warf den Tisch um, zückte sein Messer, das er am Gürtel immer bei sich trug, und stellte sich breitbeinig vor Rettich auf. „Ich zeig dir gleich, wer hier keinen Arsch in der Hose hat. Los, zieh dein Messer, Großmaul. Dann werden wir's ja sehen!"

Langsam schob Rettich sich vom Stuhl hoch und giftete Feldmann, der kampfbereit vor ihm stand, an: „Dich Saufnase niederzumachen, brauch ich kein Messer!"

Mit einem Satz sprang er auf Feldmann zu und drückte ihm den Arm mit dem Messer nach oben. Im Handgemenge rangen beide um das Messer. Versuchten, dem anderen ein Bein zu stellen, ihn niederzuwerfen, ins Gesicht zu schlagen, den Hals zu würgen. Und dann stieß Rettichs Knie Feldmann so derb ins Gemächt, dass dieser vor Schmerz aufschrie und zu Boden ging. Doch in dem Moment, als Rettich sich allzu sicher fühlte, rammte Feldmann ihm das Messer in den Leib.

Röchelnd, mit aufgerissenen, vor Entsetzen starren Augen sackte Rettich zu Boden, zuckte einige Male und schnappte wie ein an Land geworfener Fisch nach Luft. Dann regte er sich nicht mehr.

„Mörder! Weiberschänder!", rief Bruno vom Fenster herunter. „Ich weiß alles!"

Feldmann hob den Kopf. Augenblicklich wurde ihm klar, der Sohn hatte alles mit angesehen: das Wortgefecht, den Kampf, Rettichs Tod. Mit einem Ruck zog er das Messer aus der Leiche und rannte kopfüber davon.

Bruno dachte nicht daran, ihm nachzulaufen. Angewidert drehte er sich um. Zwei Stallburschen schleppten den Toten in die Scheune. Bruno überlegte, ob er nach Stolpen reiten und Rettichs Mutter unterrichten solle, entschied sich dann jedoch anders und übertrug einem der Stallburschen die Aufgabe. Der nahm sich ein Pferd und ritt sofort los.

Tagelang suchte die Polizei nach dem Mörder. Erst nach drei Wochen fanden Waldarbeiter Frederich Feldmann nahe der Grenze zu Böhmen. Mit gekrümmtem Leib lag er unter einem Tollkirschenstrauch. Der Mund stand ihm offen. Die Augen traten so weit aus den Höhlen hervor, als hätte jemand von innen dagegengedrückt. Die Arme steckten zwischen den Schenkeln. Es war unverkennbar: Frederich Feldmann hatte von den Beeren gegessen.

Nur der Pfarrer war gekommen an diesem nebelkalten Morgen. Nach seinen trostreichen Worten senkten vier Friedhofsdiener Rettichs Sarg in die Grube und schaufelten sie zu. Als sie damit fertig waren, legte die Mutter des Toten einen Strauß Feldblumen auf das frische Grab und blieb mit versteinerter Miene davor stehen. Seitdem ihr der Sohn genommen wurde, hatte sie keine Nacht geschlafen, nur immer geschrien, gejammert und die Teufelin aus Dresden verflucht, der sie die Schuld an ihrem Unglück gab.

„Hexe!", zischte sie und ballte die Fäuste. „Erst meuchelst du mir den Mann, nun hast du mir auch noch meinen Sohn genommen. Aber wart' nur, die Schuld wirst du mir büßen. Mit glühenden Eisen brenne ich dir meinen Schmerz in die Seele. Unsägliches Leid soll dir widerfahren, und es wird rechtens sein im Angesicht Gottes, denn du bist die Gehilfin des Teufels."

Sie straffte ihr Kopftuch, trocknete die Augen und machte kehrt. Vorbei an schlafenden Gräbern ging sie durch das Friedhofstor hinaus in den diesigen Tag. Das Geldsäckchen in der Rocktasche gab ihr die Gewissheit, dass der bettelarme Mann, den sie ausfindig gemacht hatte, für klingende Münze alles tun würde, was sie von ihm verlangte.

11

In der letzten Oktoberwoche kehrte Weller nach Dresden zurück. Begeistert berichtete er Elisa von seinen Erlebnissen in Weimar, vom Wartburgfest, von der malerischen Landschaft Thüringens entlang der Saale, von den romantischen mittelalterlichen Burgruinen.

Eines Abends, sie waren eben zu Bett gegangen und hatten sich den Gutenachtkuss bereits gegeben, da setzte sich Weller noch einmal auf und verkündete Elisa: „Wir werden eine Reise an die Saale unternehmen. Im kommenden Frühjahr, wenn die Kirschen blühen und die Fichten ihre grünen Spitzen treiben und die Wiesen übersät sind vom Gelb des Löwenzahns. Wir nehmen deine Staffelei und Pinsel und Farbe mit. Du malst in der freien Natur. Ich lese und sinniere."

Elisa lachte. „Das schaffst du nie! Lesen ja, aber … sinnieren? Sei ehrlich, Alois, du hältst es keine fünf Minuten aus, ohne zu reden."

„Ja, und? Schließlich habe ich früher einmal mein Geld damit verdient, mein holdes Weib. Das wollen wir nicht vergessen."

„Hast Geld damit verdient und dich wegen allzu freimütiger Reden ein halbes Jahr ins Gefängnis gebracht. Das wollen wir ebenfalls nicht vergessen, mein holder Mann."

„Was willst du, Elisa? Ich war jung und von hitzigem Gemüt. Da schimpft man halt ein wenig mehr über die herrschende Ungerechtigkeit als es dem einfachen Bürger gestattet ist. Vorbei! Wie du siehst, werde ich mit zunehmendem Alter ruhiger und auch bedachter in meinen Äußerungen."

Elisa maß ihren Mann mit einem ironischen Blick. „Ach ja? Und weshalb würdigt dich der Buchhändler Arnold keines Blickes mehr, wenn wir ihm auf der Straße begegnen?"

Schuldbewusst schlug Weller die Augen nieder. Nur ungern erinnerte er sich an jenen Besuch, bei dem er wenig Diplomatie gezeigt und den guten Arnold mit seinen zwar ehrlichen, aber etwas zu forschen Äußerungen vor den Kopf gestoßen hatte. „Ich habe mich bei ihm entschuldigt. Und damit du es weißt, ich stehe zu dem, was ich damals gesagt habe. Punkt und aus!"

„Ja, so bist du, Alois. Rückst von deiner Meinung nicht ab, wenn du einmal von der Richtigkeit überzeugt bist. Komme, was wolle und ungeachtet der Person, die vor dir steht." Sie warf sich in ihr Kissen und drehte Weller den Rücken zu.

„Und du, mein Engel? Hältst du es in wichtigen Dingen nicht ebenso? Übrigens … was ist aus der leidlichen Sache mit dem Eichenhof und diesem Feldmann geworden? Hast du dich inzwischen mit der Tatsache, dass er der neue Besitzer ist, abgefunden oder wurmt dich diese Sache noch?"

Elisa zuckte zusammen und war froh, Weller noch immer den Rücken zuzudrehen. Sie hatte geahnt, dass er noch einmal darauf zu sprechen kommen würde, dennoch hatte sie sich für diesen Fall keine überzeugende Antwort zurechtgelegt. Jetzt musste sie sich entscheiden. Entweder sie gestand ihm die Wahrheit ein, auch, dass Bruno Feldmann mittlerweile den vollen Geldbetrag im Bankhaus Michael Kaskel für sie deponiert hatte, oder sie schwieg.

„Ich glaube, dein Zögern ist Antwort genug, Elisa. Wie ich sehe, bist du noch immer nicht darüber hinweg. Zwar ehrt dich dein Sinn für Gerechtigkeit, aber meinst du nicht, du solltest die Sache jetzt begraben? Man muss auch einmal in Würde verlieren können."

Elisa drehte sich zu ihm um und nickte einsichtig. Um schnell von dem Thema wegzukommen, schlug sie vor, am Samstag in die Oper zu gehen. „Carl Maria von Weber dirigiert die Oper Jessonda von Louis Spohr. Ich kenne Webers Frau recht gut. Wenn du einverstanden bist, bemühe ich mich um allerbeste Karten. Ich traf Frau von Weber kürzlich. Die Familie hat seit einigen Wochen das Sommerhaus in Hosterwitz verlassen und wohnt wieder in Dresden."

„Tu, was dir lieb und mir teuer ist, mein Engel. Übrigens … wie steht es um Webers neue Komposition, von der hier jedermann spricht. Weißt du Näheres?"

„Seine Frau sagte mir, er sei in Hosterwitz mit der Arbeit an der Partitur gut vorangekommen. Dabei hätten ihn auch zahlreiche Ausflüge in die Natur inspiriert: das Elbtal mit seinen idyllischen Plätzen und den Weinbergen, die hügeligen Laub- und Fichtenwälder, die bizarre Felslandschaft des Sandsteingebirges, und nicht zuletzt die Menschen, die mit fleißiger Hand ihrer Arbeit auf den Wiesen und Äckern nachgehen."

„Das kann ich sehr gut nachvollziehen."

„Ja, und dann erzählte sie mir noch von folgender Episode: Während einer nebelverhangenen Fahrt durch das Elbtal kam dem Meister aus den brodelnden Dünsten und Schwaden heraus die Idee zur wohl gruseligsten Szene der Oper. Sie spielt in der Wolfsschlucht. Weber hat sie mit einer eigenwilligen Musik bedacht, bei der man wahrlich eine Gänsehaut bekommt. Die ganze Oper widerspiegle den Kampf des Lichtes mit der Finsternis." Elisas Wangen glühten, während sie über die Schilderungen Caroline von Webers berichtete und mit Worten und Gesten Wellers Phantasie bildhaft beflügelte.

„Ich sehe schon", sagte er spöttisch, „du liegst dem Herrn Hofkapellmeister wegen seiner Gruseloper schon zu Füßen, bevor er die ersten Noten geschrieben hat. Das kann ja heiter werden!"

Mitte November fiel der erste Schnee. Die Schornsteine der hohen, meist fünfgeschossigen Häuser zwischen Alt- und Neumarkt bliesen dicke Rauchfahnen in das kalte Winterblau. Am Markttag trugen die Verkaufsstände weiße Mützen.

Die Schulkinder machten sich einen Spaß daraus, die frisch verschneiten Wege mit ihren Stiefelsohlen glatt zu schlittern, und wenn die Leute sich darüber empörten, bewarfen sie die Schimpfenden aus sicherer Entfernung mit Schneebällen.

Wie jede Familie in der Stadt bereitete auch Elisa die Adventszeit vor. Mit einiger Raffinesse beschaffte sie trotz des allgemeinen Mangels an Lebensmitteln ausreichend Butter, Mehl, ja, sogar ein Schälchen Rosinen für zwei kleine Christstollen, die am Nachmittag des ersten Advent angeschnitten und gekostet werden durften. Sie wusste, wie sehr Alois sich auf diese Köstlichkeit freute.

„Ich gehe in die Neustadt zum Kerzendreher", rief er ihr zu, als er schon im Mantel war. „Zwei dicke Kerzen soll er mir fertigen mit je einer gelben Rose darauf. Die magst du doch so sehr."

„Alois, um diese Zeit gehst du noch über die Brücke? Es dämmert schon. Sei bitte vorsichtig, in der Neustadt treibt sich abends oft übles Gesindel herum."

„Sorge dich nicht, Liebes. Bis sechs Uhr bin ich zurück. Versprochen!" Er gab Elisa einen Kuss auf die Wange, ließ sich von der Magd noch rasch ein frisches Taschentuch bringen und verließ dann froh gestimmt das Haus. Drei gut zahlende Familien hatten ihn im Dezember für Hauskonzerte gebucht. Er war stolz darauf, seinen Teil zum Familienunterhalt beizusteuern und nicht auf das Vermögen seiner Frau angewiesen zu sein.

Auf der Elbbrücke herrschte reger Betrieb. Nachdem der Brückenzoll bezahlt war, ratterten die Kutschen über das holprige Pflaster. Männer in schwarzen Mänteln und Filzhüten schlugen ihre Krägen hoch. Auf der Brückenmitte blies der kalte Wind besonders scharf. Frauen mit Kindern an der Hand eilten nach Hause. Einige liefen so schnell, dass die Kinder kaum mithalten konnten und weinten. Auch einige Liebespaare sah Weller. Sie fielen ihm auf, weil sie keinerlei Eile hatten und das Wetter und den Trubel um sie herum gar nicht wahrzunehmen schienen.

Im faden Lichtschein der Brückenlaternen lief Weller in Richtung Hauptstraße. In Höhe des Goldenen Reiters legte er einen Schritt zu. Er wollte rechtzeitig zurück sein, wie er es Elisa versprochen hatte. Sie sollte sich keine Sorgen um ihn machen müssen; die hatte sie in den zurückliegenden Jahren genug.

Die Hände tief in den Manteltaschen vergraben, seinen Gedanken nachhängend, bemerkte Weller den Mann nicht, der ihm gefolgt war, seit er das Haus verließ. Ein kräftiger Mann mit Mütze und dicker Jacke, wie sie die Bauern im Frühjahr während der Feldarbeit trugen. Gut zehn Schritte hielt er sich hinter ihm. Weit genug, um nicht bemerkt zu werden. Nah genug, Weller nicht aus den Augen zu verlieren.

Beim Kerzendreher hielt Weller sich nicht lange auf. Der junge Mann wollte seine Werkstatt heute ohnehin früher schließen. Die zwei bestellten Kerzen könne er morgen Nachmittag abholen, versprach er dem späten Kunden.

„Ich bezahle im Voraus und lege zwei Groschen drauf, wenn Sie mir die Kerzen recht hübsch verpackt ins Haus bringen."

„Kein Problem. Sie können sich darauf verlassen." Froh über die klingende Münze wünschte er Weller einen guten Heimweg und schloss seine Werkstatt hinter ihm zu.

Draußen hatte Schneetreiben eingesetzt. Weller hauchte seinen Atem zweimal in die Hände, rieb sie kurz warm und vergrub sie wieder in den Manteltaschen. Dumm, dass er die Handschuhe zu Hause vergessen hatte. Er stapfte durch den frisch gefallenen Schnee und sah zu, dass er durch die schmale, sparsam beleuchtete Gasse auf die Hauptstraße kam. Sie war überschaubar, weit besser beleuchtet und allein deshalb sicherer für Fußgänger, die um diese Zeit noch unterwegs waren. Im Laufen dachte er noch daran, wie glücklich und zufrieden sein Leben an Elisas Seite geworden war. Er lächelte, als er plötzlich für den Bruchteil einer Sekunde einen harten Schlag auf den Kopf spürte. Die Wucht des Schlags schleuderte ihn erst gegen die Hauswand, dann stürzte er zu Boden und spürte nichts mehr. Auch nicht, dass der Schläger noch einmal ausholte und ein zweites und drittes Mal mit seinem Knüppel zuschlug.

„He! Was macht er da?", riefen zwei junge Männer, die von der Hauptstraße kamen und jetzt, da sie den groben Kerl bemerkten, in die Gasse rannten. Da ließ der Schläger den Knüppel fallen und rannte davon.

Besorgt beugten sich die Männer über den Niedergeschlagenen, drehten ihn auf den Rücken, schauten ihm ins Gesicht. „O Gott! Das ist der Alois Weller", rief der eine entsetzt. „Der soll in zwei Wochen auf meiner Hochzeit spielen."

„Daraus wird wohl nichts", murmelte der andere, hob Wellers blutenden Kopf ein wenig an, legte ihm zwei Finger in Höhe der Schlagader an den Hals und konzentrierte sich.

„Und? Spürst du was?"

„Weiß nicht. Wahrscheinlich sind meine Finger zu kalt. Glaube aber nicht, dass er tot ist. Jedenfalls muss ihm rasch geholfen werden. Hast du ein frisches Taschentuch zur Hand? Ich decke die Wunde damit ab und wickle meinen Schal drum. So können wir den Ärmsten hoffentlich ohne weiteren Blutverlust zu seiner Wohnung tragen."

Ein Schreiner, der mit leerem Wagen vom Drechsler kam, bot sich an, den Verletzten aufzunehmen. Die Männer hievten ihn auf den Karren, bedankten sich bei dem hilfsbereiten Mann und betonten, bis zum Wohnhaus der Wellers sei es nach der Brücke nicht mehr weit.

Eine vornehm gekleidete Frau mit einer Koffertasche in der Hand kam näher. Sie schrie leise auf, als sie sah, wer da auf dem Karren lag. „Herr im Himmel, ist das nicht der Pianist Alois Weller?"

„Ja, Madame. In der Gasse vor dem Kerzendreher hat man ihn niedergeschlagen. Wir bringen ihn nach Hause. Dort braucht er dringend einen Arzt. Könnten Sie vielleicht so gut sein und den Doktor Pienitz in die Rampische Straße Nummer eins bestellen?"

Als die Frau den blutdurchtränkten Schal sah, zögerte sie keinen Augenblick. Sie kannte beide, den Doktor und das Haus der Wellers. „Ich laufe so schnell ich kann!"

Die Nachricht von dem schrecklichen Unglück, welches dem Pianisten Alois Weller in der Neustadt zugestoßen war, verbreitete sich in Windeseile und erreichte Elisa, noch ehe die Männer mit ihrem Alois ankamen und ihn ins Haus trugen. Fassungslos stand sie vor ihm und wollte nicht glauben, was sie sah: das Gesicht fad wie eine Maske, die Augen dunkel umrandet, der leicht geöffnete Mund wie in der Sekunde des Schreckens verharrt. Ob Weller atmete, konnte sie nicht feststellen. Auch dann nicht, als sie sich über ihn beugte und weinend flehte: „Alois, Liebster, verlass mich nicht!"

12

Mit Sturm und neuerlichem heftigen Schneefall fegte der April den Winter schließlich davon. Und als die ersten Singvögel in den Bäumen trällerten und ihre Nester bauten und die Sonne jeden Tag an Kraft gewann, war Weller körperlich fast vollständig genesen. Lediglich das linke Bein zog er leicht nach. Dank Elisas liebevoller Pflege und der ärztlichen Kunst von Doktor Pienitz war die schlimme Risswunde am Hinterkopf gut verheilt und unter den nachgewachsenen, nun vollends silbergrauen Haaren nicht mehr zu sehen. Man hätte meinen können, Elisas Mann habe noch einmal Glück im Unglück gehabt und sei mit einem „blauen Auge" davongekommen.

Doch das war nicht so. Etwas an Alois Weller war seltsam: Er sprach nicht mehr. Zwar mühte er sich, seinem Kehlkopf eine Stimme zu entlocken, doch sein Mund formte nicht den leisesten Ton und über seine Lippen kam kein einziges, noch so zaghaftes Wort. Nicht einmal mit tonloser Stimme oder krächzend – was der Ansatz zu einer Verständigung gewesen wäre – brachte er einen vernehmbaren Laut hervor. Es war, als sei bei ihm durch den Schlag auf den Kopf jeder Zugang zu Stimme und Sprache versiegt.

Auch hatte Elisa ihren Mann noch nicht dazu bewegen können herauszufinden, ob er noch andere wichtige Fähigkeiten verloren hatte, zum

Beispiel das Lesen oder das Klavierspielen. War ihm die alte Virtuosität erhalten geblieben oder hatte der Schlag sein Vermögen, Noten in Musik umzusetzen, ebenfalls zunichtegemacht?

Elisa vermutete, mit dem Überfall auf ihren Mann wollte die Person, die ihn angestiftet hatte, sie treffen. Ein Racheakt von Rettichs Mutter, was sonst? Sie versank in neue Schuldgefühle. Auch machte sie sich Vorwürfe, wieder falsch gehandelt zu haben. Hätte sie Frederich Feldmann nicht unter Druck gesetzt, wäre es nicht zu dem tödlich geendeten Streit zwischen ihm und Rettich gekommen und letztlich auch nicht zu dem brutalen Überfall auf ihren Mann. Doch diese Erkenntnis, die Rettichs Mutter als die Schuldige entlarvte, nützte ihr wenig, denn sie konnte sie nicht beweisen.

Wochen vergingen, ehe Elisa mutig genug war, ihrem Mann während eines abendlichen Spaziergangs über die Brühlsche Terrasse von ihrem Alleingang in Sachen Eichenhof-Erbschaft zu erzählen.

Weller nickte. Doch dann blieb er abrupt stehen, krampfte die Hände um das Eisengeländer und sah mit starrem Blick hinab auf die Elbe. Nur mäßig blähte der Wind die Segel der flussaufwärts fahrenden Boote; sie kamen kaum voran.

Elisa spürte, wie es in ihrem Mann brodelte. Einmal wegen des überraschenden Geständnisses, aber auch, weil er seine Meinung dazu nicht sagen konnte und dem Geständnis hilflos gegenüberstand. Zwar hatte er sich angewöhnt, sich seiner Umwelt mit Papier und Feder verständlich zu machen, doch auf Spaziergängen hatte er diese Utensilien natürlich nicht dabei. Das wurde Elisa erst jetzt klar. Wie rücksichtslos! – schalt sie sich. Weller musste glauben, sie habe den Spaziergang absichtlich für das reumütige, längst fällige Geständnis gewählt, weil er sie hier draußen deswegen nicht schelten konnte.

„Alois, Liebster …" Schuldbewusst berührte Elisa seine Schulter. „Bitte verurteile mich nicht. Ich war mir der Folgen meines Handelns nicht bewusst, als ich beschloss, allem auf den Grund zu gehen. Wie konnte ich ahnen, dass die beiden Männer sich gegenseitig umbringen? Wie konnte ich ahnen, dass Rettichs Mutter sich so abscheulich an mir rächen und unser Glück zerstören würde?"

Weller drehte sich zu Elisa um, ergriff ihre Hand und küsste mit zärtlichen Lippen jeden einzelnen Finger. Dann sah er ihr tief in die Augen, lächelte in einer Weise, wie sie ihn selten hatte lächeln sehen, und schüttelte den Kopf.

Elisa verstand: Unser Glück hat sie nicht zerstört. Unser Glück kann niemand zerstören.

Trotz der sprachlichen Einschränkung war Alois Weller nicht der Mensch, der ohne Kommunikation auskam. Aus dieser Not heraus ersann er eine Methode, wie er sich mit seiner Frau unterhalten konnte. Er ließ ein Buch anfertigen, ein dickes Buch aus rot gefärbtem Rindsleder mit goldenem Lesebändchen und durchweg leeren Seiten. Dort schrieb Weller tagsüber hinein, was ihn bewegte oder wozu ihm die eine oder andere Frage gekommen war.

Nach dem Abendbrot saßen sie dann gemeinsam im Wohnzimmer; er im Sessel, Elisa ihm gegenüber auf dem Sofa. Jetzt hielt sie das Buch in ihren Händen, las, was er am Tage aufgeschrieben hatte, laut vor und beantwortete die Fragen. Stimmte Weller ihrer Meinung nicht zu, protestierte er in Lehrermanier mit erhobenem, heftig in der Luft gestikulierendem Zeigefinger und drückte mit seiner Mimik aus, was er fühlte, was er dachte, was ihn innerlich bewegte.

Mit der Zeit spielten sie sich aufeinander ein und meisterten die neue Situation, an deren Unabänderlichkeit andere, die sich nicht so innig liebten, wahrscheinlich verzweifelt wären.

An einem warmen Sommerabend – Elisa hatte das rote Buch beiseitegelegt und Weller gebeten, sich neben sie zu setzen – zeigte sie unmissverständlich auf das Klavier und fragte: „Alois, weshalb spielst du nicht? Willst du es nicht wenigstens probieren? Bitte!" Flehentlich sah sie ihm in die Augen und war fest entschlossen, beharrlich zu sein und diesmal keine Ausflüchte hinzunehmen.

Weller kniff die Lippen zusammen, schloss die Augen, schien innerlich zu versteinern. Elisa spürte das. Sie schlang ihre Arme um seinen Hals und flüsterte: "Wenn du das Spielen verloren hast, werde ich weder lachen noch weinen, aber dich trösten und noch inniger lieben und das Klavier gleich morgen einem bedürftigen Musiklehrer schenken. Versprochen!"

Weller reagierte nicht.

„Alois! Glaubst du, ich wüsste nichts von den Noten, die du heimlich kaufst? Da liegt ein ganzer Stapel in deinem Schrank in der Bibliothek. Verzeih mir, dass ich mich in deinem Heiligtum umgesehen habe. Du kaufst die Noten, aber du spielst sie nicht. Warum, Alois, warum?"

Beschämt wich er Elisas forderndem Blick aus.

„Seit gestern liegt obenauf das letzte Klavierkonzert von Beethoven. Sein fünftes. Er schrieb es 1808 in Wien. Im Keller des Hauses, über dem Napoleons Truppen gegen die Österreicher kämpften und der Kanonendonner das Schlachtgetümmel dirigierte. Aber den hörte der Meister ganz sicher nicht, weil er schon viele Jahre fast taub war. Der 2. Satz des Konzerts soll wunderschön sein. Eine einfache, klare und eben deshalb zu Herzen gehende Melodie."

Weller nickte, und als er Elisa wieder das Gesicht zuwendete, standen Tränen in seinen Augen, die er mutig verdrängte. Er stand auf, setzte sich ans Klavier, hob vorsichtig, als reiche sein Mut nicht, den Deckel und spielte einige Tonleitern und Handübungen. Erst langsam und bedacht, dann schneller und schneller. Rasant flogen seine Finger über die Tasten, als hätten sie nie etwas anderes getan.

„Alois!", jauchzte Elisa, sprang freudig auf und stellte sich hinter ihn. „Das ist … fantastisch, ich kann es kaum glauben! Mein Gott, du kannst noch spielen, und wie du spielen kannst! Warte, ich hole die Noten des neuen Konzerts. Dann sehen wir gleich, ob du wie eh und je auch vom Blatt spielen kannst."

Schon wollte sie nach nebenan in die Bibliothek eilen, da hielt Weller sie am Arm fest, schüttelte den Kopf und bedeutete ihr mit den Augen, sie solle sich wieder aufs Sofa setzen.

Etwas verwundert folgte Elisa seiner Bitte. Sie lehnte sich entspannt zurück und schloss, als Weller zu spielen begann, die Augen. Ergriffen lauschte sie seinem Vortrag. Er spielte flüssig und mit viel Gefühl. Er spielte das Konzert, wie es kein anderer Pianist hätte präziser und hingebungsvoller spielen können. Ohne den kleinsten Fehler.

Elisa lächelte, weil sie meinte, er spielte sogar noch ein wenig leichter und gefühlvoller als zuvor. So leicht und weich, als führte eine unsichtbare Feder seine Hände. Erfreut darüber, öffnete sie ihre Augen und zuckte plötzlich zusammen, als ihr bewusst wurde, dass er ja aus dem Kopf spielte; ohne eine Note vor Augen. Wie war das möglich? Zwar hatte er gestern den halben Tag in der Bibliothek verbracht und sich dort wahrscheinlich die Noten angesehen, doch selbst wenn es so war, wie konnte er jetzt, da er nach einem Dreivierteljahr zum ersten Mal wieder am Klavier saß, ein ihm unbekanntes Werk so grandios aus dem Kopf spielen?

Als er den zweiten Satz, das Adagio in h-Dur, begann, schmolz sie dahin. Eine so klare, einfache und ihrer Einfachheit wegen ergreifende Melodie hatte sie nie zuvor gehört, und Weller spielte sie brillant. Vor Ergriffenheit lief ihr ein Schauer über den Rücken. Allmählich dämmerte ihr, dass – von dem Schlag bewirkt – etwas im Kopf ihres Mannes geschehen sein musste. Etwas hatte sich in sonderbarer Weise verändert, und je mehr sie darüber nachdachte, desto ernster drängte sich ihr die Frage auf: Blieb der Zustand ihres Mannes für immer so? War diese wundersame Gabe der Ausgleich für den Verlust seiner Sprache?

13

Ende März des Jahres 1819 erschütterte die deutschen Staaten die Nachricht von zwei grauenvollen Ereignissen. Als Weller mit der Zeitung nach Hause kam, war er leichenblass. Das wird böse Folgen haben, sagte er sich und hielt Elisa, die wieder zu malen begonnen hatte und im Bibliothekszimmer mit Pinsel und Farbe vor ihrer Staffelei stand, das frisch gedruckte Blatt auffordernd vors Gesicht.

„Alois, du störst mich", sagte sie mürrisch und streckte den Arm mit dem Pinsel zur Seite. „Hat das nicht Zeit?"

Weller ließ nicht locker. Er nahm Elisa den Pinsel aus der Hand, zog sie energisch mit sich hinüber ins Wohnzimmer und bedeutete ihr, sie solle sich neben ihn auf das Sofa setzen und den Artikel lesen.

Jetzt begriff Elisa, wie wichtig ihm die Sache war, und nachdem sie die ersten Zeilen gelesen hatte, schaute sie nicht weniger entsetzt. Der Artikel berichtete vom dreisten Mordanschlag eines gewissen Carl Ludwig Sand auf den Mannheimer Staatsrat, Dramatiker und russischen Generalkonsul August von Kotzebue. Seine Werke richteten sich offen gegen die liberalen Ziele der studentischen Burschenschaften. In seinem Zorn auf den 57jährigen erfolgreichen Theaterdichter sei Sand in Kotzebues Haus eingedrungen und habe ihm einen Dolch ins Herz gestoßen mit dem Ausruf: *Hier! Du Verräter des Vaterlandes!* Das alles sei vor den Augen seiner Familie geschehen. Sand hätte fliehen und sich damit der Verfolgung entziehen können. Doch er habe, nachdem die Mordtat geschehen war, plötzlich den vierjährigen Sohn Kotzebues in der Tür gesehen. Da sei ihm seine verwerfliche Tat klar geworden. Er rannte aus dem Haus und stach nun sich selber den Dolch mehrfach in den Leib. Schwer verwundet, aber noch am Leben, habe man ihn in polizeilichen Gewahrsam genommen. Nun warte er auf seinen Prozess.

„Unglaublich! Ist der Mann wirklich so ein Schmalgeist? Gewalt erzeugt wieder Gewalt. Was glaubt er, was er mit dem Mord an einem Einzelnen erreichen kann? Etwa die Anerkennung seiner Ideen und Forderungen durch die Obrigkeit? Da passiert wohl eher das Gegenteil."

Weller nickte eifrig. Er nahm das rote Buch und schrieb vor Erregung so hastig, dass Elisa die Zeilen kaum lesen konnte: *Der Todesstoß in Kotzebues Brust wird zum Todesstoß der liberalen und nationalen Ideen werden. Dessen bin ich gewiss. Eine solche Chance lässt Metternich sich nicht entgehen! Beide Anschläge wird er nutzen, hart gegen jeden sich regenden Widerstand vorzugehen.*

Ein reichliches Jahr später erreichte Weller die Nachricht von Sands Hinrichtung.

2. KAPITEL

Ein zweiter Mordanschlag gegen einen Anhänger der Restauration misslingt im Juli 1819. Er galt dem Nassauer Regierungspräsidenten Carl von Ibell. Beide Attentate nimmt Staatskanzler Fürst von Metternich zum Anlass, gegen die liberalen Kräfte in den Staaten des Deutschen Bundes vorzugehen. Als Vorsitzender des Bundes hat er die Macht dazu. Am 20. September 1819 werden in Karlsbad die entsprechenden Beschlüsse verabschiedet.

Eine Welle der Verfolgung von Kritikern der bestehenden Verhältnisse setzt ein. Die studentischen Burschenschaften werden verboten, Zeitungen und Zeitschriften unterliegen einer noch strengeren Zensur, Universitäten und deren Professoren werden überwacht, breite Kreise des liberalen Bürgertums werden kriminalisiert.

Die Bestrebungen für einen deutschen Nationalstaat verschwinden vorerst in der Versenkung. Die verängstigten Bürger ziehen sich ins private Leben zurück. Es beginnt die Zeit des „Biedermeier".

I

Dresden im Frühsommer 1821. Elisa ließ nichts unversucht, damit ihr Mann die Sprache wiedererlangte. In der Salomonisapotheke, die sich im Nachbarhaus auf der Pirnaischen Gasse befand, hatte der Besitzer, der Apotheker Dr. Friedrich Adolf August Struve, eine sensationelle Erfindung gemacht: Ein künstlich hergestelltes Mineralwasser, das dem natürlichen Mineralwasser in nichts nachstand. Jeden zweiten Tag holte Elisa eine Flasche von dem Wasser. Es war ein wunderbares Getränk. Rein und ohne Alkohol. Es kräftigte Geist und Körper und war, egal, wann man es trank, herrlich erfrischend. Doch Wellers Leiden beeinflusste das Wasser nicht.

Mittlerweile war die einzigartige Fähigkeit des Alois Weller aus dem Eckhaus Rampische Straße über die Stadt hinaus bekannt. Begegneten die Bürger Alois Weller vor dem Überfall mit Achtung und Anerkennung und kurz nach dem Überfall mit Bedauern und Mitleid, so lag jetzt in ihren Augen eine sensationsgeladene, die Aufmerksamkeit des Genies erheischende Bewunderung.

Adelbert Zensius, ein wohlhabender Kaufmann, der mit seiner Familie in einer nach der Zerstörung im August 1813 aufwändig sanierten Häuserzeile am

Altmarkt wohnte, kaufte Weller das vermeintlich Genie nicht ab. „Ich glaube nur, was ich sehe", äußerte er im Kreis der Familie während des gemeinsamen Kaffeetrinkens am Sonntagnachmittag.

„Gewiss, er spielt das Pianoforte ganz vorzüglich, aber das tun andere auch. Etwas Geniales kann ich daran nicht erkennen." Er öffnete seine grüne Weste, die ihm arg über dem Bauch spannte, ergriff mit spitzen Fingern seine Tasse und schlürfte das Heißgetränk genüsslich über die Lippen.

Die älteste seiner fünf Töchter verteidigte Weller. „Er soll ganze Konzerte, auf deren Noten er nur einen Blick geworfen hat, sogleich fehlerfrei aus dem Gedächtnis spielen." Mit ihrem schmalen, von hellblauen Augen dominierten Gesicht und dem blonden, am Hinterkopf zu einem Rad aufgesteckten Zopf war sie die hübscheste der Schwestern und die Einzige, die ihre Meinung dem Vater gegenüber freimütig zu äußern wagte.

„Wie kannst du so etwas behaupten, Martina, hast du es gesehen?"

Unschlüssig zuckte die junge Dame mit den Schultern und schielte zu ihrer Mutter hinüber, die mit einem Gedichtband scheinbar teilnahmslos auf dem Sofa zwischen ihren beiden jüngsten Töchtern saß. So zierlich, wie sie war, wollte man kaum glauben, dass sie fünf Kindern das Leben geschenkt hatte. Martina wusste, dass ihre Mutter ebenfalls den begnadeten Pianisten verehrte.

„Hast du also nicht, meine schlaue Tochter. Ich sag euch, am Ende ist alles nur ein Schwindel, ein …", er lachte zynisch auf, „… genialer Trick!"

„Nein Vater, Sie tun ihm Unrecht. Ich hörte bereits von drei Familien – allesamt ehrbare Bürger, bei denen Alois Weller Konzerte gab –, dass er kein einziges Notenblatt aufgelegt hatte und tatsächlich Stücke aus dem Kopf spielte, die man ihm erst beim Betreten der Wohnung zur Einsichtnahme vorgelegt hatte."

„Geschwätz! Wichtigtuerei!", wehrte der Vater mit verächtlicher Geste ab. „Wenn dem so wäre, hätte der Wunderpianist schon längst bei Hofe gespielt. Aber unser König ist ein kluger Mann, der fällt auf solchen Schabernack nicht herein."

Pikiert zog Martina den Spitzensaum, der ihren Ausschnitt säumte, zurecht und hub, wie es ihre Art war, zu einer Widerrede an.

„Vater, warum ladet Ihr ihn nicht zu einem Konzert bei uns ein und reicht ihm eigenhändig die von Ihnen ausgesuchten Noten? Der 18. Juni wäre der rechte Anlass dafür."

Zensius hob die Brauen: „Warum gerade der?"

Martina straffte ihre Brust und erklärte in belehrendem Ton: „Weil sich an dem Tag die siegreiche Schlacht bei Waterloo, die Napoleon endgültig den Garaus machte, zum sechsten Mal jährt. Dieser Jahrestag sollte allen friedliebenden Menschen ein Freudenfest wert sein, meint Ihr nicht?"

Der Vorschlag traf auf allgemeine Zustimmung, und als Vater Zensius großmütig verkündete, er werde die Veranstaltung für die letzte Juniwoche in die Wege leiten, jauchzten seine sechs Damen vor Begeisterung und klatschten freudig in die Hände.

Wie immer begleitete Elisa ihren Mann auch an diesem sonnigen Juninachmittag zu dem bestellten Konzert. Da Weller seit dem Überfall sichtbar schlanker geworden war und sich seinem Publikum modisch präsentieren wollte, hatte Elisa ihm extra für die Konzerte neue Kleider schneidern lassen: weißes Hemd, Pantalons in gedecktem Ocker, dazu eine weiße Halsbinde und ein eleganter nussbrauner Gehrock mit schmaler Taille.

Elisa trug ein geblümtes Kleid mit Ballonärmeln. An das unbequeme Korsett hatte sie sich inzwischen gewöhnt, schnürte es jedoch nie so eng, dass sie kaum atmen konnte und dadurch bei der geringsten Aufregung eine Ohnmacht riskierte. Ihren Kopf bedeckte eine luftige weiße Schute.

Albert Zensius empfing das Paar ein wenig reserviert. Ganz im Gegenteil zu Mutter und Töchter, die ihre Freude über den Besuch in überschwänglichen Worten zum Ausdruck brachten und Weller nicht von der Seite wichen.

Martina, die übers ganze Gesicht strahlte, öffnete die zweiflügige Verbindungstür zum Wohnzimmer. Dort standen in einem Halbrund etwa zwanzig Stühle. Die Eltern des Hausherrn sowie einige Freunde und Bekannte hatten bereits Platz genommen.

Vater Zensius hielt eine kleine Vorrede, an deren Schluss er dem Pianisten und seiner Gattin herzlich für ihr Kommen dankte und hinzufügte: „Nun, verehrter Meister ... wir hatten uns im Vorfeld des heutigen Konzertes auf zwei ganz wundervolle Sonaten von Ludwig van Beethoven geeinigt, die ich Sie bitte, uns zu Gehör zu bringen. Anschließend legen wir eine Pause ein mit Kaffee und Gebäck. Und dann – so der allgemeine Wunsch – bitte ich Sie, uns ein Stück nach meinem Wunsche zu spielen. Die Noten dazu reiche ich Ihnen gern zu Beginn der Pause, in der Sie dann schon mal einen Blick darauf werfen können."

Weller nickte, und während er sich dem Instrument zuwendete, blickte er kurz zu Elisa und sagte ihr mit den Augen: *Der will mich aufs Kreuz legen, aber den Spaß verderbe ich ihm!*

Die beiden Sonaten gingen ihm von den Händen, als hätte er jede Note selbst komponiert. Er zauberte eine Musik herbei, so feinfühlig und zugleich kraftvoll, dass alle wie gebannt auf ihren Stühlen saßen, dem Spiel andächtig lauschten und nicht wagten zu flüstern, sich zu räuspern oder sich auch nur zu bewegen. Weller spielte göttlich!

Brausender Beifall und Bravorufe läuteten die Pause ein. Wie versprochen, reichte Zensius dem gefeierten Pianisten zu Kaffee und Kuchen auch ein Heft mit Noten. In kunstvoll gestalteter Schrift stand darauf: *Ludwig van Beethoven, Klaviersonate Nr. 28 in A-Dur op. 101.* Vorsichtshalber erkundigte er sich, ob Weller das Stück bereits kenne, was dieser verneinte.

„Schön! Es ist hierzulande noch wenig bekannt. Vergangenes Jahr in Wien zum ersten Mal öffentlich gespielt worden. Fragen Sie nicht, wie ich an die Noten gekommen bin. Der Druck ist noch butterfrisch."

Weller trank seinen Kaffee, aß ein Stück Quarkkuchen und zog sich dann unter den sensationslüsternen Blicken der Anwesenden, die plötzlich verstummten, ins Musikzimmer zurück. Keiner von ihnen sprach es aus, doch während die Kaffeetafel munter weiterging, lauschten alle, ob von nebenan etwas zu hören war, und wenn es auch nur ein einziger Ton gewesen wäre, der ihnen verriet, dass der Meister an dem Stück übte.

Elisa war es leid, bei jeder Gesellschaft über Wellers Überfall berichten zu müssen. Es war wie im Theater. Jedes Mal die gleiche Rolle, die gleichen Worte, die gleichen bedauernden Gesichter, die sich den Hergang der Untat bildlich vorzustellen versuchten. Doch so, wie sich im Theater jeden Abend ein anderes Publikum einfand, hatte Elisa es auch zu Wellers Konzerten stets mit anderen Menschen zu tun. Und für sie war es interessant, aus dem Munde der Ehefrau des Niedergeschlagenen von der Schandtat zu erfahren.

„Die Pause ist nun beendet, meine lieben Freunde. Ich werde den Meister bitten, uns mit einem weiteren Stück von Ludwig van Beethoven zu erfreuen. Eine noch wenig gespielte Sonate, die Alois Weller, wie er mir versicherte, selbst noch nicht gespielt hat."

Man folgte ihm und nahm wieder auf den Stühlen Platz. Martina zog die Tür auf, Weller – die Noten in der Hand – verbeugte sich unter erwartungsvollem Beifall, dann ging er zu Zensius und gab ihm, sich leicht verbeugend, die Noten zurück.

Die plötzliche Röte im Gesicht des Hausherrn war nicht zu übersehen. Einmal, weil er bis zuletzt an Wellers Gabe gezweifelt hatte und nun offenbar eines Besseren belehrt wurde, zum anderen, weil ihm das Siegerlächeln seiner Töchter nicht entgangen war.

Wieder herrschte gespannte Stille, als Weller am Klavier saß und zu spielen begann. Und wieder tat er das meisterlich von der ersten bis zur letzten Note.

Elisa knetete ihr rosa Taschentuch in den Händen. Ihr Mann hatte schon mehrere Konzerte dieser Art gegeben, doch erst jetzt fiel ihr auf, dass er mit geschlossenen Augen spielte. Das taten andere Pianisten auch, jedoch nicht durchgängig, sondern nur, wenn sie der Musik an einer bestimmten Stelle eine besonders emotionale Tiefe geben wollten. Weller spielte ebenfalls mit Gefühl, doch er hielt die Augen von Anfang bis Ende geschlossen. Wahrscheinlich, weil er nur so das Notenbild, das er sich zuvor eingeprägt hatte, sehen konnte. Sehen vor seinem geistigen Auge. Wie ein Bild hatte sein Geist jede einzelne Notenseite erfasst, die er am Klavier abrufen und danach spielen konnte. Ja, so oder so ähnlich musste es sein.

Als der Beifall abgeklungen war, schritt Zensius zu Weller, klatschte noch einmal demonstrativ laut in die Hände und deutete eine leichte Verbeugung an. „Grandios, grandios! Ich muss Sie um Vergebung bitten, verehrter Meister. Bis vorhin wollte ich nicht glauben, was ich nun voller Bewunderung erlebt habe."

Mit großer Geste stellte Zensius sich neben Weller auf und wurde nicht müde, sich „Asche" aufs Haupt zu streuen. „Mit Freude werde ich, wo immer die Gelegenheit sich bietet, von Ihrem wundervollen Spiel und Ihrer wundersamen Gabe berichten. Wir können uns glücklich schätzen, Sie in den Mauern unserer Stadt zu wissen. Bei Gott, Dresden ist wahrlich ein Ort, an dem grandiose Musiker wie Pilze aus dem Boden wachsen. Letzte Woche erst hat unser verehrter Hofkapellmeister Carl Maria von Weber anlässlich der Eröffnung des neuen Schauspielhauses am Berliner Gendarmenmarkt seinen Freischütz zur Premiere gebracht."

„Genau am 18. Juni, lieber Vater, dem sechsten Jahrestag von Napoleons Ende. Das Datum war natürlich kein Zufall!"

Sie kann es nicht lassen, sagte sich Zensius verschnupft. Die Besserwisserei seiner Ältesten zerrte allmählich in unzumutbarer Weise an seiner Geduld. Er war es müde, sich ständig wegen ihrer vorlauten Zunge zu echauffieren, doch durfte er sich vor den Gästen auch keine Blöße geben. Er fasste Martina mit einem scharfen Blick ins Auge und hob die Stimme: „Napoleons *militärisches* Ende! Sein leibliches Ende hat der Imperator am fünften des letzten Monats auf St. Helena gefunden; der Herrgott erbarme sich seiner kalten Seele. Wenn du dein Wissen schon so freimündig preisgibst, meine Tochter, dann erkunde zuvor den genauen Tatbestand und befleißige dich um eine exakte Formulierung!"

Blitzartig hafteten alle Augen auf der vorlauten Tochter. Sie verstand sofort, dass sie dem Vater jetzt Respekt zollen und ihren Widerspruchsgeist zügeln musste. Artig tat sie einen Knicks vor ihm und senkte den Kopf. „Ja, Vater. Ich werde Ihren Rat befolgen."

Zensius lächelte in die Runde und setzte seine vorhin begonnene Rede fort. „Jedenfalls soll bei der Premiere in Berlin eine berauschende Vielzahl honoriger Gäste zugegen gewesen sein. Schinkel natürlich, der geniale Baumeister des Schauspielhauses, die Dichter E. T. A. Hoffmann und Heinrich Heine, der Komponist Felix Mendelssohn-Bartholdy und weitere. Es muss ein überragendes Fest und ein musikalischer Kunstgenuss vom Feinsten gewesen sein. Ein nicht zu übertreffender Erfolg, wenn man der Abend-Zeitung glauben darf."

„Ja, es soll tatsächlich sehr erfolgreich gewesen sein", bemerkte Elisa. „Ein schöner Erfolg für Carl Maria von Weber. Und nicht zuletzt ein Triumph der ersten deutschen Oper! Bleibt nur zu hoffen, dass sich die hiesigen Intendanten alsbald befleißigen, den *Freischütz* auch in Dresden aufzuführen. Am jenem Ort, wo diese wunderbare Oper entstand."

Die Nacht dämmerte heran, als Weller und Elisa sich auf den Heimweg begaben. Elisa hakte sich bei ihrem Mann unter und drückte sich fest an ihn.

„Zensius hat mir ein Kuvert mit deinem Honorar überreicht. Ein fürstliches Honorar. Ich muss schon sagen, der Mann war ehrlich begeistert von dir. Als wir nach deinem Vortrag einige Worte miteinander wechselten, versprach er, dich bei Hofe zu empfehlen. Ich bin stolz auf dich. Was auch immer geschehen ist und noch geschehen mag, Alois … ich liebe dich. Ich werde dich immer lieben. Bis ans Ende meiner Tage."

2

Ein Brief von Elisas Vater Georg aus Teplitz brachte einige Aufregung ins Haus. Zwar wusste Elisa vom frühen Tod seiner drei Kinder – zwei Mädchen und ein Junge –, doch jetzt hatte der Typhus auch seine Frau Milenka dahingerafft. Jetzt sei er mit dem achtjährigen Anton ganz allein und sorgte sich um seine Zukunft. Und weiter schrieb er:

> *Mein Leib ist schwach. Mein Geist lässt mich allmählich im Stich. Ich muss die Dinge meines Lebens regeln. Elisa, ich habe Wichtiges mit dir zu bereden. Deshalb bitte ich Dich, komm zu mir. Recht bald!*

Weller wiegte den Kopf. Nach einer Weile legte er Georgs Brief nachdenklich zurück auf den Tisch. Wenn Elisa dem Ruf des Vaters folgte, wäre sie eine geraume Zeit fort. Zum ersten Mal seit dem Überfall vor drei Jahren. Würde er ohne seine Frau zurechtkommen? Wiederum hatte er nicht das Recht, sie aufzuhalten. Wenn der Zustand des Vaters so ernst war, musste sie zu ihm reisen und sich um seine Belange, die ja auch ihre Belange waren, kümmern.

Schweren Herzens nahm er den Bleistift, der stets in der aufgenähten Brusttasche seiner Hausjacke steckte, und schrieb in das rote Buch:

> *Fahre Du, ich kümmere mich schon. Ich werde hier geduldig auf deine Rückkehr warten.*

Elisa, die ihm gegenübersaß, legte ihre Hand auf seinen Arm und drückte ihn sanft. „Nein, Alois, ich habe eine bessere Idee. Als ich kürzlich wegen meiner Kopfschmerzen zu einer Konsultation bei Doktor Pienitz war, sprachen wir auch über dich und den Verlust deiner Sprache."

Weller zog den Arm zurück, sprang auf, lief zum Fenster und wandte Elisa demonstrativ den Rücken zu.

Elisa seufzte. Deutlicher hätte er ihr gegenüber sein Missfallen nicht ausdrücken können. „Weshalb reagierst du so gereizt? Ich meine es doch nur gut."

Weller bedeutete ihr mit einer schroffen Handbewegung, still zu sein. Er drehte sich auch nicht zu ihr um, als sie hinter ihm stand und sich versöhnlich an ihn schmiegte. „Alois, Liebster, wenn es nach mir ginge, könnte deine wundervolle Gabe, Konzerte aus dem Kopf zu spielen, von heute auf morgen verschwinden, wenn du dafür wieder mit mir reden könntest. Deshalb sprach ich mit dem Doktor darüber. Er meinte, du solltest dich für einige Zeit in die Heilanstalt seines Bruders auf den Pirnaer Sonnenstein begeben. Er befasst sich seit Jahren mit …"

Weller schoss herum, sprang zum Tisch und schrieb vor Empörung gleich im Stehen:

Mit Irren befasst er sich! Mit dummköpfigen Menschen!
Und dorthin willst du mich bringen?

Elisa las mit, während er schrieb. „Nein, Alois, nein! *Ihn* sollst du konsultieren, den hochgeschätzten Arzt und Mediziner, der sich auf wissenschaftlicher Basis auch Besonderheiten des Menschen zuwendet, wie du sie hast."

Sie fasste ihn am Arm, wollte ihn an sich ziehen und spürte dabei, wie er vor Empörung innerlich bebte. Wenn es ihr nicht gelang, ihn zu beschwichtigen und gute Argumente vorzubringen, würde sie ihn nicht vom Nutzen der Sache überzeugen.

„Alois! Der Doktor betreibt neben der Anstalt für mittellose Patienten eine gut gehende, über die Landesgrenzen hinaus geschätzte Privatklinik mit nur 20 Betten. Das Haus mit einem wunderschönen Garten davor steht abseits der öffentlichen Anstaltshäuser. Der Doktor behandelt dort nach neuesten Methoden wohlhabende, gut situierte Patienten. Sogar einige Personen von Adel sind dabei. Du wärst also nicht nur medizinisch in den besten Händen, sondern vor allem unter gebildeten Menschen. Alois, meinst du nicht auch, wir sollten nichts, was dir helfen könnte, unversucht lassen?"

Weller blieb bei seinem düsteren Gesicht. Von Einsicht keine Spur.

Auch an den folgenden Tagen verbot er sich jeden weiteren Disput, doch Elisa gab nicht auf. Sie wollte ihren Mann, wenn sie nach Teplitz fuhr, nicht nur gut versorgt wissen, sie wollte die sich bietende Chance zu seiner Genesung unbedingt nutzen.

Am Sonntag nach dem Kirchgang spazierte sie bei herrlichem Sommerwetter an Wellers Arm über die Brühlsche Terrasse. Trotz dünnem weißen Kleid und rosa getupftem Sonnenschirm geriet sie schon nach kurzer Zeit ins Schwitzen. Die Luft flimmerte über der Augustusbrücke. Weller sah sich nach einer schattigen Bank unter einer der zahlreichen Linden um. Von hier aus bot sich ihnen der weite Blick über die Elbe bis hin zu den flussabwärts gelegenen Weinhängen.

„Setzen wir uns und plaudern ein wenig", schlug Elisa vor, zog den Sonnenschirm zu und legte ihn neben sich auf die Bank. Weller wischte sich die Schweißperlen von der Stirn. Dennoch verzichtete er darauf, die eng sitzende Halsbinde zu lockern; es schickte sich nicht. Mit der Hand wedelte er sich Luft zu, schloss die Augen und genoss die flüchtige Kühle im Gesicht.

Den Moment nutzend, zog Elisa ein Papier aus dem Taschenschlitz ihres Reifrocks, wo sie es vor dem Kirchgang heimlich hineingesteckt hatte, und reichte es Weller.

„Bitte, Alois, wirf einen Blick darauf. Diesen Bericht habe ich von Doktor Pienitz bekommen. Geschrieben hat ihn ein gewisser Herr Lawätz, der die Anstalt besucht hat und hier seine Eindrücke schildert."

Widerstrebend nahm Weller das Papier und las:

> *Unter allen Heilanstalten, die man auf der Welt antrifft, wird sich vielleicht am meisten die Sächsische zu Sonnenstein, bei Pirna, auszeichnen. Möge doch jeder Staat einen begabten und mutigen Mann dorthin senden, um zu sehen, was menschliche und durchdachte Sorgfalt auszurichten imstande ist. Psychische und physische Mittel bieten sich hier schwesterlich die Hand. Dazu gehört, dass hier weder ein Rasender geduldet noch Ketten verwendet werden. Ferner, dass eine strenge Regelmäßigkeit im Schlafen, Essen, Arbeiten und Vergnügen eingeführt ist. Und dass jeder Kranke nach individuellen geistigen Anlagen, seinem Temperament, seiner körperlichen Konstitution, seinem Alter und Stande, wie nach seiner bisherigen Lebensart verschieden behandelt wird.*

Prustend drückte Weller das Papier Elisa etwas zu derb in den Schoß. Sie jedoch gab es ihm gleich wieder zurück. „Nein, nein, lies weiter! Du hast noch nicht bis zum Schluss gelesen, und eben da kommt, was dich besonders interessieren und deinen verständlichen, aber unbegründeten Widerwillen besänftigen wird. Und bedenke bitte, wenn ich nach Teplitz fahre, um meinen Vater dort vielleicht zum letzten Mal zu sehen, dann möchte ich schon einige Zeit bei ihm bleiben."

Weller wusste, sie meinte damit mindestens einen Monat. Missmutig nahm er das Blatt noch einmal und las es zu Ende:

Dem Gebildeten sind eine Bibliothek, ein Fortepiano und andere musikalische Instrumente eingeräumt. Zudem wird jede Woche ein Konzert abgehalten.

Erleichtert sah Elisa, wie sich Wellers mürrische Miene ein wenig aufhellte. Sie kannte ihren Mann. Wenn er den Kopf hob und die Grübchen in seinen Wangen sich zeigten, war die größte Hürde genommen. Früher oder später würde er zusagen. Darauf vertrauend wollte sie gleich morgen zu Doktor Pienitz gehen und alles Nötige für Wellers Aufenthalt in Pirna in die Wege leiten.

Am Abend – die Sonne war längst hinter dem Schloss untergegangen und wohltuende Kühle durchströmte das aufgeheizte Haus – stimmte Weller Elisas Vorschlag zu. Kurz bevor sie zu Bett gingen, schrieb er versöhnlich in sein Buch:

Tu, was Du für notwendig hältst. Ich beuge mich Deinem Willen in dem festen Glauben, dass Du nur das Beste für mich und damit auch für uns beide erreichen willst.

3

Trotz sommerlicher Temperaturen hatte Elisa Kleider, Hüte und Schultertücher in gedeckten Farben eingepackt. Wenn der Vater ihr Kommen so dringlich machte, stand es gewiss schlimm um ihn. Schlimm genug, sich ernsthaft Sorgen zu machen und das Schlimmste zu befürchten. Was, wenn er die Augen schloss, während sie in Teplitz weilte? Dann oblag es ihr, den Vater zu Grabe zu tragen und seine Angelegenheiten zu regeln.

„Möge er noch lange unter uns weilen", seufzte Elisa und sah mit traurigen Augen aus dem Fenster der Kutsche, die hart über die steinige Gebirgsstraße holperte.

Trotz der Versöhnung hatte Elisa nie einen inneren Zugang zu ihrem Vater gefunden, den sie erst kennengelernt hatte, als sie bereits erwachsen war. Deshalb fiel es ihr nach wie vor schwer, *Vater* zu ihm zu sagen. Zu groß war die Schuld, die er auf sich geladen und damit das Unglück der Familie heraufbeschworen hatte. Im Grunde wusste sie herzlich wenig über Georg Tilla und sein neues Leben in Teplitz. Damals, als sie beide aus dem Norden zurückgekehrt waren, ging er zu seinem Erbe ins böhmische Teplitz und sie nach Dresden zur Familie ihres Lehrers Alois Weller. Diese Menschen, die ihr ans Herz gewachsen waren, liebte sie, als wäre sie mit ihnen blutsverwandt. Mit der räumlichen Trennung von ihrem leiblichen Vater hatte sie sich auch gefühlsmäßig immer weiter von ihm entfernt.

Als er ihr schrieb, der Typhus habe ihm die Frau und drei Kinder genommen, fand sie den Verlust bedauerlich, doch berührte die Nachricht kaum ihr Herz. Vielleicht, weil sie diese Familie nie kennengelernt hatte. Vielleicht, weil der Zorn auf den Vater unterschwellig noch immer in ihr war und sich ungewollt auf jene Menschen übertrug, die er liebte. Jetzt war nur noch ein Sohn bei ihm. Anton. Würde sie ihn mögen? War er der eigentliche Grund, weswegen sie nach so vielen Jahren plötzlich nach Teplitz kommen und mit dem Vater reden sollte? Er sorge sich um Antons Zukunft, hatte er geschrieben. Wieso? Hatte seine verstorbene Frau sonst keine Familie, die sich des Jungen annehmen konnte?

Auf keinen Fall wollte sie sich überreden lassen, Anton zu sich zu nehmen. Die Sorge um Weller genügte ihr. Um ihn vor allem musste sie sich kümmern. Einst war es ihr sehnlichster Wunsch gewesen, einem Kind das Leben zu schenken und es aufwachsen zu sehen, doch dafür war es jetzt zu spät. Sie lehnte sich auf der gepolsterten Bank zurück und fächelte ihren glühenden Wangen Luft mit dem Fächer zu. An der nächsten Poststation wollte sie einen Becher Wein trinken und in eines der Wurstbrote beißen, die sie als Wegzehrung mitgenommen hatte.

Plötzlich hielt Elisa in ihren Gedanken inne und stutzte. Anton war ihr leiblicher Bruder. Zwar nur der Halbbruder, aber dennoch ihr Bruder und nach dem Vater Antons nächste Verwandte.

„Sei's drum! Einem fremden Kind könnte ich nie meine ganze Liebe schenken, und mit der geteilten Liebe einer Mutter sollte ein Kind nicht leben müssen."

Ein Unwetter zog über Teplitz auf. Elisa bemerkte es voller Sorge, nachdem sie das Fenster heruntergelassen und einen Blick in Fahrtrichtung geworfen hatte. „Könnten Sie bitte noch etwas schneller fahren?", fragte sie den Kutscher. „Selbst auf die Gefahr hin, dass die Räder dieser Kutsche noch elender ratterten, möchte ich gern vor dem Gewitter am Ziel sein."

Als die Kutsche an diesem schwülen Augustabend den Teplitzer Marktplatz erreichte, war dieser bereits menschenleer. Die Menschen hatten rechtzeitig Schutz gesucht vor dem, was sich von Westen her gespenstisch auf das Stadtinnere zubewegte: Eine riesige grauschwarze, von Blitzen durchzuckte Wolkenwand, die sich wallend und donnergrollend der Stadt näherte.

Elisa erschrak. Geschwind stieg sie aus und bezahlte den Kutscher. Der stellte ihre zwei voll bepackten Reisetaschen vor den Eingang der Apotheke und fuhr gleich wieder los.

Georg Tilla hatte die Tochter aus der Kutsche steigen sehen und war zur Tür geeilt. Mit ausgebreiteten Armen ging er auf sie zu und rief: „Elisa, meine liebe Tochter, komm und lass dich umarmen!" Elisa verbarg, wie entsetzt sie beim Anblick des Vaters war. Vor zehn Jahren hatte sie ihn zuletzt gesehen. Er war hager geworden, die Wangen waren eingefallen, die Augen dunkel umrandet, das wellige, früher schwarze Haar war schlohweiß, und seine traurigen, die Krankheit widerspiegelnden Augen sagten ihr, dass er wohl nicht mehr lange leben würde. Voller Mitgefühl umarmte sie ihn. Er roch nach alter Kleidung und ungewaschenem Haar. Sie spürte, wie er vor Rührung mit den Tränen kämpfte, doch nicht einmal jetzt empfand sie, was eine Tochter für ihren Vater hätte empfinden müssen. Was sie empfand, war Mitleid und das Bedürfnis, diesem alten kranken Mann in seiner Not zu helfen.

Sie folgte ihm die Treppe hinauf. Während im Erdgeschoss des Apothekenhauses die Offizin, zwei Laborräume und die Küche waren, befand sich im Obergeschoss die Wohnung mit einem großen Wohnzimmer, zwei Schlafzimmern und einer kleinen Badestube. Im trockenen, gut durchlüfteten Dachgeschoss waren zwei Kräuterkammern und die Vorratskammer der Apotheke untergebracht.

„Anton ist schon zu Bett gegangen", entschuldigte Georg den Sohn und bat Elisa, auf dem Sofa an der Stirnseite des hellgrün gestrichenen Wohnzimmers Platz zu nehmen. „Er hat sich sehr auf dein Kommen gefreut und mir Löcher in den Bauch gefragt, wie du aussiehst, ob du hübsch bist und fröhlich den ganzen Tag. Eigentlich wollte er dich unbedingt begrüßen, sobald du eintriffst, doch es war ein heißer Tag, den er mit Herumtollen im Freien verbracht hat. Und nun ist er wohl fest eingeschlafen."

Mit kritischem Blick maß Elisa die Einrichtung und den Zustand des Wohnzimmers, in dem lange nichts verändert oder an neuen Möbeln hinzugekauft worden war. Am Geld konnte es nicht liegen. Die Apotheke der gefragten Bäderstadt machte gewiss einen guten Umsatz. Hier fehlte es allein an der fürsorglichen Hand einer Frau.

Plötzlich riss jemand die Tür auf. Ein Halbwüchsiger stürmte herein. „Seid Ihr die Elisa aus Dresden?"

„Ja, die bin ich. Und bist du vielleicht der Anton?"

Der Junge steuerte geradewegs auf das Sofa zu und setzte sich ohne Scheu neben Elisa. „Ich bin schon acht Jahre alt." Er strahlte übers ganze Gesicht. „Genau bin ich acht Jahre und sechs Monate und …", er überlegte kurz, „… 21 Tage alt, sofern wir heute den 26. August des Jahres 1821 haben."

„So genau weißt du das? Demnach scheinst du im Rechnen ziemlich gut zu sein."

Anton hob den Kopf und sah Elisa mit großen Augen an. „Ich bin der Beste, Madame Elisa, der allerbeste! Der Herr Lehrer sagt, so einen Rechenkünstler wie mich hätte es seit Adam Ries nicht mehr gegeben." Er lachte schallend und schlug sich anerkennend mit beiden Händen auf die Brust.

„Dafür mangelt es dir an Bescheidenheit umso mehr, mein Sohn. Des allgemeinen Wohlgeruchs wegen solltest du dein Eigenlob ein wenig zügeln."

Anton stutzte, doch als er begriffen hatte, wie der Vater das meinte, brach er erneut in helles Lachen aus, sprang vom Sofa und hüpfte, den Bauch vor Lachen sich haltend, um den Esstisch herum. „Vater, Ihr meint … weil … Eigenlob stinkt? Hahaha, da halt ich mir gleich die Nase zu!"

Elisa hatte ihre Freude an dem aufgeweckten Jungen, der gern lustig war und, wie es schien, auch gern lustige Menschen um sich hatte.

Plötzlich krachte es draußen wie zehn Kanonenschüsse auf einmal. Ganz in der Nähe hatte der Blitz eingeschlagen. Keine halbe Minute später setzte wolkenbruchartig Regen ein, der den Marktplatz und alles ringsherum in einen dichten Wassernebel hüllte. Doch damit nicht genug. Mit einem Male veränderte sich das Regengeräusch. Hagelkörner, groß wie Stachelbeeren, prasselten so hart gegen die Fensterscheiben, dass sie zu zersplittern drohten.

Elisa schreckte hoch und setzte sich zu Georg an den Tisch. Er stand in sicherer Entfernung vom Fenster.

„War abzusehen, dass es so schlimm kommen würde", sagte Georg besorgt. „Hoffentlich halten die Fenster in der Offizin. Ich werde hinuntergehen und vorsichtshalber alles, was in Fensternähe steht, nach hinten bringen."

Er stand auf und ging hinunter. Elisa sah ihm nach. Vor Schwäche konnte er sich kaum noch auf den Beinen halten.

„Es sieht aus, als hätte es geschneit", erklärte Anton, der furchtlos ans Fenster getreten war und das Schauspiel aus nächster Nähe verfolgte. „Eisschnee aus Hagelkörnern. Mitten im Sommer. Wie ist das möglich?" Fasziniert drückte er die Stirn an die Scheibe. Das nicht alltägliche Ereignis fesselte ihn weit mehr als die drohende Gefahr.

Elisa war versucht, den Jungen zu sich zu rufen, weil der Hagelschlag vernehmbar lauter wurde. Im Haus gegenüber schlugen die Körner, die inzwischen die Größe einer Kinderfaust hatten, die ersten Fensterscheiben ein. Doch sie wollte nicht als überängstlich erscheinen. Deshalb wartete sie eine Weile, ging dann zu Anton und strich ihm über den Kopf.

„Es ist schön, dass du dir Gedanken darüber machst. Dein Vater war früher ebenso. Er wollte alles wissen und möglichst selbst erkunden. Deswegen ist er, als ich ein kleines Kind war, mit seinem Onkel von Spanien aus über die Meere in die Welt hinaus gefahren. Um andere Länder und fremde Menschen kennenzulernen und Handel mit ihnen zu treiben."

„Und? Ist ihm das gelungen?"

„Nein. Leider nicht. Ein schlimmes Unglück hatte ihn ereilt. Deshalb konnte er sehr lange nicht zu seiner Familie zurückkehren. Aber das erzähle ich dir gern später einmal, wenn du älter und verständiger bist. Und nun komm, lass uns vom Fenster etwas Abstand halten. So ist es sicherer."

Sie nahm seine Hand und setzte sich mit ihm erneut auf das Sofa. „Ich glaube, ich habe dich noch gar nicht richtig betrachtet, kleines Brüderlein. Darf ich das jetzt umso gründlicher nachholen?"

Anton streckte ihr das Gesicht entgegen. „Aber gewiss, Madame Elisa, betrachten Sie mich ruhig, ich halte auch ganz still."

Elisa beugte sich zu ihm und flüsterte ihm ins Ohr: „Bei dieser Gelegenheit machen wir gleich miteinander aus, dass du Elisa und *DU* zu mir sagst, wie es unter Geschwistern üblich ist. Einverstanden?"

Verlegen kniff Anton die Lippen zusammen und nickte, während er die Augen kurz niederschlug. Doch im nächsten Moment riss er sie wieder auf und gab Elisa lachend zur Antwort: „Einverstanden, großes Schwesterlein! Weißt du, ich mag dich wirklich sehr. Ich war bei uns immer das älteste Kind. Eine große Schwester hatte ich noch nie."

Elisa nickte gerührt. Was für ein munteres Kerlchen Anton doch war. So aufgeweckt und geradeheraus war sie als Kind ebenfalls gewesen. Jetzt fiel ihr auch die verblüffende Ähnlichkeit mit ihr auf. Wie sie hatte Anton große braune Augen, eine gerade Nase und sanft geschwungene Lippen. Seine schwarzen Locken hatten den gleichen Glanz wie ihre. Doch die größte und für sie erstaunlichste Ähnlichkeit mit Anton war sein feuriges Temperament. Sie ahnte, dass es dem Vater den Umgang mit dem Jungen nicht leicht machte.

„Ich mag dich auch, Anton. Ich denke, wir zwei sind uns ziemlich ähnlich, und das ist sehr, sehr schön. Aber sag mir bitte, wie steht es wirklich um die Gesundheit unseres Vaters? Seit ich ihn gesehen habe, mache ich mir große Sorgen."

Anton schob sich auf Elisas Schoß und schmiegte sich an sie. Er tat das so unbeschwert und selbstverständlich, als habe er Elisa schon immer gekannt.

„Vater vergisst viel. Manchmal findet er bis zum Abend nicht nach Hause, weil er vergessen hat, wo er wohnt. Und manchmal fragt er mich, wie ich heiße. Das macht mir Angst."

Die zunehmende Vergesslichkeit war es also, weswegen sie dringend kommen sollte, überlegte Elisa. Offenbar schritt Georgs Krankheit unaufhaltsam voran. Sie seufzte, gab Anton einen Kuss auf die Wange, drückte ihn noch fester mit beiden Armen an sich und spürte dabei eine große innere Ruhe und ein starkes Glücksgefühl.

Das Unwetter war vorbei. Auf den nassen Dächern blitzten die letzten Sonnenstrahlen des Tages. Anton rannte zum Fenster und öffnete es. „Schau, Elisa, noch nicht alle Hagelkörner sind geschmolzen. Wie groß sie doch sind und eiskalt!" Er nahm ein Hagelkorn zwischen zwei Finger und hielt es gegen das Licht. „Ganz bunt sieht es aus. Aber nur, wenn ich es in die Sonne halte. Sonst nicht. Warum ist das so, Elisa, weißt du das?"

„Weil sich die Farben des Sonnenlichts in dem Eis brechen."

„Brechen? Wie man einen Stock zerbricht?"

„Nein, das Licht wird anders gebrochen. Genau kann ich dir das jetzt nicht erklären, aber ich weiß, dass ein englischer Naturforscher es bereits vor 150 Jahren herausgefunden hat. Dazu gibt es wissenschaftliche Bücher. Du wirst sie lesen, wenn du größer bist und das Gymnasium besuchst."

„Auf dem Gymnasium lernt man viel, ja? In der Schule lerne ich nicht viel. Immer nur Lesen und Schreiben und kinderleichtes Rechnen und Religion und … pah!" Verächtlich verzog er den Mund.

„Weshalb hast du keinen Hauslehrer? Ich hatte früher einen sehr klugen Hauslehrer."

„Ich weiß. Den Alois Weller. Der ist jetzt dein Mann. Vater sagt, so einen Lehrer bekomme ich, wenn ich übers Jahr in der Schule noch immer der Beste bin. Aber ich glaube, er will nur keinen Fremden im Haus haben. Der könnte dann merken, dass Vater so viel vergisst und womöglich darüber lachen und es in der Stadt herumerzählen. Und dann kommt keiner mehr zu ihm in die Apotheke."

Elisa staunte, wie gut Anton über sie informiert war und wie er die Dinge, von denen er Kenntnis hatte, folgerichtig kombinierte. Ihr Entschluss, sich unter keinen Umständen des Kindes anzunehmen, bröckelte allmählich. Ja, vielleicht würde sie Anton zu sich nehmen, wenn Georg sie darum bat. Sie würde ihn erziehen und für ihn sorgen. Nicht allein aus der Verantwortung heraus, weil er ihr Bruder war, sondern der Liebe wegen, die sie schon jetzt für dieses Kind empfand.

Sie hörte Schritte auf der Treppe, hatte sich schon gewundert, wo Georg so lange blieb. Jetzt stand er in der Tür, starrte sie mit weit aufgerissenen Augen an und fragte mit großem Erstaunen: „Elisa, meine Tochter, du bist hier?"

4

„Nach all dem, was ich über die Ursachen Ihres Zustandes erfahren habe und nach Auswertung meiner Untersuchungen und Behandlungen sage ich Ihnen ganz ehrlich, dass ich Ihnen nicht helfen kann. Zwar sind Sie erst eine Woche bei mir, doch selbst wenn Sie länger blieben, wäre das Ergebnis kein anderes."

Doktor Ernst Gottlob Pienitz lehnte sich auf seinem Stuhl zurück und wartete, wie der Patient auf die bedrückende Wahrheit reagierte. Doch Alois Weller reagierte nicht. Weder verriet er mit einer Geste seinen Gefühlszustand noch war auf seinem Gesicht zu lesen, was in ihm vorging.

„Sie dürfen gern bleiben, bis Ihre Gattin aus Böhmen zurück ist. Zwar ohne weitere Behandlungen, jedoch unter einer Bedingung."

Überrascht blickte Weller zu Doktor Pienitz auf. Dass die Behandlung nicht ansatzweise erfolgreich war, wusste er selber. Noch länger hierzubleiben, schien ihm verlorene Zeit. Auf Elisa konnte er auch zu Hause warten. Warum sollte er also noch hierbleiben? Diese Frage schrieb er auf ein Blatt Papier und schob es dem Doktor über den Tisch.

„Warum Sie bleiben sollten? Nun, ich würde Sie bitten, alle zwei oder drei Tage abends für unsere Patienten ein kleines Konzert am Pianoforte zu geben. Jeweils vor einem ausgewählten Kreis. Patienten, die in der Lage sind, Ihrem Spiel ruhig und ohne Störungen zu lauschen. Bei vielen von ihnen erweckt die Musik beruhigende, freudige Gefühle, was sich recht vorteilhaft für ihre Genesung erweist. Anders gesagt: selbst, wenn ich Ihnen, lieber Weller, nicht helfen kann, könnten Sie durch Ihre Musik anderen Patienten bei ihrem Heilungsprozess helfen. Wären Sie damit einverstanden? Würden Sie das für uns tun?"

Weller schmunzelte. So gesehen stand sein verlängerter Aufenthalt unter ganz anderen Vorzeichen. Er war nicht mehr der hilfebedürftige Patient, sondern jemand, der anderen Menschen bei ihrer Genesung half. Ja, er wollte das Angebot des Doktors gern annehmen. Vielleicht ahnte dieser kluge, feinsinnige Mann, was neben der versiegten Sprache für ihn, den geborenen Lehrer, der größte Verlust war, wie schmerzlich er es vermisste, sein Wissen anderen Menschen mitzuteilen. Er brauchte dieses beglückende Gefühl zum Leben. Es füllte ihn aus. Durfte er in der momentanen Situation, an der er zu verzweifeln drohte, für diese armen Menschen Klavier spielen, so gab ihm das ein wenig von seinem Selbstvertrauen zurück. Es schenkte ihm ein Stück Normalität.

Doktor Pienitz hielt sein Versprechen. Jeden zweiten Abend ließ er ausgewählte Patienten an Wellers Konzertstunde teilnehmen. Es waren Patienten, bei denen bereits eine Besserung ihres Leidens zu verzeichnen war und solche, die das Konzert nicht mit unkontrollierten Ausrufen oder gar Schreien oder plötzlichem Aufstehen und Umherirren störten.

Auf Wunsch des Doktors wählte Weller ausschließlich heitere Stücke. Viele Patienten litten unter Trübsal oder hatten aus einem ihnen selbst unerklärlichen Drang heraus schon einmal Hand an sich gelegt. Wieder andere waren von permanenter Unruhe befallen, die sie wie muntere Kinder ständig in Bewegung hielt. Die Musik sollte beiden zumindest eine Pause verschaffen und ihr Leiden für die Dauer des Konzertes vergessen lassen.

Tatsächlich beobachtete Weller, wie sich beim Einsetzen der Musik der Blick einiger Patienten erhellte. Manchmal huschte sogar ein Lächeln über ihre ansonsten starren Gesichter. Andere wurden merklich ruhiger in ihren Bewegungen. Kein Zucken und Zittern der Hände, kein monotones Kopfnicken oder Mundlecken. Es war, als übten die heiteren Klänge eine magische Wirkung auf sie aus.

Eines Abends, Weller hatte sein Konzert bereits beendet und sich stehend unter dem Beifall seiner dankbaren Zuhörer verbeugt, da presste er plötzlich den rechten Zeigefinger auf seinen Mund, wies mit der linken Hand auf das Klavier und setzte sich noch einmal davor. Alle schauten gespannt und fragten sich, was jetzt kommen würde und weshalb der Pianist so geheimnisvoll tat.

Die Antwort war schnell gefunden. Weller spielte eine einfache, allen bekannte klare Melodie. Zunächst nur mit einem Finger: *Kein Feuer, keine Kohle kann brennen so heiß …*

Nach der ersten Strophe hörte er auf, wandte das Gesicht den Zuhörern im Saal zu, lächelte, machte eine auffordernde Handbewegung und spielte das Lied von vorn. Diesmal mit beiden Händen und mit den vollen Akkorden. Es dauerte nicht lange, da vernahm er, wie erst wenige sehr leise, dann immer mehr und lauter zu singen begannen:

… als heimliche Liebe,
von der niemand nichts weiß.

Keine Rose, keine Nelke
kann blühen so schön,
als wenn zwei verliebte Seelen
beieinander tun stehn.

Setzte du mir einen Spiegel
ins Herz hinein,
damit du kannst sehen,
wie so treu ich es mein.

Dreimal musste Weller das Lied wiederholen. Beim dritten Mal vereinten sich die Stimmen zu einem einzigen großen und durchaus wohlklingenden Chor.

Doktor Pienitz stand an der Eingangstür. Er nickte Weller zu. In seinem Gesicht stand Dankbarkeit.

Am Tag vor seiner Abreise ging Weller noch einmal die lange steile Treppe hinunter nach Pirna. Die Treppe endete bei der Knabenschule. Gleich dahinter führte ein schmaler Weg zur Stadtkirche St. Marien und zum Marktplatz, in dessen Mitte das majestätische Rathaus stand.

Als Weller daran vorbeiging, fragte er sich, weshalb er nach so langer Zeit überhaupt hierhergekommen war und, wie von fremder Hand gelenkt, plötzlich vor der Hirschapotheke stand. War es wegen der Erinnerung an die glücklichen Jahre, die er im Haus des Apothekers Tilla als Elisas Lehrer verbracht hatte? Wollte er die alten Bilder wachrufen, die ihn noch heute schmerzten, weil Elisa sich am Ende ihrer Schulzeit für einen anderen, weit jüngeren Mann entschieden hatte? Wie wäre sein Leben verlaufen, wenn sie sich schon damals für ihn entschieden hätte? Fort mit den sentimentalen Gedanken! Er war hier, weil er seiner Frau ein Geschenk kaufen wollte.

Weller entschied sich für ein zartes Fichu aus weißer Seide. Das konnte Elisa zu jedem Kleid tragen. Ob sie schon zu Hause war? Morgen Abend würde er es sehen. Die Trennung hatte ihm noch einmal bewusstgemacht, wie stark und sehnsuchtsvoll seine Liebe zu Elisa war.

---5---

„Und weshalb muss es ausgerechnet dieser dir fremde Mensch sein auf dieser dir ebenso fremden spanischen Insel?"

Elisa konnte Georgs Entscheidung nicht nachvollziehen, seinen überschaubaren Lebensabend auf Menorca, einer Insel der Balearen, zu verbringen.

„Petro Rodriguez ist einer meiner vier Cousins in Spanien. Er ist mir übrigens gar nicht so fremd, wie du glaubst. Letzten Sommer weilte er mit seiner

Gattin und seinem Sohn Manuel zur Kur in Teplitz. Sie hatten mich besucht. Petro bot mir an, meine letzten Jahre auf der Finca seines Sohnes zu verbringen. Er würde dort gut für mich sorgen. Schließlich sei ich das Kind eines in Ehren gehaltenen Mitglieds ihrer Familie. Man fühle sich mir gegenüber verbunden und nach wie vor verpflichtet. Bildlich gesprochen reise ich zu den mütterlichen Wurzeln meines irdischen Lebens und trete von dort meine himmlische Reise an."

„Du willst in deinem Zustand allein nach Menorca reisen?"

„Nein, natürlich nicht. Manuel wird jeden Tag hier eintreffen. Die letzte Septemberwoche hatten wir vereinbart. Seit dem Frühjahr reist er durch deutsche Lande. Vor seiner Rückkehr kommt er hierher, und dann reisen wir gemeinsam nach Menorca. Manuel ist übrigens dein Cousin und zwei Jahre älter als du. Er ist ein ruhiger, sehr freundlicher Mann. Ich mag ihn."

Elisa wusste nicht, was sie davon halten und erst recht nicht, was sie dazu sagen sollte. Georgs Worte klangen wohldurchdacht, und wie es aussah, hatte er sich bereits seit Langem entschieden und alles Notwendige in die Wege geleitet. Ja, so war er. Hatte er sich eine Sache in den Kopf gesetzt, zog er sie bis zum Ende durch. Manchmal bis zum bitteren Ende. Wer wusste das besser als sie.

„Meinst du nicht, du hättest mir all das schon etwas früher mitteilen können, Vater? Jetzt setzt du mir die Pistole auf die Brust. Stellst mich vor vollendete Tatsachen. Verwehre ich die Annahme des Verkaufserlöses aus der Apotheke, stiftest du damit ein Badehaus. Nehme ich Anton nicht mit nach Dresden, kommt er zur Familie seiner Mutter und ist dann – wie du mir eröffnet hast – bei Menschen, denen er nichts bedeutet und die in ihm nur einen lästigen zusätzlichen Esser sehen."

Schuldbewusst ließ Georg den Kopf in die Hände sinken und hüllte sich in Schweigen.

„In Gottes Namen, dann sei es so. Ich bin einverstanden. Wenn du möchtest, unterschreibe ich die Papiere. Jetzt gleich."

Georg holte die vorbereiteten Dokumente aus dem Schreibsekretär und legte sie auf den Tisch. Elisa nahm sie und verschaffte sich einen Überblick. Am wichtigsten war ihr jenes Dokument, welches Alois Weller und seiner Ehefrau die Vormundschaft für Anton übertrug. Dieses und die anderen Dokumente las sie sehr aufmerksam durch, Zeile für Zeile, während Georg noch immer stumm neben ihr saß und wohl insgeheim betete, sie möge nichts hinterfragen, sondern alles so akzeptieren, wie es von dem Advokaten aufgesetzt worden war.

Endlich griff sie zur Feder und unterschrieb. Mit diesen Unterschriften hatte sie ihr Leben ein weiteres Mal entscheidend verändert, ja, ihm eine neue Richtung gegeben. Einen stattlichen Geldbetrag hatte sie bekommen und die

Verantwortung für ein Kind. Wohlhabend war sie schon immer. Doch zum ersten Mal in ihrem Leben durfte ein Kind *Mutter* zu ihr sagen.

Am 30. September trat Elisa mit Anton und reichlich Gepäck die Heimreise nach Dresden an. Georg war vor drei Tagen mit Manuel abgereist. Elisa war froh darüber, ihn, wenn auch nur kurz, kennenzulernen. Sie hatte den allerbesten Eindruck von ihm gewonnen.

Am Abend vor der Abreise hatten sie sich in französischer Sprache unterhalten. Manuel hatte ihr von seiner Finca erzählt, auf der er mehr als zwanzig Leute für die Rinderhaltung beschäftige. Aus der Milch werde ein Käse hergestellt, der sich auch auf dem spanischen Festland einer regen Nachfrage erfreue. Manuel hatte sie eingeladen, wann auch immer sie die Einladung annehmen könne, sie sei jederzeit herzlich willkommen.

Die Einladung werde sie gern annehmen, wenn auch nicht in absehbarer Zeit, hatte sie geantwortet und Manuel klargemacht, wie überrascht sie von der Entscheidung des Vaters war, die er über ihren Kopf hinweg getroffen hatte, ohne sie auch nur im Geringsten anzudeuten.

„Pardon, da muss ich Ihren Vater in Schutz nehmen, Madame", hatte er entgegnet. „Gewiss, dass ich nach Teplitz kommen und Ihren Vater nach Menorca mitnehmen würde, war lange vereinbart, jedoch wusste ich nicht, ob er bei dem Entschluss bleiben und seinen Lebensabend tatsächlich auf meiner Finca verbringen würde. Ich glaube, diese Entscheidung hat er erst getroffen, als er merkte, wie schlimm es mittlerweile um seine Gesundheit steht."

Elisa hatte Manuel das Versprechen abgenommen, sie zu benachrichtigen, wenn ihr Vater die Augen für immer geschlossen hatte. Sie wollte die Kosten für die Bestattung und ein würdiges Grab übernehmen, was Manuel entschieden ablehnte. Seine Familie stehe bis an Georgs Ende in seiner Schuld und es sei ohnehin nicht möglich, dies auch nur annähernd wiedergutzumachen.

Dann mag es so sein, hatte sie ihm geantwortet und beiden Männern am Morgen ihrer Abfahrt eine glückliche Reise gewünscht. Georg vermochte sich kaum aus ihrer Umarmung zu lösen, wusste er doch, dass dieser Abschied ein Abschied für immer war.

Nun saß Elisa mit Anton in der Kutsche, die sie nach Dresden brachte. Sie hatte sich bewusst für die Fahrt über die neue Poststraße entschieden. Seit einigen Jahren wurde sie zur Chausseestraße ausgebaut. Sie war kürzer und bequemer als die alte Poststraße.

Elisa warf hin und wieder einen Blick auf Anton, der auffallend still neben ihr saß. Anfänglich hatte er sich auf die Fahrt gefreut, doch jetzt, da sie sich immer weiter von Teplitz entfernten, wurde ihm schwer ums Herz.

„Bist traurig, weil du den Vater nie mehr wiedersehen wirst." Liebevoll strich sie Anton über den Kopf. „So ein Abschied für immer tut weh."

Anton, in hellgrauem Hemd und brauner Leinenjacke zu den langen schwarzen Hosen, schmiegte sich an sie und nickte traurig. Elisa war sich nicht sicher, inwieweit ein Kind von kaum neun Jahren die Tragweite dieses Abschieds ermessen konnte. „Weißt du überhaupt, was das bedeutet?", fragte sie zaghaft.

Wieder nickte Anton. Doch nach einer Weile löste er sich aus Elisas Arm, richtete sich auf und machte seinem Herzen Luft. „Der Vater hat's mir erklärt. Er sagt, unser aller Herr wird ihn bald zu sich holen. Wie die Mutter und meine Geschwister. Dann sind sie alle im Himmel vereint. Ich soll nicht traurig sein, weil ich noch hier unten bin. Und ich soll meine Zeit nutzen und viel lernen und mir große Mühe geben, damit aus mir ein ordentlicher Mensch wird, hat der Vater gesagt. Und ich soll mich hüten, vor meinem siebzigsten Geburtstag nachzukommen."

„Das hat er gesagt?"

„Ja. Und mich dabei an den Schultern gerüttelt, ziemlich derb, damit ich es nicht vergesse, weißt du, Elisa?" Schluchzend drückte er sich an sie.

„Weine nur, mein Junge, weine nur. Ich weiß, wie es ist, aus dem Nest gekippt und in eine fremde Umgebung gesteckt zu werden von heute auf morgen. Aber ich verspreche dir, bei uns wird es dir gutgehen, und glaube mir, mit der Zeit lässt der bittere Schmerz der Trennung nach."

„Das hat Vater auch gesagt. Trotzdem sind sie nun alle weg."

„Das ist schlimm. Gewiss. Aber gegen Kummer dieser Art weiß ich ein wirksames Gegenmittel."

Mit verweinten Augen schielte Anton zu ihr hinauf und prüfte, ob sie scherzte. „Ach ja? Und was für eins?"

„Für große Leute ist es die Arbeit, für kleine Leute das Lernen. Lerne so fleißig und so viel du kannst, bis du meinst, in deinen Kopf passt nichts mehr hinein. Du wirst sehen, der Kummer wird kleiner. Zwar erlischt er nie ganz, doch er findet in deinem Innern nicht mehr so viel Platz, um dich aufzuzehren, weil du voller neuer Gedanken und freudiger Empfindungen bist."

Anton nickte. „Ich versuch's." Erschöpft ließ er den Kopf in Elisas Schoß fallen und schloss die Augen. Die letzten Nächte hatte er vor Aufregung kaum geschlafen.

Nicht lange, da bemerkte Elisa, wie ruhig und gleichmäßig er atmete. Er war eingeschlafen. Ein gutes Zeichen. Dann fühlte er sich wohl bei ihr und würde sich bestimmt schnell an sie, das neue Heim und an Alois gewöhnen. Doch wie würde ihr Mann reagieren, wenn sie nicht allein zurückkam? Konnte er das fremde Kind akzeptieren und es in sein Herz schließen? Konnte er dem Jungen ein Vater sein?

6

Nach einem halben Jahr – der Frühling zeigte seine ersten leuchtenden Triebe – hatte Elisa zwei Gründe zur Freude. Der erste Grund: Anton hatte sich recht schnell und problemlos daran gewöhnt, Vater und Mutter zu ihnen zu sagen, nachdem alle Formalitäten der Adoption erledigt und Anton Tilla damit zu ihrem Sohn erklärt worden war. Allerdings hatten sie sich auf Wellers Vorschlag hin auf einen Kompromiss geeinigt, um zwischen Antons leiblichen Eltern und seinen jetzigen zu unterscheiden. Er sagte Vater Weller und Mutter Elisa. Auf diese Weise sollte das Andenken an Antons leibliche Eltern nicht verloren gehen.

Zudem durfte Anton beide Elternteile mit *du* anreden, wenn die Familie unter sich war. Sobald jemand hinzukam oder man sich in Gesellschaft befand, musste er sowohl Elisa als auch Weller mit *Sie* anreden, wie es sich gehörte.

Der zweite freudige Grund war für Elisa die Tatsache, dass sich beide gut verstanden. Weller lebte förmlich auf, seitdem der Junge im Haus war. Das muntere Kind schenkte ihm nicht nur neuen Lebensmut, es gab ihm auch eine zusätzliche Betätigungsmöglichkeit, indem er wieder das sein konnte, was er zu allererst war: ein vorzüglicher Lehrer.

Schon nach wenigen Wochen stellte Weller bei Anton eine außergewöhnliche Begabung für Mathematik und Technik fest. Es bereitete ihm einen Heidenspaß, den Jungen an die durchaus nicht leichte Materie heranzuführen. Damit der Unterricht nicht zu trocken war oder Anton sich gar langweilte, entwickelte Weller eine Methode, wie er seinem wissbegierigen Schüler das trockene Wissen auf eine heitere und spannende Art verständlich machen konnte. So, wie er Elisa seinerzeit über das Theaterspiel die französische Sprache gelehrt hatte, brachte er nun Anton auf spielerische Weise das Verständnis für mathematische Zusammenhänge und geometrische Formen bei.

Die Sprachbarriere überbrückte er unter Zuhilfenahme einer etwas größeren Schiefertafel und farbiger Kreide. Für Schreibarbeiten und Zeichnungen bekam Anton lose Papierblätter, die, sobald sie es wert waren, aufgehoben zu werden, mit zwei Löchern versehen und mit einem schmalen Stoffband zusammengebunden wurden. Von den losen Blättern, der Makulatur, holte Weller für einen Groschen ganze Stapel aus der Druckerei. Die nicht bedruckte Rückseite war noch gut zu verwenden. Bald lagen Antons „Schreib- und Skizzenbücher" zuhauf und nach Sachgebieten geordnet im Regal seines Lernzimmers.

Jeden Morgen, bevor der Unterricht begann, übte Anton Kopfrechnen. Immer schneller, immer schwieriger. Weller hatte dafür zwei Kartenspiele rückseitig mit Papierblättchen beklebt und jeder Karte eine Zahl von 10 bis 99 gegeben. Nun mischte er die Karten, drehte die Sanduhr um und los ging es. Anton nahm Karte für Karte und addierte die darauf stehenden Zahlen. Je mehr Karten er in das rote Metallkästchen neben sich gelegt hatte, nachdem der Sand durch die Verengung des Glases gerieselt war, desto größer fiel das Lob seines Lehrers aus. Hatte Anton 50 oder gar mehr Karten geschafft, setzte sich Weller ans Klavier und spielte mit beiden Händen und vollen Akkorden Mozarts Türkischen Marsch. Auf diese Weise wussten Elisa und die Bewohner der beiden vermieteten Dachkammern im Haus stets, wann der junge Mann seine Kopfrechenaufgabe mit Bravur gelöst hatte.

Wellers Vorschlag, nunmehr auch das Klavierspiel zu erlernen, rief bei Anton nicht eben Beifallsstürme hervor. Viel lieber öffnete er den Deckel des Instruments, erkundete dessen Innenleben und ließ sich von Weller die Funktion der dicken Metalldrähte und der hölzernen Hämmerchen erklären.

Richtig interessant wurde es für Anton, als der Klavierstimmer kam und sich mit verschieden großen, seltsam geformten Schlüsseln und Hämmern an den Schrauben der Drähte zu schaffen machte.

„Müssen Sie wirklich jeden einzelnen Draht nachziehen?"
„Nein, nur die, deren Töne nicht sauber klingen."
„Und woher wissen Sie, welche Töne nicht sauber klingen?"
„Das höre ich, wenn ich die jeweilige Taste anschlage."
„Ist das schwer?"
„Was heißt schwer ... gut hören muss man schon."
„Und wer hat sich das zum ersten Mal ausgedacht? Ich meine das mit den vielen Drähten hinten und den weißen und schwarzen Tasten vorn auf dem Spielbrett?"
„Wie wär's, wenn du mich in Ruhe meine Arbeit machen lässt, Junge?", brummte der Klavierstimmer. „Fürs Plaudern werde ich nicht bezahlt." Hilfe suchend schaute er sich nach einem Erwachsenen um, der ihm das wissbegierige Kind vom Leibe hielt.

7

Weller freute sich über den aufgeweckten Jungen, der die gleiche rasche Auffassungsgabe besaß wie seinerzeit Elisa. Antons Begeisterung für das Lernen und sein unerschöpflicher Wissensdurst waren für ihn eine echte Herausforderung. Mit einer Tatsache jedoch konnte und wollte Weller sich nicht abfinden: Antons mangelndes Interesse für die Musik. Deshalb nahm er Elisas Vorschlag gern auf, gemeinsam mit Anton die Aufführung einer Oper zu besuchen.

Elisa besorgte drei Billetts für den *Freischütz*, der am 26. Januar erstmals in Dresden mit überwältigendem Erfolg aufgeführt worden war. Und zu Weller sagte sie: „Ich habe Anton die Handlung erzählt. Jetzt kann er sich gewiss besser hineindenken. Caroline von Weber hat uns Plätze in der vordersten Reihe des ersten Rangs besorgt. Denke nur, unser Anton wird neben dem Sohn von Ludwig Geyer sitzen. Ein begabter, allseits geachteter Hofschauspieler, Sänger und Porträtmaler. Im September letzten Jahres erst ist er verstorben."

Weller horchte auf, holte sein rotes Buch, das stets auf dem Schreibsekretär lag, und schrieb:

> *Ich kannte ihn. Er hatte die Witwe seines Leipziger Freundes Friedrich Wagner geheiratet, mit der ihn ebenfalls eine langjährige Freundschaft verband. Wagner war nach der Völkerschlacht an Typhus gestorben. Geyer hat die Frau geheiratet und sie samt ihrer fünf Kinder, von denen Richard das jüngste ist, nach Dresden geholt. Eine bewundernswerte Tat!*

„Eine bewundernswerte Liebe", sagte Elisa, nachdem sie die Zeilen gelesen hatte. „Wenn ein Mann sich von heute auf morgen einer sechsköpfigen Familie annimmt, muss die Liebe zu dieser Frau unbeschreiblich tief gewesen sein."

Weller wiegte den Kopf und ergänzte:

> *Ja, Ludwig Geyer war ein ganz außergewöhnlicher Mensch. Vielleicht werden sein Richard und unser Anton Freunde?*

„Das kann ich Anton nur wünschen, denn einen richtig guten Freund hat er in Dresden noch nicht. Mit Richard würde er sich gewiss gut verstehen. Vorausgesetzt, der Junge hat wie er eine Vorliebe für alles Technische und Mathematische."

Als Anton das Morettische Opernhaus – das kleine Hoftheater – mit den Eltern betrat, war es bis auf den letzten Platz gefüllt. Vor Erstaunen riss er die Augen auf. Einen so großen Saal mit drei Rängen, achthundert Sitzplätzen und einem riesigen, von der Decke herabhängenden prächtig funkelnden Leuchter, auf dem zahllose Kerzen brannten, hatte er noch nie gesehen.

Weller ging voran. Elisa nahm Anton an die Hand. Er sah adrett aus in seinem schwarzen, extra für diesen Abend geschneiderten Frack, dem weißen

Hemd mit Halsbinde und den schmalen schwarzen Schuhen. Wie ein kleiner Erwachsener, und so fühlte er sich auch.

Elisa trug ihr weinrotes schulterfreies Kleid mit den modischen breiten Ballonärmeln. Die freien Schultern waren umhüllt von einem weißen Seidentuch. Anton blickte bewundernd zu ihr auf. Er fand sie heute besonders hübsch mit ihren hochgesteckten Haaren und den lustigen Korkenzieherlocken über den Ohren. Erwartungsvoll ging er mit ihr die Treppe hinauf. Sie hatten Plätze im zweiten Seitenrang. Es waren gute Plätze. Hier waren sie dem Geschehen auf der Bühne ziemlich nahe.

Beeindruckt von der faszinierenden Umgebung setzte sich Anton neben Weller und Elisa. Noch verbarg ein dunkelroter, am Saum mit goldenen Quasten verzierter Vorhang die Bühne. Gleich würde er aufgehen und ihnen ein grandioses Musikerlebnis bereiten. So jedenfalls sprachen die Leute in der Stadt vom Freischütz, die ihn bereits gesehen hatten.

„Guten Abend!", hörte Anton jemanden neben sich sagen. Es war ein Junge mit glatten dunkelblonden Haaren, einer schlanken Nase und blauen Augen. Er war ziemlich klein, aber genauso alt wie er. Seine Mutter stand hinter ihm und begrüßte nun ihrerseits die Eltern, die mit Handschlag zurückgrüßten und betonten, wie sehr sie sich freuten, den Opernabend gemeinsam mit ihr und ihrem Sohn zu erleben.

Die Mutter des Jungen, die Elisa mit Frau Geyer ansprach, war ganz in Schwarz gekleidet. Sie warf einen prüfenden Blick auf Anton, lächelte sanft, dann nahm auch sie neben ihrem Sohn Platz. Nach einer Weile stupste sie ihn an und flüsterte ihm zu, er solle der Höflichkeit halber ein paar Worte mit seinem Nachbarn wechseln.

Richard nickte und wandte Anton unvermittelt das Gesicht zu. „Ich habe dich noch nirgendwo gesehen", sagte er ohne jede Scheu.

Anton zuckte mit den Schultern. „Ich dich auch noch nicht."

„Ich heiße Richard. Wir wohnen jetzt in der Waisenhausgasse, also die Mutter, meine vier Schwestern und ich. Mein Vater ist vergangenen September gestorben."

„Da warst du gewiss sehr traurig und hast viel geweint?" Neugierig musterte Anton den Jungen von der Seite. Er hatte eine feine, leise Stimme und schien recht nett zu sein.

Richard senkte den Kopf. „Ich war sehr traurig. Obwohl er gar nicht mein richtiger Vater war. Mein richtiger Vater hieß Carl Friedrich Wagner. Eigentlich müsste ich auch Wagner heißen. Richard Wagner. Mein richtiger Vater starb an Typhus. Sechs Monate nach meiner Geburt im Jahr 1813. Das war ein schlimmes Jahr, weißt du. Da hat es viele Tote gegeben. Wegen Napoleon und der Völkerschlacht und wegen dem furchtbaren Typhus überall."

Anton nickte verständnisvoll. „Ich bin auch in dem schlimmen Jahr geboren. In Teplitz, in Böhmen. Und das mit deinem Vater war bei mir auch so. Also nicht ganz genau, aber so ähnlich. Ich heiße eigentlich Anton Tilla. Weil mein Vater im Kopf krank geworden ist, hat er sich zum Sterben auf die spanische Insel Menorca begeben. Dort wohnt ein entfernter Verwandter von uns. Deshalb habe ich solche dunklen Augen und so schwarze Haare, weißt du? Ja, und weil der Vater nicht mehr da ist, bin ich jetzt in Dresden."

Richard sah ihn ungläubig an. „Er ist weggegangen … zum Sterben? Schlimm! Da haben wir also beide neue Väter. Meiner war sehr, sehr gut zu mir, nachdem wir von Leipzig nach Dresden gezogen waren. Zu mir und zu meinen Geschwistern. Wir waren einmal neun Kinder. Ich bin das neunte Kind. Zwei sind tot. Hast du Geschwister?"

Anton zog die Brauen zusammen. Was sollte er dem Jungen darauf sagen? Er musste nicht wissen, dass seine Mutter in Wahrheit seine Schwester war, wenn auch nur zur Hälfte.

„Ich hatte mal welche, als ich noch in Teplitz gewohnt hab. Aber die sind am Typhus gestorben. Alle. Und meine richtige Mutter auch. Jetzt habe ich halt neue Eltern und heiße nicht mehr Anton Tilla, sondern Anton Weller. Vater Weller war ein Schulmeister. Er ist ein ganz lieber und sehr kluger Mensch. Obwohl er nicht mehr sprechen kann, unterrichtet er mich."

„Ich weiß. Meine Mutter hat mir von eurem Unglück erzählt. Ich gehe übrigens seit dem 2. September in die Kreuzschule. Ist recht ordentlich dort und ich komme gut mit."

„Psst!", machte plötzlich Richards Mutter und tippte den Zeigefinge an ihre Lippen. „Seid leise, es geht gleich los."

Tatsächlich kamen jetzt die Musiker des Orchesters mit ihren Instrumenten herein und nahmen auf den Stühlen vor der Bühne Platz. Es war ein großes Orchester.

„Die machen gleich eine ordentliche Musik!", flüsterte Richard Anton hinter vorgehaltener Hand zu. „Da sind die Geigen, die Bratschen, die Bässe, die Trompeten, die Klarinetten, die Hörner …"

Anton verstand Richards Aufregung nicht und weshalb er jedes einzelne Instrument begeistert aufzählte, als könnte er es selber spielen.

„Und der Dirigent gibt den Takt an, damit jeder Musiker weiß, wann sein Instrument an der Reihe ist, und im Takt bleibt und nicht spielt, wie es ihm gerade einfällt, weißt du?"

Alle Achtung, sagte sich Anton, der Junge wusste Bescheid. Aber wen interessierte schon, wer da mit welchem Instrument hereinkam? Ihn nicht.

Brausender Beifall und Hochrufe begrüßten den rasch zu seinem Pult eilenden Orchesterleiter, den hochverehrten Hofkapellmeister und Komponisten des *Freischütz*, Carl Maria von Weber. Er wartete, bis Ruhe im Saal eingezogen war, dann hob er die Arme und hielt für einen kurzen Moment den Atem an. Gebannt schauten alle Musiker zu ihm in Erwartung des Augenblicks, da er den Einsatz gab.

Erst spielten die Geigen eine leise anschwellende Melodie, dann kamen die Hörner dazu mit verhaltenen Klängen. Anton schloss die Augen und fühlte sich in den Wald versetzt, hörte Jäger mit ihren Hörnern zur Jagd blasen. Nun schwoll die Musik an, wurde lauter und schneller, bis zu einem gewaltigen Spiel des gesamten Orchesters. Dann folgten einige sehr leise, betörende Melodien wie das Spiel der Wellen auf einem vom Wind bewegten Waldsee. Doch auch diese sanften Klänge weiteten sich rasch aus zum Sturm. Alle Instrumente vereinten sich nun zu einer einzigen gewaltigen Melodie. Die Kraft des Orchesters ließ Anton erschaudern. Das war schon etwas anderes als das Klavierspiel der Eltern im Wohnzimmer.

Als müsse er sich irgendwo festhalten, griff Anton nach Elisas Hand.

Lächelnd erwiderte sie den Druck und flüsterte: „Gleich geht der Vorhang auf und das Spiel beginnt."

Langsam, wie von fremder Hand geführt, teilte sich der Vorhang, zog sich zurück bis an die Ränder und gab die Bühne frei. Ein Schuss fiel. Froh gestimmtes Landvolk spendete dem Meisterschützen Applaus und sang *viktoria!* Das Opernspiel hatte begonnen.

Obwohl Anton nicht alles, was auf der Bühne gesungen und gesprochen wurde, verstand, hatte er keine Mühe, der Handlung zu folgen. Jetzt zeigte sich, wie gut es war, dass Elisa ihm die Handlung zuvor erzählt hatte:

Max liebt Agathe. Nur wenn er beim Probeschießen einen Treffer landet, darf er sie zum Altar führen. Doch das Schützenglück hat ihn verlassen. In seiner Not lässt er sich von Kaspar überreden, sieben Freikugeln zu gießen, die stets treffen. Max soll zur Nacht in die Wolfsschlucht kommen.

Gebannt verfolgte Anton das gruselige Spektakel. Fast wähnte er sich selber in der düsteren Schlucht im Sandsteingebirge, so glaubhaft sah er sich von furchterregenden Geistern und wilden Tieren umgeben, von Sturm und Gewitter, von den Mächten des Bösen, deren Zauber sich Kaspar jetzt bedienen wollte. Er hatte bereits alles für das Gießen der Freikugeln vorbereitet. Über dem Feuer hing ein brodelnder Kessel. Die Kelle lag daneben.

Kaspar, der sein Leben an Samuil, den unsichtbaren schwarzen Jäger, verpfändet hatte, rief ihn und bat ihn um Aufschub seiner bis morgen gewährten Lebensfrist. In größter Not bot Kaspar Samuil das Liebespaar Max und Agathe als mögliche Opfer an. Beim morgigen Probeschießen sollte die siebte Kugel einen von beiden treffen. Mit drohender Stimme rief Samuil: „Sechse treffen, sieben äffen! Bei den Pforten der Hölle! Es sei! Morgen er oder du!"

Verspätet kam Max in die Schlucht. Seine Zweifel wuchsen mit jeder Kugel, die Kaspar goss. Die Musik schwoll an, wurde lauter, hastete vorüber wie das Wilde Heer am gespenstischen Himmel. Zwischen den Geigen schrilles Pfeifen, Trommelwirbel und plötzlich – Stille! Eine Turmuhr schlug zur ersten Stunde. Der Höllenspuk war vorbei.

Den dritten Aufzug konnte Anton kaum erwarten, und obwohl er wusste, dass Samuil nur Macht über Kaspar hatte, nicht aber über andere, bangte er um das Leben von Max und Agathe. Beim Probeschießen am nächsten Tag traf die siebte Kugel nicht Agathe, auch nicht Max, sondern Kaspar selbst.

Als der Hofkapellmeister von Weber die Arme senkte, verstummte die Musik. Einige Augenblicke war es, als hielten alle im Saal den Atem an. Doch mit einem Male klatschten sie – erst leise raunend, dann lauter und immer kräftiger – in die Hände und sparten nicht mit Bravorufen. Lauter und lauter schlug der Beifall dem Komponisten und den Akteuren entgegen. Und in den Beifallssturm hinein rief Elisa: „Bravo! Bravo! Mit dem heutigen Abend tritt der *Freischütz* auch in Sachsen seinen grandiosen Siegeszug an!"

8

Zum Weihnachtsfest wartete Weller mit einer ganz besonderen Überraschung für Anton auf.

Bei den heimlichen Vorbereitungsarbeiten hatte ihm Elisa geholfen. Einen Tag vor Heiligabend war es vollbracht. Das Studierzimmer des verstorbenen Stoffhändlers Gernot Holpert – Wellers Schwager – erstrahlte in neuem Glanz. Der Schwager hatte sich das Zimmer seinerzeit in der dritten Etage des Hauses eingerichtet. Es war sein Heiligtum. Niemand durfte es ohne ihn betreten. Tatsächlich war auch nach Gernots Tod vor fünf Jahren kein Mensch mehr über die Schwelle des Zimmers getreten. Erst seitdem Anton im Hause war und die Erwachsenen zunehmend über seine Rechenkünste staunten, hatte Weller sich des vergessenen Zimmers erinnert und es für Anton umgestaltet.

Alles war neu. Nur das prächtige, auf Rollen bewegliche Spiegelteleskop stand unverrückt in der Zimmermitte und wartete darauf, von wissensdurstigen Mond- und Sternenguckern auf den offenen Erker hinausgeschoben zu werden.

Auf diese Weise war etwas Einmaliges entstanden: Eine wertvolle, mathematische und astronomische Instrumente beherbergende Schatzkammer. Neben einem Sextanten aus blitzendem Messing lagen zwei verstellbare Winkeleisen und drei Zirkel verschiedener Größen auf dem schmalen Tisch neben dem Erkerfenster. Dadurch bot er demjenigen, der an ihm arbeiten wollte, stets gutes Licht. Auf dem größeren, quadratischen Tisch mit Mittelfuß an der Wand gegenüber standen eine astronomische Uhr, eine Rechenmaschine sowie ein Erd- und ein Himmelsglobus.

Anton kam aus dem Staunen nicht heraus, als er mit Weller das Zimmer zum ersten Mal betrat. Fasziniert betrachtete er jedes einzelne der Geräte und Instrumente von allen Seiten, und Weller erklärte ihm unter Zuhilfenahme der Schiefertafel deren Nutzen und Funktion.

„Und ich darf wirklich alle diese Kostbarkeiten anfassen?"

Weller nickte.

„Und damit hantieren darf ich auch?"

Wieder bejahte Weller, setzte sich an den länglichen Tisch und schrieb auf seine Tafel: *Jedoch nur, wenn ich dabei bin. Sobald du das 14. Lebensjahr erreicht hast, darfst du allein hier sein. Dann gehören all diese Dinge dir.*

Anton schlang seine Arme um Wellers Hals, wollte danke sagen und ihm versichern, wie sehr er sich über das Zimmer freute, doch er bekam kein Wort heraus. Stumm schmiegte er sich an Wellers Brust und ließ seine Tränen, die Freudentränen waren, frei heraus. Nach einer Weile schluchzte er: „Schade, dass mein Vater Georg das schöne Zimmer nicht sehen kann."

Elisa war hereingekommen. Eine Weile hatte sie bereits an der Tür gestanden und den beiden zugesehen. Jetzt trat sie näher und strich Anton tröstend über den Kopf. „Dann schreibe ihm doch einen Brief. Schreibe deinem Vater Georg, wie es dir bei uns gefällt und was du in deinem neuen Studierzimmer alles vorgefunden hast. Darüber freut er sich bestimmt."

Während sie das sagte, berührte ihre Hand Wellers Schulter. Mit sanftem Druck gab sie ihm zu verstehen, wie dankbar sie ihm für seine väterliche Sorge um Anton war.

In den folgenden Wochen und Monaten bemühte sich Elisa, Weller so viel freudige Ablenkung wie möglich zu bieten, damit er sein Leiden ein wenig leichter ertrug. Neben Theater- und Opernaufführungen besuchten sie fast regelmäßig die Gemäldegalerie, nahmen an Leseabenden teil, gingen bei schönem Wetter in die neue Trinkanstalt, die Struves Sohn in der Seevorstadt eingerichtet hatte, gönnten sich romantische Bootsfahrten auf der Elbe oder trafen sich mit Freunden im Arnoldschen Lesemuseum und liehen sich hier einige der über 150 politischen und wissenschaftlichen Zeitschriften aus halb Europa aus.

Eines Abends, Anton schlief bereits, Elisa und Weller saßen nach dem Abendbrot in ihren Lesesesseln im Bibliothekszimmer bei einer Tasse Tee, da fiel Elisa die Begegnung wieder ein, von der sie ihrem Mann schon am Morgen berichten wollte.

„Ich traf kürzlich Carl Maria von Weber. Er berichtete mir von einem großartigen musikalischen Ereignis. Die Wiederholung sollten wir uns auf keinen Fall entgehen lassen."

Weller legte sein Buch auf die Knie und schaute interessiert zu Elisa hinüber.

„Am 29. April dirigierte Weber im Theater auf dem Linck'schen Bade Beethovens Oper *Fidelio*. Es war die Erstaufführung des Werkes in Dresden. Die *Eleonore* sang ein zierliches, blutjunges Mädchen. Wilhelmine Schröder. Sie ist noch nicht einmal 18 Jahre alt. Ihr Debüt gab sie bereits mit 15 Jahren in Wien. Auch zur Uraufführung des *Fidelio* in Wien hat sie die *Eleonore* gesungen. Ist das nicht erstaunlich?"

Weller nickte.

„Beethoven soll zunächst gar nicht glücklich gewesen sein mit dieser Besetzung, doch Wilhelmine Schröders zauberhafte Stimme habe alle seine Zweifel in den Wind geschlagen. Sie sei ein wahres Wunder. Mit geradezu erschütternder Hingabe habe sie die *Eleonore* gesungen. Wenn du einverstanden bist, nutze ich meine Beziehung zu Weber und besorge Billets für den nächsten Fidelio in Dresden. Natürlich die allerbesten Plätze."

Froh gestimmt stand sie auf, ging hinüber zu ihrem Mann und schwang sich auf seinen Schoß. „Ach Alois, es ist schön, mit dir zu leben. Trotz alledem. Du bist mir so nahe, ich könnte niemals einen anderen Mann lieben, egal, was uns das Leben an Schicksalsschlägen noch aufbürden mag."

Tatsächlich besserte sich Wellers Gemütszustand. Die Stunden, in denen er vor Mutlosigkeit regelrecht in sich zusammenfiel, wurden seltener. Doch fragte sich Elisa, wie er sich verhalten würde, wenn er einsehen musste, dass es bis an sein Lebensende keine Heilung für ihn gab.

9

Seit Wochen stand die Seilerei Rettich in Stolpen zum Verkauf. Niemand wollte sie. Es war, als zöge dort ein böser Geist durchs Gemäuer und mache, dass die Männer, die hier lebten, nicht lange lebten. Grete Rettich hatte kein Glück mit den Männern ihrer Familie. Erst der Gatte, dann der Bruder, nun der Sohn. Ihren frühen Tod schrieb sie ganz allein der Hexe aus Dresden zu, der vermaledeiten Hure, wie sie Elisa schimpfte.

Trotz übler Machenschaften gegen die erklärte Feindin war es Grete Rettich bislang nicht gelungen, Elisa den seelischen Schmerz zuzufügen, den sie ihr an den Hals wünschte. Abgrundtief war sie vom Hass zerfressen. Die Nachricht vom Familienzuwachs der Wellers traf sie wie ein Stich ins Herz. Sie musste eine Bosheit ersinnen, musste das Glück der verhassten Frau zerstören.

Noch einmal tat sie sich mit dem bettelarmen Kerl zusammen, der Weller für Geld niedergeschlagen hatte. Sie stellte ihm die doppelte Summe in Aussicht, wenn er, bar jeder menschlichen Regung, in die Tat umsetzte, was ihr krankes Hirn in einer durchwachten Nacht ersonnen hatte.

Der Mann hatte, als er von dem Auftrag hörte, damit kein Problem. Die menschlichen Regungen seien ihm im Krieg abhandengekommen, meinte er und schlug ohne zu zögern in Grete Rettichs Hand ein.

Bei einbrechender Dunkelheit machte er sich mit Hacke und Schaufel auf den Weg zum nahe gelegenen Waldstück der Rettichs. Dort hub er eine Grube aus. Groß und tief genug, um ein halbwüchsiges Kind darin zu verstecken.

Mit Begeisterung verfolgte Anton Wellers Erklärungen zum Bau der ägyptischen Pyramiden. Er zeichnete für ihn auf, wie die Bauleute vor über viertausend Jahren vorgegangen waren und Anton wiederholte die Erklärungen dazu: „Sie haben also die vier Schrägen stufenförmig mit Steinblöcken angelegt. Damit sie auf die Stufen steigen und von da aus weiterbauen konnten. Höher und höher. Und wenn die Pyramide fertig war, haben sie die Stufenfläche mit anderen Steinen verkleidet. So sieht das Ganze aus, wie mit glatten Wänden gebaut. Richtig?"

Weller nickte zufrieden. Erstaunlich, wie schnell Anton schwierige Zusammenhänge verstand und das erworbene neue Wissen folgerichtig miteinander verbinden konnte. Hatte er eine Sache begriffen und konnte sie selbständig erklären oder herleiten, kam zuletzt immer die Frage: „Und wer hat sich das zu allererst ausgedacht?"

Das kann man nicht in jedem Fall sagen, schrieb Weller auf seine Tafel. *Und über die Pyramiden weiß man ohnehin noch nicht viel. Ihre Erforschung betreiben Wissenschaftler erst seit Napoleons Ägyptenfeldzug, also seit 25 Jahren.*

„Das ist spannend! Kann ich auch ein Wissenschaftler werden?"

Weller sah ihn verschmitzt an und schrieb: *Ich dachte, du wolltest Mathematiker oder Maschinenerfinder werden?*

Anton legte den Kopf in den Nacken, kniff die Augen zusammen, überlegte kurz und dann platzte es aus ihm heraus: „Und wenn ich alles zusammen werde? Mathematiker, Maschinenerfinder und Pyramidenerforscher zugleich, geht das auch?"

„Bescheidenheit zählt nicht eben zu deinen stärksten Seiten", bemerkte Elisa, die ins Studierzimmer gekommen war, um beide hinunterzubitten. Das Mittagessen war fertig. „Wie wäre es, wenn du erst einmal ausprobierst, wie viel Wissen in deinen Kopf hineingeht, und dann entscheidest, was dir am meisten Spaß macht? Jetzt bist du gerade einmal acht Jahre alt und …"

„Achteinhalb!", rief Anton laut dazwischen und hob den Zeigefinger. „Vater Weller hat gesagt, wenn ich weiter so fleißig lerne, meldet er mich in fünf

Jahren zur allgemeinen Prüfung für das Abitur an. Und danach kann ich an der Universität in Leipzig studieren und …"

Jetzt war Elisa es, die ihn unterbrach und mit strengen Augen maßregelte: „Und bis dahin wirst du dir hoffentlich etwas mehr Selbstbeherrschung angewöhnen und lernen, dass man die Rede eines Erwachsenen nicht unterbricht!"

Beschämt zog Anton die Unterlippe ein. Hatte er Mutter Elisa doch versprochen, seine vorlauten Bemerkungen Erwachsenen gegenüber zu unterlassen. Nun war es wieder passiert. Das ärgerte ihn.

„Und wenn ihr zwei nicht bald mit mir zu Tische kommt, sind die Eierplinsen kalt."

Anton schlüpfte in Elisas Hand und ging mit ihr die Treppe hinunter ins Esszimmer. Dort hatte die Magd bereits den Tisch gedeckt und den Teller mit den aufgerollten, köstlich duftenden Plinsen in die Mitte gestellt.

Weller klappte das Buch mit den Abbildungen der Pyramiden zu, legte Zirkel, Zeichenpapier und Stifte zurück in die Vitrine und ging ebenfalls hinunter. Nach vier Stunden Unterricht hatte er sich den Mittagsschmaus redlich verdient.

Die leckeren Plinsen waren samt Apfelmus und Heidelbeerkompott rasch aufgegessen. Die Magd räumte den Tisch ab. Weller stand auf und öffnete das nach Westen zeigende Fenster. Die Sonne, hinter lockeren Wolkenbergen verborgen, stand schon tief. Doch plötzlich, als habe jemand ein Loch in die Wolkenwand gerissen, entstand eine Lücke in dem Gewölk. Es sah aus wie ein Loch, durch das die Sonne ihre Strahlen schickte. Weller winkte Anton heran, zeigte auf die kleine Öffnung in den Wolken und sah ihn fragend und zugleich auffordernd an.

„Du meinst, ich soll überlegen, wie das aussieht?"

Weller nickte eifrig.

Anton sah genau hin und überlegte. Er bemerkte, dass die Sonne ihre Strahlen nicht gerade, sondern schräg herunterschickte. „Es sieht aus wie ein Fächer. Wie der Fächer einer vornehmen Dame!"

Weller wiegte den Kopf, hob nachdenklich die Brauen und gab Anton mit den Augen zu verstehen, dass er noch einen anderen Vergleich wusste.

„Oder … oder … ja! Es sieht aus wie eine Pyramide!"

Er formte mit seinen Händen einen spitzen Winkel und hob sie vor seine Augen. Jetzt ähnelten sie dem Fächer aus Sonnenstrahlen. Begeistert rief er: „Genau so war es! Das haben die Baumeister gesehen. Danach haben sie die Pyramiden gebaut. Also hat der Himmel die Pyramiden erfunden. Oder der himmlische Vater. Oder beide gemeinsam." Er klatschte laut und freudig in die Hände. So machte das Lernen Spaß.

10

Er war heiß, der letzte Tag im August. Unruhig hielt Elisa Ausschau nach Anton. Die Seigerglocke der Kreuzkirche hatte längst zur sechsten Stunde geschlagen. Da sollte Anton von seinem Streifzug durch die Stadt, den er nach dem Mittagessen angetreten hatte, zurück sein.

Weller war schon am Vormittag mit der Kutsche zur Hochzeitsfeier einer wohlhabenden Familie in das Elbdorf Blasewitz gefahren. Mit einem Streicherquintett sollte er dort zum Tanz aufspielen. Die Feier war seit Wochen vorbereitet worden und hatte in halb Dresden für Gesprächsstoff gesorgt. Die Braut war 30 Jahre jünger als der stolze Bräutigam. Der – so die Spekulation – habe es weniger auf das junge, nicht sonderlich hübsche Ding abgesehen, sondern vor allem auf den Weinberg am Loschwitzer Elbhang, den die junge Frau mit in die Ehe brachte.

Seit dem Überfall auf ihn scheute Weller Heimfahrten zu später Stunde. Deshalb wollte er im Blasewitzer Fährhaus übernachten. Ein Bett stand für ihn bereit. Ihren Mann konnte Elisa deshalb nicht schicken, um nach Anton zu suchen, und als die Glocke zur achten Stunde schlug, machte sie sich ernsthaft Sorgen. Wo der Junge nur blieb?

Anton wusste nicht, wie lange er jetzt schon auf dem feuchten Boden lag. Nur allmählich dämmerte ihm, was mit ihm geschehen war. Der Mann hatte gesagt, sein Vater, der Alois Weller, sei vor der Stadt mit der Kutsche verunglückt, läge im Sterben und habe nur noch den einen Wunsch, seinen Adoptivsohn Anton ein letztes Mal zu sehen. Wer dem Jungen begegne, solle ihn herbringen, so schnell wie möglich. Der Mann war sehr aufgeregt, hatte ihn einfach bei der Hand genommen und in seine Kutsche gezogen; eine heruntergekommene Bauernkutsche, so viel hatte er noch mitbekommen, bevor ihm der Mann den Mund geknebelt, die Augen mit einem derben, stinkenden Tuch verbunden und die Hände auf dem Rücken gefesselt hatte.

Nun hockte er auf dem nasskalten Boden und konnte sich – so sehr er auch überlegte – nicht denken, weshalb er hier war. Hatte er jemandem ein Leid zugefügt, ihn beleidigt oder sonst irgendwie erbost, dass er zu solch grausamer Bestrafung fähig war? An nichts dergleichen erinnerte er sich. Nein, er, Anton Weller, war ein guter, folgsamer Junge. Ein wenig vorlaut vielleicht, aber im Herzen gut und gegen nichts und niemanden mit Bosheit behaftet. Andererseits, weshalb hatte der Mann ihn nicht getötet? Wollte er, dass er in der Grube jämmerlich zugrunde ging, war er so ein mieser, abscheulicher Kerl? Alle möglichen Gedanken schwirrten ihm durch den Kopf. Ängstlich fragte er sich, ob die Eltern ihn bereits suchten. Er wusste, Vater Weller war auf einer Feier und kam erst morgen zurück. Wusste der böse Mann das ebenfalls und hatte den günstigen Moment genutzt?

Der Knebel im Mund tat weh. Das Atmen fiel ihm schwer. Die straffe Augenbinde schmerzte. Wenn er nur die Hände losbekäme, dann könnte er sich von dem Knebel befreien und die Binde lösen. Er musste das schaffen, irgendwie und sehr schnell. Was, wenn der Mann es sich anders überlegte und ihn doch noch töten wollte? Was, wenn er jeden Augenblick mit einer Schubkarre voll Erde zurückkam und sie auf ihn schüttete, damit niemand ihn jemals fand und er ein für alle Mal in diesem Loch begraben blieb? Aber warum?

Ängstlich wimmerte Anton vor sich hin. Wie schön wäre es, wenn er jetzt mit den Eltern am Abendbrottisch sitzen, sich danach in sein weiches Bett legen und einige Seiten in dem neuen Buch lesen könnte, das Mutter Elisa ihm geschenkt hatte. Unendliche Sehnsucht überkam ihn. Er sehnte sich nach seinem schönen Zuhause, nach Wärme, nach einer Mahlzeit, nach einem Menschen, der ihn schützend in seine Arme nahm.

Was hatte Vater Weller einmal zu ihm gesagt? *Du darfst nie aufgeben, und wenn es im Leben noch so schlimm kommen mag. Du musst nachdenken und all dein Wissen zurate ziehen, dann fällt dir die Lösung deines Problems schon ein.*

Nachdenken, ja, das wollte er. Wollte es unbedingt und mit ganzer Kraft. Zunächst konzentrierte er sich auf die gefesselten Hände auf dem Rücken. Zerschneiden konnte er den Strick nicht, dazu war er zu dick. Ihn mit den Händen auf dem Rücken aufknoten, ging auch nicht. Vielleicht konnte er unter den Händen hindurchschlüpfen?

Anton machte den Rücken krumm, zog die Beine an, rollte sich ein wie ein Igel und schlüpfte erst mit dem Po, dann mit den Beinen durch die Arme hindurch. „Geschafft!", rief er unter Freudentränen. „Ha! Das hast du nicht bedacht, dass der Leib eines Kindes noch ziemlich biegsam ist."

Er riss sich die Binde vom Kopf und sah sich um. Er hockte tatsächlich in einer Grube. Sie war so breit und tief wie ein Grab. Ein Grab gemacht für ihn. Er schaute nach oben. Dort nahm er ein schwaches Licht war. Die Grube war mit dicken Ästen und Reisig abgedeckt. Bald würde es Nacht werden und das Tageslicht, das durch die wenigen freien Stellen in dem Geäst blass durchschimmerte, war dann nicht mehr zu sehen. Die bedrohliche Ungewissheit im Nacken spornte ihn an, jetzt nicht nachzulassen. Er musste sich beeilen. War es erst einmal Nacht, kam der Mann bestimmt zurück. Schon sah er, wie sein hässliches Gesicht oben am Rand der Grube erschien. Dann war es zu spät. Dann war er verloren.

Als Anton das klar wurde, überkam ihn ein eisiger Schauer. Doch anstatt zu verzweifeln und seiner Angst sich machtlos hinzugeben, verdrängte er den abscheulichen Gedanken und überlegte, wie er als nächstes seine Hände freibekommen konnte. Unmöglich, den Strick, der dreifach um die Handgelenke geschlungen war, zu zerbeißen.

Er sah sich um. Die Grube war frisch ausgehoben. Er erinnerte sich daran, dass die Bauern über die flachen Steine in ihren Felder schimpften, die ihnen jedes Frühjahr aufs Neue das Pflügen und Säen schwer machten. Es waren flache Steine mit oft recht scharfen Kanten. Wenn er doch nur so einen Stein hier fände! Er richtete sich auf. Mühsam grasten seine Augen die vier steilen Erdwände ab. Mit den Fingern kratzte er zwei Feldsteine zur Hälfte heraus, doch keiner hatte so scharfe Kanten, dass er sie als Schneide benutzen konnte.

Entmutigt und vor Anstrengung keuchend, sank er auf die Knie und spürte plötzlich unter dem rechten Knie etwas Kantiges. Hastig kratzte er die Erde darüber weg und hätte vor Freude schreien können, als ein kinderkopfgroßer Feldstein mit einer scharfen Kante zum Vorschein kam. Der Stein war schwer, aber genau richtig. Seine flache Kante konnte er wie ein Messer benutzen. Endlich! Als der Strick zersprang, atmete Anton erleichtert auf. Das hatte er gut gemacht. Vater Weller wäre stolz auf ihn. Aber noch war er hier unten. Selbst wenn er sich auf die Zehenspitzen stellte und die Arme hochstreckte, war da noch ein ganzes Stück bis zum Rand.

Seit zwei Stunden lief Elisa voller Sorge durch die Straßen Dresdens. Fragte diesen und jenen, ob Anton bei ihm wäre oder ob er ihn gesehen hätte. Vergeblich. Keinen einzigen Hinweis bekam sie, der sie wirklich weiterbrachte. Anton war wie vom Erdboden verschwunden.

Ratlos ging sie zurück zum Haus. Hoffte inständig, Anton säße auf der Treppe und warte bereits auf sie. Doch da saß er nicht.

Sie ging ins Haus, setzte sich im Wohnzimmer ans Fenster, wartete. Unbändige Angst stieg in ihr auf, nachdem die Sonne untergegangen und Anton noch immer nicht nach Hause gekommen war. Sie machte sich die allergrößten Vorwürfe. Ihre Pflicht wäre gewesen, auf den Jungen aufzupassen, gerade weil er mit seinen achteinhalb Jahren seine Umwelt allzu neugierig und mutig erkundete. Er war ein Kind. *Ihr* Kind, ihr kleiner Bruder. Sie spürte, dass er jetzt irgendwo da draußen war und sich um Hilfe flehend nach ihr sehnte. Doch wo konnte sie ihn noch suchen, wenn er in der Stadt nirgendwo zu finden war?

„Ich habe versagt. Ich hätte ihn im Auge behalten, ihn fragen müssen, wohin er geht."

Weit nach Mitternacht übermannte Elisa die Müdigkeit. Einige Stunden hatte sie fest geschlafen, als sie von einem stürmischen Pochen an der Haustür wach wurde. Sie sprang auf und schob die Gardine vor dem Fenster zur Seite. Ein Halbwüchsiger rannte davon. Er musste der Pocher gewesen sein. Um diese Zeit war der Neumarkt noch menschenleer. Sie schaute zur Standuhr im Fenstereck. Es war noch nicht einmal fünf Uhr.

„Ich muss dem Jungen nachrennen!", sagte sie sich, lief die Treppe hinunter, öffnete die Haustür. Das Herz wollte ihr stehen bleiben, als sie auf der Schwelle einen Stein sah. Unter ihm ein kleines, mehrfach gefaltetes Stück Papier. Mit fahrigen Händen faltete sie es auseinander. Nur vier Worte, mit ungelenker Hand geschrieben, standen darauf: *Im Seilerwald bei Stolpen.*

Anton gab nicht auf. Inzwischen war es über ihm stockdunkel. Ein leiser Wind rauschte durch die Wipfel der Bäume. Ein Käuzchen schrie. Sonst war es da oben still. Keine Stimmen, kein Wagengeratter, kein Knistergeräusch eines sich nähernden Menschen. Noch nicht?

Anton verspürte großen Durst. Wenn er nicht bald hier herauskam, würde sein Durst unerträglich werden. Er überlegte, wie er trotz der unheimlichen Dunkelheit nach oben gelangen konnte. Es musste eine Lösung geben! Halblaut stellte er sich die Frage: „Was mache ich, wenn ich mir zu Hause ein Buch aus dem oberen Fach im Schrank holen will? Ich nehme mir einen Stuhl oder einen Hocker oder eine Kiste und steige darauf."

Einen Stuhl hatte er nicht, auch keinen Hocker, nicht einmal eine Kiste. „Kiste ist gar nicht so dumm. Muss ja keine Kiste aus Holz sein." Er schlug sich die Hand an die Stirn und kicherte leise. „Könnte ja auch eine Kiste aus Erde sein. Ein dicker Klotz aus Erde. Erde hab ich hier genug. Weiche, feuchte Erde. Ich kratze sie von der hinteren Wand ab, schütte sie vorn auf und klopfe sie fest.

Er maß mit den Augen ab, wie hoch der Erdklotz sein müsste, damit er, wenn er darauf stieg, die Äste über der Grube wegschieben und sich an einem der freigelegten Ränder heraufziehen konnte.

„Ein Klotz reicht nicht, es müssen zwei sein, wahrscheinlich drei. Eine kleine Treppe. Ja, eine Treppe! Wie bei den Pyramiden. Eine steile Treppe hinauf zur Spitze, und meine Spitze hier ist der Grubenrand."

Mit einem handgroßen Feldstein, den er aus der Wand herauskratzte, zeichnete er auf den Boden eine Skizze, wie Vater Weller es ihm beigebracht hatte: *Ehe du damit beginnst, eine Idee in die Tat umzusetzen, zeichne sie auf!* So hatte er es gesagt.

Mit der Steinspitze ritzte Anton parallel zur Wand ein langes Rechteck in den Boden. Es nahm etwa ein Drittel der Gesamtlänge der Grube ein. Dann ritzte er dort hinein ein kleineres Rechteck und wiederum dort hinein ein drittes, noch kleineres, das nur noch ein Quadrat war. Dann begann er unverzüglich so viel lockere Erde wie möglich aus der hinteren Wand herauszukratzen. Flache Feldsteine, die dabei zum Vorschein kamen, legte er auf die Stufen obenauf, damit er nicht einsank, wenn er darauf trat.

Er war fast fertig und wollte sich, bevor er mit der letzten Stufe, dem Quadrat begann, etwas verschnaufen, als er – zunächst noch von fern, dann rasch näher kommend – ein seltsames Geräusch vernahm. Der Atem stockte ihm, als ihm klar wurde, wer sich da schnüffelnd und grunzend näherte. Nicht auszudenken, wenn nur eines der Tiere in die Grube stürzte.

Die Wildschweine kamen näher. Ihr Rascheln verriet Anton, dass einige von ihnen schon unmittelbar vor der Grube waren, und die konnte für sie jeden Moment zur Fallgrube werden. Das musste er verhindern!

War es Angst oder Verzweiflung oder die Folge eines logischen Gedankens? Anton nahm allen Mut zusammen und schrie aus voller Kehle: „Heee! Heee! Holla!" Dazu klatschte er so kräftig er nur konnte in die Hände. Der plötzliche Lärm war derart höllenhaft, dass die aufgeschreckten Tiere Hals über Kopf davonrannten. Einige streiften dabei die Äste über der Grube und schoben sie ein Stück weg. Eine Lücke entstand. Eine große Lücke.

Anton atmete auf. Glück im Unglück, sagte er sich und hielt einen Moment inne, weil ihn der Anblick des sternenübersäten Nachthimmels gefangen nahm. Eine Sternschnuppe huschte vorbei. Er schloss die Augen und wünschte sich, dass jemand käme und ihm aus der Grube heraushalf. Irgendein guter Mensch.

„Seid ihr da oben, Vater Georg, meine liebe Mutter und meine Geschwister? Seht ihr mich? Bestimmt seht ihr mich und seid traurig, weil ihr mir von so weit oben nicht helfen könnt. Wenn ich hier verhungere oder der böse Mann mich tötet, das ist gar nicht so schlimm. Dann komme ich zu euch. Dann sind wir wieder beisammen und alles wird so schön, wie es einmal war. Ich hab euch alle noch immer sehr, sehr lieb …"

Er wollte weinen, doch er konnte nicht. Plötzlich erfasste ihn ein starker Schwindel, und hinter seiner Stirn hämmerte ein unerträglicher Schmerz. Er sank zu Boden, lehnte den Kopf an die Wand, verspürte Durst. Alles um ihn herum drehte sich. Außerstande, dagegen anzukämpfen, fiel er in einen tiefen, beinahe ohnmächtigen Schlaf.

Anton erwachte von den ersten, schräg in die Grube einfallenden Sonnenstrahlen. Sofort war er sich seiner misslichen Lage wieder bewusst. „Das Quadrat!", rief er leise. „Nur noch das Quadrat, dann ist die Treppe fertig."

Mühsam quälte er sich auf die Beine. Der Schwindel war schwächer geworden. Der Kopfschmerz nicht. Auch der Durst und der Druck im Magen waren noch da. Doch aufgeben kam nicht infrage. Er wollte endlich raus aus der Grube, wollte seinen frierenden Körper in der Sonne wärmen, wollte sich über einen Bach beugen und trinken und dann nach Hause laufen, so schnell ihn seine Beine trugen.

Elisa musste nicht lange auf ihren Mann warten. Gegen acht Uhr läutete er an der Tür. Er war zeitig erwacht und hatte beschlossen, den sonnigen Tag für eine Wanderung mit Frau und Sohn entlang der Elbe zu nutzen. Nun war alles anders. Bestürzt vernahm er Elisas Nachricht über Antons spurloses Verschwinden. Ihm fiel auf, wie blass sie war. Gewiss hatte sie aus Sorge um den Jungen keinen Augenblick geschlafen.

„Alois, heute Morgen fand ich diesen Zettel an der Haustür. Ich werde daraus nicht schlau. Erlaubt sich da jemand einen üblen Scherz mit uns? Ich habe gestern in der halben Stadt nach Anton gefragt. Sein Verschwinden ist in aller Munde."

Wellers Stirn verfinsterte sich. Der Hinweis sollte ein übler Scherz sein, um die besorgten Eltern in die Irre zu führen? Warum? Was hätte derjenige davon? Achselzuckend stand er auf und ging zum Fenster. Das Kinn auf die Hand gestützt, überlegte er eine Weile angestrengt. Plötzlich drehte er sich um, nahm Elisa den Zettel aus der Hand, tippte mehrmals energisch darauf und machte ihr mit einer Kopfbewegung verständlich, dass sie dem Hinweis unbedingt nachgehen sollten. Und zwar schnell!

Keine Stunde verging, da ratterte die eilig herbeigerufene Kutsche die Bautzener Straße entlang. Die Pferde hatten mächtig zu ziehen; es ging bergan. In der Ausspannstation bei Stolpen bezahlten sie den Kutscher, nahmen sich zwei Pferde und galoppierten in die Richtung, in der das Waldstück der Familie Rettich lag.

Elisa hatte sich zuvor nach dem *Seilerwald* erkundigt und war überzeugt, ihn schnell zu finden; in dieser Gegend kannte sie sich recht gut aus.

Weller ritt hinter ihr. Obwohl Elisa im Damensattel saß, zog sie das Tempo weiter an. Seitdem sie aus Dresden herausgeritten waren, hatte sie kaum ein Wort gesprochen. Weller wusste, dass sie jetzt aus Angst um Anton an nichts anderes denken konnte.

„Er hat die ganze Nacht da draußen zugebracht", rief Elisa plötzlich und wurde etwas langsamer, damit sie neben ihrem Mann reiten konnte. „Hoffentlich kommen wir nicht zu spät!" Sie sah zu Weller hinüber. Er wusste, dass sie beide in diesem Moment die gleiche Frage quälte, und er wünschte sich, dass sie unausgesprochen bliebe, doch dann platzte sie wie ein Ungetüm aus Elisas Mund heraus: „Ob Anton noch lebt?"

Weller wich ihrem Blick aus. Jetzt war er froh darüber, nicht sprechen zu können. Nicht sprechen zu müssen.

Am Seilerwald angekommen, machten sie die Pferde an einem Baum fest. Ohne zu überlegen, auf welche Weise sie das Waldstück absuchen sollten, rannte Elisa drauflos und rief laut nach Anton. Immer wieder rief sie seinen Namen. Mit hängendem Kopf kam sie schließlich zurück. „Hier ist er nicht! Anton hätte längst geantwortet, wenn er hier irgendwo wäre. Wenn er noch … am Leben wäre …"

Weller nahm sie in den Arm. Er bedeutete ihr, das Waldstück nicht wahllos abzusuchen, sondern überlegt vorzugehen. Ihre Ungeduld bringe sie nicht weiter. Elisa war einverstanden. Gemeinsam liefen sie zum unteren Ende des Wäldchens und suchten es Stück um Stück ab. Von rechts nach links und von links nach rechts, immer ein Stück höher. So konnten sie sichergehen, den gesamten Wald fast lückenlos zu durchkämmen.

Sie waren etwa in der Mitte angelangt, als Weller plötzlich stehen blieb und auf einen sonderbaren Haufen übereinander gelegter Fichtenäste zeigte. Rasch zog er die Äste zurück und entdeckte die Grube.

Elisa schrie leise auf, als sie hineinblickte. Schlimmes ahnend, griff sie nach Wellers Hand. Nun standen sie beide am Rand der Grube und wussten nicht, was es zu bedeuten hatte, dass sie leer war. Die Vorstellung, Anton wäre die ganze Nacht darin gewesen, schnürte ihnen die Kehlen. Eine Weile standen sie da wie gelähmt. Doch dann ließ Weller Elisas Hand auf einmal los, ging um die Grube herum und blieb nachdenklich am andern Ende stehen. Er entdeckte den treppenartigen Bau darin. Schmunzelnd kam er zu Elisa zurück, rüttelte sie an den Schultern und sah sie mit freudigen, Hoffnung versprühenden Augen an, als habe er Anton bereits gefunden.

„Was hast du, Alois? Ich versteh dich nicht. Wieso schaust du so froh?"

Weller trat einen Schritt zurück, wies mit dem Arm auf die leere Grube und vollführte dann mit zwei Fingern kleine Trippelbewegungen.

Elisa verstand. „Du meinst … Anton war darin, hat sich diese Treppe gebaut und ist geflohen?"

Weller nickte, lief zu Elisa, umarmte und küsste sie.

„Aber wohin ist er gegangen? Er konnte doch gar nicht wissen, wo er sich hier befindet und in welche Richtung er nach Dresden laufen muss."

Weller widersprach ihr, indem er mit dem Zeigefinger energisch hin und her tickte. Dann wies er zur Sonne und gleich darauf in westliche Richtung.

„Du meinst, du hast ihm beigebracht, sich nach der Sonne zu orientieren. Und so schlau, wie der Junge nun einmal ist, wird er ganz sicher nach Hause finden." Erleichtert gab sie ihrem Mann einen Kuss auf die Stirn, ergriff seine Hand und hatte es plötzlich sehr eilig, zu den Pferden zu kommen.

Von nun an ritt Weller voraus. Wenn der Junge schnell zurück nach Dresden gelangen wollte, überlegte er, dann hatte er bestimmt einen Weg oder eine Straße gesucht und war nicht aufs Geratewohl über Wiesen und Felder gelaufen. Also mussten sie ihn vor allem auf den Wegen und Straßen suchen. Doch wie weit war er nach den Qualen der Nacht überhaupt gekommen?

Anton saß die Angst im Nacken. Scheinbar eine Ewigkeit war er jetzt bereits unterwegs. Einen Bach hatte er nicht gefunden und auch nicht lange danach gesucht, weil er so schnell wie möglich aus dem vermaledeiten Waldstück herausgelangen wollte. Was, wenn der Mann seine Flucht inzwischen entdeckt hatte und ihn wütend verfolgte?

Er rannte, so schnell ihn seine müden Beine trugen. Nur weiter, immer weiter, trieb er sich selber an. In irgendeinen Ort musste der von Wagenspuren gezeichnete Weg doch führen. Schritt um Schritt schleppte sich Anton voran. Die Sonne stand hoch. Die schwülwarme Luft machte das Atmen schwer. Der Schwindel in Antons Kopf meldet sich wieder. Seine Stirn brannte vor Schmerzen. Im hohen Gras oberhalb des Weges wollte er ein wenig verschnaufen und von dem Sauerampfer essen, der hier reichlich wuchs.

Kaum hatte er sich ins Gras gelegt, da hörte er Pferdegetrappel. Zwei Reiter mussten es sein. Sie ritten langsam. Hatten sie seine Flucht entdeckt und suchten nun nach ihm? Wenn sie ihn jetzt entdeckten, war alles umsonst. Anton drückte sich tief ins Gras. Sein Gesicht verbarg er in den flachen Händen. Die Reiter kamen näher. Jetzt ritten sie dicht an ihm vorbei. Das Herz schlug ihm bis zum Hals. Sie sprachen kein Wort miteinander. Er hielt den Atem an. Nicht auszudenken, wenn er sich auch nur durch einen einzigen Laut verriet.

Endlich waren sie vorüber. Gleich würden sie hinter der Biegung verschwinden. Anton reckte den Kopf, kroch vor bis zum Wiesenrand, schaute ihnen nach. Er hatte richtig gehört, es waren zwei Reiter. Ein Mann und – er erschrak – eine Frau! Beide wandten sich die Gesichter zu, die er im Profil deutlich sehen und nun auch erkennen konnte. Es waren die Eltern. Sie suchten ihn. Natürlich suchten sie ihn. Alle guten Eltern würden ihr plötzlich verschwundenes Kind suchen.

Er kroch weiter vor auf den steinigen Weg, wollte aufstehen, wollte schreien und mit den Armen ein Zeichen geben, damit sie ihn bemerkten, noch ehe sie hinter der Biegung verschwunden waren. Doch seine Beine versagten ihm. Er konnte nicht aufstehen, konnte nicht schreien. Still weinte er vor sich hin, lag kraftlos auf dem aufgeheizten Boden, wusste nicht, was mit ihm geschah. Er spürte, wie ihm allmählich die Sinne schwanden. Angst und Hast waren verflogen. Eine seltsame Ruhe erfasste ihn. Ein Gefühl von Glückseligkeit. Er fragte sich, ob so der Tod begann. Er hatte es gewusst. Der Herrgott holte die Menschen auf sanften Händen zu sich. Es war nicht schlimm zu sterben. Es war milde und … wunderschön …

Elisa stimmte Wellers Vermutung zu, die frische Grube habe jemand nicht zufällig im Wald der Seilerei Rettich ausgehoben.

„Der Überfall auf dich und jetzt diese neuerliche Bosheit … Alois, das haben wir Rettichs Witwe zu verdanken. Ich weiß es! Sie steckt dahinter. Sie fügt Menschen, die mir lieb sind, Schaden zu und weiß, sie straft mich damit."

In ihrer Empörung hatte Elisa vergessen, weiter nach Anton zu rufen. Jetzt stoppte sie abrupt ihr Pferd und hielt inne.

„Spürst du es?"

Weller lauschte, sah Elisa groß an und schüttelte den Kopf.

„Anton ist in der Nähe. Ich fühle es. Er muss hier irgendwo sein." Sie sprang vom Pferd und gab Weller die Zügel. „Warte hier, ich laufe ein Stück zurück." Noch vor der Biegung hörte sie ein leises, aber deutlich vernehmbares Wimmern. Sie lief schneller. Als sie hinter der Biegung war, sah sie ein Kind am Boden liegen.

„Anton!" Elisa hastete zu ihm, setzte ihn auf, schloss ihn in die Arme und bedeckte sein Gesicht mit Küssen. „Anton, mein Junge. Gott, bin ich froh, dass wir dich endlich gefunden haben. Ja, weine nur, weine deinen Schmerz heraus. Es ist vorbei. Das Schreckliche ist vorbei. Jetzt wird alles gut. Ich lasse dich nie mehr allein."

11

Grete Rettich stritt alle gegen sie erhobenen Vorwürfe ab. Sie wisse nicht, wer die Grube in ihrem Wald ausgehoben und den Jungen dorthin gebracht habe. Sie jedenfalls nicht. So schwach und dürr wie sie sei, wäre sie dazu schon rein körperlich nicht in der Lage.

Unverrichteter Dinge zogen die beiden Polizisten, die Grete Rettich befragen sollten, wieder ab. Auch der Richter, dem die Sache vorgelegt worden war, konnte nicht nachvollziehen, weshalb die Wellers die Witwe aus Stolpen der beiden vorgebrachten Verbrechen beschuldigten. Dass sie einen bezahlten Gehilfen mit der Schandtat beauftragt hätte, konnte ihr niemand beweisen. Das Verfahren wurde eingestellt.

Weller kochte. Empört schrieb er in sein rotes Buch:

> *Reißt heute jemand den Mund auf gegen die verknöcherten Verhältnisse im Land, stürzt sich ein Heer von Gendarmen auf ihn und sperrt ihn ohne großes Federlesen ein. Jeder zaghaft vorgebrachten Forderung nach Demokratie und nationale Einheit hecheln diese Spürhunde rachsüchtig nach. Aber wenn unsereins ein grausames Verbrechen, das man ihm angetan hat, nicht beweisen kann, hebt die Justiz die Hände. Das ist eine zum Himmel schreiende Ungerechtigkeit! Dagegen muss man etwas tun!*

Und Weller tat etwas. Er nutzte seine Bekanntheit und seine Kontakte zur hiesigen Presse und erreichte, dass Antons grausame Entführung in die Abendzeitung kam. Der Artikel, den er selbst verfasste, bewirkte einiges Aufsehen in Dresden und darüber hinaus.

An den Markttagen standen die Frauen beisammen und bemitleideten das arme Kind. Schließlich hätte es auch ihres sein können. In der Oper echauffierten sich die empörten Bürger während der Pausen über die Unfähigkeit der Polizei und verurteilten die Zurückweisung Wellers Klage bei Gericht. Das sei wirklich schlimm. Nicht nur für die betroffenen Eltern, sondern für jede Familie in der Stadt. Immerhin laufe der barbarische Kindesentführer noch frei herum.

In den Sonntagspredigten brandmarkten die Pfarrer die feige Tat und nannten den Entführer einen Diener Satans.

„Er sei verdammt und wird in der Hölle schmoren, wenn er, was er getan hat, nicht öffentlich gesteht und bereut. Sein Seelenheil kann er nur retten, wenn er die Familie des Opfers um Vergebung anfleht und bereit ist zu ehrlicher Buße, so wahr ihm Gott helfe!"

In der Hölle schmoren – das wollte kein Christenmensch. Nicht in Dresden und nicht in den Dörfern um Stolpen.

Auch der Bauer Franz Born wollte das nicht. In gebeugter Haltung saß er auf der hintersten Kirchenbank, wo er immer saß, und wagte nicht aufzublicken. Wie ein Hagelschlag prasselten die drohenden Worte des Pfarrers auf ihn hernieder, weil sie für ihn bestimmt waren, für ihn allein. Reumütig ging er in sich und hielt sich zum ersten Mal gegen alle inneren Widerstände vor Augen, wie viel Leid er der Dresdner Familie zugefügt hatte und welch großes Unheil ihr durch seine Hand geschehen war.

Zweimal hatte er sich von dem verbitterten Weib des verstorbenen Seilers zu Taten überreden lassen, die kein Christenmensch mit seinem Gewissen in Einklang brachte. Er tat es des Geldes wegen. War es das wirklich wert? Für den Anschlag auf den Mann hatte sie ihm nur die Hälfte des versprochenen Geldes gegeben, weil jener den Schlag überlebt hatte. Und diesmal sollte er wieder nur die Hälfte bekommen, weil der Junge gesund und munter wieder zu Hause war. Vor Tagen erst hatte sie ihn Jammerlappen und Nichtsnutz geschimpft und verlangt, dass er, wenn er die andere Hälfte haben wollte, sich den Jungen noch einmal vorknöpfen sollte, um ihn, wie verlangt, für immer verschwinden zu lassen. Türschlagend war er davongerannt und hatte seine Wut in der Dorfschänke im Bier ertränkt.

Als der letzte Glockenschlag verklungen und die Gemeinde aus der Kirche gegangen war, saß Franz Born noch immer auf der Bank. Stumm drehte er seine graue Leinenmütze in den Händen, strich sich über das schüttere, strähnige Haar und überlegte, ob er sein Gewissen erleichtern und sich dem Pfarrer anvertrauen sollte. Jetzt gleich. Doch dann käme er für den Rest seines erbärmlichen Lebens in den Kerker, schlimmstenfalls an den Galgen.

„Jetzt oder nie", murmelte er vor sich hin, rappelte sich dann mühsam hoch, trat aus der Bankreihe heraus in den Gang und wartete, bis der Pfarrer zurückkam.

„Herr Pfarrer, bitte … darf ich Sie … einen Moment nur …"

„Aber gern, mein Sohn. Sprich frei heraus. Wie kann ich dir helfen?"

Franz Born drückte seine Mütze fest auf die Brust. Seine Lippen bebten. Tränen füllten seine Augen, als er mit tonloser Stimme gestand: „Ich weiß, der Herr wird mir, was ich getan habe, nicht verzeihen. Sei's drum! Das Maß ist voll. Ich muss mein Gewissen erleichtern."

Der ungeheuerliche Vorfall sorgte in Dresden weiterhin für Aufsehen. Der Ruf nach Bestrafung des Verbrechers wurde laut. Zum Markttag empörten sich die Frauen: „Es liegt doch nahe, dass die Witwe Rettich etwas mit dem Verbrechen zu tun hat. Schließlich ist es in ihrem Wald geschehen!"

Doch Grete Rettich stellte sich weiterhin unwissend. Eiskalt wies sie jede Beteiligung an der Entführung des Jungen von sich. Guten Gewissens könne sie ihre Unschuld vor dem Gericht beschwören, das die Wellers erneut angerufen hatten.

Als es nach vierzehn Tagen zu der Gerichtsverhandlung kam, zerfiel ihre so selbstsicher dahergeredete Lüge wie ein Kartenhaus. Schon beim Betreten des Gerichtssaals im Obergeschoss des Rathauses am Altmarkt bekam sie einen gehörigen Schreck. Nicht wegen der zahlreichen Zuhörer, auch nicht wegen Elisa und Alois Weller, die in der zweiten Stuhlreihe saßen. Nein, Grete Rettich – sie hatte bis jetzt felsenfest geglaubt, niemand könne ihr ans Leder – zuckte erschrocken zusammen, als sie auf der Anklagebank Franz Born erkannte.

Tausend Gedanken schossen ihr durch den Kopf. Wieso war der Mann, der alles zu verlieren hatte, heute hier? Was würde er dem Richter über sie und die Sache mit dem Jungen erzählen? Wagte er es? Gleich einer Drohung, stach sie ihm einen zornigen Blick in die Augen; eine Warnung vor jeder unbedachten Äußerung. Doch ihre Drohung lief ins Leere. Franz Born gestand nicht nur, Alois Weller überfallen und Anton entführt und gefesselt in die Grube geworfen zu haben, er offenbarte auch, wer ihn dazu für Geld angestiftet hatte.

„Ihre Gründe kenne ich nicht. Ich weiß nur, dass sie einen unbändigen Groll gegen diese Familie hat und mir den Auftrag gab, den Mann und den Jungen zu beseitigen. Das habe ich dann aber doch nicht fertiggebracht."

Den Kopf gesenkt, mit der linken Hand das unrasierte Kinn sich reibend, gestand der breitschultrige Mann, der die Vierzig erreicht hatte, seine beiden Verbrechen. Vor Scham und aus Angst vor dem Urteil wagte er den Richter nicht anzusehen. Zögernd erzählte Franz Born, was ihn zu den beiden, mit großer Grausamkeit ausgeführten Anschlägen getrieben hatte.

„Meine beiden erwachsenen Söhne sind invalide aus Napoleons Feldzügen heimgekehrt. Ich selber hatte einen Bauchdurchschuss. Seitdem kann ich kein Pferd mehr länger als eine Stunde über den Acker führen. Meine Frau ist am Typhus gestorben. Die drei Töchter sind zur Feldarbeit noch zu klein. Was sollte ich machen? Wir sind bettelarm. Meine Kinder wollen essen. Da habe ich mich halt hinreißen lassen. Was ich zutiefst bereue und gern ungeschehen machen würde, wenn ich's mit Gottes Hilfe könnte."

Hunger sei kein Grund, für Geld anderen Menschen Schaden an Leib und Leben zuzufügen, sagte der Richter streng. „Wo kämen wir hin, wenn ein jeder sich in einer persönlichen Notlage so verhielt?"

Er verurteilte Grete Rettich und Franz Born zu je zehn Jahren Kerkerhaft. Franz Borns unmündige Kinder kamen ins Waisenhaus, die beiden invaliden Söhne ins Armenhaus. Sein Hof wurde ebenso konfisziert wie die Seilerei Rettich.

Die Leute im Saal waren zufrieden. Der Gerechtigkeit war Genüge getan. Betrübt verließ Weller an Elisas Seite den Gerichtssaal. „Lass uns noch ein wenig spazieren gehen, Alois", bat Elisa und hakte sich bei ihm ein. „Ich weiß nicht, wie es dir ergeht. Ich muss das alles erst einmal verdauen."

Sie schlugen den Weg zur Brühlschen Terrasse ein. Elisa liebte den Blick über die Elbe hinüber zur Neustadt und auf die Augustusbrücke, an deren Ende das Reiterstandbild von August dem Starken stand. Jetzt glänzte es golden in der Sonne. Franz Borns Geständnis und das harte Urteil des Richters hatten bei Elisa ein beklemmendes Gefühl hinterlassen. War ihr Zorn gegen den Übeltäter vor der Verhandlung noch unerbittlich, zerfiel er jetzt, nachdem sie die Gründe für sein Handeln erfahren hatte. Ja, sie empfand sogar ein wenig Mitleid mit ihm und seinen Kindern.

Alois diese Empfindungen anzuvertrauen, wäre gewiss sinnlos, sagte sie sich, deshalb schwieg sie. Erst als sie in der Mitte der Terrasse am Geländer standen und Weller den Arm um ihre Schulter legte, sagte sie bekümmert: „Ist es nicht schlimm, was der Krieg mit den Menschen macht? Was er *aus* ihnen macht?"

Noch immer konnte Anton nicht allein in seinem Zimmer schlafen. Schloss er die Augen, sah er sich in der feuchten Grube hocken, umgeben von Angst und Dunkelheit.

Eines Nachts schrie er laut auf. Elisa holte ihn zu sich ins Bett. Sie streichelte seine Wangen und summte ihm ein Lied vor, bis er den bösen Traum überwunden hatte und eingeschlafen war. Doch nicht lange, da griff der Traum erneut nach ihm, so unerbittlich, dass er zu wimmern begann und schweißgebadet hochschreckte.

Zwar hatte Elisa ihm gleich nach der Gerichtsverhandlung von dem Urteil erzählt und ihm versichert, die beiden bösen Menschen könnten ihm nun nichts mehr anhaben, beide säßen für Jahre hinter Gittern. Das hatte er verstanden, und tagsüber war es ihm auch möglich, das schreckliche Erlebnis zu verdrängen, doch gegen die quälenden Träume war er machtlos.

Weller schlug vor, Anton solle sich jetzt umso mehr mit anspruchsvollen Lernaufgaben beschäftigen, die ihn ablenkten und seinen Geist mit erfreulichen Dingen füllten. Physik und Mechanik zum Beispiel. Anton musste er nicht lange überzeugen. Gierig sog der Junge auf, was ihn ohnehin interessierte und was ihm nach und nach tatsächlich die schrecklichen Bilder nahm. Mit wachsender Begeisterung las er die Literatur, die Weller ihm aus den Lesestuben mitbrachte. Und weil ihm beim Lesen immer mehr Fragen kamen und er zu ungeduldig war für Wellers schriftliche Erklärungen, bat er Elisa, an der einen oder anderen Stunde teilzunehmen. Auf diese Weise waren sie alle drei immer öfter in Antons Unterricht einbezogen und rückten als Familie noch enger zusammen.

Eines Tages verkündete Anton entschlossen: „Ich werde ein Techniker. So wie Helfried aus Chemnitz. Er ist doch ein Techniker, nicht?"

Weller nickte und schrieb:

Aber zuvor musst du die Reifeprüfung ablegen. Und dazu musst du ein Gymnasium besuchen. Möglichst eines, an dem vor allem Mathematik und Geometrie gelehrt wird.

„Am besten wäre für Anton, er besuchte die Fürstenschule Sankt Afra in Meißen", meinte Elisa. „Allerdings sind das sechs Jahre, die wir dich entbehren müssten."

Anton erschrak. „Sechs Jahre, sagst du?" So lange wollte er nicht von zu Hause wegbleiben. „Und wieso kannst du mich nicht bis zu dieser Reifeprüfung unterrichten, Vater?"

Weller schmunzelte und bat Elisa, Anton den Grund zu erklären.

„Einige Jahre könnte er dich durchaus noch unterrichten, doch irgendwann wird der Lehrstoff zu umfangreich. Außerdem stehen auf dem Gymnasium noch weitere Fächer an, die Vater nicht beherrscht, zum Beispiel die Feldmesskunst. Selbst wenn du schnell und fleißig lernst, benötigst du mindestens vier Schuljahre in Meißen, wenn du im sechzehnten Lebensjahr die Prüfung ablegen willst."

„Nun gut", sagte Anton resigniert und stützte die Arme in die Seiten. „Wenn es denn sein muss, gehe ich halt auf das Gymnasium in Meißen."

Plötzlich wandelte sich seine Stimmung. Vergnügt schaute er Weller und Elisa an und rief in seiner heiteren Art, die er allmählich wiederfand: „Meißen liegt nicht allzu weit von Dresden entfernt. Außerdem habe ich euch beide so sehr lieb, dass ihr mich schon nicht vergessen werdet. Hauptsache, aus mir wird ein tüchtiger Techniker. Der Beste in Dresden. Nein, der Beste in ganz Sachsen!"

12

In England habe man eine Maschine entwickelt, die selbstständig arbeite, schrieb Weller in sein Buch. Eine Maschine, angetrieben durch die Kraft des Dampfes. Nicht mehr lange, da stünden sie in allen Fabriken und ersetzten die Arbeit des Menschen. Er zeigte Anton die Zeichnung einer Dampfmaschine und mühte sich, ihm mit Mimik und Gestik zu erklären, wie sie funktionierte. Doch Anton stellte ihm zu viele Fragen auf einmal, mit deren schriftlicher Beantwortung kam er nur langsam voran. Zu langsam für den wissensdurstigen Jungen, der plötzlich aus dem Zimmer rannte, im Eiltempo die Treppe hinunterlief und Elisa bat, mit ihm hinaufzukommen.

Dank ihrer Hilfe klappte die Verständigung nun besser. Schließlich stellte Anton sich stolz vor Elisa hin und wiederholte ihr mit seinen eigenen Worten, wie die Maschine funktionierte.

Während er munter wie ein Wasserfall redete, beobachtete Elisa ihren Mann aus den Augenwinkeln. Weller hatte sein Schreibbuch lautstark zugeklappt und mit dem Stift an den Rand des Tisches geschoben. Jetzt saß er auf seinem Stuhl und rang mit den Tränen, während er ihnen beiden zusah. Sobald Anton einmal kurz zu ihm sah, rang er sich ein Lächeln ab, damit der Junge nicht merkte, wie elend ihm zumute war und wie sehr ihn die Tatsache schmerzte, dass sein Sohn und Schüler sich von ihm abwendete, weil er mit ihm nicht mithalten konnte.

So nahe wie noch nie spürte Elisa die tiefe Traurigkeit ihres Mannes über seinen Sprachverlust, der für ihn weit schlimmer und quälender war als für jeden anderen Menschen. Niemand wusste das besser als sie. War es jetzt so weit? Hatte Alois jetzt die Hoffnung auf Heilung aufgegeben? Das durfte sie nicht zulassen. Das Leben hatte sie mehr als einmal mit bitterer Strenge gelehrt, einen Ausweg aus einer verzweifelten Situation zu finden, so schwer es auch war.

Anton bemerkte ihr nachdenkliches Gesicht. Er rüttelte sie sacht, aber fordernd am Arm und fragte: „Gibt es in Dresden so eine Maschine? Steht sie hier in einer Fabrik?"

Ganz bewusst lenkte Elisa Antons Blick hin zu Weller und sagte lachend: „Was fragst du mich? Frag ihn! Vater kennt ganz gewiss alle Dampfmaschinen, die sich auf sächsischem Boden befinden. Kein anderer Mann in Dresden weiß so viel wie er. Das solltest du nie vergessen."

Weller verstand den Wink, der ihn aufmuntern sollte. Er riss sich zusammen, holte Buch und Stift zurück und schrieb:

In Chemnitz in der Färberei Becker und Schraps gibt es eine aus England stammende Dampfmaschine. Wenn du möchtest, schauen wir sie uns an. Helfried kennt den Besitzer gut. Möchtest du mit mir nach Chemnitz fahren?

Was für eine Frage! Anton hüpfte Hände klatschend durchs Zimmer. „Ja! Ja! Und wann fahren wir? Kann das schon bald sein? Ich möchte diese Dampfmaschine unbedingt sehen. Bitte mach, dass wir bald nach Chemnitz fahren, ja?"

Fröhlich schwang er sich auf Wellers Schoß, umarmte ihn und rief: „Du bist der allerbeste und allerliebste und allerklügste Vater der Welt! Auch wenn du kein Wort sagen kannst. Weißt du was? Das ist mir schnurzegal!"

Elisa sah, wie Wellers Lippen leicht bebten. Da zog sie Anton sacht von ihm weg, nahm ihn an die Hand und sagte, während sie mit ihm das Zimmer verließ: „Komm, lass uns in der Küche den frisch gebackenen Apfelkuchen probieren. Nach so viel Lerneifer hast du dir ein besonders großes Stück verdient."

Im Hinausgehen drehte sie sich noch einmal um. Die Ellenbogen auf die Schenkel gestützt, das Gesicht in den Händen vergraben, ließ Weller seinen Tränen freien Lauf. Und obwohl er keinen Ton von sich gab, glaubte sie zu hören, wie er schluchzte, wie er alle Verzweiflung und vergebliche Hoffnung aus sich herausweinte, in der bitteren Erkenntnis, dass sein weiteres Leben nur ein halbes Leben sein würde, weil sein Zustand unveränderlich war.

An diesem Abend gingen Elisa und Weller spät zu Bett. Sie hatten einen längeren Spaziergang unternommen, über die Brühlsche Terrasse und mit einem Abstecher in die Neustadt. Nun lagen sie eng umschlungen in ihrem Bett, schmiegten ihre nackten Körper aneinander, küssten und liebkosten sich. Zu mehr war Weller schon seit Monaten nicht mehr in der Lage.

Elisa wunderte das nicht. Der Kummer über seinen Zustand war zu groß, als dass er sich ihr unbeschwert nähern und sie in heißem Begehren nehmen konnte wie früher. Und weil sie das wusste, schenkte sie ihm noch hingebungsvoller ihre bedingungslose Liebe und Zärtlichkeit.

Auf Wellers Bitte hin kam Helfried nach Dresden, um dann sogleich mit ihm und Anton nach Chemnitz zu reisen. Vor Jahren hatte Helfried in Dresden die Ingenieurakademie absolviert, die noch immer dem Militär unterstellt war. Jetzt arbeitete Helfried in Chemnitz bei Becker und Schraps als Techniker.

Während sich die drei Männer auf den Weg nach Chemnitz begaben, hütete Elisa das Haus. Zwar hätte Weller es gern gesehen, wenn sie mitgekommen wäre, aber das hatte sie strikt angelehnt.

„Fahrt nur!", hatte sie augenzwinkernd gemeint. „Ich kann euch gut entbehren. Die ruhige Zeit ohne euch werde ich für ein neues Bild nutzen, das mir seit geraumer Zeit vorschwebt. Es will endlich gemalt werden."

Also fuhren sie allein nach Chemnitz und Elisa holte ihre Staffelei, die sie lange vernachlässigt hatte, ins Wohnzimmer. Sie stellte sie so vor das zum Neumarkt zeigende Fenster, dass genug Licht auf die weiße Leinwand fiel, jedoch die Sonne die Augen nicht blendete. Eine Zeit lang allein zu sein, fand Elisa gar nicht so schlecht, denn zum ersten Mal wagte sie sich daran, ein Porträt allein aus der Erinnerung heraus zu malen. Zwangsläufig aus der Erinnerung, denn es sollte das Porträt ihres Vaters Georg werden. Ein Geschenk für Anton zu seinem elften Geburtstag im kommenden Februar.

Nach zwei Tagen hatte sie das Gesicht fertig skizziert, doch als sie mit der Ausmalung der Details begann, sah sie ein, dass der Mann auf der Leinwand sonst wem ähnelte, aber nicht Georg Tilla. Also entfernte sie die Leinwand wieder, bespannte den Rahmen neu und begann von vorn. Doch auch dieser Versuch misslang. Dabei hatte sie Georgs Gesicht klar vor Augen.

Wütend über den Misserfolg schlang sie ihr graues Tuch um die Schultern, schlüpfte in die schwarzen Lederschuhe und verließ das Haus. Die Sonne stand im Zenit. Auf den Straßen und Plätzen herrschte geschäftiges Treiben. Wagen ratterten über das Pflaster. Am Elbufer wurden Boote beladen, Segel gesetzt, Mitfahrende zur Weiterfahrt gerufen.

Als Elisa die Mitte der Augustusbrücke erreicht hatte, läuteten die Glocken der Kreuzkirche zur zwölften Stunde. Heute gab es keinen Mittagstisch. Sie hatte der Magd ein paar Tage freigegeben, damit sie zu ihren Eltern fahren konnte.

Die Nischen auf den siebzehn Pfeileraustritten beiderseits der Brücke, die mit Sandsteinbänken, schmiedeeisernen Geländern und ebensolchen Laternen versehen waren, waren begehrte Treffpunkte für junge Paare, die Elisa nicht stören wollte. Rücksichtsvoll suchte sie sich eine freie Nische mit Blick zur Altstadt und überlegte, ob sie nicht lieber diese prachtvolle Silhouette malen sollte anstatt Georgs Porträt, das sie allmählich zur Verzweiflung brachte. Warum tat sie sich so schwer damit?

War es, weil ihre Gedanken zu oft bei ihrem Mann weilten, in der Befürchtung, er könnte an seinem Zustand zerbrechen, sich womöglich etwas antun? Nein, Alois war nicht der Mensch, der aus Verzweiflung Hand an sich legte. Doch es schmerzte sie zusehen zu müssen, wie aus diesem heiteren, tatenfreudigen Mann, für den es keinen Stillstand gab und der das Leben mit Leib und Seele genoss, allmählich ein bekümmerter, in sich gekehrter, verbitterter und oft gereizt reagierender Sonderling wurde. Das letzte Konzert hatte er im Mai gegeben. Alle anderen Anfragen hatte er mit der Begründung abgelehnt, es ginge ihm gesundheitlich nicht gut. Wollte sie ihren Mann nicht der Hoffnungslosigkeit preisgeben, musste sie etwas tun. Sie musste eine Lösung finden. Sie wusste nur noch nicht, wie.

Auf dem Heimweg erinnerte sich Elisa an das seltsame Schicksal ihres Vaters. Auf der Rückreise aus Spanien hatte ihn seinerzeit der Blitz getroffen und ihn für Jahre seines Gedächtnisses beraubt. Dass er es schließlich wiedererlangte, verdankte er der Hilfe einer heilkundigen Frau auf einer Nordseehallig. Trude hieß die Frau. Sie hatte Georg dazu gebracht, seine innere Ruhe wiederzufinden, sich auf sich selbst zu besinnen und Gott und der Natur die Möglichkeit zu geben, die Lücke in seinem Gedächtnis zu schließen.

War das die Lösung? Sollte sie mit ihrem Mann auf die Hallig fahren zu dieser Trude, sofern sie noch lebte? Würde er sich auf die weite Reise in den Norden einlassen? Andererseits gab es keine Alternative. Die Fahrt auf die Hallig wäre ein letzter Versuch, das Schicksal zum Guten zu wenden.

Voller Zuversicht trat sie den Heimweg an und verspürte plötzlich ein großes Verlangen, am Porträt des Vaters weiter zu malen. Jetzt würde es ihr gewiss gelingen.

3. KAPITEL

I

Auf einem Boot mit starkem Mast und breiten Segeln fuhren sie die Elbe stromabwärts. Das Boot war dafür ausgestattet, bis zu vier Personen in Richtung Norden mitzunehmen. Die zwei fensterlosen Kajüten waren eng und die Luft darin stickig, aber sie reichten aus. Elisa schlief mit Anton in der einen, Weller, weil er hin und wieder schnarchte, in der anderen Kajüte.

Die Flussfahrt, die sich der Besitzer gut bezahlen ließ, ging zügig voran. Das war nicht immer so. Seit zwei Jahren erst hatte man alle Zölle abgeschafft und die völlige Freiheit der Schifffahrt verkündet.

In Hamburg übernachteten die drei in einer kleinen Pension und setzten dann ihre Reise mit der Kutsche fort. Nach beschwerlicher Fahrt über Land passierten sie die Grenze zu Schleswig-Holstein im Hoheitsgebiet des Königreichs Dänemark, zu dem die Halligen gehörten.

Elisa war unruhig. Nicht nur wegen der Wärme, derentwegen sie viel trinken und öfters anhalten mussten, nein, es war vor allem Antons nimmermüde Erklärungsfreude, die ihre Geduld auf die Probe stellte. Seit sie Dresden verlassen hatten, stand sein Mund kaum einmal still. Der Besuch in der Chemnitzer Färberei hatte ihn über alle Maßen beeindruckt. Jetzt gab es in seinem Kopf nur noch Dampf- und Plattendruckmaschinen, die in großen Hallen einen Höllenlärm veranstalteten und schwere Eisenplatten wie von Geisterhand bewegten. Und weil Anton einen klugen Kopf und eine überreiche Fantasie hatte, malte er sich schon einmal aus, wofür man so eine Dampfmaschine sonst noch gebrauchen könnte, und erklärte es ausführlich. Dabei vergaß er nicht zu betonen, dass natürlich er derjenige sei, der diese grandiosen Maschinen einmal erfinden und bauen werde. Als Techniker. Wie Helfried. Vielleicht sogar mit ihm gemeinsam. Aus zwei hellen Köpfen käme am Ende mehr heraus als allein aus dem eigenen Kopf; so genial dieser auch sei.

Elisa war des Zuhörens müde. Gereizt machte sie ihrem Unmut Luft. „Anton, bereite mir die Freude und rede nur einmal über etwas anderes als über Dampfmaschinen, wenn du schon unentwegt reden musst. Am Ende werde ich selbst noch zur Dampfmaschine."

Anton, der ihr mit Weller gegenübersaß, zog die Lippen ein, verschränkte die Arme vor der Brust und drehte das Gesicht beleidigt zum Fenster.

Weller beantwortete Elisas Aufbegehren mit einem schadenfrohen Lächeln, das ihr sagen sollte: *Dein Bruder halt, erinnerst du dich nicht? Du warst genauso.*

Elisa verstand und lächelte etwas verschämt zurück. Wie konnte sie dem vor Begeisterung sprühenden Kind nur so verständnislos, so erwachsen begegnen. Reumütig lenkte sie ein: „Natürlich freut uns dein Wissensdurst, Anton. Ich meine nur … es gibt noch so viele andere schöne, interessante, erzählenswerte Dinge, mit denen du dich beschäftigen kannst, meinst du nicht?"

Anton zog die Brauen zusammen und antwortete bockig: „Nein!"

Da legte Weller seinen Arm um ihn und drückte ihn versöhnlich an sich.

„Ach so ist das!", rief Elisa, die Vernachlässigte spielend. „Haltet ihr Männer nur ja gegen mich zusammen. Wie es scheint, hat mich armes Weib hier gar niemand mehr lieb."

Weller und Anton verständigten sich mit den Augen, dann huschten sie hinüber auf Elisas Bank, einer rechts, einer links von ihr und bedeckten sie mit Küssen: Arme, Hände, Wangen, Hals und Nacken, bis sie sich vor Lachen den Bauch hielt und die beiden sanft von sich stieß mit der Versicherung: „Schon gut, schon gut … ich nehme alles zurück. Ihr seid die liebsten und besten Männer auf Gottes Erden!"

Am 10. Juli des Jahres 1824 erreichten Elisa, Alois und Anton die nordfriesische Handelsstadt Husum. Elisa wollte nicht lange bleiben. Noch am gleichen Abend fragte sie den Wirt der Pension, in der sie abgestiegen waren, wie sie auf die Hallig Hooge und zum Haus einer gewissen Trude kämen.

Der weißbärtige Glatzkopf schob sein Pfeifchen in den Mundwinkel und brummte: „Bei Flut. Mit dem Boot."

„Und bei Ebbe?"

Der Wirt sah Elisa ungläubig an. Nach zwei kräftigen Zügen an der Pfeife nahm er sie aus dem Mund und stützte die Ellenbogen auf den Tresen. „Gar nicht."

Mit dieser Erklärung konnte Elisa herzlich wenig anfangen. Sie beherrschte sich, wollte nicht ungehalten werden, hoffte, dass hier nicht alle Leute so wortkarg waren.

„Könnten Sie mir freundlicherweise sagen, wie und wann genau wir auf die Hallig Hooge kommen, so rasch wie möglich?"

„Ich hör mich um. Sag Ihnen morgen früh Bescheid."

Elisa dankte ihm, obwohl der Mann wenig vertrauenswürdig auf sie wirkte und sie nicht darauf gewettet hätte, dass er sein Wort hielt. Schon wollte sie die Treppe hinauf zu Weller und Anton gehen, als der Brummbär plötzlich laut ins Nebenzimmer rief: „Ulrike! Rede du mal mit der Dame hier!"

Eine Frau kam herbei. Offenbar hatte sie den Wortwechsel mit angehört. Verlegen entschuldigte sie sich bei Elisa für die spröde Art ihres Großvaters.

„Er meint es nicht so. Kommen Sie, ich sage Ihnen, was Sie wissen müssen."

Sie hatte große helle Augen und einen dunkelblonden Zopf, der ihr bis zur Taille reichte. Freundlich lächelnd strich sie ihre blauweiß gestreifte Schürze glatt und bedeutete Elisa, ihr in den Nebenraum zu folgen, der allein den Gästen der Pension vorbehalten war.

„Bei der Fahrt zur Hallig Hooge fahren Sie übers Watt", erklärte sie ruhig, während sie einen der Fenstertische ansteuerte und Elisa bat, daran Platz zu nehmen. „Da müssen Sie die Tide beachten. Das ist der Wechsel von Niedrig- und Hochwasser, von Ebbe und Flut. Verstehen Sie?"

Elisa schaute so unwissend, wie sie in diesem Moment tatsächlich war.

„Sie sind wohl zum ersten Mal am Meer?"

„Zum ersten Mal an der Nordsee. Ich habe einige Jahre in der Ostseestadt Wedern gelebt, nahe Stralsund. Soweit ich mich erinnere, gab es dort weder Ebbe noch Flut."

Ulrike schmunzelte. „Dort spürt man die Tide kaum. Dafür liegt die Ostsee zu weit vom Ozean entfernt. Bei uns ist er gleich nebenan. Deshalb zieht sich das Wasser bei Ebbe weit zurück und legt das Watt frei. In dieser Zeit können die Boote natürlich nicht zu den weiter entfernten Halligen fahren. Man muss warten, bis wieder Flut ist."

„Dann warten wir halt auf die Flut. Wissen Sie, ob morgen ein Boot zur Hallig Hooge geht? Wie und über wen kann ich das erkunden?"

Ulrike wiegte den Kopf. „Machen Sie sich deshalb keine Gedanken. Ich erledige das gern für Sie. Aber etwas Geduld müssten Sie schon haben. Mein Onkel hat eine Schwester auf Hooge, für deren Familie er regelmäßig Waren rüberbringt. Sein Boot ist groß genug. Er nimmt immer einige Leute mit. Bis er wieder fährt, könnten Sie sich ja in Husum etwas umsehen oder hinunter zum Hafen gehen. Ihrem Jungen wird's dort bestimmt gefallen."

„Das ist sehr freundlich von Ihnen. Ich nehme Ihr Angebot gern an. Aber eine Frage hätte ich noch: Kann man denn bei Ebbe über das Watt laufen?"

„Ja, das kann man. Aber falls Sie das möchten, dann bitte nur mit jemandem, der sich im Watt auskennt. Für Fremde ist der Spaziergang im Watt nicht ungefährlich. Wegen der vielen Priele, in die das Wasser bei Ebbe abläuft. Die Hauptpriele sind oft sehr tief. Manchmal bis zu 150 Fuß. Die muss man kennen. Und man muss wissen, wie man sie sicher umgeht."

Elisa bedankte sich, schob Ulrike ein Geldstück über den Tisch und verabredete sich in der Hoffnung, dass ihr Onkel recht bald zu seiner Schwester fahren würde.

Die Sonne meinte es gut an diesem frühen Julimorgen. Trotzdem ermahnte Elisa ihre beiden Männer, die Jacken anzuziehen. Auf der Überfahrt könne es trotz Sonne und wolkenlosem Himmel recht frisch werden.

Die Fahrt verlief ruhig, doch Anton, der zum ersten Mal übers Meer schipperte, war das schaukelnde Boot nicht geheuer. Halt suchend, umklammerte er Wellers Arm und ließ ihn auch dann nicht los, als der Bootsführer, Ulrikes Onkel, meinte, so friedlich zeige sich die Nordsee nicht alle Tage.

Am Bootssteg der Hallig Hooge wartete das Pferdefuhrwerk des Bauern Jensen. Seine Frau, die Schwester des Onkels, begrüßte den Bruder, indem sie ihm einmal freundlich zunickte. Sie hatte nichts dagegen, die drei Fremden mitzunehmen.

„Nur zu, steigen Sie auf! Ist genug Platz auf dem Wagen. Wir fahren Sie gern zur Peterswarft und zum Haus unserer Trude. Sie lebt allein dort. Ist krank. Wird sich bestimmt freuen, wenn mal jemand kommt."

Elisa erschrak. War die Frau, wenn sich ihre Gesundheit verschlechtert hatte, überhaupt noch in der Lage, Alois zu helfen?

Vorbei an saftigen, von Prielen durchzogenen Wiesen, auf denen Schafe und einige Kühe weideten, erreichten sie die nördlich gelegene Warft. Wie kleine Burgen thronten die wenigen Häuser darauf, wohl in der Hoffnung, von der Flut niemals erreicht oder gar überspült zu werden.

Das Haus von Trude Peters war aus roten, unverputzten Ziegeln gebaut. Auf Elisa machte es einen stabilen Eindruck. Gefolgt von Weller und Anton, schritt sie mutig darauf zu. Die Haustür stand offen, gleich einer Einladung hineinzugehen. Elisa klopfte dennoch an, während Weller und Anton draußen warten wollten, bis sie die Lage erkundet hatte.

In dem schmalen Vorraum blieb Elisa stehen und rief etwas unsicher: „Frau Peters? Frau … Trude Peters?"

„Bin hier. Im Pesel. Komm nur herein!" Die Stimme klang müde.

Vorsichtig öffnete Elisa die knarrende Tür, die zu dem mittleren der drei Zimmer im Erdgeschoss führte, und trat ein. Durch die beiden winzigen Fenster fielen sparsam ein paar Sonnenstrahlen auf den blanken Boden. Trotzdem war der Raum düster und stickig. Hier hatte lange keiner gelüftet.

„Sei so gut, reich mir einen Schluck Wasser. Ich komme nicht heran. Bin noch zu schwach."

Elisa sah den Krug und das gefüllte Glas auf dem kleinen quadratischen Tisch, der neben dem Alkoven stand. Die blassen Wangen der Frau waren eingefallen, die Lippen schmal und farblos. Rasch füllte Elisa das Glas mit Wasser, hob den Kopf der Kranken ein wenig an und half ihr zu trinken.

„Haben Sie niemanden, der sie versorgt?"

Trude ergriff ihre Hand und lächelte. Es war ein gütiges, mütterliches Lächeln. Während Trude noch einmal trank, schaute sich Elisa in dem Raum, der offenbar die gute Stube war, mit raschen Blicken um. Zwei der Wände waren mit blauweißen holländischen Kacheln gefliest. Zwischen den Fenstern hing das Porträt eines Mannes in Kapitänsuniform. Auf der wuchtigen, hellblau gestrichenen Kommode lag eine weiße Zierdecke mit Spitzenrand, darauf stand ein prächtiger Dreimaster mit geblähten Segeln und einer barbusigen, bunt bemalten Gallionsfigur am Bug.

„Weißt du, ich bin eigentlich diejenige, die anderen hilft", erklärte Trude, nachdem sie die letzten Tropfen aus dem Glas geschlürft hatte. „Man kennt's hier gar nicht anders. Für mich selber hab ich nie jemanden gebraucht, seit mein Mann vor achtzehn Jahren auf See geblieben ist." Sie wies mit den Augen auf das Bild.

„Dann werde ich Ihnen jetzt helfen, Trude. Ich sorge dafür, dass Sie halbwegs wieder auf die Beine kommen."

Trude schaute skeptisch zu ihr auf. „Ach Kindchen, dein gutes Herz ehrt dich, aber wie solltest du das anstellen?"

„Ich bin medizinisch kundig. Nicht nur, weil ich in jungen Jahren recht viel über die Heilkunst gelesen habe. Ein namhafter Arzt hat mich in Leipzig zur Hebamme ausgebildet. Unzähligen Kindern habe ich auf die Welt geholfen. Auch bin ich durchaus in der Wundbehandlung erprobt. Während der französischen Besatzung unserer Stadt habe ich dem Amtsarzt assistiert und selber zahllose Kranke und Verletzte mit den allerschlimmsten Verwundungen versorgt."

„Lass dich mal anschauen." Auf den Arm gestützt, musterte sie Elisa, die auf dem Bettrand saß. Plötzlich hob sie den Kopf und richtete sich weiter auf. „Ich glaube, ich kenne diese Augen. Schwarz und feurig und traurig, weil ihnen eine große Ratlosigkeit innewohnt. Ja, diese Augen habe ich schon einmal gesehen."

„Gut möglich. Ich glaube, ich habe die Augen meines Vaters geerbt. Ich bin Elisa Tilla, seine Tochter. Mein Vater Georg war … "

Trude hob die Hand. „Lass mich raten! Er war vor vielen Jahren bei mir. Ich erinnere mich. Nach einem schlimmen Unglück, welches er nur mit Gottes Hilfe überlebt hatte, wusste er nicht mehr, wer er war und woher er kam, der arme Mann. Ein schöner, stattlicher Mann war er, der Georg. Ja, das war er."

„Und Ihnen, liebe Trude, hat er zu verdanken, dass er sich eines Tages wieder erinnerte. Ich darf Sie doch Trude nennen, ja?"

Trude nickte. Erschöpft ließ sich zurück in ihr Kissen fallen.

„Sie haben meinem Vater die Erinnerung zurückgebracht!"

„Nein, mein Kind. Ich habe deinem Vater die Erinnerung nicht zurückgebracht. Er selbst war es. Weil er stark war und voller Lebensmut. Ich habe ihm lediglich die Richtung gewiesen in seiner zornigen Hilflosigkeit. Den schweren Weg ist er allein gegangen, der Georg. Ja, so war das damals, genau so."

„Und nun will es das Schicksal, dass seine Tochter Ihre Hilfe erbittet. Ich bitte für meinen Mann. Vor Jahren hat er einen feigen Mordanschlag überlebt, doch seitdem vermag er nicht mehr zu sprechen. Weder meine innigen Gebete noch ärztliche Kunst konnten ihm helfen. Nun sind wir gekommen in der Hoffnung, ein ebensolches Wunder zu erleben, wie es damals durch Ihre Hilfe meinem Vater geschah. Liebste Trude, ich flehe Sie an, helfen Sie uns."

„Wie sollte ich das, meine Kraft ist versiegt. Die Gabe, in die Menschen hineinzublicken und ihre inneren Wunden zu sehen, hat mir der Herrgott längst genommen. So gut ich kann, helfe ich den Leuten auf den Halligen mit meinem Wissen und meiner Erfahrung. Doch wie du siehst, kann ich jetzt nicht einmal mehr das."

Resigniert rollte sie den Kopf zur Seite, schloss die Augen. Einen Moment nur. Dann wandte sie sich wieder Elisa zu und sagte, einen freudigen Klang in der Stimme: „Wenn ich es recht bedenke … als Hebamme und medizinisch Kundige könntest du für mich einspringen, bis ich wieder auf den Beinen bin. Würdest du das für mich tun?"

Elisa überlegte. Die Frage kam überraschend, und die Antwort war mit einem raschen Ja oder Nein nicht gegeben. Länger als zwei Monate wollte sie mit Anton und Alois nicht bleiben. In wenigen Wochen begann hier die Zeit der Stürme.

„Nun ja, das würde ich schon gern tun. Jedoch längstens bis Ende September. Können wir bei Ihnen wohnen?"

Elisa bemerkte, wie sich Trudes Wangen leicht röteten und ein schwacher Glanz in ihre Augen trat. Es war, als schenke ihr die hilfreiche Aussicht neuen Lebensmut.

„Ach!", winkte sie ab. „Nicht nur mein Mann, auch mein Ältester ist lange tot. Und die drei Töchter haben in Husum eingeheiratet. Sie drängen mich seit Jahren, ich solle zu ihnen aufs Festland ziehen, aber was soll ich dort? Wäre nur eine nutzlose Alte, die den Töchtern und ihren Familien auf der Tasche liegt. Nein, ich bleib hier, bis der Herrgott oder das Meer oder was auch immer mein Leben beendet. Das Haus ist viel zu groß für mich allein. Schlaf du mit deinem Mann oben in der Elternkammer. Der Junge kann die kleinere daneben haben."

„Danke! Vielen, vielen Dank! Das ist ganz wunderbar. Ich sag beiden gleich Bescheid und hole sie herein."

Elisa sprang auf und lief hinaus. Sie war noch nicht über der Schwelle, da fiel ihr auf, Trude hatte den Jungen erwähnt. Wieso wusste sie, dass sie zu dritt waren? Wie konnte sie wissen, dass das Kind ein Junge war?

2

Anton gewöhnte sich erstaunlich schnell in die neue Umgebung ein. Jeden Tag ging er auf Erkundung. Sie war schon ein ungewöhnlicher Ort, diese winzige

Insel im dunklen Meer mit ihren 16 Warften. 329 Leute lebten auf ihr. Das alles hatte er bereits in Erfahrung gebracht. Außerdem war ihm aufgefallen, dass die Häuser fast alle in Richtung West-Ost standen. Trude hatte ihm das erklärt. Sie standen so, um dem Wind eine geringere Angriffsfläche zu bieten. So befand sich der Wirtschaftsteil des Hauses im Westen und damit dem Wind und der See zugewandt. Die Wohnräume lagen geschützt im sonnigen Süd- und Ostteil.

Den kleinen Kompass, den Weller ihm geschenkt hatte, in der Hand, hatte er die Hallig beim ersten Hochwasser des Tages in zwei Stunden einmal umrundet. Den Schiffsanleger nördlich der Kirche – Schleuse genannt – hatte er sich gleich am Tag nach ihrer Ankunft noch einmal genauer angesehen.

Da es nicht allzu oft vorkam, dass Fremde die Hallig besuchten und dazu noch für längere Zeit bleiben wollten, hielt Weller es für angebracht, sich den Halligleuten, wie man die Bewohner nannte, kurz vorzustellen. Er nahm Anton an die Hand und stattete jeder Warft einen Besuch ab. Zwangsläufig war Anton jedes Mal der Wortführer, und in jedem Haus erklärte er in zu Herzen gehenden Worten, weshalb er für seinen Vater sprach. Die Leute hatten sich Zeit für sie genommen. Freundlich boten sie ihnen Tee und Kekse an und erkundigten sich nach der jungen Frau, die für die kranke Trude eingesprungen war. Überhaupt waren die Halligleute recht liebenswürdig, und das nicht nur aus Mitgefühl mit dem stummen Mann oder weil Pastor Conrad Schmidt ihnen beim Gottesdienst erklärt hatte, weshalb die Familie aus Sachsen auf die Hallig gekommen war. Manche von den Älteren erinnerten sich noch an Georg Tilla und wünschten Weller, dass auch er mit Trudes Hilfe von seinem Leiden befreit würde.

Mit den drei Kindern der benachbarten Heinrichswarft schloss Anton schnell Freundschaft. Wenn er das Haus betrat, hatten die beiden Mädchen, die der Mutter und der Großmutter fleißig zur Hand gingen, immer etwas zu tuscheln und zu kichern.

„Du gefällst den Mädchen, weil du so dicke schwarze Locken hast und schwarze Augen." Fritjof, ihr jüngerer Bruder, fand den fremden Jungen ganz ordentlich. „Hier haben fast alle blonde Haare und blaue Augen, wie ich. Aber mach dir nichts daraus, wenn dich meine Schwestern andauernd angucken und herumkichern. Die kichern über jeden, wenn der Tag lang ist. Sind halt alberne Weiber."

Fritjof war der beste Schüler in der Halligschule auf der Lorenzwarft. Stolz erklärte er Anton, dass Lehrer Heemsen sich noch kein einziges Mal genötigt sah, ihm eine schlechte Note zu geben.

In Fritjofs Haus hing ein Kalender, der für jeden Tag anzeigte, wann Flut und wann Ebbe war. Anton schrieb die Zeiten in sein Erkundungsheft. Um festzustellen, ob die Angaben tatsächlich stimmten, lief er beim ersten Hochwasser des Tages – soweit es nicht vor sechs Uhr morgens kam – an die gleiche Stelle an der Halligkante. Dort hatte er drei dicke, mit weißen Bändern versehene Stöcke nebeneinander in den Boden gerammt. Er maß den Abstand zwischen ihnen und dem Wasser, nachdem es nicht weiter anstieg, trug das Ergebnis in sein Heft ein und zeigte es Weller mit der Schlussfolgerung: „Es kommt jeden Tag anders. Mal höher, mal niedriger. Es ist ganz und gar unberechenbar."

Bei klarem Nachthimmel zeichnete Anton den Lauf des Mondes auf und verglich seine Wanderung mit den Wasserständen. Diese Mühe machte er sich, weil er nicht glauben wollte, dass allein der Mond die Bewegung des Wassers bewirkte.

„Warum machst du das alles?", wollte Fritjof wissen, als sie wieder einmal gemeinsam über die Hallig streiften.

„Weil ich selber herausfinden will, wie's zusammenhängt." Mit dem gleichaltrigen Jungen verstand Anton sich gut. Fritjofs Eltern genügte, wenn er ab und zu nach den Schafen schaute, die er oberhalb der Salzwiesen hüten sollte, dort, wo in dem grünen Weideland unzählige rosa Strandnelken und Rotschwingel leuchteten und der Wind wie ein seidiger Besen über den bunten Blütenteppich hinwegfegte.

Fritjof zuckte mit den Achseln. „Mich interessiert so was eigentlich nicht. Wenn du Lust hast, kannst du heute mitkommen zum Krabbenfang. Mein Bruder weiß genau, in welchen Prielen die meisten und dicksten sind. Er fängt so viele, dass er damit bei Ebbe aufs Festland fährt und sie auf dem Markt verkauft. Ich helfe ihm dabei. Macht wirklich Spaß!"

Fritjof machte Anton binnen kurzer Zeit mit einigen wichtigen Besonderheiten des Halliglebens vertraut. So wusste er, dass jede Warft ihren Sood hatte, einen mit Backsteinen ausgekleideten Brunnen zum Auffangen des Regenwassers, der stets gut abgedeckt war. Alle Familien hüteten diese einzige Trinkwasserquelle. Sie war mehr für sie als ein kostbarer Schatz.

„Und die Kühe und Schafe? Bekommen die das Wasser auch aus dem Sood oder saufen sie aus den Prielen?"

Der schmächtige Junge hielt sich den Bauch vor Lachen. „Wo denkst du hin! Das ist Salzwasser, da bekämen die armen Viecher erst recht Durst und würden ziemlich schnell krepieren. Sie bekommen das Regenwasser aus dem Fething. Das sind die kleinen Teiche überall auf der Hallig, die Fangbecken für das Regenwasser."

„Und wenn es einmal sehr lange nicht geregnet hat?", bohrte Anton weiter.

Fritjof verdrehte die Augen. „Herrje, dann gibt's auch nichts zu saufen!"

Elisa war jeden Tag auf der Hallig unterwegs. Sie besuchte Kranke und Schwangere auf den Warften. Die meisten Halligleute vertrauten ihr schon nach kurzer Zeit. Sie schätzten ihre freundliche, zupackende Art. Vor allem zollten sie der jungen Frau Achtung wegen ihres medizinischen Sachverstandes, der den von Trude Petersen weit übertraf.

Weller war mit dieser Art zu leben keineswegs zufrieden. Die Hoffnung auf Heilung, die Elisa ihm in den Kopf gesetzt hatte und derentwegen er die beschwerliche Reise auf sich genommen hatte, war bislang nicht eingetreten. Und das, obwohl Trude Petersen so weit genesen war, dass sie sich im Haus und auf der Warft wieder frei bewegen konnte. Stundenlang saß sie mit Weller auf der Holzbank vor dem Haus und erzählte ihm mit ihrer tiefen Stimme vom Leben der Menschen in dieser kargen Region.

Jeden Tag am Morgen strich sie ihm mit beiden Händen, die sie zuvor in warmes Öl getaucht hatte, über Hals, Nacken und Rücken und knetete ihm die Füße so kräftig, dass sie hinterher ganz rot waren. Dreimal in der Woche erwärmte sie glatte, etwa faustgroße Steine in heißem Wasser, wickelte sie in ein Leinentuch ein und legte ihm das so entstandene warme Steinkissen zehn Minuten erst auf die Brust und dann auf den Rücken, während er fast nackt auf einem Bett aus frischem Heu lag. Vor der Mittagsmahlzeit saß er mit nacktem Oberkörper in der Küche auf einem Schemel, während Trude ganz bestimmte Stellen an seinem Kopf, der Brust und dem Rücken mit ihren Fingerkuppen beklopfte. Danach fühlte er sich erstaunlich frisch und voller Tatendrang.

Das alles empfand er als sehr angenehm und erholsam, doch was es mit dem Wiedererlangen seiner Sprache zu tun haben sollte, konnte er sich beim besten Willen nicht denken. Und als nach sechs Wochen noch immer kein Ergebnis zu verzeichnen war, verflog seine Zuversicht.

Auch Elisa konnte die Augen vor der Realität nicht verschließen, doch sie ließ sich nichts anmerken. Im Gegenteil. Lag sie nachts im Arm ihres von Traurigkeit erfüllten Mannes, bat sie ihn, nicht ungeduldig zu werden, sondern Gott und Trude zu vertrauen und nicht einen Augenblick daran zu zweifeln, dass irgendwann doch noch ein Wunder geschieht.

„Du musst nur weiterhin fest daran glauben, Alois, Liebster. Klammere dich an die Hoffnung. Sobald du dein Ziel nicht mehr mit ganzem Herzen ersehnst, hast du bereits verloren."

Weller zog sie an sich, streichelte ihren nackten Körper und verbarg die aufkommenden Tränen hinter einem Kuss, wie er gefühlvoller nicht sein konnte.

Elisa verstand, was er ihr mit diesem Kuss sagen wollte. Sie fühlte seinen Schmerz, seine Verzweiflung und die Angst, sie zu verlieren. Die Vorstellung, ohne Sprache kein vollwertiger Mensch zu sein, nagte immer stärker an seiner Seele und drohte sie zu zerstören. Elisa erinnerte sich an jenen Nachmittag in Dresden, als sie mit Weller im Café am Tisch mit zwei ihnen gut bekannten Herren saßen. Sie sprachen über die wachsende Zensur der hiesigen Presse, ein Thema, das Weller bewegte und zu dem er viele gute Argumente parat hatte.

Zunächst beteiligte er sich an dem Disput mit dem, was er rasch aufschreiben konnte. Doch schon nach wenigen Minuten war den Herren die umständliche Kommunikation leid und sie ignorierten, was Weller ihnen zum Lesen über den Tisch schob. Das zu sehen, hatte ihr unsagbar wehgetan. Eine Weile hatte Weller wie versteinert dagesessen, sichtbar getroffen von der demütigenden Ignoranz. Plötzlich hatte er seinen Kaffee in einem Zug ausgetrunken, ihre Hand ergriffen und ohne einen grüßenden Blick den Tisch und das Café verlassen. Das Erlebnis, das ihm, wie er meinte, seinen Wert in der Gesellschaft deutlich vor Augen geführt habe, hatte er noch tagelang mit sich herumgeschleppt. Und das war nicht das einzige Erlebnis dieser Art. Weller verstand nicht, dass die Menschen es gar nicht böse meinten, sondern nur nicht imstande waren, mit seiner Behinderung umzugehen. So bröckelte schleichend immer mehr von dem ab, was den lebensfrohen Alois Weller einmal ausgemacht hatte. Und Elisa konnte nichts dagegen tun.

„Alois", sagte sie leise und beugte sich über sein Gesicht. „Zweifle nicht an meiner Liebe. Sie wird niemals versiegen. Nicht aus Mitgefühl mit deinem Los, sondern weil mein Herz so rein und tief für dich empfindet, wie es nie zuvor für einen Mann empfunden hat. Auch nicht für Johann. Vielleicht schenkt dir diese Gewissheit die Kraft, glücklich und zufrieden mit mir zu leben, auch wenn du deine Sprache nie mehr zurückbekommen wirst."

3

Im September fegten zwei schwere Stürme über die Hallig hinweg. Die Flut peitschte das Wasser bedrohlich nahe an die Warften heran. Weller beharrte auf einer zügigen Rückkehr nach Dresden. Der Aufenthalt auf der Hallig und Trudes einfühlsame Behandlung hätten ihm gut getan, mehr könne er nicht erwarten. Es sei höchste Zeit, den Norden wieder zu verlassen.

Trude ließ durchblicken, dass sie wegen ihrer noch schwachen Gesundheit diesen Winter lieber bei ihren Töchtern in Husum verbringen wollte. „Wenn ihr abreist, fahre ich mit hinüber. Gebt mir rechtzeitig Bescheid!"

Elisa wollte noch bleiben. Sie hielt dagegen, dass die Halligleute ihrer Hilfe dringend bedurften. In dieser Gewissheit ging sie völlig auf. Woche um Woche brachte sie wichtige Gründe vor, die Heimreise noch weiter hinauszuschieben. Einmal war es das gebrochene Bein des Bauern auf der Boyenswarft, ein andermal die fiebrigen Kinder der Familien auf der Sievertswarft, auch die Mütter zweier Neugeborener und eine im Sterben liegende Großmutter bauten darauf, dass sie bei ihnen vorbeischaute. Und schließlich war da noch die Sorge um die Frau des Pfarrers Schmidt auf der Kirchwarft, die im fünften Monat schwanger war.

Mitte Oktober kam es beinahe zum Eklat. Weller drohte, mit Anton allein zurückzureisen, wenn Elisa sich jetzt nicht für einen konkreten Termin entschloss. Widerstrebend, allein der Einsicht in die Notwendigkeit folgend, gab sie nach.

„Wir reisen am letzten Tag des Monats. Ich veranlasse, dass uns ein Boot mit allem Gepäck nach Husum bringt. Der älteste Sohn auf der Heinrichswarft wird mir den Gefallen bestimmt tun. Ich habe seiner schwangeren Frau Stine einen bösen Stachel aus dem Fuß gezogen und die eiternde Wunde, bis sie geheilt war, gut versorgt."

Weller atmete auf. Anton begann die Hefte mit den getrockneten Blüten und Gräsern, die er auf der Hallig gepflückt hatte, zusammenzubinden und die anderen Sachen bereitzulegen, die er nach Dresden mitnehmen wollte. Trude holte den Seesack aus der Kommode, den sie seinerzeit für ihren Sohn genäht hatte, ihm jedoch nie schenken konnte, weil er mit dem Schiff des Vaters auf See geblieben war. Nun bekam Anton den Seesack.

Alles schien gut vorbereitet, als sich auf See etwas zusammenbraute, das die Abreise erneut verhinderte. Tagelang kam der Wind aus Südwesten. Er staute das Wasser so stark, dass bei Niedrigwasser kaum noch etwas von den Halligwiesen zu sehen war. Am 31. Oktober drehte der Wind plötzlich auf West, was die Lage noch schlimmer machte. Immer mehr Wasser drückte jetzt auf die Deiche des Festlands und auf die Halligen, die den heranschnellenden Wassermassen wie riesige Wellenbrecher etwas von ihrer Gewalt nahmen. Dabei schonte sie das anstürmende Meer nicht. Erbarmungslos schlug es auf ihre ungeschützten Kanten, brach Zäune, überflutete das kostbare Weideland bis hinauf zu den Strandnelkenwiesen. Das Trinkwasser der Tiere in den Fethingen war bedroht, und binnen weniger Stunden waren die Priele eins mit dem Meer.

Fassungslos standen Elisa und Weller am Fenster ihrer Kammer und beobachteten die wütende Natur. Der Tag neigte sich dem Ende zu. Was sich da draußen aufbäumte, war das zweite Hochwasser des Tages, und es kam nicht in friedlicher Absicht.

„Landunter!", rief Trude. „Die Hallig läuft blank!"

So aufgeregt kannten Elisa und Weller die lebensstarke Frau noch nicht. Mit fahrigen Händen band sie sich ein Kopftuch um und schlüpfte in ihre Stiefel. Im Hinauseilen winkte sie die beiden heran. „Kommt und helft mir den Sood verschließen. Da darf kein Salzwasser rein!"

Mit vereinten Kräften zogen sie die schwere Holzplatte über die Öffnung und legten drei Steine darauf. Zurück im Haus sahen sie, wie das Wasser bereits den Zaun umspülte, der die Gemüsebeete vor den Enten schützte.

„Versperrt die Tür und die unteren Fenster! Elisa, trage du zwei Krüge mit Wasser, Brot, Obst und warmen Sachen zusammen und bring es auf den Heuboden. Sollte das Wasser das Haus durchfluten, flüchten wir dorthin."

Besorgt warf Elisa einen Blick aus dem Küchenfenster. Mit jeder neuen Welle schob sich das schaumige Wasser ein Stück höher, wich dann kurz zurück, um im nächsten Moment noch kräftiger den Hang vor dem Haus hinaufzupreschen.

„Können die Mauern des Hauses dem Druck überhaupt standhalten?", rief sie Trude zu, die im Pesel Schmuck und wichtige Papiere zusammenpackte. Offenbar hatte sie die Frage nicht gehört. Elisa nahm den großen Henkelkorb und gab einen Laib Brot, einige Äpfel, etwas Trockenobst und zwei verschließbare Krüge mit Wasser hinein. Dann kletterte sie auf der Leiter hinauf auf den Boden und stellte den Korb ins Heu. Als sie wieder unten war, wiederholte sie ihre Frage noch einmal lauter.

„Die Mauern könnten einstürzen", rief Trude zurück. „Aber die Ständer halten. Die dicken Balken, die den Heuboden tragen. Sind die Mauern weggespült, bleiben die Balken stehen. Aber bis zum Heuboden steigt das Wasser nicht. Keine Bange! Auf dem Heuboden sind wir sicher. So Gott will."

Schon wollten Elisa und Weller nach Trudes Anweisungen Fenster und Türen fest von innen verschließen, als Anton plötzlich zur Tür hinaushuschte und in Richtung Wasser lief. Wie von Sinnen lief er geradewegs auf die tosenden Fluten zu. Entsetzt rannte Elisa ihm nach.

„Anton! Wo willst du hin? Komm zurück!"

Der Junge war flink. „Meine Stöcke! Meine Messstöcke! Ich will sie doch mitnehmen. Ich muss sie holen, bevor sie im Wasser verschwinden!"

Noch ehe er zu Ende gesprochen hatte, erfasste ihn eine vorpreschende Welle. Elisa sah, wie er fiel und nach Luft schnappte, als das Wasser auf ihn schlug, und wie er, nachdem das Wasser ein Stück zurückgeflossen war, hastig auf allen Vieren nach oben kroch, aufstand und sich erschrocken zum Meer umblickte, so, als habe er seine Absicht noch nicht aufgegeben.

„Anton, komm zurück! Das Wasser hat sich die Stöcke längst geholt. Es wird auch dich holen, wenn du nicht augenblicklich zu mir kommst! Willst du in dem kalten Wasser ertrinken? Willst du, dass wir ohne dich nach Hause fahren?"

Jetzt machte Anton kehrt. Triefend nass und vor Kälte zitternd, ergriff er Elisas Hand und folgte ihr ins Haus. Erst hier wurde ihm bewusst, wie töricht sein Ansinnen war. Beschämt ließ er sich von ihr trocken rubbeln und in warme Sachen stecken. Folgsam schlürfte er den heißen Tee, schlich dann nach oben in seine Kammer und huschte ins Bett.

„Wir müssen die Leiter oben festmachen", sagte Trude zu Weller. „Geh hinauf und binde sie an den beiden Eisenhaken fest, die du rechts und links siehst."

Elisa kam ihrem Mann zu Hilfe. Sie nahm die zwei dicken Stricke, die Trude ihr reichte, kletterte noch einmal die Leiter hinauf und machte sie mit den Stricken an den Haken fest.

„Und wann gehen wir hier hinauf? Wann muss es sein?"

„Wenn das Wasser ins Haus kommt. Wenn die Schwelle der Haustür nass wird. Aber so weit muss es nicht kommen. Warten wir's ab!"

In ihren Tagessachen legte Trude sich aufs Bett. Wenn das Wasser ins Haus kam, wollte sie bereit sein. So hatte sie es in ihrem über sechzigjährigen Halliglaben unzählige Male getan.

Elisa und Weller waren zu aufgeregt. An Schlaf konnten sie nicht denken. Stunde um Stunde verharrten sie am Fenster ihrer Kammer und versuchten die weißen Schaumspitzen des sich nähernden Wassers gegen die Dunkelheit auszumachen.

Ab und zu ging Weller die knarrende Treppe hinunter und schaute nach, ob die Schwelle der Haustür noch trocken war.

Kurz nach Mitternacht riss der Himmel auf. Kaltes Mondlicht erhellte den Blick über das tosende Meer, das noch immer den Zaun des Gemüsebeetes umspülte.

„Es ist nicht weiter gestiegen, Alois, siehst du es? Das Wasser ist nicht gestiegen. Ich glaube sogar, es zieht sich zurück." Freudentränen liefen ihr über die Wangen.

Kurz nach Mitternacht nahm der Sturm merklich ab. Wenig später gab das Wasser die Hallig wieder frei. Die Gefahr war vorüber. Nun konnten sie sich beruhigt schlafen legen. Doch sie waren sich einig: Ein zweites Mal wollten sie ein *Landunter* nicht erleben.

Erleichtert schmiegte sich Elisa an Wellers Seite, strich ihm mit zärtlicher Hand über Stirn und Wange, bis er leise schnarchte. Sie machte sich Vorwürfe. Ihretwegen war die Familie nicht zur angedachten Zeit aufgebrochen. Jetzt hätten sie bereits in Dresden sein können, in ihrem Haus am Neumarkt. Gleich morgen wollte sie die Heimreise vorbereiten und alles so einrichten, dass sie binnen weniger Tage die Hallig verlassen und von Husum aus die Heimreise antreten konnten.

4

Als Anton erwachte, glühten seinen Wangen. Er hustete und schniefte. Auf seiner Stirn perlte kalter Schweiß. Gegen Abend konnte er kaum noch atmen. Er röchelte bei jedem Atemzug, schüttelte sich im Fieber, schien nicht zu wissen, wo er war.

Elisa wich nicht von seiner Seite. Jetzt zeigte sich, wie weit ihre Heilkunst reichte. Von Trude unterstützt, behandelte sie den Jungen mit Brustsalben und Kräutermixturen, auf deren hilfreiche Wirkung Trude schwor.

Anton hielt sich tapfer. Er weinte nicht, wenn der schmerzhafte Husten ihn quälte. Er quengelte nicht, wenn er bitteren Tee trinken und feuchte Halswickel ertragen musste. Folgsam hütete er das Bett, obwohl ihm nach drei Wochen urplötzlich nach Aufstehen war und er hinaus ins Freie wollte. Über Nacht hatte es geschneit. Die Halligwiesen schlummerten unter einer dichten weißen Decke.

Erst Mitte November war Anton fieberfrei, nur der Husten steckte noch immer in seiner Brust. Zudem hatte die Krankheit seinen Körper so sehr geschwächt, dass ihm eine lange Reise nicht zuzumuten war.

„Damit gefährden wir sein Leben, Alois. Die Strapazen der Reise übersteht er noch nicht. Zumal bei diesem feuchtkalten Wetter, das jeden Tag garstiger wird."

Weller wandte ihr das Gesicht ab. Die Hände in den Hosentaschen, trat er vors Fenster und starrte auf das flach abfallende Weideland, das wie ein Zuckerteppich vor ihm lag, umringt vom Grau des Meeres.

Elisa sah, wie sich seine Wangenknochen bewegten. Sie holte Heft und Stift, die auf dem Tisch stets beieinander lagen, und reichte sie Weller, gleich der Aufforderung, seine Gedanken aufzuschreiben.

Mit einer barschen Handbewegung wehrte er ab. Elisas versöhnliche Hand auf seinem Arm schob er weg. Sie wusste, dass er ihr die Schuld an Antons Erkrankung gab. Hätte sie besser auf ihn aufgepasst, wie es ihre Pflicht war, wäre der Junge nicht Hals über Kopf aus dem Haus gerannt. Kinder sind unberechenbar in dem, was sie denken und tun. Sie reagieren oft aus einer spontanen Überlegung heraus, ohne die möglichen Folgen vorauszusehen. Gewiss, Anton war klug und seinen Altersgenossen in vieler Hinsicht weit voraus, trotzdem war er noch ein Kind. Wieso konnte sie das vergessen?

Schon wollte Elisa zu Trude in die Küche gehen, als Weller herumschnellte, zum Tisch lief und innerlich aufgewühlt in sein Heft schrieb:

Glaubst du, dass der Winter auf der Hallig Antons Leben und das unsere weniger gefährdet? Hast du die Schrecken der Sturmflut am 31. Oktober und der nicht weniger schweren am 3. und 15. dieses Monats schon vergessen? Meinst du wirklich, damit wäre es jetzt genug und Gleiches oder Schlimmeres könnte sich nicht wiederholen, jetzt, wo die Zeit der Stürme erst beginnt?

Trudes Schwiegersohn kam in der ersten Dezemberwoche. Jetzt endlich durfte er die Mutter holen. Sie war noch sehr schwach. Elisa hatte sich bereit erklärt, sämtliche Aufgaben von ihr zu übernehmen. Da erst hatte die resolute Frau dem Vorschlag ihrer Kinder zugestimmt, den Winter über bei ihnen zu bleiben. Die älteste Tochter hatte ihr mehr als einmal geschrieben, sie solle endlich zur Vernunft kommen und in den Altenstand treten. Es sei an der Zeit, dass die Kinder ihrer Pflicht nachkämen und sich um die Mutter kümmerten. Aber dazu müsste sie erst einmal hier sein.

Schweren Herzens packte Trude ihre Sachen. Elisa, Alois und Anton, die ihr Haus bis zum März alleine bewohnten, halfen ihr dabei und versprachen ihr, gut darauf achtzugeben. Mittlerweile waren sie mit allen lebensnotwendigen Dingen soweit vertraut, dass sie die kommenden vier Wintermonate ohne Probleme überstehen würden. Der Vorratsspeicher war gefüllt. Im Schuppen lag ausreichend Torf zum Heizen. Die drei Schafe und fünf Hühner hatte Trude zu der befreundeten Familie auf die Heinrichswarft bringen lassen. Am wichtigsten jedoch war allen dreien das Versprechen der Halligleute, sie nach besten Kräften zu unterstützen.

Weller war zweimal mit Fritjofs Bruder nach Husum gefahren und hatte dort neben Kerzen, Feueranzünder und Winterkleidung auch einen Stapel Bücher gekauft. In der nutzlosen Zeit, wie er die bevorstehenden Winterwochen auf der Hallig nannte, wollte er sie alle lesen. Darunter waren auch drei Stücke von Friedrich Schiller, den Elisa verehrte, und für Anton ein Buch in französischer Sprache, sein Unterricht musste schließlich weitergehen. Elisa bekam eine kleine Staffelei, Farben und Pinsel, weil sie den Wunsch geäußert hatte, einige Bilder von der Hallig zu malen. Sie wollte alles, was sie nur hier sehen konnte, stimmungsvoll auf die Leinwand bannen: das wechselnde Farbenspiel des Himmels, die düsteren, Sturm und Schnee herantreibenden Wolkenberge, das tosende Meer.

Am 6. Dezember bestieg Trude das Boot nach Husum. Die drei ihr lieb gewordenen Menschen winkten ihr lange nach. Erst als das Boot in den übers Wasser kriechenden Nebelschwaden verschwunden war, gingen sie zurück zum Haus. Ihr Winter auf der Hallig Hooge hatte begonnen. Er würde so schlimm schon nicht werden.

5

Immer wieder wütete das Meer und bedrohte die Menschen auf den Halligen mit seinen Fluten. Duldsam harrten die Menschen aus und beteten.

In der Petersenwarft stapelten sich allmählich die ausgelesenen Bücher, und im Pesel schmückte ein stattliches Ölgemälde, ein Sturmbild mit wankendem Boot, die bislang freie Wand. Allmählich ging Elisa die Farbe aus.

Wenn wieder ein Sturm sich aufbaute und die See schon am Gartenzaun rüttelte, saßen sie bangend am Fenster und hofften, dass die Wassermassen nicht noch näher kämen und sie zwang, auf den Boden zu flüchten.

Erst zum Jahreswechsel, als sich das Wetter beruhigte, atmeten die Menschen auf den Halligen auf. Ende Januar war es ungewöhnlich mild und die See friedlich. Die Halligleute deuteten es als Vorzeichen eines sehr zeitigen Frühjahrs.

Auch an diesem dritten Februar des Jahres 1825 gingen sie bis in den Abend hinein ihrem Tagwerk nach. Nichts deutete darauf hin, dass es mit der ruhigen See bald vorbei sein könnte.

Akribisch kontrollierte Elisa noch einmal den Inhalt ihrer Hebammentasche. „Mit Gottes und meiner Hilfe erblicken dieser Tage gleich zwei Kinder auf unserer Hallig das Licht der Welt. Die Frau des Pastors und die Stine von der Heinrichswarf liegen im Kindbett. Jede Stunde kann es so weit sein."

Weller ahnte, was seine Frau damit sagen wollte, er schrieb:

Wenn es so weit ist, werden deren Männer dich schon holen. Weshalb musst du unbedingt auf gut Glück zu ihnen gehen? Es hat die ganze Nacht hindurch geregnet. Ich bitte dich, bleib hier bei uns.

Wellers Blick verriet Elisa die sorgenvollen Gedanken hinter seiner Stirn. Aber versprochen war versprochen. Nicht nur den Frauen gegenüber, sondern auch der Trude.

Sie ging zu ihm, schlang ihre Arme um seinen Hals und gab ihm einen Kuss. „Alois, Liebster, sei mir nicht böse. Ich habe mit den Frauen vereinbart, wenn es auf die Geburt zugeht, alle vier Tage nach ihnen zu sehen. Und heute ist der vierte Tag. Zuerst gehe ich zur Kirchwarft und anschließend zu Stine. Sorge dich nicht, wenn es später wird. Dann weißt du, eines der Kinder ist gekommen."

Weller drückte Elisa fest an sich, küsste sie innig und wollte sie gar nicht mehr loslassen. Erst nachdem Anton kam und seine Arme bittend nach Elisa ausstreckte, gab er sie frei. Sie sank in die Hocke, sah Anton in die Augen und ermahnte ihn: „Hilf dem Vater den Ofen warmhalten. Und trinke vor dem Zubettgehen deine heiße Honigmilch. Es kann sein, dass ich erst gegen Morgen zurück bin."

Sie umarmte ihn. Dann lief sie in den Vorraum, zog die Stiefel an, schlüpfte in ihren Mantel und sagte, in Gedanken schon bei den Frauen: „Nun wird es Zeit für mich, die Frauen werden schon warten. Ich will die Nachmittagsstunden nutzen, solange es noch hell ist. Gott sei Dank regnet es nicht mehr. Ich denke, so schnell wird kein neuer Regen kommen, und mit dem Wind ist auch nicht viel los. Da fällt das Abendhochwasser gewiss friedlich aus und ich komme gut von Warft zu Warft. Also, Männer! Macht euch keine Sorgen. Ich bin bald zurück."

Flink band sie sich das wollene Kopftuch um, nahm ihre Hebammentasche und ging hinaus. Am Zaun des Gemüsebeets drehte sie sich noch einmal um und winkte Alois und Anton, die sie jetzt allein lassen musste, obwohl sie beide über alles liebte.

Als Elisa das Haus des Pastors Schmidt auf der Kirchwarft erreicht hatte, war das Kind schon geboren. Sie wusste, wie sehr sich das Paar noch ein Kind gewünscht hatte. Ihre erstgeborene Tochter war im Alter von nicht einmal vier Jahren im Hafen ertrunken.

„Wenn ich hier nicht mehr gebraucht werde, gehe ich gleich hinunter zur Heinrichswarft", sagte sie froh gestimmt, nachdem sie sich vergewissert hatte, dass Mutter und Kind wohlauf waren. „Die Stine wartet gewiss schon auf mich, und bis zu ihr ist es ein gutes Stück Weg."

„Geh nur Elisa, wir kommen allein zurecht", sagte die Mutter, das quäkende Neugeborene im Arm. „Mein Mann und meine Schwester sind ja bei mir. Wenn du vielleicht nächste Woche noch einmal nach dem Kind schaust?"

Elisa versprach es und machte sich, nachdem sie sich mit einem heißen Tee und zwei Haferkeksen gestärkt hatte, auf den Weg zur Heinrichswarft. Vor der Tür schlug ihr eine mächtige Böe ins Gesicht, die ihr fast den Atem nahm. „Herrje! Vorhin war's noch eine schwache Brise von West, jetzt scheint mir, der Wind hat gedreht und kommt von Nord. Das ist gar nicht gut."

Sie klemmte die Tasche unter den Arm und hielt sie mit beiden Händen fest. Die Heinrichswarft lag im Südosten der Hallig. Sollte der Wind stärker werden, brauchte sie mindestens eine halbe Stunde bis dorthin. Jetzt mochte es kurz nach sechs Uhr sein. Der Abendhimmel war sternenklar. Silbernes Mondlicht erhellte die Nacht.

„Wenn der Sturm weiter zunimmt, kommt womöglich eine Sturmflut. Und bei Vollmond …" Sie erschrak und blieb für einen Moment stehen. „Bei Vollmond kann es eine Springflut geben. Gott bewahre uns davor! Trude sagt, wenn die Springflut mit starkem Sturm kommt, wär's am schlimmsten. Dabei war ich mir ganz sicher, diese Nacht würde sich friedlich zeigen."

Das kalte, düstre Schatten hinter sie werfende Mondlicht wies ihr den Weg. Und obwohl sie inzwischen recht gut wusste, welche Priele sie wo zu umgehen hatte, war sie dankbar für die ungewöhnliche Helligkeit. Wenn nur der Sturm nicht wäre, der immer heftiger an ihrem Mantel zerrte und ihr das Gehen schwer machte. Besorgt warf sie einen Blick zurück. Was sie sah, war beängstigend. Rasend schnell kam eine gewaltige Wolkenwand wie ein gefräßiges Ungeheuer auf die Hallig zu. Binnen weniger Minuten war die Luft bitterkalt. Keuchend lief Elisa weiter, sah, wie der Atem vor ihrem Mund gefror.

Zwei Drittel des Weges hatte sie im Eilschritt zurückgelegt, da zuckten am Himmel hintereinander drei grelle Blitze. Fast zeitgleich krachte der Donner hinterher, so laut, als wollte er die Hallig zerteilen. Weitere Blitze folgten. Hagel setzte ein. Erbsengroß prasselten die eisigen Körner auf das Weideland. Schützend hielt Elisa den Arm vors Gesicht. Die Katastrophe ahnend, legte sie noch einen Schritt zu, doch als sie hinter sich die tosenden Wassermassen sah, lief sie um ihr Leben. Bleiern schlug die Brandung auf das wehrlose Land, kam höher und höher. Wer jetzt noch am Strand, im Hafen oder zu weit von der nächsten Warft entfernt war, hatte keine Chance. Den Tod vor Augen, stürzte Elisa auf die Heinrichswarft zu. Schemenhaft konnte sie deren Umrisse bereits erkennen. Doch hatte sie die Zeit und die Kraft, noch rechtzeitig dorthin zu kommen?

Anton sprang aus dem Bett. Blitz und Donner und das Pfeifen des Sturms hatten ihn aufgeschreckt. Er lief die Treppe hinunter zu Weller, der bis jetzt am Tisch in seinen Büchern gelesen hatte und ebenfalls aufgesprungen war.

„Was ist das?", rief Anton. „Ein Gewitter mitten im Winter. Wie kann das sein? Und so heftig mit Sturm und Hagel!" In Wellers besorgt blickenden Augen erkannte er den Ernst der Lage. Ängstlich rief er: „Was machen wir jetzt?"

Durchs Haus zog ein gespenstisches Pfeifen. Weller sah aus dem Fenster. Kein Zweifel, der Sturm lief zum Orkan auf. Jetzt war schnelles Handeln angesagt. Wegen des bislang ruhigen Wetters hatte er das Haus nicht auf eine Sturmflut vorbereitet. Eilig schlüpfte er in seine Jacke und gebot Anton, der mit hinaus wollte, hierzubleiben und sich inzwischen warm anzuziehen und die Bodenluke zu öffnen, wie bei den letzten beiden Sturmfluten im November.

Mit einem Ruck öffnete Weller die schwere Haustür und trat hinaus. Kraftvoll stemmte er sich gegen den Sturm, der ihn wie ein Spielzeug gegen die Hauswand drückte. Unmöglich, jetzt noch die Schutzbretter, die er aus dem Schuppen holen wollte, vor die Fenster zu nageln. Der ungeheuren Kraft des Sturms war er nicht gewachsen. Als er das einsah, schaute er noch einmal zum Rand der Warft. Die weißen Schaumkronen der Brandung kamen inzwischen von allen Seiten, nicht mehr lange, dann hatten sie das Haus erreicht.

Mühsam tastete sich Weller an der Hauswand zurück, zog die Tür mit einem kräftigen Ruck auf, huschte ins Haus und verriegelte sie hinter sich. Würde sie halten, wenn der Sturm mit Orkanstärke an ihr rüttelte? Würde sie halten, wenn die Wucht des Wassers gegen sie schlug?

Aus der Kiste, die neben dem Eingang stand, holte er ein Seil, machte das eine Ende an der Türklinke fest, das andere am Geländer der Treppe. Als das getan war, lief er in die Küche. Dort stand seit der letzten Sturmflut ein mit

Lebensmitteln gefüllter Korb bereit. Den schnappte er sich und brachte ihn nach oben. Dort hatte Anton bereits die Leiter angestellt. Die Luke zum Heuboden war offen.

„Gehen wir jetzt hinauf?" Anton zitterte vor Angst.

Weller nickte, wies Anton mit den Augen an, rasch hinaufzuklettern, machte aber selbst noch einmal kehrt und lief zurück in das Zimmer, in dem Elisas Staffelei stand. Er wollte das Bild holen, das Elisa zuletzt gemalt hatte. Sie würde es ihm danken. Das Bild musste mit auf den Boden. Unbedingt!

„Das Wasser kommt!", schrie Anton. Von der Leiter aus sah er unten die immer größer werdenden Pfützen, hörte, wie eine unbändige Kraft gegen die Tür wummerte. Jetzt drang Wasser unter der Schwelle hindurch, drückte durch die Ritzen, kroch über die Dielen. Und plötzlich kam zu dem unheimlichen Pfeifen des Sturms noch ein pochendes Geräusch hinzu. Anton konnte es zunächst keinem ihm bekannten Geräusch zuordnen. Doch als er hörte, wie es im Gemäuer knackte und scharrte und knisterte, erriet er den Ursprung und schrie aus voller Kehle: „Das Wasser! Es drückt das Haus ein! Vater, komm schnell! Vater!"

Mit dem Bild unterm Arm kam er endlich. Er rannte die Treppe hinauf, hatte die Hälfte bereits erreicht, da zersprangen ringsum die Fensterscheiben. Wasser brach von allen Seiten ein, riss die Mauern nieder, verschlang in Sekundenschnelle, was ihm im Wege war. Schränke, Tische, Stühle krachten aneinander oder zerbarsten, bevor sie hinausgesogen wurden.

„Vater!", schrie Anton mit sich überschlagender Stimme, als das Wasser die Treppe verschlang und Weller kopfunter drückte. „Nein! Du darfst nicht ertrinken! Vater, lieber Vater! Nein! Nein! Nein!"

Anton sah, wie Weller noch einmal auftauchte. Wie er die Arme nach ihm ausstreckte und schrie: „Anton! … Mein Junge!" Dann packte ihn eine Welle und riss ihn mit sich hinaus in die offene See.

In letzter Minute erreichte Elisa das Haus auf der Heinrichswarft. Sie lag etwas höher als die meisten Warften. Sturmfluten hatten ihr bislang nie ernsthaft geschadet. Vom Wasser verfolgt, stürzte Elisa auf das Haus zu, hoffte, dass man dort die Tür noch nicht von innen verriegelt hatte. Atemlos drückte sie auf die Klinke und öffnete die Tür. Erleichtert lief sie in die Wohnstube und sank erschöpft auf die Knie.

„Elisa! Dich schickt der Himmel!" Stine richtete sich auf dem Sofa auf. „Wie schön, dass du gekommen bist. Ich fürchte mich so."

„Stine, wo sind die anderen? Bist du allein im Haus?" Elisa zog ihren durchnässten Mantel aus und hängte ihn über einen Stuhl, nahe dem Ofen.

„Die Männer sind zum Hafen gegangen. Sie wollten die Krabben, die sie in den Prielen gefangen hatten, im Boot verstauen und morgen in aller Frühe zum Festland bringen. Fritjof ist bei ihnen. Bis jetzt ist noch keiner von ihnen zurückgekehrt."

„Und deine Mutter und die beiden Mädchen?"

„Sind alle drei auf der Pohnswarft. Das Wetter war so friedlich. Sie wollten längst zurück sein. Ich glaube, in dieser Nacht kommt das Kind. Zum Glück bist du gekommen, Elisa. Auf dich ist Verlass. Alle Leute auf der Hallig mögen dich. Du bist wirklich eine ganz Liebe! Wenn die Trude mal nicht mehr ist, dann wünschten wir uns alle sehr …" Ein stechender Schmerz im Leib verschlug ihr die Sprache. Sie rang nach Luft, hielt sich jammernd den Bauch. „Elisa … was ist das? Es tut so weh, so weh …"

Elisa wusste Bescheid. „Leg dich in dein Bett, Stine. Vielleicht treibt die Aufregung das Kleine schneller heraus. Dass du jetzt Schmerzen hast, ist normal. Es tut weh, weil es die Wehen sind. Jetzt ist es gleich so weit. Komm, stütz dich auf meine Schultern, ich helfe dir hinüber und bereite dann alles für die Entbindung vor."

Keine Viertelstunde später legte Elisa der jungen Mutter ein gesundes Mädchen in den Arm und war froh über die rasche Geburt, auch wenn Stine dabei viel Blut verloren hatte. Ihr Gesicht war bleich, ihr Körper zu schwach, um das Kind an die Brust zu legen und aufzustehen, sobald die Situation es verlangen würde.

Die Augen mit beiden Händen abgeschirmt, warf Elisa einen besorgten Blick durchs Fenster. Das Wasser hatte den Fething erreicht. Sie sah, wie der Schwengel langsam brach und in die Fluten stürzte. Mit der Kraft des tosenden Meeres rasten sie auf das Haus zu; Stück um Stück.

Ein Angstschwall durchfuhr Elisa. Sie schloss die Augen, holte tief Luft. Sie wusste, viel Zeit hatte sie nicht mehr. Doch Stine brauchte noch etwas Ruhe, bevor sie aufstehen und auf den Boden klettern konnte. Deshalb sollte sie von der Gefahr vorerst nichts mitbekommen.

Rasch setzte Elisa in der Küche Teewasser auf und rief so gleichmütig wie möglich zur Kammer hinüber: „Stine, hörst du? Ich koche dir rasch einen Tee. Du solltest wach bleiben. Unbedingt solltest du wachbleiben. Kann sein, dass der Sturm noch stärker wird, und da jetzt Springflut ist … du weißt schon, was das bedeutet. Hörst du? Stine!"

Aus der Kammer kam kein Laut zurück.

„Stine?", rief Elisa noch eindringlicher. Wieder bekam sie keine Antwort, und das Kind schrie nicht mehr. Elisa drehte sich auf dem Absatz herum und rannte in die Kammer.

Stine lag mit offenem Mund und weit aufgerissenen Augen starr im Bett. Das Neugeborene war ins Federbett gerollt und drohte zu ersticken. Elisa nahm das Kind, klopfte ihm einige Male auf den Rücken, bis es wieder schrie. Dann legte sie Stine zwei Finger an die Halsschlagader, wie sie es in Dresden unzählige Male bei verwundeten Soldaten getan hatte. Sie brauchte nicht lange, um festzustellen, dass die junge Frau nicht mehr am Leben war.

Ein dumpfer Schlag gegen die Haustür riss sie aus ihrer Trauer. Wenn sie nicht sofort mit dem Kind auf den Heuboden floh, würden sie mit ihm Stine folgen. Das Wasser schlug jetzt mit voller Wucht gegen die Tür.

„Herr im Himmel, warum duldest du das? Warum hilfst du nicht, wenn die Menschen dich am nötigsten brauchen!" Weinend drückte sie der Toten die Augen zu, sprach ein kurzes Gebet, dann rannte sie, das Kind im Arm, zurück in die Küche, legte, was sie in der Eile an Essbarem finden konnte, in den Gemüsekorb, goss den Tee in den nächstbesten Krug, warf geistesgegenwärtig einen kleinen Löffel in den Korb, damit sie dem Kind etwas zu trinken geben konnte, und rannte mit Kind und Korb die Treppe hinauf.

Oben angelangt, schaute sie noch einmal zurück zur Tür. Schwallartig drang jetzt an ihrem Fuß Wasser ein und überschwemmte die unteren Räume.

„Höchste Zeit, mein Kleinchen!", rief Elisa und verstand kaum ihr eigenes Wort, so gewaltig fegte der Sturm ums Haus, so bleiern donnerte das Wasser gegen die Mauern. Nie und nimmer hätte sie für möglich gehalten, dass eine Sturmflut die Heinrichswarft gefährden könnte. Und nun geschah es doch.

Kaum hatte sie die Leiter an die Bodenluke angestellt, da sprang unten die Tür auf, und fast gleichzeitig drückten die Wassermassen die Fenster ein. Jeden Moment konnten sie sich die Treppe holen und die oberen Räume und die rettende Leiter.

Schnell! Schnell! Elisa schlug das Herz bis zum Hals. Vor lauter Angst, mit dem Kind zu ertrinken, konnte sie kaum noch klar denken. Was sie jetzt tat, lief ab wie von fremder Hand geführt. Sie musste retten, was zu retten war. Zuerst brachte sie das in zwei Windeln und eine warme Decke eingepackte Kind hinauf, dann den Korb, zuletzt sich selber. Keuchend vor der Luke kniend, verschnaufte sie kurz und versuchte dann vergeblich, die schwere Leiter hochzuziehen, denn wie sollte sie, wenn sie die Katastrophe überlebte, wieder hinunterkommen? Während sie aus Leibeskräften zog und zerrte, erreichte das unerbittlich wütende Wasser die Treppe und riss sie mit sich. Binnen Sekunden war alles, was einmal das Haus ausgemacht hatte, in den Fluten versunken. Mit ohrenbetäubendem Lärm fraßen sie alles, was ihren Weg kreuzte.

Die Wucht einer schlagenden Welle riss Elisa die Leiter aus den Händen. Entsetzt sah sie ihr nach. Und das Wasser stieg weiter. Wenn sie nicht gleich die Luke verschloss, konnte alles vorbei sein. Aber die Klappe war schwer. Zu schwer für sie. Dreimal versuchte sie vergeblich, sie anzuheben.

„Verfluchtes Wasser, jetzt bleib, wo du bist! Hast schon genug gefressen, du nimmersatte Hure! Uns bekommst du nicht!"

Mit überirdischen Kräften versuchte Elisa noch einmal, die breite, mit zwei Eisenstangen beschwerte Klappe anzuheben. Doch sie rührte sich nicht. Da hockte sie sich hinter sie, stemmte die Hände dagegen und schob und schob. Endlich bewegte sich das Monstrum. Die Scharniere quietschten, als Elisa die Klappe langsam hochdrückte mit nie gekannten Kräften und dabei schrie: „Ich schaffe es! Ich schaffe es!" Endlich hatte sie die Klappe so weit hochgeschoben, dass sie fast senkrecht stand. Eine letzte Kraftanstrengung, dann war es geschafft. Das Krachen, während die Klappe zufiel, übertönte für einen Moment das unheilvolle Getöse und das Schreien des Kindes.

„Ruhig, mein Kleinchen, jetzt sind wir in Sicherheit. Bis hier hinauf steigt das Wasser nicht. Ich kann nichts mehr tun. Ich kann nur warten und beten." Sie holte sich aus der Ecke eine der bereitliegenden Decken, kuschelte sich darin ein, nahm das noch immer schreiende Kind in die Arme, drücke es an ihre Brust und wiegte es sacht. Allmählich hörte es auf zu schreien und schlief ein.

Die Luft war bitterkalt. Der Sturm, der sich längst zum Orkan ausgeweitet hatte, rüttelte zornig an den Holzständern, die tapfer trugen, was vom Haus übriggeblieben war: Dach und Boden. Elisa baute darauf, dass die Ständer den Heuboden und das dicke Reetdach gegen die Kraft des Wassers hielten. Sie saßen tief im Erdboden. Ob tief genug, würde sich in dieser Nacht zeigen.

„Ich muss mich ablenken, sonst werde ich vor Angst noch verrückt", sagte sie sich. Sie ließ ihre Gedanken hin zu Alois und Anton fliegen, die sich in diesen schrecklichen Stunden hoffentlich ebenfalls auf den Boden gerettet hatten. Trudes Haus auf der Peterswarft stand wie dieses hier ebenfalls etwas erhöht.

Elisa faltete die Hände. „Der Herrgott möge sich gnädig zeigen und beide beschützen, damit wir dieses Unheil alle überstehen und bald wieder vereint sind."

Leise sprach sie ein Vaterunser. Und als das Wasser unter ihr mit drohender Wucht gegen die Klappe schlug, drückte sie das Kind noch fester an sich und sang, als geschähe das alles nicht wirklich: „Schlaf, Kindlein, schlaf ..."

6

Nach und nach bargen die vor allem von der Insel Föhr und dem Festland kommenden Boote Überlebende. Immer wieder fuhren sie zu den Halligen und schonten dabei nicht das eigene Leben. Was sie sahen, verschlug ihnen den Atem: Nur wenige Häuser auf den Warften standen noch.

Mit voller Wucht hatte die Brandung in einer Nachtide am Mittag des 4. Februar noch einmal unsäglich gewütet. Hatte die Häuser durchspült und zahlreiche von ihnen gänzlich vernichtet, sodass kein Stein und kein Balken mehr von ihnen zu sehen war.

Elisa und Anton fanden erst nach vier Wochen zueinander. Anton war am 5. Februar, seinem 12. Geburtstag, völlig entkräftet von einem Sylter Boot gerettet worden, während Elisa mit dem Kind am gleichen Tag bei Ulrike in Husum Obdach fand. Ulrike war es auch, die für das Neugeborene eine Amme besorgte.

Die Nachricht von Wellers Tod wollte Elisa nicht glauben. Mit zunehmender Gewissheit jedoch, den geliebten Mann nie wiederzusehen, hüllte sie sich in trauerndes Schweigen, und allein die Sorge um Anton und das Neugeborene hielt sie am Leben.

Anton war nicht imstande, über Wellers letzte Worte und den Augenblick, bevor das Wasser ihn mit sich zog, zu sprechen. Zu tief hatte sich der schmerzliche Moment in sein Gedächtnis eingebrannt. Zu grausam war das Bild, das er nicht verdrängen konnte und das ihn Nacht für Nacht quälte, wenn er an Elisas Seite lag und sich Trost suchend an sie schmiegte.

„Der Dänische König hat eine Kollekte und Haussammlungen angeordnet." Aufgeregt kam Ulrike mit einem Krug warmer Milch in das kleine Zimmer im Dachgeschoss, das der Vater Elisa und den beiden Kindern überlassen hatte. „Das Geld soll den überlebenden Halligleuten zukommen. Ihr Armen habt ja rein gar nichts mehr."

Ulrike stellte den Krug auf den Tisch und setzte sich zu Elisa. „Kaum jemand glaubt, dass man die Halligen jemals wieder bewohnen kann. Die Verwüstung ist zu groß. Ebenso die Gefahr, solch eine Katastrophe noch einmal zu erleben."

Ulrike ergriff Elisas Hand und sah ihr mitfühlend in die Augen. „Du musst dich entscheiden, was mit dem Kind werden soll. In der Kirche hängen die Namen der geretteten Halligbewohner aus, die sich gemeldet haben. Bislang hat sich von der Heinrichswarft noch niemand gemeldet, und ich glaube auch nicht, dass sich jetzt noch jemand meldet. Trägst du dich mit dem Gedanken, das Kind zu dir zu nehmen? Ich meine … für immer? Dann sollte es bald getauft werden und in Gottes Obhut kommen, meinst du nicht?"

Elisa blickte auf. Entrüstung lag in ihrer Stimme, als sie Ulrike antwortete: „Am dritten Februar glaubten sich alle getauften, auf den Herrgott vertrauenden Halligleute in seiner Obhut. Doch wo war er, als das Wasser kam? Weshalb hat er seine Kinder wie die Ratten ersaufen lassen, anstatt sie zu behüten?"

Verlegen sah Ulrike zur Seite. Es dauerte eine Weile, bis sie leise mahnend entgegnete: „Du solltest jetzt nicht an der Güte unseres Herrgotts zweifeln."

„Jetzt?", fiel Elisa ihr barsch ins Wort. „Ich zweifle an seiner Güte, seit ich die zerfetzten Leiber der Männer auf Napoleons Schlachtfeldern gesehen habe. Zigtausende dahingemetzelt, ausgeblutet, verwest auf vermeintlich feindlichem Boden. Mensch und Tier dem Tode preisgegeben. Und nun? Sag mir, wieso hat er sich seiner Kinder nicht erbarmt, die auf den Heuböden hockten und ihn in

Todesangst um Hilfe anflehten, wenn er schon nicht Gott genug war, das Unheil von ihnen abzuwenden. Wieso?"

Ulrike hob in ratloser Geste die Hände. „Was weiß ich! Vielleicht war es eine Prüfung. Das kann dir unser Pastor besser erklären. Wie auch immer, Elisa. Auf jeden Fall muss das Kind getauft werden. Der Herr Pastor hat bereits nachgefragt. Sag, hast du schon einen Namen für die Kleine?"

„Sobald ich weiß, ob ich sie behalte, werde ich schon einen Namen finden."

„Nicht irgendeinen Namen, Elisa. Das wäre nicht schön. Du hast sie vor dem Ertrinken gerettet, als sie vom tosenden Meer umgeben war. Hast sie dem Meer entrissen! Genau genommen ist dieses Mädchen im Meer geboren."

Elisa schmunzelte. „Wie literarisch. Ulrike, ich glaube, du hättest eine Dichterin werden sollen."

Ulrike überhörte den Spott und ließ sich nicht beirren. „Warum nennst du dein kleines Mädchen nicht *Kristina*? Hier im Norden bedeutet das so viel wie … Kind des Meeres. Eine im Meer Geborene. Ein Meereskind."

Elisa stutzte. Als sei schon alles entschieden, hatte Ulrike *dein* Mädchen gesagt. Durfte sie, die vom Unglück Verfolgte, dem Kind die Mutter ersetzen? Zwar hatte sie es nicht geboren, doch sie hatte es vor dem sicheren Tod bewahrt. Von seiner ersten Lebensminute an war dieses kleine Mädchen in ihrer Obhut. Hatte sie damit das Recht erworben, sich mit der leiblichen Mutter auf eine Stufe zu stellen?

Sanftmut trat in Elisas Augen. Ja, sie war diesem Kind sehr nahe, und zum ersten Mal in ihrem Leben fühlte sie, wie nur eine Mutter zu fühlen fähig war.

Zärtlich streichelte sie der Kleinen mit dem Finger die rosigen Wangen. „Kind des Meeres. Kann es einen schöneren Namen für dich geben? Also gut, dann sei es so. Ich lasse dich auf den Namen Kristina taufen. Anna Kristina Weller."

7

Bis zum Frühjahr des Jahres 1827 waren einige Halligleute auf ihre Warften zurückgekehrt. Sie reparierten ihre beschädigten Häuser, bauten neue, wenn sie völlig vernichtet waren, legten Fethinge an, brachten Nutztiere vom Festland herüber. Sie wussten, es würde noch Jahre dauern, bis die Schäden dieser gewaltigen Sturmflut überwunden waren und sie wieder ihr gewohntes Leben führen konnten.

Elisa überlegte lange, ob sie mit ihnen gehen sollte. Trude war noch vor Jahreswechsel friedlich eingeschlafen. Eine medizinisch kundige Person, die bereit war, auf einer der Warften zu leben und vor allem als Hebamme zu arbeiten, war noch nicht gefunden; kein Wunder nach alledem. Doch als der Sommer begann, wog Elisas Heimweh nach Dresden schwerer als ihr Bedürfnis, anderen Menschen in der Not zu helfen. Jetzt war es ihre Pflicht, zuerst an Anna Kristina – die sie bald nur noch Kristina rief – und Anton zu denken. An die Kinder, die jetzt *ihre* Kinder waren. Zudem weigerte sich Anton, jemals wieder eine Hallig zu betreten. Nicht einmal das Meer wollte er noch sehen. Jeden Tag flehte er Elisa an, endlich nach Dresden zurückzukehren in das Haus am Neumarkt, das ihnen Wärme und Sicherheit bot. Er sehnte sich danach.

Eines Abends vor dem Zubettgehen setzte Elisa sich zu ihm. „Ich lasse die Menschen, die hier meiner Hilfe bedürfen, ungern zurück. Sie sind mir ans Herz gewachsen. Aber noch mehr sorge ich mich um dich, Anton. Um dich und dein Fortkommen. Du sollst eine gute Bildung bekommen. In ein paar Jahren stehst du auf eigenen Füßen, wirst eine Familie gründen. Da mein lieber Mann nicht mehr da ist, habe ich nun die Pflicht, dir deinen Weg ins Leben zu bereiten. Und dieser Pflicht, Anton, komme ich mit großer Freude nach, weil ich weiß, wie klug und strebsam du bist."

„Dann besuche ich in Dresden das Gymnasium?"

„Nicht in Dresden. In Meißen. Das sagten wir dir doch bereits. Ich schicke dich auf die *Fürstenschule Sankt Afra*. Dort sind die besten Lehrer, und die Jungen sind allesamt so schlau und wissensdurstig wie du. Ganz bestimmt wird es dir in *Sankt Afra* gefallen, und du wirst gute Freunde finden."

„Dann wohne ich wohl auch in Meißen?"

Elisa strich ihm eine Strähne aus der Stirn. „Ja, und nur alle zwei Jahre gibt es für zwei Wochen eine schulfreie Zeit, in der du uns besuchen darfst. Glaube mir, mein Junge, die Zeit des Lernens wird schneller vergehen, als du es dir vorstellen kannst. Ich denke mir, du wirst auch dort von allen Schülern der Beste sein. Das verdankst du deinem Vater Weller, der dich bereits mit einem reichen Wissensschatz ausgestattet hat. Er war ein guter Lehrer, mein Alois. Und ein herzensguter Mensch."

„Ja, und mir war er ein lieber Vater", schluchzte Anton und wischte sich die Augen. „Weißt du, er fehlt mir jeden Tag so sehr und ich muss immerzu an ihn denken."

„Er fehlt uns beiden, Anton. Sein Verlust wird uns noch lange wehtun. Erst recht, wenn wir wieder in Dresden sind, in unserem Haus. Lass uns die Abreise vorbereiten. Du bist jetzt 14 Jahre alt. Und Kristina, unser kleiner blonder Engel, ist jetzt auch schon zweieinhalb. Mit etwas Glück und gutem Wetter meistern wir die lange Reise und werden Ende August in Dresden sein."

4. KAPITEL

I

Bei sengender Hitze erreichten sie Dresden. Elisa lüftete zunächst im gesamten Haus gründlich durch. Überall roch es muffig und die Luft war stickig. Drei Jahre stand das Haus leer. Drei Jahre hatte es kein Mensch betreten. Wer weiß, wozu es gut war, dass sie vor ihrer Abreise den Bewohnern in den Dachgeschossen gekündigt hatte. So musste sie während ihrer Abwesenheit nicht befürchten, dass irgendwer in die Privaträume ihrer drei Wohnetagen einbrach und sich an ihrem Hab und Gut bereicherte. Lediglich bei ihrem Advokaten hatten sie einen Schlüssel hinterlegt, damit er ab und an nach dem Rechten sehen und im Notfall die richtigen Entscheidungen treffen konnte.

Anton stürmte gleich die Treppe hinauf und verschwand in seinem Studierzimmer. Kristina, die von den anstrengenden Reisetagen erschöpft und deswegen ein wenig quengelig war, bettete Elisa erst einmal auf das Bänkchen in der Küche, damit sie ein paar Stunden schlafen und zu Kräften kommen konnte.

Vor ihrer Abreise aus Husum hatte Elisa sich vorgenommen, sich in Dresden nicht von der schmerzlichen Erinnerung an Alois niederdrücken zu lassen. Dabei war sie sich der seelischen Belastung durchaus bewusst und hatte Angst davor, von nun an ohne den geliebten Mann leben zu müssen. Sie wollte stark sein. Auf keinen Fall sollten die Kinder etwas von ihrem Schmerz und ihrer Trostlosigkeit mitbekommen.

Doch als sie das Wohnzimmer betrat, das Klavier erblickte und im Schlafzimmer mit zärtlicher Hand über Wellers Federbett strich, übermannten sie ihre Gefühle, sie sank aufs Bett und schluchzte: „Alois, mein Liebster … warum lässt du mich allein? Warum musste ich dich überreden, mit mir auf diese Hallig zu gehen? Hätte ich damals alles so gelassen, wie es war, und mich mit deinem Zustand abgefunden, dann wärst du heute noch bei mir. Ich bin schuld. Ich habe wieder einen Fehler gemacht. Warum nur mache ich in meinem Leben so viele Fehler?"

„Mutter? Weinst du?"

Angst schwang in Antons Stimme, als er die Treppe heruntergelaufen kam. Er hatte ihr leises Schluchzen gehört. Er ertrug es nicht, wenn sie traurig war. In der geöffneten Tür blieb er stehen und kämpfte mit den Tränen. Das Gesicht im Kopfkissen vergraben, lag Elisa bäuchlings auf Wellers Bett und weinte wie ein verlassenes Kind.

„Du darfst nicht weinen. Bitte, weine nicht!" In hilfloser Geste rüttelte Anton sie am Arm. „Du hast gesagt, wenn wir wieder zu Hause sind, wird alles gut. Aber es ist nicht gut. Ich sehe es doch. Dir tut es auch weh, ich weiß. Aber du warst nicht dabei. Und deshalb tut es mir noch viel, viel weher als dir!"

Elisa horchte auf. Was hatte Anton gesagt? Wollte er sie nur trösten oder steckte mehr dahinter? Langsam setzte sie sich auf und drehte sich zu ihm um. „Wieso tut es dir noch viel weher, Anton? Wie kommst du dazu, so etwas zu sagen?" Sie setzte sich neben ihn auf den Bettrand, schlang ihren Arm um seine Schultern, gab ihm einen Kuss auf die Stirn. „Du musst mir sagen, wenn da noch etwas anderes ist. Wir wollten doch immer ehrlich zueinander sein, weil wir zusammengehören. Ganz fest zusammen!"

Anton atmete schneller. Die Bilder, an die er sich in diesem Augenblick erinnerte, wühlten ihn mächtig auf. „Das Wasser", schluchzte Anton, „es war schon überall im Haus. Vater hatte die Bücher auf den Schrank gestellt. Ich dachte, nun kommt er die Leiter hoch zu mir. Aber er ging noch einmal zurück. Wollte etwas holen. Unbedingt."

„Etwas holen? Was wollte er holen, Anton? Was?"

Anton druckste herum, doch dann platzte aus ihm heraus, was ihm seit jener Nacht keine Ruhe mehr ließ.

„Dein Bild!", schrie er mit vorwurfsvollem Ton. „Vater hat es nicht bis zur Leiter geschafft, weil er dein Bild retten wollte. Das Wasser kam über ihn. Doch bevor er verschwand, rief er laut und deutlich: *Anton, mein Junge!*"

„Was?" Erschrocken fuhr Elisa zurück. „Was sagst du da? Er hat … gerufen?"

„Ja, gerufen. Ganz laut und deutlich, wie früher. Und mir dabei in die Augen gesehen, so traurig und verzweifelt, weil er gewusst hat, dass er mich nie wieder …"

Schluchzend drückte er das Gesicht an Elisas Brust. Sie spürte, wie erschöpft er war. Sie zog ihm Hose und Schuhe aus und legte ihn in Wellers Bett. „Schlaf, mein Junge. Schlaf dich aus. Die Zeit heilt alle Wunden. Jeden Tag ein kleines Stück mehr."

Sacht zog sie ihm die Bettdecke über die Schultern, streichelte ihm liebevoll über den Kopf und ließ die Tür, nachdem sie das Zimmer verlassen hatte, einen Spalt offen. Alle paar Stunden wollte sie nach Anton sehen. In dieser ersten Nacht im Haus würde sie ohnehin nicht schlafen können.

In der Küche bereitete sich Elisa einen Pfefferminztee und verzehrte das Butterbrot, das die Kinder von ihrer Wegzehrung übriggelassen hatten. Kristina schlief noch immer tief und fest auf ihrem Bänkchen. Elisa brachte es nicht übers Herz, sie zu wecken, damit sie vor der Nacht noch etwas aß. Vorsichtig trug sie die Kleine nach oben in Antons Schlafzimmer, legte sie in sein Bett und legte sich daneben.

„Mama, wo sind wir?", brummelte Kristina verschlafen und rieb sich die Augen.

„Zu Hause, mein Engel. Wir sind zu Hause."

„In Dreshen?"

„Ja, in Dresden. Es heißt Dresden. Und nun schlafe. Ich bin bei dir. Ich werde immer bei dir sein. Ich bin deine Mutter."

Nicht lange, da schlief Kristina wieder tief und fest. Elisa beobachtete sie. Das Mädchen atmete leise und bewegte sich kaum im Schlaf. Sie hatte in ihrem jungen Leben noch keine so schrecklichen Erfahrungen machen müssen wie Anton. Im Gegensatz zu ihm gab es nichts, was ihr böse Träume bereiten konnte. Sie fragte sich, ob es ihr gelingen würde, Kristina vor solch bösen Erlebnissen zu bewahren. Und Anton? Trug sie nicht eine gewisse Schuld, dass der Junge bereits zweimal in eine lebensbedrohliche Situation geraten war? Erst die Grube, dann das Meer. Zweimal hatte er unsagbare Ängste ausgestanden. Ängste, die ein Kind nie haben sollte, weil ihnen ihre zarte Seele noch nicht gewachsen war.

Weshalb ereignete sich oft Schreckliches, obwohl sie für die Menschen, die sie liebte, nur das Beste wollte. Tief in ihrem Innern glaubte Elisa die Antwort zu kennen. „Gott hat mich verlassen, weil ich an seiner Güte zweifle. Weil ich bezweifle, dass es diesen allmächtigen Gott über uns gibt. Seit ich die Berge von Toten und Verletzten und das Leid zigtausender unschuldiger Menschen gesehen habe und seitdem ich weiß, zu welchen Grausamkeiten scheinbar gottesfürchtige Menschen fähig sind, empfinde ich jedes Gebet als eine einzige große Lüge. Vielleicht kommt irgendwann der Tag, der mich eines Besseren belehrt und der mich mit Gott und den Menschen versöhnt."

Sie zog ihr Kleid aus, huschte zu Kristina unter die Decke, streichelte ihr zärtlich über das seidige blonde Haar und versuchte zu schlafen. Doch ihre Gedanken gönnten ihr keine Ruhe. Sie waren bei Alois, bei jenem Augenblick, da sie sich zum letzten Mal sahen. Ein kurzer Abschied auf baldiges Wiedersehen, hatte sie geglaubt und sich nichts weiter dabei gedacht. Weshalb auch? Es drohte keine Gefahr an diesem stillen, von milder Luft erfüllten Abend. Sie war gegangen, um anderen Menschen zu helfen; wie schon so oft. Die Bitte ihres Mannes zu bleiben hatte sie ignoriert. Hätte er in diesen Stunden ihre Hilfe, ihre Liebe, ihre Fürsorge nicht ebenso und vielleicht noch mehr gebraucht? Wieder plagte sie das schlechte Gewissen. Wieder versank sie in Schuldgefühle, die ihre Ängste schürten.

Keine drei Stunden hatte sie fest geschlafen. Die Glocken der Frauenkirche weckten sie. Vorsichtig schob sie Kristinas Hand von ihrem Arm, stand auf und ging hinunter in die Küche. Der Kamillentee im Jutesäckchen reichte für zwei Tassen, und der Honig im verschlossenen Tontopf, auf dessen Boden sich eine dicke Zuckerschicht abgesetzt hatte, war noch gut zu verwenden.

Genüsslich trank Elisa den süßen Tee. In den nächsten Tagen und Wochen kam viel Arbeit auf sie zu. Eine Magd musste gefunden und das Haus vom Boden bis zum Keller gereinigt werden. Mindestens zweimal würde sie heute mit Anton zum Wochenmarkt gehen müssen, um die Vorratskammer zu füllen. Es fehlte an allem: Brot, Eier, Schmalz, Gemüse und Milch für die Kinder. Auch ein Gespräch mit dem Direktor der Bank über ihr Vermögen und die Klärung aller rechtlichen Fragen zum wahrscheinlichen Tod ihres Mannes stand noch bevor. Offiziell galt er noch immer als vermisst. Schon zum zweiten Mal. Was für eine seltsame Fügung des Schicksals.

„Also dann mal los, Elisa!", ermunterte sie sich selbst. „Vom Nichtstun wird die Arbeit nicht weniger."

Die Nachbarn staunten nicht schlecht, weil Frau Weller, die ohne ihren Mann aus dem Norden zurückgekehrt war und die man nur noch in schwarzen Kleidern sah, das Haus jetzt mit zwei Kindern bewohnte. Für beide war sie, wie man hörte, der amtlich bescheinigte Vormund.

Der Pfarrer der Kreuzkirche beklagte in seiner Sonntagspredigt das Schicksal der Familie Weller und versicherte Elisa, die Gemeinde fühle mit ihr. Daraufhin erhielt Elisa, die beinahe jeder in Dresden kannte, zahllose Beileidsbekundungen und Geldgeschenke. Es war, als trauere die halbe Stadt mir ihr.

„Daran sehen Sie, welch hohes Ansehen Sie in Dresden noch immer genießen", meinte Doktor Pienitz, der Elisa in den ersten Tagen mehrmals besuchte. „Ihre selbstlose Hilfe während der Zeit der französischen Belagerung und Ihre Arbeit in meiner Praxis haben die Menschen nicht vergessen. Ebenso wenig wie sie die wundervollen Konzerte Ihres Mannes vergessen werden."

Der Doktor war es dann auch, der über seine Praxis die Nachricht von der freien Stelle im Hause Weller unter die Leute brachte. Eine arbeitsintensive, aber gut bezahlte Stelle. Zum sofortigen Beginn benötige man eine saubere und fleißige Magd.

Anke war wie Anton vierzehn Jahre alt und recht hübsch anzusehen mit ihren aschblonden, leicht welligen Haaren unter der weißen Haube, den blauen Augen und der Stupsnase, die ihrem Gesicht etwas Lustiges gab. Elisa hatte Anke von mehr als zwanzig Bewerberinnen den Vorzug gegeben. Trotz der finanziellen Not, in der sich die Familie der jungen Frau befand, war sie ihr mit einem freundlichen Lächeln gegenübergetreten und hatte alle Fragen, die sie ihr stellte, zu ihrer Zufriedenheit beantwortet.

Binnen weniger Tage blitzte das Haus. Elisa war zufrieden. Jetzt konnte sie getrost wieder Gäste empfangen. Eigentlich hatte sie vor, sich durch Einladungen und Besuche nach und nach wieder in die Dresdner Gesellschaft einzuführen.

Doch wen sollte sie einladen? Viele ihrer früheren Freunde und Bekannten weilten nicht mehr in Dresden. Carl Gustav Carus und Frau Karoline waren zwar noch hier, hielten sich jedoch den Sommer über in Pillnitz auf, seitdem Carus zum ersten Leibarzt des Königs Anton berufen worden war.

Im Hause Kügelgen trauerte man noch immer um den ermordeten Vater. Carl Maria von Weber war im Mai letzten Jahres in London gestorben. Und die Körners lebten seit einigen Jahren in Berlin.

Lediglich Frau Geyer wohnte mit ihren Kindern noch immer in Dresden. Sohn Richard war Anton recht zugetan. Die beiden Jungen trafen sich jetzt öfters und unternahmen gemeinsame Streifzüge durch die Stadt. Elisa überlegte, ob sie Frau Geyer und Richard einmal zum Kaffee einladen sollte, verwarf jedoch den Gedanken. So eng war sie mit der Frau dann doch nicht befreundet, und auf keinen Fall gedachte sie in irgendeiner Weise aufdringlich zu sein.

Der Zufall wollte es, dass Helfried, der Freund aus früheren Tagen, sich unerwartet bei Elisa meldete. In einem ausführlichen Brief kündigte er seinen längeren Aufenthalt in Dresden an, den er gern mit einem Besuch bei ihr beginnen wollte.

> *Es wäre mir eine besondere Freude, Sie, verehrte Frau Weller, bei dieser Gelegenheit einmal wiederzusehen. Auch beseelt mich der Gedanke, den Schmerz über den Verlust Ihres Mannes mit Ihnen zu teilen. Kein Irdischer kann den Tod eines geliebten Menschen schmerzlicher nachempfinden als ich.*
> *Vor drei Jahren gingen meine geliebten Eltern von mir. Mein Bruder und meine Schwester folgten ihnen nur wenige Monate später. Die Schwindsucht hat sie dahingerafft.*
> *Allein die Familie meines Onkels ist mir geblieben. Und meine Arbeit, die mir Kraft gibt. Wäre sie nicht, hätte ich vor Trauer und Einsamkeit längst das Zeitliche gesegnet.*

2
———————

Anke bereitete den Besuch des Technikers aus Chemnitz nach Elisas Anweisungen mit der gebotenen Sorgfalt vor. Am zweiten Samstag im August wollte er am frühen Abend an ihrem Haus läuten.

Elisa freute sich darauf. Einen Tag vor Helfrieds Ankunft hatte sie eine merkwürdige Begegnung, die ihr Inneres zum Beben brachte und im Nachhinein die Sicht auf den Tod ihres Mannes von Grund auf änderte.

Sie kam mit dem neuen Kleid, das sie sich für Helfrieds Besuch hatte anfertigen lassen, vom Schneider aus der Neustadt. Auf der Augustusbrücke sprach eine Frau ihres Alters sie an. Elisa erinnerte sich an sie. Vor Jahren hatte sie ihre schmerzhafte Beinverletzung in der Praxis von Doktor Pienitz behandelt. Die Frau war damals sehr unglücklich gewesen, weil ihr Mann, wie viele sächsische Soldaten, in Napoleons Russlandfeldzug gefallen war. Zumindest glaubte sie das, weil sie nach fünfzehn Jahren noch immer kein Lebenszeichen von ihm hatte.

„Ich muss Ihnen von meinem Glück erzählen, liebe Frau Weller. Es ist ein so großes Glück, dass es einem Wunder gleicht." Vor Aufregung zitterten ihre Hände und ihre Wangen glühten. Sie zog Elisa auf die steinerne Bank in einer der Sitznischen der Brücke und redete drauflos: „Denken Sie nur, vor drei Tagen habe ich einen Brief bekommen, einen Brief von meinem Mann! Er kommt nach Hause. Er ist schon in Warschau. Von dort hat er den Brief an mich abgesandt. Ich kann es noch gar nicht fassen und bin überglücklich!" Tränen rannen ihr über die Wangen.

„Das ist wirklich unglaublich. Aber sagen Sie, wieso kehrt er erst jetzt zurück, nach so vielen Jahren?"

„Man hatte ihn nicht gehen lassen. Er war verletzt. Leute hatten ihn zu einem Großbauern gebracht. Als der erfuhr, dass er einen gestandenen Zimmermann vor sich hat, ließ er ihn gesundpflegen und hat ihn dann in seinen Dienst gestellt. Ohne Lohn! Der Bauer hätte gemeint, es sei nur gerecht, wenn der Sachse für ihn arbeite. Gewissermaßen als Wiedergutmachung für die niedergebrannten Häuser und Ställe auf seinem Grundstück. Unter schlimmsten Bedingungen hat er meinen Mann gehalten. Wie einen Hund. Gerade gab er ihm so viel an Essen und Trinken, dass er ihn zum Arbeiten am Leben hielt."

Elisa ergriff ihre Hand und drückte sie mitfühlend. „Und wie kam Ihr Mann frei?"

„Der Bauer starb am Wundfieber. Seine Frau hatte wohl Mitleid mit dem fleißigen Fremden und ließ ihn ziehen. Sie gab ihm sogar etwas Geld und besorgte eine amtliche Bescheinigung, mit der er das Land verlassen durfte. Nun freue ich mich über jeden anbrechenden Tag und hoffe, dass er mir meinen Mann rasch zurückbringt. Vielleicht schon morgen!"

Elisa wünschte ihr und ihrem Mann alles Gute und verabschiedete sich. Auf dem Heimweg konnte sie an nichts anderes denken. Selbst die Aufregung vor Helfrieds Besuch rückte in den Hintergrund, weil sie anderen, bedeutsameren Überlegungen gewichen war. Das Schicksal geht oft wundersame Wege, sagte sie sich. War die Rückkehr jenes Mannes aus Russland nicht ein ebensolches

Wunder wie seinerzeit das plötzliche Auftauchen ihres Vaters nach 20 Jahren? Geschahen solche Wunder, wenn man nur fest genug an sie glaubte und sie wie nichts sonst auf der Welt herbeisehnte? Entfalteten diese innigen Wünsche womöglich eine geheime, magische Kraft?

Kurz entschlossen nahm sie einen Umweg. Sie musste nachdenken, musste ihre Gedanken, die wie ein Orkan auf sie einstürmten, ordnen. Lebensverändernde Gedanken. Gedanken über das Schicksal von Alois. Was, wenn ihm ein ähnliches Wunder geschehen war? Was, wenn er sich in dem Wasser auf etwas Schwimmendes hatte retten können; Baum, Strauch, irgendwelche Holzteile? Alois war ein gesunder, kräftiger Mann. Er hatte blutige Kämpfe und den eisigen Winter in Russland überlebt. Er war eine Kämpfernatur, ein kluger Mensch, der sich noch in höchster Not zu helfen wusste. Konnte ein tosendes Meer einen solchen Mann besiegen?

3

„Mein lieber Helfried, ich bin überglücklich, dass Sie mich und meine Kinder besuchen. Bitte nehmen Sie Platz."

Elisa empfing den freudig erwarteten Gast im Lesezimmer. Obwohl Helfried adrett in heller Hose und heller Jacke gekleidet war, stutzte Elisa bei seinem Anblick. Obwohl er das dreißigste Lebensjahr noch nicht vollendet hatte, sah er um zehn Jahre älter aus. Sein Haar war aschgrau, seine Stirn von Falten durchzogen. Sie ließ sich ihre Verwunderung nicht anmerken, beobachtete ihn jedoch unauffällig, während sie miteinander plauderten.

„Nun lassen Sie uns aber nach nebenan gehen. Meine Nase sagt mir, im Wohnzimmer ist der Kaffeetisch eingedeckt." Sie erhob sich und ging voran.

Duftend stand der Apfelkuchen, den Anke am Vormittag gebacken hatte, auf dem Esstisch. Ihn hatte Elisa mit dem guten Meissner Goldrandporzellan für drei Personen eindecken lassen. Eine Vase mit drei gelben Rosen stand ebenfalls darauf.

„Gewiss wird Sie es nicht überraschen, wenn ich Ihnen verrate, dass Sie Antons großes Vorbild sind. Er spricht von nichts anderem mehr, seit er weiß, dass Sie uns besuchen. Sie haben ihn seinerzeit mit Ihren Dampfmaschinen mächtig beeindruckt. Fragt ihn jemand, was er einmal werden will, antwortet er aus tiefster Überzeugung: Ich werde ein Techniker und ein großer Erfinder!"

Helfried lächelte verlegen. „Ja, ich erinnere mich an den aufgeweckten Jungen. Wie alt ist er jetzt?"

„Vierzehn und ein halbes Jahr. Aus dem kleinen Jungen ist ein junger Mann geworden. Hoch gewachsen und nach dem Stimmbruch mit einer tieferen

Stimme. Es wird Zeit, dass er das Gymnasium besucht. Durch freundliche Vermittlung habe ich einen Platz für ihn in Sankt Afra in Meißen bekommen. Gewiss – die Trennung von zu Hause wird Anton nicht leicht fallen, doch ich glaube, er fügt sich rasch in die Gemeinschaft ein und wird mit Fleiß und Begeisterung lernen. Wissen Sie, diese Begeisterung ist ihm eigen, und mein Mann hat sie kräftig gefördert."

Elisa unterbrach ihre Rede und sah nachdenklich zur Tür. „Wo Anton nur bleibt? Hat er die Türglocke nicht gehört? Ich werde ihn rufen müssen. Wahrscheinlich ist er in seinem Studierzimmer mit seinen geliebten mathematischen Geräten zugange, da vergisst er alles um sich herum."

Helfried lachte: „So muss der Mann sein, der ein großer Erfinder werden will!"

Bevor Elisa hinausging, drehte sie sich noch einmal mit ernstem Gesicht um und bat Helfried: „Bitte erwähnen sie vor Anton nicht meinen Mann. Mit ihm hat der Junge zum zweiten Mal einen Vater verloren."

Elisa wollte Anton eben rufen, da kam er schon herein, gefolgt von Anke, die Kristina an der Hand führte. Freudig streckte die Kleine ihre Arme nach der Mutter aus und rief: „Mama! Mama!"

Elisa nahm sie auf den Schoß und bat Anke, den Kaffee einzuschenken. Die Kinder bekamen zur Feier des Tages eine heiße Schokolade.

Anton, der Helfried mit Handschlag und einer ordentlichen Verbeugung begrüßte, freute sich darüber, ihn mit DU anreden zu dürfen und setzte sich neben ihn. Er ließ kein Auge von Helfrieds Lippen, als er von den modernen Webereien in Chemnitz und den neuen, von Dampf getriebenen Maschinen erzählte. Neugierig fragte er Helfried: „Und was ist deine Arbeit? Erfindest du auch Maschinen, die dem Menschen die Arbeit abnehmen?"

Helfried winkte ab. „Wo denkst du hin! Dafür bleibt mir kaum Zeit. In der Fabrik gibt es für den Techniker viel zu tun. Oft geht etwas an einer Maschine kaputt oder sie funktioniert aus irgendeinem Grund nicht richtig. Das schaue ich mir dann genau an und suche den Fehler. Habe ich ihn gefunden, sage ich den Arbeitern, was sie tun müssen, um die Maschine wieder in Gang zu setzen. Richtig interessant wird es für mich, wenn der Besitzer der Fabrik eine neue Maschine kaufen möchte. Dann nehme ich mir die Pläne vor und kann nach eingehendem Studium schließlich sagen, ob es eine gute Maschine für einen guten Preis ist."

Antons Augen leuchteten. „Das klingt spannend! So etwas möchte ich später auch einmal machen, wenn ich ein Techniker bin wie du." Anton strich sich die Haare aus der verschwitzten Stirn und strahlte Helfried an wie ein reich beschenktes Kind.

„Du wirst bestimmt ein guter Techniker, Anton. Wenn du nur fleißig lernst und, sobald es schwierig wird, nicht gleich aufgibst. Jetzt bricht eine neue Zeit an. Eine Zeit, in der die Menschen viel forschen und erfinden werden. Denke nur, bald wird es auch bei uns Fahrzeuge geben, die sich auf eisernen Schienengleisen fortbewegen. In England gibt es sie schon. Sie werden im Bergbau für den Transport von schweren Lasten verwendet."

„Davon habe ich auch schon gehört. Es sind Wagen, die auf Schienen fahren und von Pferden gezogen werden."

Helfried schob die Stirn in Falten. „Besagte Fahrzeuge in England brauchen keine Pferde. Sie werden durch Dampf angetrieben und bewegen sich ganz von selber auf den Schienen fort."

„Ganz von selber? Wie ist das möglich? Nein, das gibt es nicht wirklich, oder?" Anton rückte mit seinem Stuhl näher an Helfried heran. Das Stück Kuchen auf seinem Teller und die heiße Schokolade hatte er noch nicht angerührt.

Elisa, die Kristina auf den Schoss genommen hatte und ihr beim Kuchenessen half, warf Anton einen mahnenden Blick zu. „Wie wäre es, Anton, wenn du unserem Gast eine Erzählpause gönnst, damit er in Ruhe essen kann? Was du übrigens auch tun solltest."

Helfried lächelte nachsichtig, gab ihm kopfnickend zu verstehen, dass die Mutter recht hatte, und aß sein Stück Kuchen auf.

„Köstlich!", sagte er, als er fertig war. Mit der Tasse in der Hand lehnte er sich auf seinem Stuhl zurück und griff Antons Frage noch einmal auf. „Es mag unglaublich klingen und deine Verwunderung, Anton, kann ich verstehen, doch lass dir gesagt sein, dass es solche Gefährte bereits gibt. In England hat ein gewisser Richard Trevithick im Jahr 1804 eine Zugmaschine für eine Bergwerks-Schienenbahn in Südwales entwickelt und sie auch gebaut. Sie hat stolze fünf Wagen mit 10 Tonnen Beladung und 70 Personen gezogen. Und das über eine Strecke von fünftausend Fuß, in sage und schreibe nur fünf Minuten. Da staunst du, was?"

Nach dem Kaffee unternahmen sie einen gemeinsamen Spaziergang über die Brühlsche Terrasse mit Blick auf die Augustusbrücke, den Goldenen Reiter bis hin zur Dreikönigskirche. Der Spätsommertag konnte milder und freundlicher nicht sein. Elisa hielt ihren Schirm aus schwarzer Spitze schützend über dem Kopf, denn die Sonne, die schon recht tief hinter der Hofkirche stand, schien ihr direkt ins Gesicht.

Helfried trug Kristina, die in ihrem weißen Kleid mit blauer Brustschleife ganz reizend aussah, auf den Schultern und wippte ab und zu. Kristina jauchzte vor Freude.

Anton ging voraus. Er war ungeduldig. Viel lieber wäre er jetzt mit Helfried allein in seinem Studierzimmer gewesen und hätte ihn noch weiter ausgefragt über die Fabriken in Chemnitz, über die dort arbeitenden Maschinen, die ihn faszinierten und die er zu gern mit eigenen Augen sehen wollte. Auch ließ ihm Helfrieds Bericht über diese englische Zugmaschine keine Ruhe. Warum war er nicht schon mindestens vier Jahre älter und hatte wie Helfried an der hiesigen Ingenieurakademie studiert? Dann würde er sich unverzüglich hinsetzen und alles berechnen und eine noch bessere, mit Dampf betriebene Zugmaschine entwickeln, wie sie die Welt noch nicht gesehen hatte. Warum, zum Teufel, war er erst vierzehn Jahre alt und wusste über Zugmaschinen so gut wie nichts!

Über den Schlossplatz und die Augustusstraße, die hinter dem königlichen Stallhof entlangführte, gingen sie zurück zum Haus. Nun endlich konnte Anton mit Helfried im Studierzimmer verschwinden. Geschlagene zwei Stunden vereinnahmte er den Gast für sich. Er zeigte ihm die Schätze, die sein Vater und Lehrer für ihn zusammengetragen hatte, holte die einschlägigen Bücher aus dem Regal, las wichtige Abschnitte mit glühenden Wangen laut vor, erklärte Helfried jedes der Geräte, die hier standen, bis ins Detail.

Elisa musste ein Machtwort sprechen, damit der Übereifrige endlich Ruhe gab, sich nach einem kleinen Abendbrot für die Nacht bereit machte und kurz nach neun Uhr endlich in seinem Bett lag. Jedoch an Schlaf dachte Anton noch lange nicht. Helfried hatte ihm beim Gutenachtgruß versprochen, ihm die neuesten Journale über Maschinenbau zu schicken, sobald er wieder in Chemnitz war. Helfried war ein echter Freund. Der beste, den er sich denken konnte.

Anke entzündete im Wohnzimmer die Kerzen der zwei silbernen Leuchter und stellte den größeren in die Mitte des Esstischs. Dazu die geschliffenen Kristallgläser und den Frankenwein, den die Herrschaften zu trinken gedachten. Auch etwas Brot, Käse, Scheiben vom kalten Schweinebraten und etwas Herbstgemüse standen auf zwei Tellern appetitlich angerichtet für das Abendbrot bereit.

Als das getan war, ging sie zufrieden hinauf in ihr Zimmer im zweiten Dachgeschoss. Die Hausherrin benötigte sie heute nicht mehr. Es war warm hier oben. Sie öffnete das Fenster, das einzige in dem kleinen Dienstbotenzimmer, legte sich im Nachthemd auf das dünne Deckbett und sagte sich ein wenig neidisch, wie gut es der Familie Weller doch ging. Im Gegensatz zu vielen anderen Familien lebte sie in gediegenem Wohlstand. Die Hausherrin war vermögend und hatte es immer verstanden, dieses Vermögen zu bewahren und zu mehren. Elisa Weller war so reich, dass sie viel Geld für arme, kranke und alleinstehende Menschen spenden konnte und deshalb von den Dresdner Bürgern noch mehr geliebt und geachtet wurde, als es ohnehin der Fall war. Wie wunderbar wäre es, wenn sie, die mittellose, unscheinbare Magd, zu solch einer Familie gehören könnte. Heimlich träumte sie davon, obwohl sie wusste, dass so ein Leben in Wohlstand für sie in unerreichbar weiter Ferne lag und ein schöner Traum bleiben würde.

Anton hatte Anke die Treppe hinaufgehen gehört. Das war der Moment für ihn, leise aus seinem Zimmer hinauszuschlüpfen. Geschmeidig wie eine Katze schlich er barfuß die Treppe hinab und postierte sich fluchtbereit vor der Wohnzimmertür. Das Ohr fest daran gedrückt und leise atmend, verstand er jedes im Zimmer gesprochene Wort. Und je hitziger und lauter der Disput drinnen geführt wurde, desto besser konnte er ihn verstehen.

„Wenn es Ihr Wunsch ist, kümmere ich mich gern um Antons Fortkommen, soweit es meine Möglichkeiten und die Kontakte, die ich habe, erlauben. In Chemnitz erwartet Anton eine gesicherte Zukunft. Dort werden in den nächsten Jahren nicht nur weitere Fabriken mit Dampfmaschinen entstehen, sondern auch Fabriken, die solche Maschinen selbst herstellen und das Land damit von teuren Importen unabhängig machen. So viel ist gewiss."

Verlegen zupfte Elisa am Spitzenbesatz ihrer schwarzen Bluse. Der Gedanke, Anton könnte in einigen Jahren nach Chemnitz übersiedeln, dort eine Familie gründen und sesshaft werden, behagte ihr nicht. „Lieber wäre mir, er fände in Dresden eine Arbeit."

„Ich verstehe. Das mitfühlende Herz einer Mutter wird niemals freiwillig den Abschied ihres Kindes von daheim begrüßen. Das liegt in der Natur der Sache, ist verständlich und lobenswert …"

„Ich bin nicht Antons leibliche Mutter", fiel Elisa ihm ins Wort. „Ich bin seine Halbschwester und jetzt, nachdem mein Mann nicht mehr ist, sein Vormund. Aber ja, mein Herz fühlt für den Jungen wie eine Mutter. Ich denke, am Ende wird Anton selbst entscheiden, wo er einmal arbeiten und leben möchte. Vielleicht geht der Fortschritt auch in Dresden rasch voran. Schließlich ist hier der Sitz des Hofes und der Regierung und wir haben einen neuen König. Dem Herrgott sei's gedankt, dass er dem älteren Bruder, diesem trägen Vorgänger, die Augen für immer geschlossen hat."

Helfried horchte auf. „Wie bitte? Diesem … *trägen* Vorgänger? Sie meinen Friedrich August den Gerechten, wieso bezeichnen Sie ihn als träge? Er hat während der Napoleonischen Besatzung für sein Sachsenvolk gekämpft und gelitten."

Elisa hob die Brauen und sagte ziemlich ungehalten: „Hat nicht vielmehr sein Sachsenvolk für ihn gekämpft und gelitten?" Im selben Moment schalt sie sich wegen der ungenierten Gegenfrage, die sie Helfried etwas zu barsch gestellt hatte. Wollte sie die Unterstützung dieses Mannes für Anton erbitten, durfte sie sich nicht derart gehen lassen.

Errötend fügte sie hinzu: „Entschuldigen Sie meinen unverhohlenen Zorn. Ich kann nicht vergessen, was dieser König durch seine untertänigste Treue zu

Napoleon an menschlichem Leid letztlich persönlich verschuldet hat. Auch wenn er in einer schweren und politisch brisanten Zeit stets zwischen Baum und Borke stand, hat er in meinen Augen als erster Mann des Staates versagt."

Helfried, der beim Anblick der leckeren Speisen einen gesunden Appetit entwickelt hatte, spülte seinen Bissen mit einem kräftigen Schluck Wein hinunter, um Elisa möglichst schnell antworten zu können. „Sie meinen, wir müssten den Mann nicht achten, wegen seiner Treue zu Napoleon und der Tatsache, dass er die Hälfte des Landes an Preußen verloren hat?"

„Ja, so ähnlich meine ich das. Und ich vermag nicht nachzuvollziehen, weshalb sein Volk ihn nach seiner Rückkehr aus preußischer Gefangenschaft im Juni 1815 mit Glanz und Gloria empfangen hat. So viele Tote! So viele Verwundete! So unendlich viele verkrüppelte Männer und einfache Bürger jeden Alters, die Hungers starben oder einer schrecklichen Krankheit erlagen. Das alles geschah unter der Regentschaft dieses Königs. Eine Regentschaft, deren Ausübung er schleichend dem Kaiser der Franzosen überlassen hat. Aus blinder Angst, gottgleicher Verehrung und bedingungsloser Hörigkeit. Eine ideale Mischung für einen Mann wie Napoleon, der ein Meister darin war, sich Menschen gefügig zu machen, vom einfachen Soldaten bis zum Regenten eines Königreichs!"

Helfried wiegte den Kopf. „Ich habe die Euphorie miterlebt, die man dem Heimgekehrten entgegenbrachte. Auch wenn Sie, liebe Frau Weller, meine Auffassung nicht teilen, kann ich die Menschen verstehen. Bedenken Sie all das Leid, das Chaos, all die Entbehrungen und menschenunwürdigen Bedingungen, die sie während der Besatzung ertragen mussten. Die Menschen glaubten, mit der Heimkehr des Königs sei das für immer vorbei. Sie sehnen sich nach dem friedlichen, geordneten Leben, das dieser Regent ihnen vor 1806 ermöglicht hatte."

„Dennoch mussten sie den Mann nicht mit Lorbeerkränzen behängen und ihn mit Gesang, Gebeten, Gedichten, Blumen und teuren Festlichkeiten empfangen.

Eine Nachbarin berichtete mir von der riesigen Ehrenpforte vor dem Pirnaschen Tore, die folgende Aufschrift trug: SALVE PATER PATRIAE – sei gegrüßt, Vater des Vaterlandes. Zu beiden Seiten saßen auf treppenartigen Terrassen fünfhundert Jungfrauen in weiß-grünen Kleidern. Der städtische Rat zog gemeinsam mit den Innungen und der Geistlichkeit dem König entgegen, um ihn willkommen zu heißen. Und der Hof empfing ihn mit Glockengeläut der Hofkirche, mit Kanonensalut, Pauken und Trompeten und allgemeiner Festbeleuchtung. Und das war nicht nur in Dresden so. Auch in Leipzig, Zittau, Bautzen, Plauen, Meißen und in zahlreichen Dörfern, die seiner Majestät Weg kreuzten, herrschte die gleiche Euphorie und scheute man kein Geld für prächtige Begrüßungsbauten. Musste das sein? Wollte niemand die schmähliche

Niederlage und den Verlust der Hälfte des Landes an Preußen sehen? Jedermann konnte doch lesen, dass der hoch Bejubelte Tage zuvor die Abtretungsurkunde an Preußen unterschrieben hatte."

"Er tat es nicht freiwillig. Er tat es unter Druck. Das war eiskalte Erpressung!"
Elisa riss die Augen auf. „Erpressung? Wieso?"

„Nun, das hat Ihnen Ihre erzählfreudige Nachbarin offenbar verschwiegen oder sie hat es selber nicht gewusst, was ich eher vermute, denn in dieser zusammenhängenden Darstellung des Geschehens wurde in den Zeitungen kaum berichtet."

„Und welche wäre das?"

Helfried leerte sein Glas, behielt es aber in der Hand und drehte es, während er nachdachte, in den Fingern. „Im böhmischen Pressburg sollte der König im März 1815 der Abtretung der nördlichen Gebiete Sachsens an Preußen zustimmen. Nur dadurch kann Sachsen seine staatliche Eigenständigkeit erhalten. Doch Friedrich August weigert sich. Ende April wird ihm ein Ultimatum gestellt: Entweder er akzeptiert die Teilung seines Landes oder er verliert es ganz. Unter diesem Druck entscheidet er sich am 30. April für das kleinere Übel. Er willigt ein. In Wien ratifiziert er den Friedensvertrag, wie man ihn offiziell nennt. Damit verlor das Königreich Sachsen 57 Prozent seines Territoriums und etwa 800.000 der zwei Millionen seiner Einwohner an Preußen."

Helfried hatte langsam gesprochen, sehr gefasst und ohne etwas Anklagendes oder Rechthaberisches in der Stimme. Das rechnete Elisa ihm hoch an. Leise sagte sie mit gesenktem Blick: „In dieser Ausführlichkeit wusste ich das nicht. Ich gebe zu, es wird mein scharfes Urteil über diesen König mildern … ein wenig."

Anton, der noch immer hinter der Tür lauschte, hätte sich ein anderes Gesprächsthema gewünscht als den kürzlich verstorbenen König. Ihm war der neue König ohnehin sympathischer. Allein schon, weil er Anton hieß. Gewiss würde dieser neue König Anton vieles besser machen. Und wenn er etwas für die wirtschaftliche Zukunft seines Landes tun wollte, würde er vielleicht auch eine Schule für das Ingenieurwesen einrichten, das nicht an das Militär gebunden war. Hier in Dresden. Das wäre fantastisch!

Auf Zehenspitzen schlich er zurück in sein Zimmer und schlüpfte mit der berauschenden Vorstellung unter die Bettdecke, er wäre in absehbarer Zeit ein gefragter Techniker. König Anton berufe ihn zum obersten Techniker Sachsens, übereignete ihm eine Fabrik samt Arbeiter, in welcher er noch nie dagewesene, in aller Welt gefragte Maschinen konstruieren und bauen konnte, zur Stärkung der Wirtschaft Sachsens. Er würde gut verdienen, eine Familie gründen, in einem eigenen Haus wohnen und der glücklichste Mensch auf Gottes Erden sein. Ja, vielleicht würde es eines Tages so kommen. Wenn er nur fest daran glaubte und sein Ziel mit eisernem Willen verfolgte.

4

Auf seiner Rückreise nach Chemnitz brachte Helfried Anton zum Stankt-Afra-Gymnasium nach Meißen. Elisa war nun mit Kristina und Anke allein im Haus. Sie setzte alles daran, der Tochter eine glückliche Kindheit zu schenken und ihr gleichzeitig ein solides Wissen zu vermitteln. Kristina sollte eine kluge, selbstbewusste junge Frau werden. Die Zeiten begannen sich zu ändern. Besser gestellte Frauen durften neben Ehefrau und Mutter auch Malerin, Dichterin oder Musikerin sein. In den Lesestuben wurden sie ebenso geduldet wie in Bibliotheken. Vielleicht war Kristina einmal vergönnt, was ihr, Elisa Weller, nicht möglich gewesen war – gleichberechtigt neben männlichen Kommilitonen an einer Universität zu studieren.

Dieses Ziel vor Augen, wollte Elisa ihrer Tochter, sobald sie das fünfte Lebensjahr erreicht hatte, nicht nur Rechnen und Schreiben beibringen, sondern sie auch in Geographie, Literatur und Englisch unterrichten und zudem für das Klavierspiel begeistern. Sie wollte Kristina eine gute Lehrerin sein. Genauso einfallsreich und einfühlsam wie seinerzeit Weller, als er ihr Lehrer war.

Im November des Jahres 1827 ließ ein trauriges Ereignis im Königshaus Elisa ihre Tochter besonders innig an sich drücken und liebkosen.

„Engelchen", raunte sie Kristina zu, die sie auf ihren Schoß gehoben und in die Arme geschlossen hatte. „Du bist das größte Glück meines Lebens. Ich bete jeden Tag, dass du mir erhalten bleibst. Niemand darf dich mir nehmen. Kein böser Mensch, keine Krankheit, kein Kriegsgeschehen. Denke nur, die liebe Frau unseres Königs Anton ist gestorben. Vier Kinder hat sie zur Welt gebracht. Keines blieb am Leben. Der arme König. Seine erste Frau, die Prinzessin von Sardinien, starb ein Jahr nach der Hochzeit. Nun muss der gütige König auch seine zweite Frau Therese von Österreich zu Grabe tragen. Und das nur drei Wochen nach ihrem sechzigsten Geburtstag. Ich frage mich, wie kann ein vom Schicksal so arg geschlagener Mann ein Land regieren?"

Sie wiegte das Mädchen im Arm, gab ihr einen zärtlichen Kuss auf die Stirn, legte es in sein Bettchen, das neben ihrem Bett stand, und wartete wie jeden Abend, bis ihr kleiner Blondschopf eingeschlafen war. Erst dann schlich sie hinaus, um im Wohnzimmer noch etwas zu lesen und sich zu überlegen, was sie am nächsten Tag mit Kristina unternehmen wollte.

Wenn das Wetter es erlaubte, fuhr Elisa mit Kristina hinaus in die Natur, zeigte ihr die Blumen am Feldrand, erklärte ihr, welche Beeren sie im Wald essen durfte und welche giftig waren, auf welchem Waldboden die leckersten Pilze zu finden waren und warum die von Ast zu Ast springenden Eichhörnchen so eifrig nach Nüssen suchten. Gemeinsam lauschten sie dem Gesang der Vögel, setzten am Bach kleine Boote mit Blättersegeln ins glucksende Wasser und freuten sich über deren rasante Fahrt.

Im Winter zog Elisa ihre jauchzende Tochter auf einem Rodelschlitten durch die Stadt, baute mit ihr vor dem Haus Schneemänner mit dicken Bäuchen und Rübennasen und kaufte ihr zu Advent auf dem Striezelmarkt Bratäpfel, in Zucker gewälzte Nüsse, dicke Scheiben vom Christstollen, lustige, aus Backpflaumen gefertigte Feuerteufel und Spielzeug nach Herzenslust. Es gab kaum einen Wunsch, den sie ihrem Engel nicht erfüllte.

Wie sie es sich vorgenommen hatte, begann Elisa am Tage nach Kristinas fünftem Geburtstag mit dem Unterricht. Kristina lernte schnell und fleißig. Das Lernen bereitete ihr durchaus Freude, lediglich das Rechnen fiel ihr schwer.

„Ich mag nicht rechnen, Mama. Das ist mir zu schwer und es macht überhaupt keinen Spaß. Lass mich lieber lesen oder am Klavier spielen. Bitte!"

Elisa setzte sich zu ihr, ergriff ihre Hände und sagte in ruhigem Ton: „Wir haben uns für heute zwei Stunden Rechnen vorgenommen, also werden wir zwei Stunden rechnen. Auch wenn es dir keinen Spaß macht, mein Kind. Rechnen ist genauso wichtig wie das Lesen von Büchern oder die Musik."

Murrend beugte sich Kristina wieder über ihre Schiefertafel und zählte leise die Striche zusammen, die Mutter in zwei Reihen untereinander aufgemalt hatte.

„Siehst du, Engelchen, wenn du dir Mühe gibst, klappt es wunderbar." So nachgiebig Elisa der Tochter gegenüber in der Freizeit sein konnte, so streng und konsequent war sie beim Lernen. Daran gewöhnte Kristina sich nur schwer. Doch bald sah sie ein, dass jeder Widerstand zwecklos war und ihr Gejammer und die Bettelei Mutters Gesicht nur noch mehr verfinsterten.

Elisa fiel auf, welch erstaunliche Fortschritte Kristina beim Klavierspielen machte und wie schön sie die Melodien nachsingen konnte. An manchen Tagen trällerte die helle Kinderstimme ohne Unterlass. Kristina machte sich einen Spaß daraus, immer lauter und kräftiger zu singen.

Einmal, als Elisa in der Neustadt einen Weg zu besorgen hatte, öffnete Kristina im Wohnzimmer das mittlere, zum Neumarkt hin zeigende Fenster, holte aus der Bibliothek einen Stuhl heran, stellte sich darauf, stützte die Arme in die Seiten und sang inbrünstig und aus voller Kehle die schönsten Liebeslieder, die ihr die Mutter vorgespielt hatte. Die Leute blieben unter dem Fenster stehen, klatschten, belohnten die fröhliche Sängerin mit Bravorufen und verlangten Zugabe um Zugabe.

Elisa war sprachlos, als sie hinter der beachtlichen Menschentraube stand und kaum durch sie hindurch zu ihrem Haus kam. Nicht die Tatsache, dass Kristina da oben munter sang, brachte ihr Blut in Wallung, vielmehr war es der

Anblick, wie nahe sie an dem offenen Fenster stand und jeden Moment, wenn der Stuhl kippelte oder sie in ihrer Begeisterung eine zu heftige Bewegung machte, herunterstürzen konnte.

Wie vom Blitz getroffen lief sie hinauf ins Wohnzimmer, zwang sich zu innerer Ruhe, reichte der Tochter, nachdem sie ihr Lied zu Ende gesungen hatte, die Hand, damit sie vom Stuhl herunterhüpfte. Dann trat sie vor das Fenster, sagte mit dem freundlichsten Lächeln, zu dem sie in diesem Moment fähig war: „Für heute ist das Konzert beendet!" und schloss das Fenster.

Die Fäuste in die Seiten gestützt, maß sie die Tochter mit einem strengen Blick und sagte, nachdem sie einmal tief durchgeatmet hatte: „Das machst du bitte nicht noch mal!"

5

In Sankt Afra herrschte ein strenger Ton. Anton hatte Mühe, sich an den straffen Tagesablauf zu gewöhnen. Auch fand er die Tatsache beklemmend, dass die Afraner, wie die Schüler genannt wurden, tatsächlich nur einmal in zwei Jahren für 14 Tage nach Hause durften. Nicht alle Schüler steckten das so einfach weg. Doch Anton verstand es mit der Zeit immer besser, das Unangenehme, das ohnehin nicht zu ändern war, aus seinen Gedanken auszublenden und sich in seinen Büchern zu vergraben.

Eine willkommene Ablenkung waren ihm die technischen Journale, die Helfried ihm geschickt hatte. Anton hütete sie wie seinen Augapfel. Das Wissen daraus ermöglichte ihm, sich nun ernsthaft mit der Entwicklung von Maschinen zu befassen. Das war sein Traum.

Bereits nach drei Jahren, im Frühjahr 1830, legte Anton die Reifeprüfung ab. Die Schulleitung empfahl Elisa, die Ausbildung des inzwischen Siebzehnjährigen an der Technischen Bildungsanstalt in Dresden fortzusetzen, die am 1. Mai 1828 in einem Pavillon auf der Brühlschen Terrasse gegründet worden war. Das dortige Studium sei neben der Mathematik hauptsächlich auf Mechanik und Bau ausgerichtet und damit für Antons Bildung besonders geeignet, da er auf diesem Gebiet über ein bemerkenswertes Talent verfüge.

Elisa holte Anton mit der Kutsche von Meißen ab. Es war ein warmer, sonniger Maientag. Die Vögel zwitscherten. In der Luft schwebte der Duft blühender Obstbäume am Straßenrand. Im Blau des Himmels hing kein einziges Wölkchen.

Sohn und Tochter machten sich mit großem Appetit über den Streuselkuchen her, den Anke als Wegzehrung mitgegeben hatte. Auch der Apfelmost hielt sich nicht lange in der verkorkten Flasche.

Kristina tat etwas verschämt. Sie erkannte Anton, der ihr gegenübersaß, kaum wieder und wusste nicht, was sie sagen sollte – ein Zustand, der für sie recht ungewöhnlich war. Sonst stand ihr Mundwerk kaum länger als eine halbe Minute still.

Auch Elisa fiel Antons äußerliche Veränderung auf. Seine Schultern waren breiter geworden, sein Gesicht schmaler und markanter, und über der Oberlippe zeigten sich kleine dunkle Bartstoppeln. Nun war es offensichtlich: Aus dem zarten Jungen war ein stattlicher Mann geworden, der genau wusste, was er wollte. Durch seinen Fleiß und seinen unbändigen Wissensdrang hatte Anton sich vorzeitig die Tür zu einem neuen, wichtigen Lebensabschnitt aufgetan. Jetzt legte er die Richtung seines weiteren Lebens fest. Jetzt zeigte sich, ob er tatsächlich ein geachteter Techniker werden würde oder am Ende doch nur ein fantasiebegabter Träumer blieb.

Gern wollte Elisa ihm helfen, auf diesem Weg Fehler zu vermeiden und die rasant sich verändernde Zeit, die für Menschen wie Anton wie geschaffen war, sinnvoll für seine Entwicklung zu nutzen. „Nun bist du bald ein Student. Fast möchte ich meinen, die Technische Bildungsanstalt zu Dresden sei vor zwei Jahren extra für dich gegründet worden. Es passt alles so wunderbar. Du kannst bei uns in Dresden wohnen und besuchst gleichzeitig die modernste technische Bildungsanstalt, die es zurzeit in Sachsen gibt. Sag, freust du dich darauf?"

Anton riss die Augen auf. „Und wie! Ich kann es kaum erwarten."

„Der Direktor Professor Gotthelf August Fischer erwartet dich kommenden Montag acht Uhr zu einem Gespräch. Du legst ihm deine Zeugnisse vor, beantwortest seine Fragen, und dann steht deinem Studium, das du dir so sehr gewünscht hast, hoffentlich nichts mehr im Wege. In meinem Schreiben an ihn war ich so frei und habe in den höchsten Tönen von deinem Wissensdurst und deinen guten Leistungen in Sankt Afra geschwärmt."

„Ich danke dir von Herzen. Hoffentlich werde ich den Vorschusslorbeeren am Montag auch gerecht. Kennst du den Professor Fischer persönlich oder hast du vielleicht schon einmal etwas über ihn gehört, was mir für mein Vorstellungsgespräch hilfreich sein könnte? Ist er kraft seines Amtes ein strenger, unnahbarer Mensch oder eher milde?"

Elisa verneinte kopfschüttelnd, während sie Kristina mit einer Hand die Kuchenkrümel vom Kleid fegte. „Nein, ich kenne Professor Fischer nicht und ich weiß auch nichts über ihn, was dir weiterhelfen könnte. Aber über den ehrenamtlichen Vorsteher der Technischen Bildungsanstalt, den Herrn Wilhelm Gotthilf Lohrmann, weiß ich einiges. Er ist ein hoch geschätzter Landvermesser und königlicher Vermessungsinspektor. Er besitzt ein kleines Observatorium in seiner Dresdner Wohnung. Es heißt, er habe bereits bemerkenswerte Beobachtungen am Mond gemacht."

„Am Mond? Wie interessant!"

„Zudem war er neben seinen beruflichen Verpflichtungen auch Oberinspektor des Mathematischen Salons im Zwinger. Vielleicht nützt es dir, das zu wissen. Auf jeden Fall wirst du während deines Studiums hoch gebildeten Persönlichkeiten begegnen. Kapazitäten in ihrem Fach! Führe dich vom ersten Tag an gut auf und überlege dir, was du über deine Lippen bringst und was du lieber verschweigst. Umso eher wird man dich als erwachsenen Menschen akzeptieren und dir entsprechend begegnen."

„Was soll er über die Lippen bringen?" Kristina hatte ihre Sprache wiedergefunden. „Hat er etwas im Mund und soll es ausspucken?"

Anton zog die Mundwinkel nach unten. „*Worte* bringe ich über meine Lippen. Worte! Verstehst du?" Sein Ton war alles andere als freundlich, und seine Augen schauten mehr als geringschätzig auf das unschuldige Kind.

Elisa bemerkte es, warf ihm einen verständnislosen und zugleich strafenden Blick zu und fragte sich, weshalb Anton dem Kind in dieser schroffen Art begegnete. War er am Ende eifersüchtig auf Kristina, weil sie, im Gegensatz zu ihm, die vergangenen drei Jahre bei ihr sein durfte? Auf keinen Fall konnte sie sein Verhalten unkommentiert durchgehen lassen.

„Anton, geht es nicht ein klein wenig freundlicher? Schließlich ist Kristina deine Schwester."

„Ist sie nicht!", murmelte Anton bissig. „Keinen einzigen Blutstropfen ist sie mit mir verwandt. Und wenn wir schon einmal bei dem Thema sind … mir wäre lieber, wir suchten noch einmal gründlich nach ihren Verwandten."

„Bist du von allen guten Geistern verlassen? Willst du sie loswerden? Was hat das Kind dir getan, dass du so ungerecht und herzlos zu ihm bist? Außerdem habe ich sehr lange geduldig nach ihren Verwandten gesucht. Mehr als ein Jahr, wie du sehr wohl weißt. Schließlich warst du dabei. Du hast auf Kristina aufgepasst, während ich unterwegs war und mich redlich bemüht habe, das Neugeborene in die Obhut seiner Familie zu bringen."

Elisa war außer sich. „Was ist nur mit dir los, Anton? So grobherzig kenne ich dich gar nicht. Mir scheint, deine Freundlichkeit und deine heitere Wesensart ist dir in Meißen abhandengekommen."

Eine Weile schwiegen beide bedrückt. Kristina, die nicht verstand, worüber die Großen stritten und wieso die Mutter plötzlich feuchte Augen bekam, schmiegte sich fest an sie und feuerte Anton einen grimmigen Blick hinüber.

Anton legte die verschränkten Arme auf die Schenkel und sagte mit gesenktem Kopf, damit Elisa seine Augen nicht sah: „Verzeih mir, aber … sobald ich in ihrer Gegenwart bin, muss ich an damals denken. An diese Nacht. An das tosende Meer. An Vater und wie das Wasser ihn mit sich riss. Ihre Gegenwart ist für mich wie ein Spiegel, der mir diese furchtbaren Bilder immer wieder vor Augen führt."

Anton spürte den Kloß im Hals. Er schluckte und hätte am liebsten das Thema gewechselt. Doch jetzt gab es kein Zurück mehr. Jetzt musste heraus, was ihn bedrückte, seit sie vor drei Jahren zu dritt Husum und die Nordsee verlassen hatten. Das Gesicht zum Fenster gewandt, sagte er in sich gekehrt: „Ich habe nichts gegen Kristina. Ich weiß nur … sie tut mir nicht gut."

6
———

Mit Herzklopfen begab sich Anton auf den Weg zum Vorstellungsgespräch. Elisa hatte ihn von Kopf bis Fuß neu eingekleidet: Hose und Jacke aus dünnem braunen Wollstoff, dazu eine weiße Halsbinde und braune Lederschuhe, die, weil sie noch nicht eingelaufen waren, ein wenig an den Fersen drückten. Unter dem linken Arm klemmte eine Mappe mit Entwürfen, in der rechten Hand hielt er ein eingerolltes, stärkeres Papier, ebenfalls mit der Zeichnung eines Entwurfs. Falls es sich ergeben sollte, wollte Anton sie parat haben und dem Herrn Direktor Fischer zeigen können.

Den Pavillon auf der Brühlschen Terrasse erreichte Anton über die große Freitreppe am Schlossplatz. Er ging die Stufen bewusst langsam hinauf, wollte nicht in Atemnot geraten und vor dem Professor den Eindruck erwecken, er sei besonders aufgeregt, was über alle Maßen der Fall war.

Beherzt klopfte Anton dreimal kurz an die Tür des ihm angegebenen Zimmers und trat ein. Er wünschte einen guten Morgen, stockte jedoch bei der Anrede, denn anstelle des erwarteten Direktors Fischer stand ihm ein, nur wenige Jahre älterer Mann gegenüber.

„Johann Andreas Schubert mein Name. Ich bin der hiesige Lehrer für Buchhaltung und Mathematik und vertrete zurzeit Professor Fischer, der leider erkrankt ist. Gehe ich richtig in der Annahme, dass Sie Anton Weller sind?"

Anton nickte. „Ja, Herr … Schubert, der bin ich."

„Dann nehmen Sie bitte hier Platz." Mit den Augen wies Schubert Anton den Stuhl vor seinem Schreibtisch zu, setzte sich hinter diesen und kam gleich auf den Punkt. „Wir haben uns Ihre Zeugnisse angesehen und sind zu dem Entschluss gekommen, dass Sie trotz Ihres relativ kurzen Gymnasiumbesuchs in der Lage sind, das Studium an unserem Polytechnikum aufzunehmen."

Anton stutzte. Der junge Mann mit dem schmalen Gesicht, der schlanken knorrigen Nase und den streng blickenden Augen redete nicht lange um den heißen Brei herum. Das gefiel ihm. Kurz und präzise hatte er das Wichtigste zu seiner Bewerbung gesagt. Das hatte er nicht erwartet. War alle Aufregung umsonst?

Schubert lehnte sich auf seinem hohen, mit grünem Leder bezogenen Stuhl zurück und maß Anton mit ernstem Blick. „Sagen Sie, weshalb wollen Sie bei uns studieren und worin sehen Sie ihre besonderen Stärken?"

Anton straffte die Schultern und räusperte sich in die Hand. Die Frage war einfach, da musste er nicht lange überlegen. „Meine besonderen Stärken sehe ich in der Mathematik und im Erfinden von Maschinen. Die Mechanik manch einer Maschine, die ich sah, ließe sich nach meinem Dafürhalten noch weitaus verbessern. Dadurch könnte der Arbeitsablauf in den Fabriken noch schneller und kostengünstiger gestaltet werden."

Anton war in seinem Element. Begeistert rollte er die große Zeichnung auf Schuberts Schreibtisch auf und erläuterte den darauf skizzierten Entwurf einer Maschine. „Mit dieser Maschine könnte man Näharbeiten schneller und exakter verrichten als die beste Näherin per Hand. Folglich kann der Unternehmer mehr Kleidungsstücke herstellen und seinen Gewinn steigern."

Schubert horchte auf. Er nahm das Papier, das die Hälfte seines Schreibtisches einnahm, in beide Hände und betrachtete es konzentriert. „Mit der Entwicklung solch einer Maschine beschäftigen sich bereits mehrere kluge Köpfe in Europa. Aber weshalb sollten Sie sich nicht zu ihnen gesellen und am Ende das Rennen machen?" Er schmunzelte.

Anton überlegte, wie Schubert das gemeint haben könnte. Anerkennend? Ironisch? Belächelte er seinen Enthusiasmus womöglich? Doch seine Bedenken zerfielen, als Schubert ihm das Blatt mit der überraschenden Frage zurückgab: „Was halten Sie von der Konstruktion und Herstellung dampfbetriebener Schienenfahrzeuge?"

Anton hielt den Atem an. Hatte er doch in St. Afra zahllose Stunden mit dem Versuch verbracht, ein solches Fahrzeug zu konstruieren, und war fast verzweifelt, weil sein Wissen für die exakte Berechnung eines Modells noch längst nicht reichte. „Darf ich Ihnen zur Beantwortung Ihrer Frage zwei weitere Zeichnungen vorlegen?"

Schubert hob die Brauen. „Nur zur!"

Nun holte Anton auch die beiden Blätter aus seiner Mappe und legte sie Schubert vor. Diese Zeichnungen bedeuteten Anton viel. Er hütete sie wie ein Heiligtum. Bis ins Detail hatte er das von ihm erdachte Schienenfahrzeug zu Papier gebracht. Von der Erzeugung des Dampfes bis zur Übertragung der gewonnenen Kraft auf die Räder. „Ich weiß, es kann noch nicht funktionieren. Dazu bräuchte ich noch weitere …"

Abwehrend hob Schubert die Hand. „Einen Moment bitte, junger Freund! Lassen Sie mich schauen."

Sogleich verstummte Anton und beobachtete mit Herzklopfen, wie Schubert sich mit wachsendem Interesse in die Zeichnungen hineinzudenken schien. Sein Urteil konnte für Anton der Ritterschlag oder der Absturz in eine ratlose Leere sein. Viel hätte er dafür gegeben, jetzt hinter Schuberts in Falten gelegte Stirn zu schauen. Minuten vergingen. Auf die beiden Zwischenfragen, die Schubert ihm stellte, antwortete Anton rasch und präzise, worauf sich der Lehrer erneut in konzentriertes Schweigen hüllte und sich auch nicht durch die lauten Türschläge auf dem Flur stören ließ. Endlich hob er den Kopf und sagte: „Kommen Sie mal zu mir herum. Ich hätte da noch einige Fragen …"

Nach zwei Stunden und unzähligen Blättern mit Skizzen von Maschinenteilen, Antriebskurbeln und Übertragungsbolzen, die verstreut auf Schuberts Schreibtisch lagen, hatte sich ein lockerer Ton zwischen Lehrer und Schüler eingestellt. Sie sprachen miteinander wie langjährige Freunde. Wohl deshalb entfuhr Anton die Frage, wo Schubert sein grandioses technisches Wissen erlangt habe, da er - wie Anton mittlerweile erfahren hatte – nur vier Jahre älter sei als er.

„Nun ja, mein Werdegang vollzog sich von Kind an recht geradlinig", antwortete Schubert freimütig. „Nach 1824 studierte ich an der hiesigen Bauschule der Akademie der Künste, zu welcher, wie Sie wissen, auch die Technische Bildungsanstalt Dresden gehört. Während dieser Zeit war ich Volontär in der Werkstatt von Rudolf Sigismund Blochmann, dem damaligen Inspektor des Mathematisch-Physikalischen Salons. Dort machte ich zur Untermauerung meines theoretischen Wissens sehr lehrreiche praktische Erfahrungen und befasste mich eingehend mit der handwerklichen Seite der Herstellung von Maschinen. Nun bin ich bestrebt, mein Wissen an meine Schüler weiterzugeben."

Schubert stand auf, ging zu dem massiven Holzschrank an der Stirnseite des Zimmers, holte aus dessen unterem Schubfach eine Papierrolle und breitete sie auf dem wuchtigen Tisch, der von acht Stühlen umringt, in der Mitte stand, aus. „Kommen Sie! Ich zeige Ihnen etwas, das ich noch niemandem sonst gezeigt habe."

Anton brauchte nicht lange, um zu erkennen, dass es sich bei der Zeichnung um eine Zugmaschine handelte, die sich über Dampfantrieb auf einem Gleisbett von selber fortbewegte.

Schubert beschwerte die Enden des Papiers mit zwei handgroßen Würfeln aus Bergkristall und beugte sich darüber „Ich habe die Zugmaschine von Richard Trevithick und die erfolgreiche Rocket von Robert Stephenson studiert, soweit mir dies anhand von Zeichnungen möglich war. Stephenson baut jetzt mit seinem Sohn diese *Locomotions* für Länder, in denen in den nächsten Jahren Eisenbahnen entstehen sollen. Die Rocket zieht immerhin das Fünffache ihres Gewichts und legt an die 20 englische Meilen in einer Stunde zurück. Das wäre doch grandios für Sachsen, wenn wir unsere eigenen Lokomotiven entwickeln und selbst herstellen könnten. Unabhängig vom englischen Markt!"

Anton riss die Augen auf. „Das wäre sensationell! Und für die Konstrukteure und Hersteller wohl auch recht profitabel, oder?"

Schubert schmunzelte. „Selbstredend auch das. Über den Spaß hinaus muss so eine kraft- und zeitaufwändige Sache natürlich auch Geld in die Kasse spülen."

Schubert wippte den Bleistift zwischen zwei Fingern hin und her, während er überlegte. Schließlich sagte er, etwas verhalten: „Es darf noch nicht publik werden, doch ich beabsichtige, in den nächsten Jahren die erste sächsische Dampflokomotive zu bauen. Eine Dampflokomotive um ein Vielfaches besser als die englischen."

Anton strahlte. „Dann geben Sie ihr bestimmt einen besonders klangvollen und stolzen Namen, habe ich recht?"

„Ehrlich gesagt, habe ich mir darüber noch keine Gedanken gemacht."

Anton strich sich nachdenklich das Kinn. „Wie wäre es mit … Saxonia?"

„Saxonia? Sachsens Schutzheilige? Der Vorschlag ist gar nicht mal schlecht."

„Saxonia – die erste sächsische Dampflokomotive. Konstruiert und gebaut von Johann Andreas Schubert. Zu dieser Leistung gratuliere ich Ihnen schon jetzt voller Ehrfurcht und Anerkennung!"

Jetzt zog Schubert sich einen Stuhl heran und forderte Anton auf, es ihm gleichzutun. „Wissen Sie, egal ob Lokomotive, Web-, Spinn- oder Nähmaschine, ich richte meine Lehrtätigkeit am hiesigen Institut ganz bewusst auf die Heranbildung fähiger Techniker und Konstrukteure aus. Sie sollen in der Lage sein, bereits vorhandene oder in der Entwicklung begriffene Maschinen zu verbessern. Man muss das Rad nicht neu erfinden. Man sollte danach streben, es zu verbessern und nach seinem Funktionsprinzip Neues zu schaffen."

Anton nickte. „Das klingt alles sehr spannend und schürt meine Neugier auf das Studium, dessen Beginn ich kaum erwarten kann. Ich freue mich aus einer tiefen und ehrlichen Begeisterung heraus, an Ihren Kursen, verehrter Herr Schubert, teilnehmen zu dürfen. Sofern ich zugelassen bin …"

Schubert erhob sich und reichte Anton feierlich die Hand. „Anton Weller, ich beglückwünsche Sie zu Ihrem Studium an der Königlich-Technischen Bildungsanstalt Dresden. Ich erlaube mir, Sie und drei weitere Kommilitonen an zwei Abenden in der Woche für gemeinsame Forschungen in Beschlag zu nehmen. Anton Weller, Ihre Ideen gefallen mir. Sie zeugen von fundiertem Wissen und sagen mir, dass Sie logisch und zugleich schöpferisch denken können. Alsdann! Auf ein lehrreiches Studium und eine erfolgreiche Zusammenarbeit!"

Den Heimweg trat Anton mit gestrafften Schultern und erhobenem Kopf an. Ihm war, als sei er jetzt, da seine Erfindergedanken auf offene Ohren gestoßen waren, um Jahre gereift. Wie schade, dass er dieses Hochgefühl nicht mit Vater Weller teilen konnte. Er wäre stolz auf seinen Adoptivsohn. Diesem klugen und herzensguten Mann hatte er sein ganzes Wissen zu verdanken. Er hatte ihm den Weg zu einer soliden Bildung geebnet und sein Interesse an der höheren Mathematik geweckt. Nun wollte er, Anton Weller, etwas Großes, Bedeutsames erreichen und damit auch das Andenken an Alois Weller ehren.

7

Elisa war ratlos. Statt Schlichtung weitete sich Antons Abneigung gegen Kristina noch aus. Fragte sie ihn etwas, gab er eine ruppige Antwort. Seine Bemerkungen wurden immer bissiger und gehässiger. Benahm sich Kristina bei Tisch nicht so, wie es sich gehörte, fuhr er sie barsch an und rügte sie lautstark: „Man hält die Gabel zwischen den Fingern und nicht wie ein Bauer in der Faust. Weißt du das nicht?"

„Sie lernt es gerade, Anton. Und wenn hier jemand das Kind zurechtweist, dann bin ich es, merk dir das! Außerdem … kehr du vor deiner eigenen Tür. Man verlässt ein Studierzimmer mit so wertvollen Geräten nicht dermaßen liederlich, wie du es zu hinterlassen pflegst. Zumal dort auf dein Geheiß hin niemand etwas verändern darf. Also hüte dich davor, das Verhalten anderer zu kritisieren, und kehre vor deiner eigenen Tür!"

Einmal schlich Kristina hinauf ins Obergeschoss, öffnete die Tür zum Studierzimmer und fragte Anton, während sie schüchtern hereintrat, ob sie einmal durch das Teleskop schauen dürfe.

„Das fehlte noch! Rotznase!", fuhr Anton sie barsch an, stand auf, schubste sie hinaus und schlug die Tür hinter ihr zu.

Weinend machte Kristina kehrt, lief ins Wohnzimmer und verkroch sich in Elisas Schoß.

„Was hast du, mein Engel? Warum weinst du so herzerweichend?"

Kristina, die keine Petze sein wollte, was Anton ihr bei jeder Gelegenheit vorwarf, druckste ein wenig herum, bevor sie schluchzend gestand: „Er war wieder böse. Rotznase hat er zu mir gesagt. Ich bin keine Rotznase!"

Mitfühlend strich Elisa ihr über das glatte blonde Haar. „Nein, das bist du nicht. Anton hat es gewiss nicht so bös gemeint, wie es sich angehört hat. Vielleicht hat er nur gescherzt?"

„Nein, hat er nicht! Seine Augen haben mich ganz zornig angeschaut, und derb hinausgeschubst hat er mich und die Tür laut zugeschlagen. Ja!"

Elisa drückte die Tochter tröstend an sich und überlegte, wie sie sie trösten könnte. „Weißt du was, mein Engel? Dann werden wir zwei jetzt einen schönen

Spaziergang unternehmen und beim Becker ein Stück Zuckerkuchen kaufen. Das darfst du dann gleich vernaschen. Magst du?"

Kristina wischte sich die verweinten Augen trocken und fiel der Mutter um den Hals. „Das mag ich sehr. Gehen wir jetzt gleich?"

„Ja, Engelchen. Ich geh nur rasch hinauf und sag Anton Bescheid. Lauf du schon einmal hinunter und suche mir ein schönes Schultertuch heraus. Eines, das recht hübsch zu meinem schwarzen Kleid passt."

Zufrieden trottete Kristina die Stufen hinab ins Erdgeschoss und öffnete die braune Kommode mit Mutters Tüchern. Über ihr hing ein großer runder Spiegel mit vergoldetem Rahmen. Noch hing er zu hoch für Kristina. Sie zog die obere Schublade der Kommode auf und nahm das schwarze, mit gelben Rosenknospen bestickte Tuch heraus. Es gefiel ihr sehr. Mutter hatte es selbst bestickt.

Inzwischen ging Elisa hinauf zu Anton. In ihr gärte es. Jetzt war das Maß voll. Seit Anton sein Studium begonnen hatte, stellte sie in seinem Wesen eine sonderbare Wandlung fest. Zu oft legte er ihr und Kristina gegenüber ein hochnäsiges Verhalten an den Tag, war trotzig und neigte zu Zornesausbrüchen. Kristina gegenüber entwickelte er einen regelrechten Hass. Zweimal hatte sie ihn dabei ertappt, wie er die Kleine nicht nur angeschrien, sondern sie auch ins Gesicht geschlagen hatte. Meinte er etwa den fehlenden Mann im Haus zu ersetzen? Glaubte er allen Ernstes derjenige zu sein, der hier den Ton angab und zu bestimmen hatte, wer sich im Haus wie verhielt? Bei allem Verständnis für den großen Schmerz, den ihm die Ereignisse während der Sturmflut zugefügt hatten, gab es innerhalb der Familie Grenzen, die er zu respektieren hatte, auch wenn er es mit Widerwillen tat.

Was aber sollte sie tun? War es klug, sein herzloses Verhalten dem Mädchen gegenüber immer wieder zu rügen, ihn ständig ebenso hart anzufahren und zurechtzuweisen? Wie sich schon mehrfach gezeigt hatte, stieß sie damit bei Anton auf taube Ohren.

Auf der Hälfte der Treppe blieb sie stehen. Nein, sie musste etwas Wirksameres finden. Etwas, das Anton aufrüttelte, ohne seinen Widerspruchsgeist zu reizen und die Fronten weiter zu verhärten. Etwas Rigoroses musste es sein, das ihm genügend Zeit zum Nachdenken gab und die Möglichkeit, wieder zu sich selbst zu finden.

Sie machte kehrt und ging mit der Tochter aus dem Haus, um ihr Versprechen zu erfüllen. Sie wollte nichts überstürzen. Wenn ihr etwas einfallen sollte, das Anton wirklich beeindruckte, musste es gut überlegt sein.

Zwei Wochen verstrichen. Antons Verhalten Kristina gegenüber hatte sich nicht geändert. Besorgt stellte Elisa fest, dass aus dem munteren, fröhlichen Kind allmählich ein schüchternes, verängstigtes Wesen wurde. So konnte es nicht weitergehen. Elisas Entschluss stand fest: Lieber ein Ende mit Schrecken als ein Schrecken ohne Ende!

Den ganzen verregneten Sonntag über hatte Anton in seinem Studierzimmer gehockt und Kristina, wenn er ihr bei den Mahlzeiten gezwungenermaßen begegnete, mit bissigen Bemerkungen verschüchtert. Es war, als verschafften ihn diese kleinen hinterhältigen Quälereien eine innere Freude, eine Genugtuung perfider Art.

Elisa hatte die Tochter nach dem Abendbrot zu Bett gebracht, ihr ein Lied gesungen und einen Gutenachtkuss gegeben. Anstatt zurückzugehen und den Abend mit einem Buch zu verbringen, ging sie noch einmal die Treppe hinauf.

Als sie das Studierzimmer betrat, saß Anton über einer Zeichnung. Lineale, Winkel, Zirkel lagen rechts und links eines großen, ausgerollten Papiers. Er blickte kurz auf, erhob sich jedoch nicht und machte auch sonst keine Anstalten, Elisa zu begrüßen oder auch nur Notiz von ihr zu nehmen.

Elisa holte sich einen Stuhl heran, setzte sich und sah Anton eine Weile zu. Er tat noch immer nicht dergleichen. Da nahm sie den Beschwerer vom Rand der Zeichnung. Ruckartig schnellte das Papier über den Tisch und rollte sich ein.

„Was machst du? Bitte lass das! Siehst du nicht, dass ich arbeite?" Antons Ton klang schroff. So sprach ein Herr mit seiner Magd.

„Anton, ich möchte, dass du mir zuhörst. Bitte lege den Stift beiseite und sieh mich an." Elisa fasste ihn streng ins Auge. Anton wagte keinen Widerspruch. „Du bist jetzt ein erwachsener Mann. Dein Studium wird dich vier Jahre in Anspruch nehmen. Du hast alles, was du brauchst, damit du im Haus über einen längeren Zeitraum allein leben kannst."

„Allein leben … über einen längeren Zeitraum?" Erstaunt sah Anton von seiner Arbeit auf und wandte Elisa das Gesicht zu.

„Ich werde mir einen lang gehegten Wunsch erfüllen. Ich reise nach Menorca. Dort werde ich das Grab unseres Vaters besuchen und einige Jahre bei unserem entfernten Verwandten Manuel Rodriguez leben. Kristina nehme ich selbstverständlich mit. Ich werde sie unterrichten und alles tun, damit aus ihr ein gebildeter Mensch wird. Ich vermittle ihr annähernd den gleichen Wissensschatz, den du von meinem Mann bekommen hast. So kann jeder von euch einmal selbst seinen weiteren Lebensweg entscheiden."

Sie sah, wie Anton schluckte und etwas in ihm in Bewegung kam. Die Antwort auf die Frage, die er auf den Lippen hatte, nahm sie ihm vorweg. „Wir kommen in drei oder vier Jahren zurück. Je nachdem, welche Fortschritte Kristina macht."

Anton stand auf und öffnete die Tür zum Erker. „Und was ist, wenn etwas passiert? Ich meine, wenn etwas mit dem Haus sein sollte. Willst du oben neue Mieter einquartieren? Und was wird aus mir?"

„Unser Advokat, dem ich seit vielen Jahren vertraue, hat Vollmacht für alle Eventualitäten. An ihn kannst du dich im Ernstfall wenden. Mach dir ansonsten keine Gedanken. Du bekommst aus meinem Vermögen jedes Vierteljahr einen angemessenen Betrag zur freien Verfügung. Zudem hat Helfried angefragt, ob er längere Zeit bei uns wohnen darf. Er soll den Einbau einer Dampfmaschine in einer Dresdner Sägemühle bewerkstelligen. Ich werde ihm zusagen. Somit bist du zu Beginn nicht ganz allein. Anke wird für dich kochen, waschen, putzen. Du kannst dich in allen Räumen frei bewegen. Natürlich darfst du auch Freunde einladen; hin und wieder. Ich erwarte lediglich, dass du keine Mieter auf eigene Rechnung einquartierst, keine Saufgelage abhältst, dich im Haus nicht mit fremden Frauen vergnügst, dem Haus ohne mein Einverständnis nicht länger als eine Woche fernbleibst und dass du stets dafür sorgst, dass alles im Haus in Ordnung gehalten wird. Kann ich mich darauf verlassen?"

Anton, Elisa noch immer den Rücken zugewandt, holte tief Luft, sagte aber nichts. Die Hände in den Hosentaschen, wandte er sich langsam um und kam zurück zum Tisch. Er wollte etwas sagen, wollte seine Bedenken vorbringen, seinen Protest gegen die plötzliche Entscheidung, die sie mit keiner Silbe angekündigt hatte und die seine gesicherte Lebenssituation von heute auf morgen spürbar veränderte.

„Anton, kann ich mich auf dich verlassen?"

Er nickte verhalten an und sagte nach einem Moment der Unentschlossenheit: „Ich denke schon. Ich werde die Jahre für mein Studium und meine Forschungen nutzen und also gar keine Zeit haben, mit Frauen zu poussieren oder irgendwelche Dummheiten zu machen." Es sollte ein Scherz sein, doch Antons Lächeln misslang.

„Ich weiß, warum du das tust", sagte er leise. „Du strafst mich dafür, dass ich euch gegenüber so hart geworden bin. Glaube mir, ich mag mich oft selbst nicht leiden. Doch du wirst sehen, wenn ihr wiederkommt, bin ich ein anderer."

5. KAPITEL

I

„Wie war das nur möglich? Über Stunden im kalten, tobenden Meer? Es grenzt an ein Wunder. Wie konnten Sie das nur überleben?"

Die beiden jungen Männer – ein schmächtiger, dunkelhaariger Historienmaler und ein stämmiger strohblonder Journalist aus Hamburg – wollten nicht glauben, was sie zu hören bekamen. 12 Jahre nach der verheerenden Sturmflut hatten sie sich auf den Weg nach Nordfriesland gemacht, um Schicksale von Betroffenen zu erkunden und aufzuschreiben. Nach Nieblum auf Föhr waren sie gekommen, nachdem sie von der wundersamen Rettung eines Mannes von der Hallig Hooge gehört hatten.

„Und doch ist es wahr", beteuerte Weller. „Wie Jesus am Kreuz lag ich auf einer im Wasser treibenden Friesentür. Wie lange, das kann ich nicht zu sagen. Eine Ewigkeit! Während meine Hände das glatte Holz umklammerten, verankerte ich die Türklinke in meiner rechten Kniekehle. So konnte ich dem Wellenschlag, ohne von der Tür zu rutschen, widerstehen. Ich schlotterte vor Kälte, war schon halb tot, als mich eines der Wyker Boote bemerkte und aufnahm. Viele Wochen lag ich im Fieber und war noch bis in den Sommer hinein zu schwach, mein Krankenlager zu verlassen. Die Frau, die in diesem Haus wohnt, hat mich aufopfernd gepflegt. Ihr verdanke ich, dass ich noch lebe."

Frauke drückte ihr Ohr fest an die Tür ihres Untermieters. Bei dem Gespräch der Männer war ihre Anwesenheit nicht erwünscht. Für sie jedoch war es außerordentlich wichtig zu wissen, was in dem Zimmer gesprochen wurde. Die Faust auf den Mund gepresst, hoffte sie, die Männer kämen nicht auf die brisante Frage zu sprechen, von welchen Halligen und welchen Warften wie viele Leute die Sturmflut überlebt hatten und gerettet wurden. Dann käme der Schwindel womöglich heraus, und abgesehen von der blamablen Bloßstellung ihrer Person wäre auch das schöne Zubrot dahin, das sie durch die Vermietung des Zimmers jeden Monat von dem sonderbaren Mann aus Sachsen kassierte. Zudem ersetzte er mehr und mehr den Mann im Haus. Ihr Mann war schon lange tot, und der Vater konnte mit seinen fast 76 Jahren kaum noch einen Handschlag tun.

„Glauben Sie uns", fuhr die Stimme drinnen fort, „wir bekommen Geschichten zu hören, die würden wir – wüssten wir nicht, dass sie tatsächlich geschehen sind – ins Reich der Fantasie verbannen. So fand eines der Föhrer Schiffe unweit der Hallig Langneß eine im Wasser treibende Wiege. Darin festgebunden lagen zwei Knaben, völlig durchnässt und starr vor Kälte, aber am Leben. Man brachte sie zu dem Ehepaar Lorenzen nach Wyk, von dem sie aufgezogen wurden. Sie sind heute 12 Jahre alt, heißen Hinrich und Carsten und wollen später einmal zur See fahren."

Weller lächelte milde. „Das ist wahrhaftig eine unglaubliche, zu Herzen gehende Geschichte. Auch ich hätte nie gedacht, dass ich Stunden im eisigen Wasser überlebe, und ich frage mich heute, war es ein von Gott gegebenes Wunder oder der menschliche Überlebenswille, der ihm in der Not ungeahnte Kräfte schenkt?"

„Wahrscheinlich trifft beides zu", warf der Maler ein, dessen strähnige Haare ihm bis zu den Schultern reichten. Er nickte und sagte verhalten: „Wir hörten, dies sei nicht das einzige Wunder, welches Ihnen in jener Sturmnacht widerfahren ist."

„Ja … schon." Weller zögerte und überlegte, von wem die Männer davon Wind bekommen hatten. „Mit der Sturmflut hat das aber nur indirekt zu tun. Die Sache ist mir bis heute ein Rätsel. Sie müssen wissen, vor Jahren hatte ich nach einem brutalen Überfall die Fähigkeit zu sprechen verloren. Das war auch der Grund, weshalb ich mit Frau und Sohn in den Norden zu einer heilkundigen Frau reiste. Ihre Heilkunst tat mir gut. Sie hat meine innere Zerrissenheit besänftigt, doch gegen den Verlust meiner Sprache konnte auch sie nichts ausrichten. Doch dann kam diese unheilvolle Sturmnacht." Schweren Herzens schilderte Weller noch einmal das Geschehen in den letzten, mit Anton verbrachten Stunden und jenen Moment, in dem er im Anblick des Todes die Sprache plötzlich wiederfand.

„Pardon", unterbrach ihn der Journalist. „Das mutet tatsächlich ziemlich sonderbar an. Nach Jahren haben Sie urplötzlich Ihre Sprache wiedergefunden? Gewissermaßen … von einer Minute zur anderen?"

Weller sah den Zweifel in seinen wachen Augen. Der junge Mann schien außerordentlich intelligent zu sein und wohl auch aus besserem Hause. Sein Haar war korrekt frisiert, sein maßgeschneidertes schwarzes Jackett aus feinem Wollstoff passte perfekt zur engen grauen Hose. Seine Sprache war die eines gebildeten, wohlerzogenen Menschen.

„Von einer *Sekunde* zur anderen!", berichtigte Weller. „Verzeihen Sie, aber ich möchte darüber nicht weiter sprechen. Die Erinnerung versetzt mir jedes Mal einen Stich ins Herz. In dieser Nacht habe ich nicht nur meine Sprache wiedererlangt, ich habe vor allem meine Familie verloren …"

Betroffen schwiegen die Männer. Schließlich fasste sich der Journalist, der hinter Wellers Bemerkung eine weitere interessante Geschichte vermutete, ein Herz und fragte ihn auf den Kopf zu, ob denn der Verlust von Frau und Sohn zweifelsfrei erwiesen wäre. Zahlreiche Halligleute seien doch gerettet worden, so wie er, Alois Weller.

Frauke hielt den Atem an. Ihre Beine zitterten. Die beiden hatten sich auf ihre Befragungen von Geretteten sicherlich vorbereitet und wussten gut Bescheid. Was, wenn sie auch über das Schicksal der Bewohner der Warften auf der Hallig Hooge bestens Bescheid wussten? Sie wischte sich mit dem Handrücken über die schweißnasse Stirn und drückte ihr Ohr noch dichter an die Tür.

„Selbstverständlich habe ich Erkundigungen eingeholt", sagte Weller mit gesenktem Blick. „Mehrmals! Die Frau des Hauses hier, die mir auch die Anstellung als Organist in der hiesigen Kirche verschafft hat, war so freundlich und hat mir die Nachforschung abgenommen. Mehrmals ist sie nach Husum gefahren, zweimal auf die Hallig Hooge. Sie hat sich in den Kirchen die Listen der Geretteten angesehen und die Suchanzeige, die ich aufgesetzt hatte, dort ausgehängt. Sie hat wirklich sehr, sehr lange gesucht. Vergeblich!"

„Und Sie haben vollstes Vertrauen in die Nachforschungen dieser Frau?"

Weller zuckte die Achseln. „Ich habe keinen Grund, ihr zu misstrauen. Zudem … ich habe sie für ihre Mühe gut bezahlt. Nein, ich hege weder Zweifel am Tod meiner Familie, noch gibt es für mich den geringsten Grund zu hoffen, dass sie noch lebt. Die Bewohner beider Warften sind in jener Nacht ertrunken."

Wellers Lippen bebten. Er stützte den Kopf auf die übereinandergelegten Hände, kämpfte mit den Tränen. Plötzlich waren die Bilder wieder da: Elisa, wie sie ihre Hebammentasche nahm und das Haus heiter gestimmt verließ. Anton, wie er hilflos zusehen musste, wie die Fluten ihn, den geliebten Vater, mit sich rissen, hinaus in die wütende See.

„Verzeihen Sie, Herr Weller, wenn ich mir erlaube, Ihnen dazu eine letzte Frage zu stellen. Um welche Warften auf Hooge handelt es sich denn?"

Weller hätte am liebsten das Gespräch abgebrochen und wäre hinausgerannt, doch er beherrschte sich; schließlich fragte ihn der Mann das nicht von ungefähr. „Die Peterswarft, dort war mein Adoptivsohn Anton bereits auf dem Boden, als das Wasser kam und mich mit sich riss. Und die Heinrichswarft, zu der meine Frau unterwegs war, um einer Gebärenden beizustehen."

Frauke schlug das Herz bis zum Hals. Wenn dieser Journalist Weller jetzt sagte, dass von beiden Warften Leute gerettet worden waren, flog der Schwindel auf und sie war als Lügnerin entlarvt.

„Wir werden uns auf unseren Erkundigungen noch einmal diesbezüglich umhören, Herr Weller. Und sei es auch nur, damit Sie endgültig Gewissheit haben, dass die Trauer um Ihre Lieben wirklich berechtigt ist."

Weller erhob sich. „Das würden Sie für mich tun? Ich danke Ihnen von ganzem Herzen."

„Keine Ursache, wir helfen gern. Ich lasse Ihnen mit der Post eine Nachricht zukommen, sobald ich etwas in Erfahrung gebracht habe. Und damit Sie wissen, mit wem Sie es zu tun haben, hier eine Karte mit meinem Namen und dem Namen der Zeitung, für die ich arbeite."

Weller warf einen Blick darauf, bevor er sich von beiden mit Handschlag verabschiedete.

Erleichtert schlich Frauke die Treppe hinab zu ihrer Wohnung. Fürs erste war die Gefahr gebannt. Nun musste sie nur noch verhindern, dass Alois Weller den angekündigten Brief erhielt.

Kurz vor Sonnenuntergang warf Weller sich noch einmal seine Jacke über und ging, auf den Stock gestützt, hinunter zum Strand. Nahe am Wasser zog er Schuhe und Strümpfe aus und ließ zu, dass die kraftlos heranschwappenden Wellen seine Füße benetzten. Unzählige Male hatte er hier schon gestanden und dem monotonen Rauschen des Meeres nachgelauscht. Weit hinaus hatte er den Blick schweifen lassen und dabei an Elisa und Anton gedacht. Da draußen waren sie. Irgendwo lagen ihre Leiber, von Sand bedeckt, auf dem Meeresboden. Bis ans Ende seiner Tage wollte er hierherkommen, weil nur hier seine trauernde Seele ein wenig Ruhe fand in der Gewissheit, den geliebten Menschen nahe zu sein.

Warum er so lange auf Föhr lebe und ob er jemals in seine Heimat zurückkehre, hatte ihn der Maler beim Hinausgehen gefragt. Unschlüssig hatte er die Schultern gehoben und die Antwort offen gelassen. Dabei stand sein Entschluss lange fest. Ein Zurück nach Dresden in das Haus seiner Kindheit, seiner Jugend, seiner Liebe – das gab es für ihn nicht mehr. Ganz sicher hatte Elisas Advokat das Haus längst verkauft und den Erlös dem Doktor Pienitz vermacht, der es nun für die Behandlung mitteloser Patienten verwendete; so hatte Elisa es vor ihrer Abreise testamentarisch verfügt.

„Elisa, mein Engel", murmelte er wehmütig vor sich hin, „vielleicht wird der Tag kommen, an dem ich nicht am Wasser stehen bleibe, sondern hineingehe. Immer weiter. Hin zu dir. Weil mir die Sehnsucht allmählich den Geist verwirrt und der Schmerz mein Innerstes zerstört."

2

Seit Wochen herrschte im Haus ungewohnte Stille. Außer Ankes Küchengeräusche, die sie mit leisem Singsang verschönte, störte Anton nichts und niemand beim Lernen. Weder Elisas herzzerreißendes Klavierspiel noch Kristinas nerviges Geplapper und Treppengepolter. Herrliche Stille. Doch hin und wieder ertappte Anton sich dabei, dass ihm die vertrauten Geräusche fehlten.

Helfried hatte sein Kommen für die letzte Augustwoche angesagt und betont, wie sehr er sich auf die gemeinsame Zeit in Dresden freue. Seitdem lief Anton mit geschwollener Brust durchs Haus. Einen so gebildeten, überaus erfahrenen Techniker wie Helfried zum Freund zu haben – das war schon was. Mit ihm konnte er seine Ideen weiterentwickeln und deren praktische Umsetzung prüfen. Mit ihm konnte sein Traum von der Erfindung einer eigenen Maschine Wirklichkeit werden.

Wenn Anton morgens zu den Vorlesungen in der Technischen Bildungsanstalt ging, die in einem Pavillon auf der Brühlschen Terrasse stattfanden, nahm er gern den Weg über die Jungfernbastei. Der Pavillon war klein. Die Studenten saßen dicht nebeneinander. Schien die Sonne, stieg die Temperatur trotz geöffneten Fenstern rasch ins Unerträgliche. War es kalt und regnerisch und mussten die Fenster geschlossen bleiben, war die Luft schnell verbraucht. Manch ein Kommilitone gähnte, als hätte er in der Nacht kein Auge zugemacht, nickte ein oder schenkte sich gar die Vorlesung am Nachmittag.

Anton hingegen versäumte keine einzige Stunde; egal, was für ein Wetter war. Konzentriert verfolgte er die Vorlesungen und Seminare von Andreas Schubert, ja, er sog das vermittelte Wissen regelrecht in sich hinein. Der junge Lehrer verstand es wie kein anderer, die Theorie mit anschaulichen Beispielen aus seiner eigenen praktischen Erfahrung zu verbinden. Nicht einmal die Professoren fanden bei den Studenten so viel Zuspruch wie er.

Schubert machte seine Ankündigung wahr. Zweimal in der Woche traf er sich mit Anton und zwei weiteren Studenten – Ludwig und Otto – im Mathematisch-Physikalischen Salon im Zwinger; der barocke Gebäudekomplex umrahmte einst den höfischen Fest- und Feierplatz. Gemeinsam arbeiteten sie an der Verbesserung des Dampfantriebs für Zugmaschinen. Die beiden jungen Männer freundeten sich rasch mit Anton an. Und als sie merkten, wie fundiert seine Ideen waren und wie freimütig er mit ihnen darüber sprach, brachten sie ihm annähernd die gleiche Achtung entgegen wie Andreas Schubert.

Die drei gleichaltrigen Freunde hatten es sich zur Gewohnheit gemacht, nach der Forschungsstunde in einer urigen Schänke am Altmarkt einzukehren. Dort gab es weit und breit das beste Bier. Meist drifteten ihre Gespräche nach dem dritten Humpen allzu sehr ins Private ab, was Anton nicht sonderlich gefiel, denn Ludwig und Otto prahlten dann mit ihren intimen Erlebnissen, die er noch nicht vorzuweisen hatte.

Vor allem der sonst eher wortkarge Otto nahm dann kein Blatt mehr vor den Mund und balancierte auf dem schmalen Grat zwischen Dichtung und Wahrheit. „Wenn es mich nach einem Weib verlangt, gehe ich zu meiner Nachbarin und vergnüge mich mit ihr, bis mir der Schwanz brennt. Den Mann hat sie verloren, die Tochter ist aus dem Haus, und da die dralle Witwe fünfzehn Jahre älter ist als ich, weiß sie, wie's geht, und zickt nicht lange rum."

„Bei mir ist's ernsterer Natur", gestand Ludwig. „Die Frau, der mein Herz gehört, will erst den Ehering am Finger sehen, bevor sie sich mit mir vereint. Da schau' ich eben – aus der blanken Not heraus – hin und wieder bei ihrer jüngeren Schwester vorbei. Zugegeben, eine Schönheit ist sie nicht, dafür aber bereitwillig und dankbar, wenn sie mal einen richtigen Mann im Bett hat."

Um vor den beiden nicht als Depp dazustehen, kommentierte Anton ihre offenherzigen Berichte jedes Mal mit einem vielsagenden Grinsen. Allerdings reifte in ihm mit der Zeit der Wunsch, die klaffende Lücke in seinem Leben alsbald zu schließen. Hatte Anton genug getrunken und verabschiedete sich wankend von den Freunden, brauchte er keine fünf Minuten bis zum Haus. Anke wartete hinterm Fenster auf ihn, das wusste er.

„Anke, ja … die Anke", lallte Anton vor sich hin. „Das hübsche Blondchen … runde Hüften … zarter Busen. Irgendwann … werd ich sie mir nehmen … trotz Mutters Verbot. Vergnüge dich nicht mit fremden Frauen, hat sie gesagt. Ach ja? Mach ich doch gar nicht! Anke ist … keine fremde Frau. Ist eine Einheimische. Gehört … zum Inventar."

Im Dunkeln stand Anke am Küchenfenster und lugte über den Neumarkt. Das Licht der Laterne vor dem Nachbarhaus genügte ihr, um jeden, der dort um die Ecke bog, schon von Weitem zu erkennen. Anton erkannte sie am lockigen schwarzen Haarschopf und am wankenden Gang. Seit einer geraumen Stunde wartete sie auch heute heimlich am Fenster, hörte nichts weiter als den eigenen Atem, bangte und hoffte zugleich, dass der junge Herr, den sie abgöttisch liebte, ihren Reizen eines Tages erliegen würde. Weshalb sonst beäugte er sie bei jeder Gelegenheit mit unverhohlen lüsternen Blicken?

Anfangs hatte sie sich gegen Antons Annäherungsversuche noch gewehrt. Es ziemte sich nicht, dass Herr und Magd ein Verhältnis hatten. Doch jetzt, da sie mit ihm allein im Haus lebte und niemand sie beobachtete, schlug ihr Herz heftiger denn je für den gut aussehenden, hoch gewachsen, vom Herrgott mit kräftigen Armen und feurigen Augen bedachten jungen Mann. Ihre Liebe zu ihm loderte, seit Elisa mit dem Kind abgereist war. Loderte jeden Tag heftiger. Wenn er sich heute nicht wagte, wollte sie ihn ermutigen und sein Verlangen wie die Glut im Ofen schüren.

Anton kam mit einer blutigen Schläfe. „Ich brauche einen Doktor. Ich bin … gestürzt! Schwer … gestürzt! Ich verblute!"

„Danach sieht es nicht aus, Herr Anton. Kommen Sie, setzen Sie sich in der Küche auf einen Stuhl. Ich tupfe das Blut ab und schaue, ob ein Verband vonnöten ist."

Sie zog den Wankenden mit sich in die Küche und schwang sich, als er auf dem Stuhl saß, auf seinen Schoß: „So kann ich die Wunde besser versorgen."

Vorsichtig betupfte sie mit einem frischen Leinentuch die winzige Blutspur, die so fadendünn war, dass sie gar nicht wehtun konnte. Dennoch strich Anke sacht darum herum. Ganz allmählich ließ sie das Tupfen und Streichen in zärtliches Streicheln übergehen.

Erstaunt hob Anton den Kopf, sah in Ankes himmelblaue Augen, dann auf ihre Brüste, deren Nähe ihn gehörig in Wallung brachte, und merkte gar nicht, wie seine Hände plötzlich ihr Hinterteil umfassten. Es fühlte sich genauso prall und rund an, wie er es sich unzählige Male vorgestellt hatte. Schließlich konnte er der Verlockung nicht widerstehen.

Anke ließ ihn gewähren, feuerte ihn mit lustvollem Stöhnen noch an. Schließlich drückte sie ihren Hintern in kreisenden Bewegungen an sein Gemächt. Immer heftiger. Kreiste und drückte dagegen, bis Anton hastiger atmete und die Augen schloss. Mit raschen Fingern löste sie seine Hosenschnur, öffnete die Knopfleiste und schlüpfte so geschwind über sein steinhartes Glied, dass er kurz aufschrie. Ihr war, als halte sie die Zügel eines jungen Gauls und reite ihn ein. Plötzlich hielt sie inne.

„Teufelin! Was machst du?", rief Anton.

„Möchten der junge Herr, dass es bis zum Schusse weitergeht?"

„Ja doch!", flehte Anton keuchend und krallte seine Finger in Ankes Po.

„Obwohl er weiß, was passieren kann?"

„Ja! In Gottes Namen, ja!"

Allmählich schneller werdend, setzte Anke ihren Ritt fort. Ihre Finger vergruben sich in Antons Haarschopf, der nach Tabak roch. Und als sie merkte, dass es bei dem jungen Herrn so weit war, erstickte sie seinen Lustschrei in einem verschlingenden Kuss. Endlich gab sie ihn frei und raunte ihm ins Ohr, während er nach Luft schnappte: „Das können Sie gern öfters haben, Herr Anton. So oft Sie mögen. Ich bin Ihnen in der reinsten und schönsten Liebe zugetan und hege die Hoffnung, dass es bei Ihnen ebenso ist."

„Rede nicht so geschwollen daher. Wenn ich mehr will, sag ich dir's schon. Jetzt will ich nur noch schlafen. Komm, hilf mir!"

Auf Ankes Schultern gestützt, wankte er trunken die Treppe hinauf in sein Zimmer und fiel auf sein Bett. Anke zog ihm Kleider und Schuhe aus, schüttelte das Federbett zweimal kräftig auf und sagte, während sie ihn zudeckte: „Schlafen Sie gut, Herr Anton. Ich bete, dass Sie sich morgen noch gern an diese innige Stunde erinnern."

Zwei Wochen vergingen. Anton tat noch immer, als sei nie etwas zwischen ihm und der Dienstmagd Anke geschehen. Insgeheim jedoch machte er sich Vorwürfe und fürchtete die möglichen Folgen dieses Fehltritts mit ihr. So sehr er Anke auch begehrte, dachte er nicht im Traum daran, sich jetzt schon eine Familie an den Hals zu binden. Noch stand sein Studium an erster Stelle. Noch wohnte er unter Elisas Dach und lebte von ihrem Geld. Alles gute Gründe, weshalb sich der Vorfall in der Küche nicht wiederholen durfte, auch wenn es ihn drängte, das hübsche Weib zu umarmen und zu küssen. Allein bei dem Gedanken daran verspürte er in seinen Lenden ein lustvolles Kribbeln.

Um das zu überspielen, warf er Anke mit ernster, abweisender Miene vor, sie habe seinen hilflosen Zustand der Trunkenheit schamlos ausgenutzt, und deshalb solle sie sich bloß keine falschen Hoffnungen machen. „Merke dir, die Vögelei war kein Heiratsantrag. Ich bin kein Mann zum Heiraten. Nicht für dich!"

Am liebsten hätte er Anke entlassen und eine neue Magd eingestellt. Doch in ein paar Tagen kam Helfried, da musste im Haus alles in bester Ordnung sein.

3

„In einer Sägemühle an der Elbe baue ich eine englische Dampfmaschine ein. Das ist eine schöne Aufgabe. Ich freue mich darauf. Eine ähnliche Herausforderung hatte ich bereits in Chemnitz und eine zweite in einer Kattunfabrik bei Leipzig."

Helfried sprühte vor Begeisterung, und Anton spitzte die Ohren, wenn sie abends im Wohnzimmer auf dem Sofa saßen, Wein tranken und darüber die Zeit vergaßen."

„Das geht jetzt alles rasch voran. Glaube mir, Anton, wir stehen am Beginn einer großartigen Zeit. Nach Krieg, Not und dem schmählichen Landverlust an Preußen geht es in Sachsen jetzt wie vom Sturm getrieben voran. In wenigen Jahren wird sich das Leben der Menschen, ja, der gesamten Gesellschaft von Grund auf verändert haben. Und wir sind mittendrin. Ist das nicht großartig?"

Helfrieds Elan begeisterte Anton. Er sagte sich, wenn er sich nur recht eng an ihn hielt, konnte er von dessen Erfahrungen profitieren und mit seiner Hilfe bald eine eigene Maschine entwickeln. Lange bevor Otto und Ludwig überhaupt daran dachten.

„Politisch und militärisch gesehen hatte Sachsen nur selten die Göttin des Glücks an der Seite", fuhr Helfried hohnlachend fort. „Doch nicht lange, da wird es mit seiner rasanten Entwicklung von Wirtschaft, Wissenschaft und Technik brillieren. Einer Entwicklung, die in deutschen Landen ihresgleichen sucht."

Anton prostete dem älteren Freund zu. Dann leerte er sein Glas – das vierte an diesem Abend – bis zur Neige. „In zehn oder auch zwanzig Jahren wird Dresden eine Stadt voller moderner Fabriken sein. Man rechne sich diesen grandiosen Reichtum aus!"

„Moment!", unterbrach ihn Helfried. „Wie ich kürzlich in einem Aushang am Rathaus las, gibt es zum Bau von Fabriken strenge Vorschriften. Nicht jeder

Fabrikant darf bauen, wie er will. Sogar das Kleingewerbe in den Hinterhöfen hat sich an diese Vorgaben zu halten."

Anton rümpfte die Nase. „Schränkt das nicht die unternehmerische Freiheit ein? Soll doch jeder bauen, was er will und wie er will. Hauptsache, die Wirtschaft kommt voran."

„Ich denke, die Stadt Dresden hat aus den Erfahrungen von Chemnitz gelernt. Dort klagen die Menschen über den zunehmenden Schmutz und die aufdringlichen, von den Schornsteinen in den Himmel geblasenen Gerüche. Wenn der Dresdner Rat das zu verhindern oder zumindest einzuschränken versteht, wird sich das bald als ein Segen für die Stadt erweisen. Ein Segen für ihr Antlitz und für die Luft, die sie atmet."

Das neue Sägewerk lag am unteren Elblauf und damit außerhalb der Stadt. Obwohl die Festungsanlagen inzwischen restlos abgebrochen waren und die Bürger jetzt schneller in die Vororte gelangten, blieb Helfried ein längerer Fußmarsch täglich nicht erspart. Er klagte nicht und freute sich umso mehr auf den Sonntag. Nach dem Besuch der Andacht in der Kreuzkirche wanderten die beiden Männer, sobald das Wetter es zuließ, gemeinsam hinaus in die Natur.

Zu Antons Verdruss bestand Helfried darauf, Anke, auf die er ein Auge geworfen hatte, mitzunehmen. Der Versuch, den Freund davon abzubringen, blieb erfolglos.

„Wieso passt dir das nicht, Anton? Sie ist ein nettes Mädchen. Weshalb soll sie uns nicht Gesellschaft leisten?"

Den wahren Grund für seine Distanz zu Anke erwähnte Anton nicht. Stattdessen redete er um den heißen Brei herum wie einer, der etwas zu verbergen hatte. Seit jenem Abend war er Anke immer wieder aus dem Weg gegangen. Ihr mehrfaches verzweifeltes Schluchzen in der Küche hatte ihn scheinbar nicht berührt. Am Morgen vor Helfrieds Eintreffen hatte er sie am Arm gepackt und ihr, weil ihr vorwurfsvoller Blick ihn störte, mit kalter Verachtung gesagt: „Mein Liebchen kannst du bleiben. Meine Frau wirst du nie." Schroff hatte Anke ihn von sich gestoßen und beschlossen, sich andernorts nach einer Stelle umzusehen. Klammheimlich, damit der junge Herr von einem Tag auf den anderen ohne Dienstmagd dastand und schauen konnte, wie er allein zurechtkam.

„Helfried, die Anke ist unsere Dienstmagd, nicht unsere Gesellschafterin. Sie ist ein einfältiges Weib und unser nicht würdig."

Helfried riss die Augen auf. „He! Hab dich nicht so, bist schließlich nicht von Adel. Und einfältig ist die Anke weiß Gott nicht, da tust du ihr unrecht. Sie kann lesen und schreiben und verehrt die Werke von Friedrich Schiller."

„Das alles weißt du von ihr? Hört, hört!" Anton vergrub seinen Ärger in einem gequälten Lächeln. Mit Helfried durfte er es sich nicht verderben. Ebenso wenig durfte er sein Verlangen nach Anke eingestehen. Also gab er kleinlaut nach: „Na, meinetwegen soll sie mitkommen, wenn du so darauf bestehst."

Doch schon nach wenigen Wochen bereute Anton seine Nachgiebigkeit. Ratlos musste er mit ansehen, wie Anke Helfried den Kopf verdrehte. Jede sich bietende Gelegenheit nutzte sie, um ihm zu gefallen und ihn mit verführerischen Blicken zu locken. Bemerkte Anton das, kochte sein Blut vor Eifersucht.

Saßen sie bei ihren gemeinsamen Ausflügen auf der ausgebreiteten Decke im Rasen und naschten von den Köstlichkeiten, mit denen Anke den Weidenkorb gefüllt hatte, rückte Helfried eng an ihre Seite, neckte sie und provozierte ihr helles Lachen, das er mochte. Hin und wieder schlang er seinen Arm um Ankes Hüften, zog sie zu sich heran und vergrub sein Gesicht in ihrem Haar.

Woche für Woche ging das so. Schließlich musste Anton erkennen, dass er in Helfrieds Gunst eine Stufe hinter Anke gerückt war. Kam Helfried gegen sechs Uhr von der Arbeit, begab er sich nicht wie bisher zuerst in Antons Studierzimmer, wünschte einen guten Abend und fragte, ob sie den Abend gemeinsam verbringen wollten. Nein, sein Weg führte ihn zuerst zu Anke, die in der Küche das Abendbrot bereitete. Anton hörte, wie beide schallend lachten und wie es plötzlich still wurde. Minutenlang.

Wahrscheinlich wäre es bald zu einem ernsten Gespräch, wenn nicht gar zu einem Zerwürfnis zwischen ihm und Helfried gekommen, wenn nicht politische Ereignisse wichtiger gewesen wären. Ereignisse, die ihre ganze Aufmerksam in Anspruch nahmen. Was die hiesigen, der Zensur sich beugenden Zeitungen erst nach und nach ihren Lesern vermittelten, verbreitete sich unter der Studentenschaft wie ein Lauffeuer: *In Frankreich rumort es! König Karl X. hat am 25. Juli des Jahres 1830 in Paris Erlasse unterzeichnet, welche die Auflösung der Abgeordnetenkammer zur Folge haben.*

Anton war außer sich. „Im Klartext heißt das, der König hat das Parlament aufgelöst. Helfried, weißt du, was das bedeutet?"

Obwohl das Abendessen, das Anke aufgetischt hatte, eine wahre Gaumenfreude war, nahm Anton noch einmal die Abendzeitung, die er zum Esstisch mitgenommen hatte, zur Hand.

„Hier steht es schwarz auf weiß! Karl X. schränkt das Wahlgesetz und die Pressefreiheit ein. Auf gut Deutsch, er schwächt die Demokratie und stärkt die Macht des Adels. Das ist gefährlich!"

„Ich glaube, die Pariser Bürger werden sich das nicht lange gefallen lassen", entgegnete Helfried, während er sich Wein nachschenkte.

„Haben sie auch nicht. Vom 27. bis zum 29. des Monats herrschten in Paris blutige Barrikadenkämpfe. Am letzten Tag fiel die Stadt in die Hände der Aufständischen. Am 2. August dankte der König ab und floh nach England.

Ihm folgte am 9. August der Herzog von Orléans als König Philippe I. auf den Thron."

„Der Herzog von Orléans? Vertritt der nicht recht bürgernahe Ansichten?"

„Offenbar, denn die Pariser gaben sich mit ihm zufrieden. Da siehst du es wieder: Man muss mit der Faust auf den Tisch schlagen, damit sich was bewegt! Wird Zeit, dass wir auch in Sachsen, ja in allen deutschen Ländern den Dämmerschlaf der Herrschenden beenden und die längst überfälligen demokratischen Rechte mit der Waffe in der Hand erstreiten. Meinst du nicht?"

Helfried wiegte den Kopf. „Laute Stimmen vor dem Rathaus tun's vielleicht auch. Warum immer gleich mit Waffen aufeinander losgehen? Warum reden die Menschen nicht miteinander? Selbst der rückständigste König müsste inzwischen begriffen haben, dass die Zeit reif ist für eine Agrarreform, eine neue Ständeordnung, für Steuersenkungen, die den Menschen mehr Geld in die Taschen spült. Auch ein König Anton kann die rasanten Veränderungen in der Gesellschaft nicht ignorieren."

Anton nickte. „Wir werden sehen, was in den nächsten Tagen und Wochen geschieht. Wir Studenten sind uns jedenfalls einig. Wenn der Aufstand in Dresden losschlägt, sind wir dabei!"

Anton sollte recht behalten. Nachdem sich am 2. September in Leipzig entrüstete Bürger erhoben hatten, gab es am 9. September auch in Dresden Tumulte. Die Aufrührer stürmten das Rathaus am Altmarkt. Besonders radikal gingen sie gegen das Polizeihaus vor. Was war geschehen?

Nach einem Militärkonzert im Großen Garten hatten junge Leute – unter ihnen auch Anton und etliche seiner Kommilitonen – lautstark gefordert, das Orchester möge die Marseillaise spielen. Nach dreimaliger Wiederholung und eifrigem Mitsingen zogen sie gemeinsam zum Altmarkt. Dort gesellten sich zahllose Handwerker, Gesellen, Lohnarbeiter und Lehrlinge dazu. Vor dem Rathaus schrien sie: „Weg mit den Kabinettsministern! Weg mit Graf von Einsiedel!" Als von dort keinerlei Reaktion kam, stürmten und verwüsteten sie das Gebäude. Angehörige niederer Schichten, die nichts zu verlieren hatten, zogen zum Polizeihaus und gingen dort besonders grob vor. Die Gewalt eskalierte. Steine flogen in die Fenster des Polizeihauses in der Scheffelgasse. Brüllend drang die Meute in das Haus ein, zerschlug, was ihr in die Hände kam. Akten, Stühle, Tische flogen durch die Fenster. Bis ins Dach drangen die Aufrührer vor und zerstörten es in blinder Wut. Eine Verwüstung ohnegleichen, bis vor dem Haus ein riesiger Haufen aus Balken und Dachziegeln und Möbeln lag.

Tags darauf erfasste der Tumult die gesamte Stadt.

Anton wollte sich erneut mit Ludwig und Otto und fünf weiteren Studenten vor dem Rathaus treffen, um ihren Forderungen lautstark Nachdruck zu verleihen. Doch jetzt war die Polizei schon dabei, die Aufrührer zu verhaften. Der städtische Rat war ihnen behilflich. Er hatte überall Zettel aushängen lassen mit der Aufforderung, jeder Bürger, der Ruhe und Ordnung liebe, solle ein weißes Band am linken Arm tragen. So würden die Unruhestifter schneller gefasst.

Das funktionierte. Anton und seinen Freunden stand der Sinn nicht nach Gefängnisluft. Auch wollten sie ihr Recht auf das Studium nicht aufs Spiel setzen. Notgedrungen zügelten sie ihren Drang zum Aufbegehren und gingen nach Hause.

Anton berichtete Helfried beim Abendbrot enthusiastisch von den Ereignissen. Doch der Freund hielt sich bedeckt. Die Begeisterung griff nicht im Mindesten auf ihn über.

Schließlich legte Helfried Messer und Gabel beiseite und sah Anton mit ernstem Gesicht an. „Ich will ehrlich zu dir sein. Eigentlich möchte ich von alledem gar nichts wissen. Seit der Bücherverbrennung nach dem Wartburgfest bin ich gegen jede Art gemeinschaftlicher Gewalt."

Das Aufbegehren der Bürger war nicht umsonst. Anfang Oktober verkündete Anton stolz: „Die Unruhen haben das Königshaus in seinen Grundfesten erschüttert. König Anton hat den liberal gesinnten, dreiunddreißig Jahre alten Prinzen Friedrich August II. zum Mitregenten bestimmt und die Ausarbeitung einer Verfassung befohlen. Graf von Einsiedel wurde abgesetzt. Ein Kabinett unter Bernhard August von Lindenau hat die Regierungsgeschäfte übernommen und bereitet nun weitgreifende Reformen vor. So jedenfalls heißt es in der Bekanntmachung. Das nenne ich einen ansehnlichen Erfolg!"

„Wenn es so ist, soll es mich freuen", meinte Helfried und nahm Antons Begeisterung zum Anlass für einen gemeinsamen Abstecher ins Bierhaus, wohlwissend, dass Anton nicht viel vertrug.

Gegen Mitternacht schaffte es Anton mit butterweichen Knien, den Arm auf Helfrieds Schultern gestützt, gerade so nach Hause. Helfried rief Anke herzu. Mit vereinten Kräften brachten sie ihn ins Bett.

„Der sagt bis morgen früh keinen Mucks mehr", flüsterte Helfried Anke ins Ohr und verschwand mit ihr – nicht zum ersten Mal – in ihrer Kammer. Das musste Anton nicht wissen. Auch nicht, dass er die Absicht hegte, noch vor dem Winter, wenn sein Auftrag erledigt war, nach Chemnitz zurückzukehren und Anke, die, wie er meinte, sein Kind unter ihrem Herzen trug, zu heiraten.

4

Wohlbehalten erreichte das Schiff die Insel Menorca, die zum Königreich Spanien gehörte. Schon von Weitem sah Elisa das wehrhafte Castell de Sant Nicolau, das wie ein steinerner Wächter am Rand des Hafenbeckens thronte.

Die Sonne stand im Zenit. Am tiefblauen Himmel zeigte sich kein einziges Wölkchen. Elisa und Kristina hatten ihre luftigen, weit ausgeschnittenen Kleider aus weißem Baumwollstoff angelegt. Ihre Häupter schützten sie mit rosa bespannten Sonnenschirmen. Es war ein heißer Tag. Der leichte Wind, der hier ständig blies, schenkte den Ankömmlingen nur wenig Kühle.

Am frühen Nachmittag legte das Schiff im Hafen der Stadt Ciudadela an. Elisa graste mit den Augen die Menschen, die an der Hafenkante warteten, nach Manuel Rodriguez ab. Als sie ihn entdeckt hatte, winkte sie ihm freudig mit ihrem weißen Tuch zu. Wenig später waren die Taue und ein schmaler Holzsteg am Ufer festgemacht. Der Schiffsdiener, der ihnen das Gepäck an Land trug, ging voraus. Elisa nahm Kristina an die Hand, damit sie beim Gang über den Steg nicht ins Wasser fiel.

Lachend und winkend kam ihnen Manuel entgegen. Er reichte Kristina die Hand und umarmte Elisa länger und inniger, als ihr lieb war. Schließlich hatte sie den Mann nur einmal und vor sehr langer Zeit gesehen.

Kristina stand deppert daneben und musterte den schlanken, grauhaarigen Mann. Er hatte ein Bärtchen über der Oberlippe, und seine großen Augen waren so dunkel wie die der Mutter. Er gefiel ihr recht gut. Weniger gefiel ihr, wie lange er Mutter umarmte und sie gar nicht mehr loslassen wollte. Endlich bequemte er sich dazu und sagte etwas, doch Kristina verstand kein Wort. Zu ihrer Verwunderung antwortete ihm Mutter in der gleichen unverständlichen Sprache. Würde das jetzt immer so gehen?

„Das ist also Ihre Kristina … die aus dem Meer Gekommene", stellte Manuel in französischer Sprache fest. Da er kein Deutsch sprach und Elisa nur wenig Spanisch, verständigten sie sich auf Französisch.

„Ja, das ist meine Kristina. Wie ich Ihnen, lieber Cousin, bereits schrieb, kam sie während der schlimmsten Sturmflut zur Welt, die ich je erlebt habe."

„Davon müssen Sie mir unbedingt ausführlicher berichten. Wie Sie sich denken können, werden Sie auf meinem Gut schon sehnlichst erwartet. Ich war die letzten Tage – das gebe ich ehrlich zu – über alle Maßen aufgeregt und habe meine Dienstboten regelrecht durch das Haus getrieben, damit sie alles aufs Beste für Sie vorbereiten. Und natürlich auch für die junge Dame. Sie schaut übrigens ganz reizend aus mit ihrem blonden Haar. Glatt und glänzend wie gekämmtes

Gold. Sie wird bald viele Bewunderer haben, denn Frauen mit hellblonden Haaren gibt es hier nicht."

„Ich weiß", sagte Elisa stolz und strich der Tochter zärtlich über den Kopf.

Manuel winkte zwei Jungen heran, die für wenig Geld die fünf, nicht eben leichten Gepäckstücke bis zur Kutsche schleppten. Kristina taten sie leid, denn der Weg bis dahin war ziemlich beschwerlich.

Vom Hafenviertel aus führte eine imposante Freitreppe hinauf in die Altstadt. Kristina riss die Augen auf, als sie den großen, von seltsamen Bäumen umstandenen Platz vor sich sah. Vor einem besonders hohen Baum blieb sie stehen und rümpfte die Nase. „Was sind das denn für komische Bäume?"

„Das sind Palmen", erklärte ihr Elisa. „Sie wachsen in Ländern, in denen es das gesamte Jahr über warm ist, nie Schnee fällt und wie hier auf Menorca im Januar und Februar die Mandelbäume blühen."

„Dann werden wir im Winter niemals frieren?"

„Zumindest nicht so wie bei uns in Dresden."

„Und wir brauchen keine dicken Mäntel anziehen und kratzige Wollmützen und Schals?"

„Nein, wahrscheinlich nicht."

„Das ist wunderbar! Aber … dann kann ich auch nicht mit dem Schlitten rodeln?"

Elisa lachte. „Fällt kein Schnee, kann man nicht rodeln, Engelchen. Natürlich nicht. Und nun komm! Manuel ist mit den beiden Jungen schon weit voraus."

Am anderen Ende des *Placa des Borne* stand eine prächtige offene Kutsche aus schwarzem Holz. Ihre lackierten Türen trugen goldene Ornamente. Die Bänke waren mit rotem Leder bezogen. Zwei schwarze Pferde zogen die Kutsche. Ihre Leiber glänzten wie Seide, und ihre glatten, ebenso glänzenden Schweife streiften beinahe den Boden.

Staunend sah Kristina zu Elisa hinauf und fragte leise: „Mit dieser wunderschönen Kutsche dürfen wir fahren?"

„Sie gehört Manuel. Er ist ein wohlhabender Mann. Da gehört es sich, in solch edler Kutsche zu fahren."

Bevor der Kutscher, ein stämmiger junger Mann, die Peitsche schwang, drehte er sich kurz auf dem Bock zu den Gästen um, musterte Kristina und zwinkerte ihr schelmisch zu.

Verlegen zog sie die Lippen ein und drückte Elisas Hand. „Zwinkert er wegen meiner blonden Haare?"

Elisa nickte. „Wahrscheinlich hat er noch nie ein Mädchen mit so hellen Haaren gesehen. Du bist hier etwas Besonderes, mein Kind. Daran, dass die Leute dich anstarren, musst du dich gewöhnen."

„Fahr los, Petro!", rief Manuel, der Elisa gegenübersaß. „Wir nehmen den Weg vorbei an den Weiden und dem Olivenhain!"

In rasanter Fahrt ging es zur Stadt hinaus und weiter über flaches, mit Bäumen und Strauchwerk üppig bewachsenes Land, bis hin zu den Kuhweiden und dem dahinterliegenden Olivenhain.

„Das alles ist mein Besitz", erklärte Manuel. „Unser Mahón-Käse, ein würziger Hartkäse aus Rohmilch, ist überall in Spanien und weit darüber hinaus sehr begehrt. Er wird Ihnen munden. Die Nachfrage wächst Jahr um Jahr. Deshalb werde ich bald Kühe hinzukaufen und die Käserei erweitern und mehr Lagerfläche schaffen. Der Käse muss reifen. Sechs Monate und länger. Am besten ein ganzes Jahr. Mein jüngerer Bruder engagiert sich in bewundernswerter Weise für das Unternehmen. Mir obliegt die Aufsicht. Ich kontrolliere und schaue dem Verwalter und dem Buchhalter auf die Finger."

Er musterte Elisa, weil er herausfinden wollte, ob seine Ausführungen sie überhaupt interessierten. „Diese Leute haben es mit viel Geld zu tun. Manch einer unterliegt da schnell der Verlockung und ersinnt raffinierte Wege, um für sich etwas abzuzweigen. Leider habe ich diesbezüglich nicht nur einmal trübe Erfahrungen gemacht."

Elisa nickte. Sie dachte an ihre Erfahrungen mit dem Verwalter des Eichenhofes, sagte aber nichts dazu. Sie sah und hörte Manuel gern zu. Sie mochte sein Lächeln, seine heitere, unbeschwerte Art zu reden. Seit ihrer Ankunft hatte sie nicht einen Moment das Gefühl gehabt, zu einem Fremden zu kommen, obwohl sie Manuel damals in Teplitz nur kurz gesehen und gesprochen hatte. Vom ersten Augenblick an war ihr dieser Mann vertraut wie jemand, den sie seit Jahren kannte.

Der Kutscher wagte eine rasante Fahrt. Elisa hielt mit einer Hand ihren Hut fest, weil zu dem warmen Wind nun noch der Fahrtwind kam. „Dann betreiben Sie und Ihr Bruder ein recht ansehnliches Unternehmen", entgegnete sie Manuel und verkniff sich die Frage, ob das in seinem Alter nicht allmählich zu anstrengend wurde.

„Ja, wir sind das größte Unternehmen auf der Insel. Und das soll auch so bleiben, über meinen Tod hinaus."

Die Tage verflogen wie Augenblicke. Elisa tauchte ein in eine neue, von fremdartigen Geräuschen und Gerüchen erfüllte Welt. Bereits nach wenigen Wochen rückten ihre Bedenken wegen der überstürzten Abreise von Dresden und der Sorge um Anton ein wenig in den Hintergrund.

Sie mochte das imposante, zentral gelegene Herrenhaus. Es stammte noch aus der Zeit der Zugehörigkeit Menorcas zu England und war eine verspielte Mischung aus Gotik und Renaissance. Rechts und links der hohen zweiflügeligen

Eingangstür ragten zwei glatte Steinsäulen mit verzierten Kapitellen empor. Über dem Ostflügel des Gebäudes thronte ein mächtiger gotischer Turm. Man konnte ihn besteigen und als Aussichtspunkt benutzen. Gleich am ersten Tag machte Elisa mit Kristina an der Hand davon Gebrauch. Der Blick über das weite Land verzauberte sie beide.

„Es ist schön hier. Bleiben wir lange oder fahren wir bald wieder?"

Elisa strich der Tochter übers Haar. „Ich weiß nicht, wie lange wir bleiben werden, aber ich weiß schon jetzt, es wird für uns beide eine sehr schöne Zeit.

Alle zwanzig Räume – von den herrschaftlichen Gemächern bis zu den Zimmern des Gesindes – waren wohnlich und zugleich zweckmäßig eingerichtet. Elisa war von der gediegenen Eleganz der Räume ebenso fasziniert wie von der verschwenderischen Fülle an Blumenarrangements, die mit ihrem süßen Duft die Zimmer und Flure füllten. Wenn Elisa auf die Klinke einer der zahllosen Türen drückte, war ihr, als öffnete sich das Tor zu einer erlesenen, von Zauberhand erschaffenen Welt. An den Wänden der miteinander verbundenen Räume hingen wertvolle Porträts und Landschaftsgemälde, Wanduhren, historische Waffen, Musikinstrumente. Kaum eine Wand gab es, an welcher der Betrachter nicht irgendeine Kostbarkeit entdeckte.

Im Inneren des Hauses hatte sich einer der früheren Besitzer eine kleine katholische Kapelle mit goldverziertem Flügelaltar eingerichtet. Auf dem Altartisch standen zwei Porzellanengel. An der rechten Wand hing ein mittelalterliches Kruzifix. In Lebensgröße litt der von Holzwürmern durchlöcherte Jesus am Kreuz, Blut an Händen und Füßen, das bleiche Gesicht schmerzverzerrt.

Kristina hatte sein Anblick dermaßen erschreckt, dass sie fortan die Kapelle auf ihren täglichen Streifzügen durchs Haus mied. Umso mehr hatte es ihr der geräumige, durch seine hohen Fenster helle Dachboden angetan. Neben der Lagerung von Mais diente er vor allem zur Trocknung von Kräutern und Früchten. Nur zu gern kletterte Kristina die steile Treppe hinauf und tat sich gütig an den fruchtigen Köstlichkeiten. Einmal übertrieb sie ihre Naschlust und musste danach wegen heftiger Bauchschmerzen und Durchfall mehrere Tage das Bett hüten.

„Ich bleibe bei dem Kind, Madame", hatte Miranda, die ältere der beiden Hausmädchen, zu Elisa gesagt. Sie solle sich keine Gedanken machen und könne getrost und aller Ruhe ihren Schlaf genießen.

Tatsächlich wich Miranda Kristina nicht von der Seite. Auf Spanisch überredete sie die Kranke, den bitteren Tee zu trinken, den die Köchin zweimal am Tag heraufbrachte. Auf Spanisch sang sie Kristina vor dem Nachtschlaf ein Wiegenlied. Auf Spanisch erklärte sie ihr auch, weshalb sie ihr den Bauch mit einem nach Verwesung riechenden Öl einreiben musste, welches dann tatsächlich Wunder bewirkte.

Nach einer Woche hüpfte Kristina wieder munter wie ein junger Hase durchs Haus und wurde nicht müde, ihre Erkundungen fortzusetzen. Mit Ausnahme der Schlafgemächer und des Musikzimmers war ihr der freie Zugang zu allen Räumen gestattet. Von Miranda erfuhr sie, dass in dem Musikzimmer neben dem Klavier mehrere wertvolle Instrumente standen. Manuel hatte sie von den Vorbesitzern übernommen. Jedoch hatte seit ewigen Zeiten niemand mehr auf ihnen gespielt. Das Verbot, dieses Zimmer zu betreten, stachelte Kristinas Neugier erst richtig an, und so wünschte sie sich nichts sehnlicher, als es einmal betreten und die Instrumente betrachten zu dürfen.

„Miranda, kannst du nicht mit mir hineingehen? Ich meine, wenn Mutter und der Onkel nicht im Haus sind, dann merkt es doch keiner!"

Miranda riss die Augen auf, stützte die Hände in die breiten Hüften, schüttelte energisch den Kopf und rief: „No! Porencima de mi cadáver!" Was so viel bedeutete wie, nein, nur über meine Leiche!"

„Aber es muss doch da drinnen einmal sauber gemacht werden. Und während du sauber machst, springe ich kurz hinein und schaue mich um. Nur ganz, ganz kurz. Verstehst du?"

Miranda verstand sehr gut, was Kristina meinte, obwohl sie der Sprache des Kindes nicht mächtig war. Allein ihre Augen und ihre ausdrucksstarke Mimik sprachen Bände.

„Por encima de mi cadáver!", rief sie noch einmal. „Dije que no, ya basta!" Kristina wusste, dass, wenn hier jemand *basta* sagte, absolut nichts mehr zu machen war. Kleinlaut schlich sie hinaus, stieg die Treppen hinauf in den Turm, setzte sich im Schneidersitz auf den noch kühlen Steinboden und sagte sich: *Den Versuch war es auf alle Fälle wert!*

Von den Bediensteten im Haus mochte Kristina die rundliche Miranda am meisten leiden. Sie war eine kleine, gütige Frau von Ende zwanzig, mit kohlschwarzen Augen und einer etwas zu kurz geratenen Nase, die ihrem Gesicht etwas Lustiges gab. Der dicke schwarze Zopf im Nacken reichte ihr bis zu den Hüften. Miranda redete viel und schnell. Es kümmerte sie nicht, dass Kristina sie anfangs nicht verstand. Begrüßte sie das Mädchen am Morgen, sagte sie *Bon dia!* Brachte sie es abends zu Bett, sagte sie *Bona nit!* Fuhr sie mit Kristina in die Stadt zum Markt, nannte sie jede Frucht und jedes Gemüse, bevor es in den Korb wanderte, beim Namen. Half sie in der Küche das Essen zubereiten oder deckte sie für die Herrschaft den Tisch, nannte sie alles, was sie gerade in der Hand hielt laut und deutlich beim Namen.

Das ging den lieben langen Tag so. Deshalb verwunderte es kaum jemanden, dass Kristina – als man daran ging, das Haus für das Weihnachtsfest auszuschmücken – sich mit Miranda und Pedro und dem übrigen Personal recht ordentlich auf Spanisch unterhielt.

An Heiligabend überraschte sie Elisa und Manuel im gemütlich warmen Kaminzimmer mit einem Lied. Zuerst sang sie es auf Deutsch, dann auf Katalanisch, und erntete dafür reichlich Beifall.

„Sie hat eine schöne Stimme", lobte der Hausherr. „Sie sollte Unterricht nehmen. Wenn Sie es wünschen, Elisa, besorge ich der jungen Dame die beste Gesangslehrerin von ganz Menorca."

Unschlüssig lächelnd zog sie Kristina zu sich heran. „Vielleicht wirst du einmal eine große Sängerin, mein Engel. Sag, möchtest du von einer Gesangslehrerin unterrichtet werden?"

„Ja, vielleicht." Kristina schmiegte ihren Kopf an die Brust der Mutter und murmelte: „Aber nur, wenn du dazu am Klavier spielst."

„Liebend gern tue ich das. Nach jeder Gesangsstunde werde ich dich für deine Übungen am Klavier begleiten. Einverstanden?"

Kristina holte tief Luft, löste sich aus dem Arm der Mutter, lief zu Manuel und fragte ihn in gebrochenem Katalanisch: „Im Musikzimmer? Darf ich dann in das verbotene Musikzimmer?"

Manuel sah sie mit großen Augen an. „Du darfst schon jetzt in das Musikzimmer, wenn deine Mutter dabei ist. Und sobald das neue Jahr beginnt, lasse ich die Lehrerin kommen. Wer weiß, vielleicht hat deine Mutter recht und aus der kleinen Kristina wird tatsächlich einmal eine große Sängerin. Wäre das nicht wunderbar?"

Am Tag nach ihrer Ankunft hatte Elisa das Grab ihres Vaters besucht. Im hinteren Teil des Anwesens, durch eine flache Mauer von den angrenzenden Gärten getrennt, lag ein kleiner, von einem weiß gestrichenen Metallzaun umgebener Friedhof. Seit mehr als 200 Jahren bestatteten dort die Besitzer des Landguts ihre Toten. Georg Tillas Grabstätte lag etwas abseits. Der flache Stein aus weißem Marmor trug in goldenen Lettern eine Inschrift in der Landessprache.

Elisa legte vier gelbe Rosen nieder. Jede einzeln. Und dabei flüsterte sie: „Für meinen Großvater Heinrich. Für meine Mutter Anna. Für meinen Mann Alois. Für dich, Vater, der du das Rad unseres traurigen Schicksals einst ins Rollen brachtest."

Tief in ihrem Innern hatte Elisa dem Vater verziehen. Doch in Momenten wie diesem drängte sich ihr die schmerzliche Frage auf, wie das Leben der Tillas aus Pirna verlaufen wäre, wenn er, Georg Tilla, die Familie damals nicht verlassen hätte, um sich seinen Lebenstraum zu erfüllen.

Nur dieses eine Mal hatte Elisa Georgs Grab besucht und bedauert, dass Anton nicht bei ihr war. Noch wusste er nichts von der Schuld, die sein Vater in jungen Jahren auf sich geladen hatte. Und sie fragte sich, ob sie Anton jemals davon erzählen sollte. Was hatte sie davon? Was hatte Anton davon? Vielleicht war es klüger, wenn sie die Vergangenheit ruhen ließ und den freien, unbeschwerten Sinn der Nachgeborenen nicht mit diesem Stachel verletzte.

In den ersten Wochen auf Menorca ritt Elisa fast täglich mit Manuel aus. Die Pferdezucht war der Stolz seines jüngeren Bruders. Ihn bekam Elisa nur selten zu Gesicht. Er hielt sich bewusst zurück. Offenbar befürchtete er, Manuel könnte sich trotz seiner 46 Jahre in die gleichaltrige Dame aus dem deutschen Sachsen verlieben, sie womöglich heiraten und ihre Kinder in die Erbfolge bringen, in der sie durch ihre spanische Großmutter ohnehin schon eingebunden war.

Manuel zeigte sich Elisa gegenüber sehr zuvorkommend, ja zurückhaltend. Dabei spürte sie deutlich, wie gern er ihr nähergekommen wäre. Vor allem, nachdem sie keine Trauerkleider mehr trug. Wahrscheinlich schlussfolgerte er daraus, sie habe den Tod ihres Mannes nach nunmehr fünf Jahren nicht nur akzeptiert, sondern auch seelisch überwunden. Er konnte nicht wissen, dass es sich ganz anders verhielt. Sie hatte die Trauerkleider abgelegt, weil sie noch immer nicht an den Tod ihres Mannes glauben wollte.

Insgeheim wünschte sich Elisa, Manuel würde offener um sie werben, sie mit Liebesschwüren belagern oder gar zudringlich werden, wenn sie allein im Musikzimmer, in der Kapelle oder im Weinkeller waren. Dann hätte sie einen plausiblen Grund gehabt, ihn zurechtzuweisen und ihn mit Nachdruck zu bitten, den traurigen Anlass ihres Besuchs zu respektieren. Doch nichts dergleichen geschah. Manuel verhielt sich nicht nur wie ein Gentleman, er war ein Gentleman. Sie achtete und wertschätzte ihn dafür und spürte, wie mit der Achtung auch ihre Zuneigung wuchs. Und als im Februar vor dem Haus, im Garten und überall auf der Insel unzählige Mandelbäume blühten und ganz Menorca von einem Teppich aus rosa Blüten überzogen war, gab sie Manuels Verlangen zaghaft nach.

Es geschah nach einer von Kristinas Gesangsstunden. Die Lehrerin hatte das Haus bereits verlassen. Kristina war zu Miranda in die Backstube gelaufen. Die leckeren Kuchendüfte, die ihr entgegenströmten, hatten sie magisch angezogen. Elisa war allein im Musikzimmer. Sie saß am Klavier und spielte eine verträumte Melodie. Sie hatte sie oft gemeinsam mit Alois gespielt und dazu gesungen. Das war lange her. Sie wollte sich gern daran erinnern, als plötzlich Manuel hinter ihr stand. Sie spürte seine Hände auf ihren Schultern, hörte, wie er leise zu ihr sagte: „Elisa, ich weiß, Sie sind nicht wegen mir nach Menorca gekommen. Doch es ist nun einmal so, dass ich jede Minute in Ihrer Gegenwart genieße. In Ihrer Nähe erfüllt ein verloren geglaubtes Gefühl mein Inneres mit Leben. Vor mehr als zwanzig Jahren verlor ich meine Frau. Ich war ihr zeitlebens in inniger Liebe verbunden. An ihrem Totenbett schwor ich mir, mich keiner anderen Frau jemals zuzuwenden. Ein törichter Schwur. Er hat meine Seele ausgehöhlt. Er hat mir verwehrt, was im Leben eines Menschen das Schönste und Wertvollste ist. Die Fähigkeit, einen anderen Menschen bedingungslos zu lieben. Elisa, Sie haben mich verzaubert. Darf ich jemals auf Ihre Zuneigung hoffen, auf Ihre … Liebe?"

Innerlich berührt war sie aufgestanden und hatte Manuel so tief in die Augen gesehen, dass ihr Blick ihn irritierte und ihn erröten ließ. Doch als er etwas sagen wollte, hatte sie seinen Mund mit einem Kuss verschlossen. Es war ein zärtlicher und zugleich begehrender Kuss, der Manuel für die Zeit seines geduldigen Wartens belohnte.

5

Anton war verschnupft. Und das nicht wegen des nassen Winterwetters. Helfried hatte seine Arbeit in der Sägemühle beendet, und nun sollte alles ganz schnell gehen. Noch vor Ankes Niederkunft wollte er mit ihr in Chemnitz sein. Dort war seine Familie eifrig dabei, die Ankunft des Paares vorzubereiten. Und damit das Kind nicht als Bastard zur Welt kam, hatte Helfried seine Herzallerliebste, wie er Anke nannte, im Dezember geheiratet und Anton gedrängt, eine neue Magd ins Haus zu holen.

Anke war wie verwandelt, seit sie den blitzenden Ring am Finger trug. Aus dem schüchternen Entlein war ein stolzer Schwan geworden, der genau wusste, wann und worüber er seinen Schnabel zu halten hatte. Zwei Tage, bevor das Paar Dresden für immer verließ, begegnete Anton ihr noch einmal auf der Treppe. Derb hielt er sie am Arm fest und sagte verbittert: „Wetten, dass dein Kind einen Monat früher zur Welt kommt?"

Ruckartig hatte sie sich aus der Umklammerung gelöst und ihn mit blitzenden Augen angezischt: „Und wenn schon! Dann bete ich zu Gott, dass du nicht der Vater bist. So einen arroganten Feigling wie dich hat das Kind als Vater nicht verdient!"

Die neue Magd hatte Anton mit Bedacht gewählt. Sie war 20 Jahre älter als er, hatte einen rundlichen Leib, strohige Haare von undefinierbarer Farbe und Finger wie Würste. Kurzum, die Frau war mit Schönheit nicht geschlagen. Sie hieß Gundhilde; ein Name, der Anton noch nicht untergekommen war. Der Einfachheit halber rief er sie nur *Hilde*.

Hilde tat vom ersten Tag an fleißig ihre Arbeit in Haus und Küche und erbarmte sich zu gegebener Zeit auch jener Schmutzecken, die Ankes Augen zuletzt entgangen waren. Und da Hilde nur einige Straßen weiter bei ihren Eltern lebte, kam sie jeden Morgen um sechs Uhr und ging abends nie vor neun. Wenn der junge Herr ihre Dienste einmal länger benötigen oder – was Gott verhindern möge – krank werden sollte, bliebe sie gern auch länger und kümmerte sich um ihn. Dieses Versprechen wiederholte Hilde, nachdem sie mitbekommen hatte, wie einsam der junge Herr abends in seinem Studierzimmer über Büchern und Zeichnungen hockte. Bevor sie das Haus verließ, brachte sie ihm stets noch eine Tasse dampfenden Pfefferminztee hinauf, schlug seine Bettdecke zurück, füllte im Schlafzimmer die Kanne neben der Waschschüssel mit heißem Wasser und stellte die geputzten Stiefel an die Haustür.

Anton nahm diese kleinen zusätzlichen Aufmerksamkeiten schweigend zur Kenntnis. Hilde hatte eine warmherzige, mütterliche Art, die ihm gut tat und die er nicht mehr missen wollte. Kam er nach den Vorlesungen nach Hause, wusste er, jemand war da und erwartete ihn. Alles stand sauber an seinem gewohnten Platz, alles im Haus – vom Boden bis zum Keller – hatte seine Ordnung. Das gab ihm ein beruhigendes Gefühl äußerer Sicherheit. Auch sein Studium, die gemeinsamen Stunden in Schuberts Forschungsgruppe, die Streitgespräche mit Otto und Ludwig beim Bier – all das war ihm ein unverzichtbarer Quell, aus dem er Kraft und Zuversicht schöpfte. Doch täuschte es nicht über seine innere Zerrissenheit hinweg.

Elisa hatte er beim Abschied versprochen, ein anderer zu sein, wenn sie mit Kristina zurückkäme. Doch konnte er das? War ihm diese Kehrtwendung überhaupt möglich? Bisher hatte er Elisa gegenüber mit keinem Wort auch nur angedeutet, was er wirklich über die Geschehnisse in jener Sturmnacht dachte und wem er letztlich die Schuld an den traurigen Folgen gab. An manchen Tagen glaubte er, dem quälenden Druck nicht mehr standzuhalten. So konnte er nicht weiterleben. Es war Zeit, seinem Herzen Luft zu machen und sich von der seelischen Marter zu befreien.

Seit Stunden peitschte der Sturm den frisch gefallenen Schnee durch die Gassen Dresdens. Fegte ihn wie Puder über die Dächer, verhinderte die Sicht über den Neumarkt. Auch das Licht der Laternen hatte die weiße Wirbelwand gänzlich aufgesogen. Nicht einmal die Frauenkirche war noch zu sehen. An den Fenstern, die zur Westseite zeigten, haftete der Schnee wie angeklebt. Jetzt wagte sich nur noch aus dem Haus, wer Unaufschiebbares zu erledigen hatte.

Hilde wollte eigentlich nach Hause gehen. Doch sie kam noch einmal mit einem Korb Holz aus dem Keller herauf und legte vorsichtshalber in den beiden Öfen des Hauses dicke Scheite nach. Dann schlüpfte sie in ihren Mantel, schlang das wollene Tuch fest um den Kopf und huschte hinaus in die Kälte.

Gedankenverloren sah Anton ihr von einem der schneefreien Fenster im Wohnzimmer nach. Er hatte ihr nicht gesagt, dass er heute, am 5. Februar, 18 Jahre alt geworden war. Warum auch, sie war bloß die Magd.

Im Zimmer breitete sich mollige Wärme aus. Das Holz im Ofen knisterte. Anton stellte die Öllampe und ein Kristallglas auf den Tisch und zog den Korken aus der Flasche Wein, die er an Heiligabend zur Hälfte geleert hatte. Allein.

Im Stehen nahm er einen kräftigen Schluck, rückte sich, nachdem er Papier und Feder aus dem Sekretär im Bibliothekszimmer geholt hatte, seinen Stuhl zurecht und begann zu schreiben:

> *Liebe Elisa, liebste Schwester! Es kostet mich einige Überwindung, Dir diese Zeilen zu schreiben. Dennoch – nach reiflicher Überlegung wage ich sie. Drei Jahre noch wirst Du mein Vormund sein.*
> *Verzeih mir, aber ich empfinde es wider die Natur, die eigene Schwester als Mutter anzuerkennen und so zu nennen. Erlaube mir deshalb, Dich fortan mit Deinem Vornamen anzureden. Ich meine, nach allem, was in den zurückliegenden Jahren geschehen ist, habe ich das Recht dazu.*
>
> *Auch möchte ich, dass Du mit Erreichen meiner Volljährigkeit die Adoption rückgängig machst oder, falls dies rechtlich nicht möglich ist, mir gestattest, wieder meinen Geburtsnamen anzunehmen. Wenn ich einmal als Erfinder erfolgreich bin, dann möchte ich den Namen meines leiblichen Vaters tragen; ihm zum Gedenken.*
> *Alois Weller war mir für die kurze Zeit, die mir mit ihm vergönnt war, ein liebender Vater. Doch ihn gibt es nicht mehr.*
>
> *Selbst auf die Gefahr hin, dass Du meine Beweggründe nicht verstehst, mich verachtest oder gar aus Deinem Herzen verbannen wirst, bitte ich Dich, mir diesen Wunsch zu gewähren …*

Es wurde ein langer Brief. Ohne ein Blatt vor den Mund zu nehmen, schrieb Anton in einem Nachtrag, was ihm seit Langem auf der Seele lag:

*Wären wir damals rechtzeitig abgereist, worum Dein
Mann Dich inständig gebeten hatte, wären wir heute noch
glücklich vereint. Doch das Wohlergehen anderer Menschen
war Dir wichtiger als das Deiner Lieben. Du hast uns den
Gefahren des Winters auf der Hallig ausgesetzt, obwohl
Du wusstest, dass jener mit den hiesigen Wintern nicht
zu vergleichen ist. Nun habe ich zum zweiten Mal einen
Vater verloren. Meinen Schmerz darüber vermag ich nicht
in Worte zu binden.*

*In brüderlicher Liebe
Dein Anton"*

6

Ende Mai des Jahres 1831 wartete Anton noch immer auf eine Antwort von Elisa. Auch heute hatte er vergeblich nach einem Boten ausgeschaut. Trotz des sonnigen Wetters hatte er den ganzen Nachmittag im Japanischen Palais in der Königlichen Bibliothek verbracht. Jetzt war es bereits sechs Uhr und Zeit aufzubrechen. Er schlüpfte in seine Jacke, setzte den hohen Hut auf und begab sich auf den Heimweg über die Augustusbrücke.

Von der Elbe stieg angenehme Kühle auf. Den eigenwilligen, leicht modrigen Geruch, der über dem Fluss lag, mochte Anton. Wäre er blind, er würde allein an diesem Geruch erkennen, wo er gerade war.

Für Mitte Mai legt sich die Sonne schon mächtig ins Zeug, sagte er sich und wischte sich mit dem Ärmel den Schweiß von der Stirn. Sobald er zu Hause war, sollte Hilde ihm ein lauwarmes Bad bereiten. Er konnte es nicht leiden, dermaßen verschwitzt ins Bett zu gehen. Zum Glück hatte Elisa die kleine Badestube unterm Dach neu herrichten und eine männerfreundlich lange Zinkwanne hineinstellen lassen.

Anton hatte das Haus kaum betreten, da ging fast zeitgleich die Küchentür auf. Ein Papier in der erhobenen Hand, kam Hilde herausgestürmt und rief: „Herr Anton, ein Brief für Sie! Ich habe dem Postboten die Gebühr aus der Büchse mit dem Handgeld bezahlt, wie Sie es mir aufgetragen haben."

„Ich danke dir! Bring ihn gleich nach oben, ich lese ihn im Wohnzimmer. Ach … und sei so gut und richte mir, bevor du gehst, ein Bad. Und vergiss nicht das Schälchen mit der Rosenseife. Stell es mir auf den Schemel neben der Wanne."

„Gern, Herr Anton, ich beeile mich. Hab Ihre Brote zum Abend auf den Esstisch gestellt. Den Brief leg ich dazu."

Erst nachdem Hilde gegangen war, begab sich Anton ins Wohnzimmer. Der Brief lag neben dem Teller mit den belegten Broten. Obwohl Anton an der Handschrift erkannte, von wem der Brief war, zögerte er, ihn zu öffnen. Wie mochte Elisa seine freimütigen Worte wohl aufgenommen haben? War sie darüber entrüstet, verärgert, womöglich beleidigt? Kehrte sie bald nach Dresden zurück oder blieb sie nun erst recht noch länger auf Menorca?

Er beäugte den Brief von allen Seiten, während er aß, doch berührte ihn nicht. In aller Ruhe nahm er sein Bad, zog sich frische Sachen an und setzte sich auf die Couch im Wohnzimmer. Jetzt erst brach er das Siegel und faltete das Papier auseinander. Hastig überflog er die vertraute, schön geschwungene Schrift, die, wenn er sie mit ausgestrecktem Arm als ein Ganzes betrachtete, einem Kunstwerk glich.

Er hatte es geahnt. Allein die förmliche Anrede – *Mein Bruder* – verriet ihm, wie sehr seine klaren Worte und seine unverhohlene Schuldzuweisung Elisa getroffen hatten.

Du musst mir meine Fehler nicht vor Augen halten, Anton. Das steht Dir – bei allem Respekt vor Deiner Ehrlichkeit – nicht zu. Mein still ertragener Schmerz über den Verlust meines Mannes ist ebenso groß wie der deine. Vorwürfe und Anschuldigungen bringen uns den geliebten Menschen nicht zurück. Aus Deinen Worten und der Art und Weise, sie mir zu vermitteln, erkenne ich, wie wenig erwachsen Du noch immer bist. Lerne, Deine Gefühle zu beherrschen. Lerne, den Menschen an Deiner Seite die Hand zu reichen, wenn sie sich in seelischer Not befinden, anstatt sie mit Vorwürfen zu beladen, auch wenn Deine innere Qual dadurch für Momente erträglicher wird.

Achtsam faltete Anton den Brief zusammen und legte ihn auf den Tisch. Ein heißer Strom, eine Mischung aus Resignation und Verlassenheit, durchfuhr seinen Körper bei dem Gedanken, zu weit gegangen zu sein und Elisas Zuneigung für lange Zeit, vielleicht sogar für immer verloren zu haben. Warum wendeten sich die Menschen, die ihm nahestanden, plötzlich von ihm ab? Erst Anke, jetzt Elisa. War er wirklich so ein Scheusal, nur weil er frei aussprach, was er dachte?

Sie werde Kristina noch weitere Jahre in Menorca erziehen, schrieb sie. Er solle sich auf sein Studium konzentrieren und sich danach um eine einträgliche Anstellung bemühen. So lange werde sie ihm auch weiterhin die zugesicherte finanzielle Unterstützung gewähren.

7

„Nichts geht voran! Die Regierung schläft bei der Durchsetzung politischer Reformen den Schlaf des *Un*-gerechten." Anton schlug die Faust auf den Tisch, dass die Schaumkronen über die Bierhumpen schwappten. „Wenn wir nicht nachhelfen, haben wir in hundert Jahren noch keine bürgerliche Verfassung!"

Neuerdings tat er sich besonders hervor, wenn er mit Ludwig und Otto und weiteren Kommilitonen nach den Vorlesungen im Gasthaus am Altmarkt zusammensaß.

„Und wer, bitte schön, soll da wie nachhelfen, du Neunmalkluger? Meinem Vater haben sie bei den Unruhen letzten September ein Bein zerschossen. Willst du, dass es schon wieder einen blutigen Aufstand gibt?"

Beschwichtigend legte Anton dem Studenten, den er eher als Duckmäuser kannte, die Hand auf die Schulter. „Dummkopf, das will ich natürlich nicht! Die Bürger und vor allem wir, die Studenten, müssen unsere Forderungen nur überall beharrlich genug den Mächtigen zu Gehör bringen und ihnen …"

„Sagt man das in dem im Februar gegründeten und im April bereits wieder verbotenen Dresdner Bürgerverein?", fiel ihm ein anderer ins Wort. „Warst du, Anton, ihm nicht beigetreten?"

Die Arme vor der Brust verschränkt, lehnte Anton sich gönnerhaft auf seinem Stuhl zurück. „Falsch!", rief er. „Aber ich sage es offen: Mein Beitritt wäre das Klügste gewesen, was ich hätte tun können, nachdem ich eines der nicht genehmigten zweitausend Exemplare zum Entwurf einer ständischen Verfassung Sachsens gelesen hatte. Wenigstens ist der Verein die Sache mit der Verfassung forsch angegangen. Dort begann sich etwas zu bewegen. Über kurz oder lang hätten die Anführer Mosdorf und Bertholdy die trägen Mühlen im Schloss schon zum Mahlen gebracht!"

Schlagartig wurde es an den Nachbartischen still. Der eine oder andere Herr wandte interessiert den Kopf zu dem jungen Mann um, der seine hitzigen Gedanken so freimütig zum Besten gab.

Ludwig raunte Anton zu, er solle leiser reden. „Bedenke, du weißt nie, wer mithört!"

Das hatte der Duckmäuser gehört. „Verzieh dich lieber in dein protziges, leerstehendes Haus!", rief er grinsend. „Wenn du dort agitierst, hört es wenigstens keiner und dein Geschwätz kann niemandem schaden. Weder uns noch dir."

„Ignoranten! Was schlag ich mich überhaupt mit euch herum!" Wütend stand Anton auf, bezahlte den Wirt und ging. Ludwig folgte ihm und holte ihn rasch ein. „Dein Engagement in allen Ehren, Anton, aber auch ich bin der Meinung, dass die Forderungen des Bürgervereins weit über das hinausgingen, was zum gegenwärtigen Zeitpunkt möglich ist. Es macht keinen Sinn, eine Verfassung auszuarbeiten, deren Inhalt von vorn herein illusorisch ist. Begreifst du das nicht?"

Er packte Anton am Arm, rüttelte ihn und sah ihm dabei fest in die Augen. „Neunzig Männer des Vereins sitzen in Haft. Die Anführer Moßdorf und Bertholdy verbringen die nächsten 15 Jahre im Kerker auf dem Königstein. Willst du dich zu ihnen gesellen?"

Anton riss sich los. „Lass mich! Was kümmert's dich?"

„Sehr viel kümmert's mich! Ich habe entschieden etwas dagegen, dass mein Freund und klügster Kommilitone hinter Gittern sitzt. Unsere Arbeit mit Schubert geht voran. Er ist auf dem besten Weg, die erste Eisenbahn Sachsens zu bauen. Zählt das etwa nicht? Willst du all das wegwerfen für die überzogenen politischen Forderungen einer übereifrigen Minderheit?"

„Was weißt du schon von deren Forderungen!"

„Mehr als du vermutest. Wie du war auch ich im Februar nahe daran, dem Verein beizutreten, und habe Abstand davon genommen, nachdem ich mitbekam, was auf seiner Fahne geschrieben steht: *Wahlrecht für alle, Trennung von Staat und Kirche, eine Kammer von Volksvertretern als zentrales Machtorgan.* Anton! Derartiges steht vielleicht in zehn oder zwanzig Jahren zur Debatte, nicht aber im Jahre 1831!"

„Und? Vertraust du dem Kabinett unter dem Minister Lindenau?", frage Anton skeptisch und hatte nun nichts mehr dagegen, dass der Freund neben ihm ging. „Glaubst du wirklich, dass Lindenau unter Zustimmung des Königs und des Prinzen Friedrich August eine Verfassung für Sachsen zuwege bringt?"

Ludwig legte den Arm auf Antons Schulter. „Genau das ist es, Anton. Genau darum geht es jetzt und nur dafür sollten wir unsere Kräfte bündeln. Eine Verfassung für Sachsen und danach der Anschluss an einen deutschen Nationalstaat. In wenigen Tagen beginnt der Sommer. Du wirst sehen, bis zum Herbst werden wir zumindest eines von beiden erleben."

Ludwig sollte recht behalten. Keine drei Monate später herrschte auf dem Dresdner Altmarkt große Aufregung. Ein Aushang am Rathaus verkündete die

Neuigkeit, der König Sachsens habe die ständische Verfassung am 4. September im Jahre 1831 an die Stände übergeben und sie damit in Kraft gesetzt.

Die Nachricht eilte von Mund zu Mund. In den Räumen der Technischen Bildungsanstalt riefen die Studenten besonders laut: „Damit ist Sachsen eine konstitutionelle Monarchie. Hurra, das müssen wir feiern!"

Otto zog Anton zur Seite. „Klingt bestimmt blöd, aber kannst du mir erklären, was das bedeutet?"

Anton klopfte ihm verständnisvoll auf die Schulter. „Das bedeutet, neben dem König gibt es von nun an eine oberbehördliche Landesregierung mit acht Fachministerien. Diese sind dem Landtag, dem Abgeordnetenhaus, zur Rechenschaft verpflichtet. Und dort wiederum sitzen Vertreter des Landadels, der Städte, der Bauern und der gewerblichen Wirtschaft. Das ist ein großer Schritt in Richtung Demokratie. Die Vertreter der Bürgerschaft bekommen ein Mitspracherecht beim Regieren."

Otto nickte. „Und wenn das in naher Zukunft in allen deutschen Ländern passiert, dann wird der Ruf nach einem deutschen Nationalstaat hörbar lauter. Grandios, dass ich das miterleben darf!"

Ende Juli 1833 bewegte ein Gerichtsprozess die Gemüter der deutschen Öffentlichkeit. Die Obrigkeit klagte die Initiatoren des Hambacher Festes an. Ihnen drohten hohe Strafen wegen Anstiftung zum Aufruhr. An die 30 000 Menschen hatten sich Ende Mai zum friedlichen Protest auf dem Hambacher Schloss versammelt und in glühenden Reden den deutschen Einheitsstaat und bürgerliche Freiheiten gefordert.

Die Stimmung unter den Menschen war ebenso aufgeheizt wie die im Gerichtssaal. Jedermann wusste, bei einer Verurteilung würde es wieder zu Protesten kommen, im schlimmsten Fall zu einem blutigen Aufstand, der sich rasch über die deutschen Länder ausbreiten und einen Flächenbrand entzünden konnte. Aus Sicherheitsgründen war der Prozess in die Pfälzische Festungsstadt Landau verlegt worden. Am 16. August kam dort der lang erhoffte und von zahllosen Bürgern gefürchtete Urteilsspruch des Geschworenengerichts. Er lautete für alle Angeklagten: *Nicht schuldig!* Ein Jubel der Erleichterung ging durch die Reihen der fortschrittlich gesinnten Bürger. Das gesamte Land atmete auf.

Auch Anton und seine Kommilitonen waren froh über den nicht erwarteten Freispruch. Sie hatten den Gerichtsprozess mit Bangen verfolgt, soweit die Presse glaubhaft darüber berichtete.

Umso bestürzter war Anton, als er Mitte November vom Tod der beiden Anführer des verbotenen Dresdner Bürgervereins Mosdorf und Bertholdy hörte.

Angeblich hatten sie in ihren Gefängniszellen auf dem Königstein den Freitod gewählt. Unter vorgehaltener Hand jedoch sprach man von Mord.

Unwillkürlich fragte sich Anton, wie es ihm als Mitglied des Vereins ergangen wäre. So wie er sich kannte, hätte er sich gewiss zum Wortführer aufgeschwungen, säße jetzt in einer Zelle auf dem Königstein oder wäre gar tot. In Zukunft wollte er noch besser überlegen, was er sagte und was er tat. Seine Spontaneität hatte ihm schon zu viel Ärger eingebracht.

Im letzten Studienjahr konzentrierte sich Anton mit unbändigem Eifer auf sein Studium. Und nebenher arbeitete er an der Entwicklung eines mechanischen Antriebs für ein Gefährt, das in der Lage war, sich selbstständig fortzubewegen; ohne Schienen oder sonstige Wegführung. Unterstützung gewährte ihm dabei Johann Andreas Schubert, der nach dem Tod Direktor Fischers im Februar 1832 zum Professor berufen worden war.

Anton war besessen von seiner Vision, als Erster einen derartigen Antriebsmechanismus zu konstruieren. Bald stapelten sich in seinem Studierzimmer die Zeichnungen, Berechnungen und Skizzen. Unzählige Entwürfe lagen auch im Wohnzimmer ausgebreitet auf dem Fußboden. Bei Androhung von Strafe hatte Anton Hilde untersagt, auch nur eines der Blätter zu berühren, geschweige denn vom Boden aufzuheben.

Im Sommer des Jahres 1834 schrieb Anton an Elisa:

> *Nachdem ich mein Studium nunmehr erfolgreich beendet habe, bitte ich Dich, mir zu erlauben, das Haus für ein Jahr mit einem Mietzimmer in Chemnitz zu tauschen. Auf mein Vorstellungsschreiben hin hat mir der dortige Unternehmer Carl Gottlieb Haubold eine Anstellung in seiner Maschinenfabrik angeboten; meinem Wunsche entsprechend auf ein Jahr. Dann kehre ich nach Dresden zurück und schaue mich nach einer lukrativen Anstellung um, die es mir gleichzeitig ermöglicht, meine Forschungen weiter voranzutreiben.*

Er schloss mit der Frage, wann Elisa ihren Aufenthalt in Menorca beenden und wieder nach Dresden kommen werde. Er vermisse sie und wäre über ihre baldige Heimkehr sehr froh.

Elisas Antwort ließ nicht lange auf sich warten. Von ganzem Herzen beglückwünschte sie Anton zum Abschluss seines Studiums. Natürlich habe sie nichts gegen seine Anstellung in Chemnitz. Wann sie mit Kristina zurückkäme, wisse sie noch nicht. Kristinas Ausbildung schreite voran und gebe der Hoffnung Raum, dass aus ihr einmal eine begnadete Sängerin werde.

Im Grunde hatte Anton nichts anderes als diese oder eine ähnliche Antwort erwartet. In der Verlassenheit seines bescheidenen Chemnitzer Dachzimmers gestand er sich ein, wie bitter für ihn die lange Trennung war und wie sehr er Kristina um Elisas Liebe beneidete. Elisa hatte sogar über ihren Dresdner Advokaten erreicht, dass die Adoption für ungültig erklärt wurde. Seinem Wunsch entsprechend, hieß er nun wieder Anton Tilla, auch wenn sich weder seine studentischen Freunde noch Schubert darum scherten.

Während Anton in der Hauboldschen Fabrik in Chemnitz arbeitete, brach sein Kontakt zu Schubert nie ab. Die Ergebnisse, die der Professor bei der Entwicklung einer Eisenbahn erreicht hatte, waren zu spannend. Anton wollte alles darüber erfahren und auf dem Laufenden gehalten werden. Schuberts Briefe waren kurz und präzise. Lediglich von seiner Studienreise nach England berichtete er etwas ausführlicher. In England, so schrieb er, habe er mehrere Eisenbahnlokomotiven gründlich studiert und wertvolle Erkenntnisse gewonnen. Antons Arbeit an einem Antriebsmechanismus für ein sich selbstständig fortbewegendes Gefährt klinge noch etwas utopisch, doch der Grundgedanke sei bemerkenswert.

8

Aus dem geplanten Jahr in Chemnitz wurden zwei Jahre. Die Arbeit in der Maschinenfabrik Haubold gab Anton das praktische Rüstzeug für seine künftige Arbeit. Carl Gottfried Haubold war mit seiner Leistung sehr zufrieden und dementsprechend fiel auch das Zeugnis aus, das er ihm am Tag seines Abschieds persönlich überreichte.

Mit geschwollener Brust kehrte Anton am 1. Juni 1836 nach Dresden zurück. Er hatte nichts eiligeres zu tun, als Schubert einen Brief zu schreiben, in dem er ihm über seine Zeit in Chemnitz berichtete und eine Abschrift des Hauboldschen Zeugnisses beilegte. Frei heraus bat er Schubert, ihm bei der Suche nach einer Anstellung behilflich zu sein.

Hilde stellte er erneut ein und verkündete ihr, er werde in nächster Zeit öfters Gäste haben. Küche und Keller solle sie deshalb reichlich mit guten Dingen bevorraten: Schinken, Eier, sauer eingelegtes Gemüse. Auch an Tee, Wein und Kaffee dürfe es von nun an nie fehlen; koste es, was es wolle. Er habe in Chemnitz nicht nur recht ordentlich verdient, sondern auch eisern gespart. Jetzt müsse er sich in der Residenzstadt einen Status zulegen. Den Status des gefragten *Maschinenbau-Ingenieurs*. Diesen Titel hatte Professor Schubert für die Absolventen der Technischen Bildungsanstalt anstelle des Technikers eingeführt.

Hilde staunte nicht schlecht über den jungen Mann, der, seitdem sie wieder im Haus war, kein freundliches Wort über die Lippen brachte und ihr, wenn er seine Wünsche äußerte, nicht einmal in die Augen sah. Sie fand das schade und tröstete sich mit der Gewissheit, das Leben werde ihm den Kopf schon noch zurechtrücken.

Am Nachmittag des 6. Juni läuteten in Dresden plötzlich alle Glocken. Die Menschen horchten auf, und dann ging die traurige Nachricht wie ein Lauffeuer durch die Stadt, König Anton sei in seiner Residenz in Pillnitz verstorben.

Durch seine Sanftmut und Güte war ihm sein Volk seit jeher zugetan. So verwunderte es auch nicht, dass am 23. Juni alle Geschäfte geschlossen blieben, die Menschen sich den ganzen Tag über still verhielten und Tausende dem Trauerzug zur Katholischen Hofkirche folgten.

Auch Hilde verließ das Haus. Sie wollte sich mit zwei Familien aus der Nachbarschaft dem Trauerzug anschließen. „Kommen Sie mit uns?", fragte sie Anton unsicher.

„Ich habe Wichtigeres zu tun", entgegnete er schroff. „Verschließ die Haustür. Ich studiere wissenschaftliche Journale, da will ich von niemandem gestört werden."

„Ist recht."

Am späten Nachmittag kam Hilde innerlich bewegt von der Trauerbekundung zurück. Wie es sich gehörte, wollte sie Anton darüber Bescheid geben und ging hinauf ins Studierzimmer.

„Ich bin wieder da, Herr Anton. Es war übrigens recht beeindruckend und zu Herzen gehend." Sie sagte das, um überhaupt etwas zu sagen in der vagen Hoffnung, Anton beginne vielleicht ein Gespräch mit ihr. „Nun ruht unser gütiger König in der Familiengruft."

„Natürlich in der Gruft, wo sonst?", bekam sie zu hören, ohne dass Anton sie eines Blickes würdigte. „Kann ich dann endlich zu Abend essen?"

„Selbstverständlich. Ich beeile mich." Leise schloss Hilde die Tür hinter sich und überlegte, während sie die Treppe hinunterging, wie lange sie die Übellaune des hochnäsigen Bürschleins trotz der recht guten Entlohnung noch ertragen wollte und ob sie sich nicht lieber nach einer anderen Stelle in einer freundlicheren Familie umsehen sollte, in der man ihre flinke und saubere Arbeit zu schätzen wusste.

Die Julisonne stand im Zenit, als Anton, herausgeputzt und mächtig aufgeregt, seinem großen Vorbild in der Kutsche gegenübersaß. Professor Schubert hatte sich für Antons Brief bedankt und ihn zu einer Fahrt nach Übigau eingeladen; eine kleine, elbabwärts gelegene Ortschaft vor den Toren Dresdens.

Begeistert berichtete Anton über seinen Umgang mit den Maschinen in der Hauboldschen Fabrik und beeilte sich, alles hervorzuheben, was den Professor von seinen Fähigkeiten überzeugen konnte.

Aufmerksam hörte Schubert ihm zu. Ließ ihn reden, bis er mit seiner euphorischen Selbstdarstellung zu Ende war. Nachdenklich schwieg er einen Moment und überraschte Anton mit der Frage: „Wollen Sie bei mir arbeiten?"

Anton stand der Mund offen. „Dann ist es also wahr, Professor, Sie haben Ihr eigenes Unternehmen gegründet?"

Ein stolzes Lächeln huschte über Schuberts Gesicht. „Nun, ganz so ist es nicht. Letzten Monat haben wir den *Dresdner Actien-Maschinenbau-Verein* gegründet. Ich bin Technischer Direktor und Vorsitzender des Direktoriums. Seit meiner Englandreise, auf der ich mir die Dampflokomotive COMET genau angesehen habe, bin ich fest entschlossen, die erste deutsche Eisenbahn zu bauen. An deren Konstruktion habe ich – übrigens mit vielen guten Ideen meiner Studenten – seit Langem zielstrebig gearbeitet." Er warf Anton einen herausfordernden Blick zu. „Wenn Sie möchten, sind Sie dabei."

Gemeinsam mit Schubert an der ersten in Sachsen gebauten Lokomotive arbeiten? Eigene Dampfmaschinen bauen für die Fabriken, die jetzt in vielen Städten Sachsens wie Pilze aus dem Boden schossen? Davon hätte Anton nicht einmal zu träumen gewagt. Was gab es da noch zu überlegen?

„Mit Ihnen, verehrter Professor, zu arbeiten, wäre für mich, über die große Ehre hinaus, ein außerordentliches Vergnügen. Überdies vermute ich, dass die Aktien des Vereins eine aussichtsreiche Geldanlage sind und ihr Ankauf gute Gewinne verspricht. Spätestens ab dem Zeitpunkt, da die ersten Lokomotiven an die Leipzig-Dresdner Eisenbahn verkauft sind."

„Davon gehe ich aus. Obwohl …", Schubert unterbrach den Satz und rieb sich nachdenklich das Kinn. „Nun ja, jeder Aktienkäufer geht – das muss ich der Ehrlichkeit halber sagen – natürlich auch ein gewisses Risiko ein. Wir haben momentan noch keine festen Kaufverträge für die Lokomotiven. Aber warum soll, was in England glänzend vorangeht, bei uns nicht ebenso funktionieren? Ich bin der festen Überzeugung, dass ich mit meinen Lokomotiven einen Bedarf auslösen und die technische Entwicklung über Sachsen hinaus vorantreiben werde. Zunächst werden wir Dampfboote für die Elbe bauen. Zu diesbezüglichen Studien reise ich im Auftrag der Regierung im kommenden Frühjahr nach Frankreich. Bis Ende nächsten Jahres sollen bereits zwei Dampfboote für die Elbe fertig sein. Ich denke, weitere Aufträge werden folgen."

Das klang gut. Anton nickte zufrieden. In diesem Moment stand sein Entschluss fest. Er wollte unbedingt mit Schubert in der Übigauer Fabrik arbeiten, wollte an seiner Seite Eisenbahnlokomotiven und Dampfboote bauen und sich durch den Kauf von Aktien am finanziellen Erfolg des Unternehmens beteiligen. Konnte es für ihn einen besseren Start in die Zukunft geben?

Die Kutsche hielt. Schubert bemerkte Antons Verblüffung, während sie auf das Gebäude zugingen, das so gar nichts mit einer Maschinenhalle gemein hatte.

„Ein Schloss? In einem barocken Schloss werden Maschinen gebaut?"

„Nein, nein, das Schloss nutzen wir für die Konstruktions- und Verwaltungsarbeiten. Zudem werde ich hier mit meiner Familie wohnen. Die neue Fabrikhalle, die sich in der Vollendung befindet, steht hinter dem Gebäude."

Anton lachte. „Ach so, und ich dachte schon ... Aber das Schloss sieht wie neu aus und ist wunderschön. Hohe Bogenfenster auf zwei Etagen, die Ecken des Daches mit Figuren verziert. Und obendrein die günstige Lage direkt an der Elbe. Ich schätze, der Besitzer hat das Anwesen aus finanziellen Gründen dem Actien-Verein verkauft?"

Schubert legte einen Schritt zu. Er hatte zeitiger ankommen wollen. Im Laufen lockerte er die weiße Halsbinde und öffnete die Knopfleiste seines Gehrocks. Allmählich wurde der Tag unerträglich heiß.

„Das Schloss lag im Besitz des sächsischen Königshauses. Die Prinzen hielten sich oft hier auf, wenn sie in der benachbarten Heide jagen wollten. Im Mai 1813 waren hier französische Truppen einquartiert. Sie plünderten die Räume und zerstörten, was ihnen nicht von Nutzen war. Von da an zerfiel das Schloss. Vor fünf Jahren ersteigerte es der Amtszimmermeister Siemen, der es im alten Glanz neu entstehen ließ. Nun ist der Maschinenbau-Verein der Besitzer. Am ersten Januar kommenden Jahres wird die Maschinenbau-Anstalt Übigau offiziell eröffnet. Ich werde das Unternehmen leiten."

Schubert ging unverzüglich auf die Maschinenhalle zu. Einige Arbeiter waren eben dabei, einen Lastenzug an der Decke zu befestigen. Parallel zur langen Nordwand verlegten sie einen Schienenstrang. Andere stellten verschieden große Werkbänke auf. Metallketten rasselten. Wuchtige Hammerschläge machten, dass man sein eigenes Wort nicht mehr verstand. Arbeiter sägten und feilten an Metallteilen, die in gewaltigen Schraubstöcken klemmten.

„Der herbe Geruch von Metall hat für mich etwas Magisches", sagte Anton schwärmerisch, nachdem sie das Tor der Halle passiert hatten. „Das war schon in der Hauboldschen Fabrik in Chemnitz so. Ich kann gar nicht genug davon bekommen. Wenn ich Metall rieche, kommen mir die besten Einfälle."

Schubert, im Begriff rasch zum Ende der Halle zu gelangen, fragte Anton spontan: „Wenn Sie möchten, richten wir Ihnen hier hinten einen Platz für eigene Versuche ein. Da können Sie nach Feierabend gern an Ihrem Gefährt arbeiten, Modelle anfertigen, Versuche durchführen."

„Das würden Sie für mich tun?" Antons Augen leuchteten. Sekundenschnell überflog er die grandiosen Möglichkeiten, die sich für ihn aus Schuberts Angebot ergaben. Jetzt zweifelte er keinen Augenblick mehr daran, dass ihm die Konstruktion des *Selbstfahrers*, wie er seine Erfindung nannte, in absehbarer Zeit gelingen und ihm Ruhm und finanziellen Wohlstand einbringen werde.

„Allerdings müssten Sie, was Sie an Material und Hilfeleistungen benötigen, selbst bezahlen."

„Selbstverständlich, Herr Professor, dessen bin ich mir bewusst. Wissen Sie, ich habe eine recht vermögende … Schwester. Sie unterstützt mich finanziell, und das schon seit Jahren. Sie ist mir zugetan."

Schubert musterte Anton von der Seite. So genau wollte er es gar nicht wissen. „Der Bau des ersten Passagierdampfbootes ist in vollem Gange. Die Bootsschale wird in Dresden gefertigt und danach hierher transportiert. Wir bauen den Kessel ein und die Dampfmaschine. Also, mein Freund, wie ist es, fangen Sie bei uns an?" Schubert blieb stehen und streckte Anton die Hand entgegen.

„Ja, das möchte ich!", sagte Anton und schlug ein.

Anton zögerte lange, ehe er sich entschloss, Elisa um Geld zu bitten. Viel Geld. Er benötige 500 Reichsthaler. 250 wollte er für seine Erfindung verwenden, die anderen 250 in Aktien investieren. In wenigen Jahren werde er ihr den Betrag mit hohem Zinsgewinn zurückzahlen, versprach er in seinem Brief. Es sei eine gute und sichere Investition. Eisenbahngesellschaften würden bald überall entstehen, und diese benötigten dringend leistungsstarke Dampflokomotiven – Schuberts deutsche Lokomotiven, in Übigau gebaut.

Hinzu kämen die ebenso zukunftsträchtigen Dampfschiffe, die den Verkehr auf der Elbe revolutionierten, allein durch ihr größeres Fassungsvermögen, ihre Schnelligkeit und den Transport von Passagieren. Auch habe Schubert sich lobend zu seiner Erfindung, einem selbstständig sich fortbewegenden Gefährt, geäußert. In zwei bis drei Jahren wäre er soweit und könne dann sein eigenes Unternehmen gründen. Wenn sie, Elisa, seinen beruflichen Werdegang weiterhin so großzügig wie bisher zu fördern gedenke, dürfe sie jetzt nicht zögern.

Am nächsten Morgen trug Anton den Brief zur Posthalterei. Briefe ins Ausland mussten vor Ort bezahlt werden.

„Menorca sagen Sie? Das wird eine Weile dauern, junger Mann", bemerkte der Postbeamte, während er sich behäbig von seinem Stuhl hochschob und den Brief wie ein Schatzsucher beäugte.

„Ja, eben!", entgegnete Anton gereizt. „Das wird dauern. Deshalb sollte er jetzt unverzüglich auf dem Postwege befördert werden!"

6. KAPITEL

I

Zum dritten Mal überflog Elisa Antons Brief. Seine optimistischen Versprechungen hinterließen bei ihr kein gutes Gefühl. Sie öffnete die Tür zum lichtdurchfluteten Innenhof. Das helle Grün des fantasievoll angelegten Gartens tat den Augen gut. Sie trat hinaus. Mit einem tiefen Seufzer sank sie auf die schmiedeeiserne Bank unter der Bougainvillea. Sie liebte die satten, kirschroten Blüten.

Den Brief in der Hand, schloss sie die Augen, streckte das Gesicht in die Sonne und lauschte dem monotonen Plätschern des Springbrunnens. Der kleine Teich war mit Feldsteinen umsäumt. Er bildete den Mittelpunkt des Gartens und spendete ihm noch in der größten Hitze ein wenig Kühle. Das Plätschern beruhigte Elisa. Sie musste nachdenken, hoffte, dass weder Kristina noch Manuel und schon gar kein Bediensteter jetzt zu ihr in den Garten kam.

Fünfhundert Reichsthaler verlangte Anton für die Arbeit an seiner Erfindung und für den Kauf von Aktien. Ein guter Zinsgewinn sei gewiss. Genug, damit er schon in wenigen Jahren sein eigenes Unternehmen gründen und seinen Selbstfahrer produzieren könnte.

Was dachte er sich nur dabei? War das wirklich eine fundierte Sache oder der Wunschtraum eines Heißsporns? Sie nahm den Brief, las ihn ein weiteres Mal, versuchte auszuloten, in welchem Gemütszustand Anton ihn geschrieben hatte. Sie kannte ihn, er trank gern ein Glas Wein zu viel. Wiederum war dieser Andreas Schubert ein anerkannter Ingenieur und Professor. Wenn sie Antons Berichten glauben durfte, dann stand das Maschinenbau-Unternehmen auf einem festen, zukunftsträchtigen Fundament.

Den Brief in der Hand, stand sie auf und schlenderte gedankenversunken am Teich entlang. Fünfhundert Reichsthaler. Das war die Hälfte ihres jetzigen Barvermögens. Natürlich konnte sie, falls die Situation es erforderte, das Haus oder ihren Schmuck beleihen. Notfalls auch verkaufen. Fünfhundert Thaler! Ein Schulmeister verdiente etwa 120 Reichsthaler im Jahr. Ein Professor der Medizin 500. Was war nur in den Jungen gefahren? Sollte sie Manuel zu Rate ziehen? Außer ihn hatte sie hier keinen Menschen, dem sie ihre Sorgen und Nöte anvertrauen und sich einen Rat holen konnte.

„Ach, hier sind Sie, Elisa. Darf ich Ihnen Gesellschaft leisten?"

Wenn man vom Teufel spricht ..., dachte Elisa und kicherte leise. „Aber ja, Manuel, kommen Sie nur. Sie werden es nicht glauben, aber just in dem Moment hatte ich an Sie gedacht."

„Tatsächlich? Das höre ich gern. Darf ich fragen, ob es dafür einen bestimmten Anlass gab?"

„Ja, den gab es und gibt es immer noch. Manuel, darf ich Sie in einer wichtigen persönlichen Angelegenheit um Ihren Rat bitten?"

Manuel setzte sich neben sie. „Aber gern, Elisa. Nichts lieber als das. Worum geht es denn?"

Unwillkürlich rückte Elisa ein Stück von ihm ab und strich verlegen über ihren Rock. Dann setzte sie ihren Hut, den sie vorhin über die Lehne gehängt hatte, wieder auf den Kopf. Die Sonne meinte es inzwischen zu gut. Die breite Krempe des fein geflochtenen Strohhuts hielt ihr Gesicht im Schatten und verhinderte gleichzeitig, dass Manuel noch näher an sie heranrückte.

„Ich erhielt diesen Brief aus Dresden. Anton bittet mich um Geld. Wohlgemerkt um eine beträchtliche Summe. Noch bin ich mir nicht sicher, ob ich sie ihm gewähren soll. Anton ist erst 24 Jahre alt und in geschäftlichen und unternehmerischen Dingen noch unerfahren. Er hat jetzt ein loderndes Ziel vor Augen und hegt keinerlei Zweifel, es schon bald zu erreichen. Ich weiß nicht, ob ich seiner momentanen Begeisterung und seiner übergroßen Zuversicht trauen kann. Er schreibt, die Investition in den Schiffs- und Eisenbahnbau sei ohne jedes Risiko. Gibt es das überhaupt, ein neu gegründetes Unternehmen ohne Risiko?"

Manuel streifte die Ärmel seines luftigen weißen Blusenhemdes hoch, das er während der morgendlichen Inspektion der Ställe und dem anschließenden Ritt durch die Felder trug. Das Hemd passte zu den engen Hosen aus schwarzem Rindsleder und dem breiten, mit einer blitzenden Messingschnalle verzierten Gürtel. Der Baumwollstoff des Hemdes war so dünn, dass die gekräuselten grauen Haare auf Manuels Brust leicht durchschimmerten.

Elisa ertappte sich dabei, wie ihr Blick immer wieder dorthin wanderte. Die behaarte Männerbrust erinnerte sie an Alois und daran, wie gern sie ihren Kopf auf seine stark behaarte Brust gelegt hatte, wie gut sich das anfühlte und wie einzigartig die Haut ihres Mannes roch. Sie erinnerte sich daran, als hätte sie gestern erst bei ihm gelegen, ihn umschlungen und, nach Zärtlichkeit verlangend, ihren nackten Körper an seinen geschmiegt. Ein heißer Strom durchfuhr sie bei dem Gedanken, den sie, um nicht tiefer in ihm zu versinken, abrupt von sich schob.

Ohne Elisas Schultern zu berühren, streckte Manuel seinen Arm hinter ihr auf der Banklehne aus. Wenn die Situation es ergab, worauf er hoffte, konnte er die geliebte Frau umfassen, sie an sich ziehen und ihr vielleicht einen Kuss abringen.

„Sie sollten den jungen Mann nicht unterschätzen. Mit 24 Jahren hatte mir mein Onkel seine Pferdezucht anvertraut, mit allen Pflichten und Risiken. Ich habe die Zucht mehr als 20 Jahre so erfolgreich geführt, dass er die Pferde zu besten Preisen in ganz Spanien an die angesehensten Häuser verkaufen konnte. Weshalb misstrauen Sie Anton? Schließlich haben Sie ihm, wie Sie sagten, eine exzellente Ausbildung ermöglicht. Heute ist er ein gefragter Techniker. Ich meine, Sie sollten Ihrem Bruder die Chance, um die er Sie bittet, nicht verwehren. Womöglich kommt der Tag, an dem Sie ihr Misstrauen bereuen, und dann ist es zu spät."

Flink faltete Elisa den Brief zusammen, schob ihn in ihre Rocktasche, stand auf und ging zu der mannshohen, ihre Wedel weit ausladenden Stechpalme, die in einem Terrakottakübel neben der Tür zum Garten stand. Dabei überlegte sie, ob sie Manuel, der ihr folgte, einen Einblick in ihre momentane finanzielle Situation geben sollte. Ihr war klar, dass er sich nach jenem Kuss im Musikzimmer mehr von ihr versprochen hatte, als sie ihm zu geben bereit war. Das hatte sie ihm kurz darauf auch recht deutlich gesagt. Dieser Kuss geschah aus dankbarer Zuneigung zu ihm, nicht aus Liebe. Sie wollte diesem wunderbaren Mann, dessen Gesellschaft sie jeden Tag genoss, gern eine Zeit lang nahe sein, doch sie konnte und durfte ihn nicht lieben. Ihr Herz rief noch immer nach Alois.

„Nein, Manuel, ich misstraue Anton nicht. Ich möchte nur kein allzu hohes finanzielles Risiko eingehen." Sie gab sich einen innerlichen Ruck, ließ ihre Bedenken fallen und offenbarte Manuel ihre finanzielle Lage. Sie erklärte ihm, weshalb sie niemals das Haus in Dresden beleihen oder den wertvollen Schmuck, der aus dem Nachlass ihrer spanischen Verwandten stamme, in ein Pfandhaus bringen würde. „Das brächte ich nicht fertig. Das verbietet mir mein Stolz."

Höflich bot Manuel ihr den Arm an. „Kommen Sie, Elisa, lassen Sie uns gemeinsam ein Stück durch den Garten gehen. Dabei lassen sich Probleme viel besser bereden."

Elisa hakte sich bei ihm unter. Noch immer tat sie es zögerlich und mit einem unterschwelligen Gefühl von Schuld. Wenn Alois das sehe! Er war oft so schrecklich eifersüchtig auf sie, und das ohne jeglichen Grund. Richtig zornig konnte er werden, wenn er einen anderen Mann auch nur in ihrer Nähe vermutete oder wenn sie vor seinen Augen einen Brief klammheimlich im Sekretär verschwinden ließ.

Manuel schob die Stirn in Falten. „Sie und ich stehen im letzten Drittel unseres irdischen Daseins. Geballte Erfahrung an Leben, könnte man sagen. Da müsste es doch mit dem Teufel zugehen, wenn wir in dieser Angelegenheit keine gute Entscheidung fänden."

Elisa nickte und erwiderte seinen Blick mit einem hintergründigen Lächeln. „Das ist wohl wahr, die Jüngsten sind wir mit über fünfzig Jahren beide nicht mehr. Doch … aus eben dieser reichen Erfahrung an Leben heraus erwachsen meine Bedenken."

Die Sonne stand jetzt im Zenit. Nur im hinteren Teil des Gartens gewährte der wilde Olivenbaum noch einen Rest Schatten. Manuel rückte die beiden dort stehenden Gartenstühle – mit geflochtenen Sitzflächen und schmiedeeisernen Lehnen – in den Schatten, holte den dazugehörigen kleinen runden Tisch heran und rief Miranda, die er über den Flur gehen sah, etwas zu. Wenig später kam sie mit einem Tablett an, darauf ein Krug und zwei Gläser.

„Damit die Herrschaften in der Sonnenglut nicht verdursten", murmelte sie, stellte geschäftig Krug und Gläser auf den Tisch, goss beiden von der kühlen, nach frischen Limonen duftenden Limonade ein und fragte Manuel, ob er noch etwas wünsche. Er verneinte, fragte sie jedoch nach kurzem Blickkontakt mit Elisa, wo Kristina sei.

Bei dem Namen verklärten sich Mirandas Augen. Sie drückte das Tablett an ihre weiße Schürze, die sie über dem kurzärmeligen schwarzen Kleid trug, und berichtete im Flüsterton: „Fräulein Kristina war von ihren drei Stunden Gesangsunterricht sehr ermattet. Ich sah sie in den Pferdestall gehen. Dort liegt sie nun im Stroh und macht Siesta. Ich werde sie wohl mit lautem Topfschlagen wecken müssen, damit sie pünktlich drei Uhr mit den Herrschaften am Mittagstisch sitzt."

Manuel übersetzte Elisa, was Miranda gesagt hatte, und nun fiel auch sie in das heitere Lachen der beiden ein.

Miranda ging zurück ins Haus. Manuel zog seine goldene Uhr aus der Hosentasche, klappte den reich mit Gravuren verzierten Deckel auf und nickte beruhigt. „Bis dahin sind es noch zwei Stunden. Ich denke, das wird reichen, damit wir in Ihrer Geldangelegenheit eine Lösung finden, mit der Sie und Ihr Bruder leben können."

Nachdenklich hob Elisa das Glas an ihre Lippen und nahm einen Schluck von der erfrischenden Limonade. Dabei überlegte sie, ob es nicht doch ein Fehler war, Manuel einen so tiefen Einblick in ihre privaten Angelegenheiten zu gewähren. War sein Rat nicht von vornherein subjektiv gefärbt? Würde er nicht alles tun, ihre Rückkehr nach Dresden zu verhindern, obwohl sie daran nie einen Zweifel hatte aufkommen lassen?

Damit er Elisa ins Gesicht schauen konnte, wandte sich Manuel ihr seitlich zu. „Sie wissen, wie sehr ich Sie verehre, Elisa. Weshalb bleiben Sie nicht bei mir? Ich wäre überglücklich. Selbstverständlich respektiere ich die Trauer um Ihren Mann. Glauben Sie mir, meine Gefühle für Sie sind so stark und ehrlich, dass ich mich auch mit einer platonischen Liebe, zwar nicht zufrieden geben, aber dennoch abfinden würde. Ich flehe Sie an, bleiben Sie bei mir. Verkaufen Sie Ihr Haus. Geben Sie Anton das Geld und gewähren Sie ihm die Chance, die er sich so sehr wünscht."

Sie hatte es gewusst. Manuel Rodriguez war nicht der Mensch, mit dem sie sachlich und unvoreingenommen über diese Angelegenheit sprechen konnte.

„Und bitte denken Sie auch an Ihre Tochter. Anton ist ein erwachsener Mann. Er hat seinen Weg gefunden und an Durchsetzungsvermögen scheint es ihm nicht zu mangeln. Doch was ist mit Kristina? Hat sie nicht zu ihrem Talent auch den bewundernswerten Willen, einmal eine wirklich große Sängerin zu werden? Helfen Sie ihr, dieses wunderbare Ziel zu erreichen. Kristina ist jetzt 12 Jahre alt und sollte das Konservatorium in Madrid besuchen. Meinen Sie nicht?"

„Manuel!", rief Elisa empört. „Sie ist noch ein Kind. Zudem wäre ich nicht bereit, mich für Jahre von ihr zu trennen, während sie mit fremden Mädchen, die zudem ihre Konkurrentinnen sind, in einem Internat wohnt."

„Sie müssen sich nicht von ihr trennen. Ich miete in Madrid eine Wohnung. Dort können Sie Ihre Tochter so oft Sie wollen besuchen. Kristina bekommt eine Gouvernante an die Seite. Miranda wäre dafür hervorragend geeignet, meinen Sie nicht? Kristina vertraut ihr. Miranda kann lesen, schreiben, rechnen. Sie ist eine kluge, lebensgewandte Person. Sie wird zuverlässig über Ihre Tochter wachen."

Hastig trank Elisa ihre Limonade aus. „Das ist ein recht guter Vorschlag. Ich will ihn gern überdenken."

„Das würde mich freuen, und da wir gerade bei dem Thema sind, möchte ich Ihnen noch einen Vorschlag unterbreiten. Ende des Monats gibt die Dresdner Sängerin Wilhelmine Schröder-Devrient an der Madrider Oper ein Gastspiel. In Richard Wagners *Der fliegende Holländer* singt sie die Senta. Ich dachte mir, das könnte sowohl Sie als auch Kristina begeistern."

„Und ob uns das begeistert!", rief Elisa und legte freudig überrascht ihre Hand auf Manuels Arm. „Ich liebe Wagners Musik, und von der Devrient habe ich schon in Dresden viel Gutes gehört. Sie soll bereits mit 15 Jahren auf der Schauspielbühne gestanden haben. Mit 17 Jahren sang sie die Pamina in Mozarts *Zauberflöte* und die Leonore in Beethovens *Fidelio*. Ach Manuel, der Besuch dieser Oper in Madrid wäre für uns wirklich eine riesige Freude!"

Manuel neigte den Kopf ein wenig zur Seite und sagte, geheimnisvoll lächelnd: „Damit nicht genug. Ich habe noch eine Überraschung. Wir werden in Madrid bei einer befreundeten Familie zu Gast sein. Die Dame des Hauses feiert am letzten Tag des Monats ihren 65. Geburtstag. Sie veranstaltet in ihrer Villa eine grandiose Feier mit ausgewählten Gästen, die Kristina vor dem Festessen mit einem kleinen Konzert unterhalten soll. Ich habe bereits veranlasst, dass ihre Gesangslehrerin mit uns fährt. Sie wird Kristina am Klavier begleiten."

„Wunderbar! Darüber wird sich meine Tochter gewiss sehr freuen." Elisa erhob sich, ergriff Manuels Hand und zog ihn mit sich ins Haus. „Dann werden wir die Schläferin jetzt wecken und sie mit der freudigen Nachricht überraschen."

2

Ihr schulterfreies Kleid mit schmalem Reifrock schimmerte nachtblau. Ihre Hände steckten bis zu den Ellenbogen in weißen Spitzenhandschuhen. Ihr blondes Haar war im Nacken zu einem Knoten gebunden. Korkenzieherlocken umrahmten ihr Gesicht.

Mit erhobenem Kopf stand Kristina neben dem Klavier und wartete auf ihren Einsatz. Scheinbar gelassen, ohne die geringste Spur von Aufregung ließ sie ihren Blick über die Schar festlich gekleideter Menschen schweifen, die erwartungsvoll auf ihren kirschrot gepolsterten Stühlen mit vergoldeter Lehne saßen.

Am Mittag während des Empfangs der Gäste im geräumigen, vom Duft hunderter bunter, in prächtigen Vasen steckenden Blumen erfülltem Foyer hatte Kristina hier und da kritische Bemerkungen über sie aufgefangen. Unauffällig hatte sie sich durch die Pracht rauschender Gewänder bewegt. Die Herrschaften fragten sich, was ihnen das angekündigte, noch nicht einmal 13 Jahre alte Persönchen aus Deutschland an Gesang schon bieten könnte. Vielleicht ein paar hübsche Lieder von Franz Schubert oder eine der gängigen Arien, mit denen junge Sängerinnen gern debütierten. Eine Überraschung sollte es werden, habe die Jubilarin durchblicken lassen. Hoffentlich keine peinliche.

Weil Kristina Weller noch niemand kannte, hatte sie sich unter die festlich gekleideten Damen und Herren gemischt und eifrig ihren Gesprächen gelauscht. Schließlich war es ihr zu bunt geworden. Sie trat zu einem besonders arg lästernden Grüppchen heran, klappte ihren Fächer zu und wand auf Spanisch ein: „Ich gehe jede Wette mit Ihnen ein, dass Sie nach dem Vortrag der jungen Sängerin für einen Moment das Atmen vergessen."

Rasch hatte sie ihren Fächer wieder aufgeschlagen, vors Gesicht gehalten und war, noch ehe die Herrschaften die Behauptung hinterfragen konnten, davongeeilt.

Nun stand Kristina neben dem Klavier, bereit, das vollmundige Versprechen zu erfüllen. Doch beginnen durfte sie erst, wenn ihr die Jubilarin Olivia Alonso das Zeichen dafür gab.

Die strenggesichtige Dame saß in der Mitte der ersten Reihe. Die barocke Verzierung von Arm- und Rückenlehne ihres, einem Königsthron gleichenden Stuhls war mit Blattgold belegt. Olivias schulterfreies Kleid aus goldfarbenem Brokat stach alle anderen Kleider an Prunk und Pracht aus und hatte schon bei der Begrüßung einiges Aufsehen erregt, denn in jeder der auf dem Reifrock aufgenähten Rosette funkelte ein winziger Diamant. Auch das Diadem in der silbernen Lockenpracht der Jubilarin war reich mit Diamanten und Smaragden besetzt.

Endlich war es so weit. Das Räuspern der Gäste verstummte. Olivias Hand gab mit sanfter Bewegung das vereinbarte Zeichen. Kristina verbeugte sich, und als sie den Kopf wieder hob, sahen die Damen und Herren in ein völlig verändertes, zorniges Gesicht. Das Vorspiel am Klavier erklang, und jetzt ahnte wohl jeder im Saal, was die junge Sängerin zu Gehör bringen würde. Kein Schubertlied, keines der gängigen Anfängerstücke, sondern eines der schwierigsten Arien der Opernwelt: Aus Mozarts *Zauberflöte* sang Kristina die Arie der *Königin der Nacht*.

„Der Hölle Rache kocht in meinem Herzen …" Mit glockenheller Stimme meisterte Kristina spielend die Höhen der Koloratur, formte selbst das hohe C glasklar in ihrer Kehle, als sei diese Arie, die als eine der schwierigsten in der Musikwelt galt, ein Kinderspiel. Tatsächlich wagten die Anwesenden kaum zu atmen, weil der Gesang so wunderschön und im wahrsten Sinne des Wortes atemberaubend war. Kraftvoll sang Kristina die letzten, von Bosheit gezeichneten Worte der Königin: „Hört, hört, hört Rachegötter, hört der Mutter Schwur!"

Stille.

Kristina verharrte einen Moment mit geschlossenen Augen, genoss die sprachlose Ergriffenheit der Gäste. Stolz und Erleichterung standen ihr im Gesicht, als sie die Augen wieder öffnete.

Ein Sturm der Begeisterung folgte. Dazwischen Bravorufe. „Grandios! Einmalig schön! Ein Wunderkind!"

Olivia Alonso erhob sich, schritt zu Kristina, nahm ihre Hand und sagte, das Gesicht den Gästen zugewandt: „Sie werden mir zustimmen, meine lieben Freunde, dass wir soeben einen vollkommenen Kunstgenuss erleben durften. Dargeboten von der bewundernswerten zwölfjährigen Kristina Weller aus Dresden, einer kleinen, lieblich an einem Fluss gelegenen deutschen Stadt. Kristina ist die Adoptivtochter meiner dort lebenden entfernten Verwandten Elisa Weller. Einer tapferen, von schweren Schicksalsschlägen geprüften Frau, der meine ganze Bewunderung gebührt. Im Februar 1825 weilte sie an der Nordsee. In der Nacht jener schrecklichen Sturmflut rettete sie ein Neugeborenes vor dem sicheren Tod, nahm sich des kleinen Mädchens an und nannte es Kristina, was im Nordischen so viel bedeutet wie *Kind des Meeres*."

Ein Raunen ging durch die Reihen. Damen trockneten mit weißen Spitzentüchern ihre Augen. Herren räusperten sich und schauten betroffen.

„Mutter und Tochter weilen zurzeit auf der Finca meines Cousins Manuel Rodriguez auf Menorca. In wenigen Wochen beginnt Kristina ihr Gesangsstudium am Madrider Konservatorium. Ich glaube, wir werden noch viel von der jungen Künstlerin hören. Und damit ihr der Anfang nicht zu schwer wird, darf ich mit

Freude verkünden, dass ich für das erste Jahr am Konservatorium die Kosten der Ausbildung übernehme."

Ein neuerlicher Beifallssturm brauste auf. Man erhob sich von den Plätzen und zollte nun der Jubilarin Bewunderung und Anerkennung.

Ergriffen legte Kristina ihre Hand aufs Herz und verbeugte sich tief vor ihrer Gönnerin, die es sich nicht nehmen ließ, ihre Hand zu ergreifen und mit ihr gemeinsam den zweiten Teil des Abends zu eröffnen. „Und nun, meine lieben Freunde", rief sie mit ausladender Geste, „darf ich Sie zum festlichen Dinner in den Gelben Salon bitten. Man öffne die Türen!"

Das war das Stichwort für zwei Diener, die augenblicklich die Flügeltür zum lichtdurchfluteten Speisesaal öffneten. Der Weg zur Geburtstagstafel war frei. Auch diese Ankündigung belohnten die Gäste mit Beifall, und nachdem ihnen durch die geöffneten Türen verlockende Düfte um die Nasen wehten, sah jeder zu, Olivia und Kristina, die gemeinsam voranschritten, zu folgen.

Für ihre glanzvollen und kulturell erlesenen Feste war Olivia Alonso in ganz Madrid bekannt. Ein jeder schätzte sich glücklich und betrachtete es als besondere Ehre, wenn er eine Einladung der begüterten Dame in den Händen hielt. Olivias Gatte war vor zehn Jahren verstorben, was sie nicht daran hinderte, seinen Handel mit Gewürzen, Tabak, Tee, Kaffee und erlesenen asiatischen Stoffen erfolgreich weiterzuführen.

Während Kristina bereits neben der Jubilarin am Tisch Platz genommen hatte, saß Elisa noch immer auf ihrem Stuhl im Konzertsaal. Beeindruckt vom Gesang der Tochter und von Olivias großzügiger Ankündigung war sie den Tränen nahe. Freudentränen, denen sie in anderer Umgebung freien Lauf gelassen hätte.

Plötzlich spürte sie, wie Manuel zärtlich ihren Handrücken mit dem Daumen streichelte. Sie erschrak, zog ihre Hand aber nicht weg, weil sie sich eingestand, wie stark ihre Zuneigung zu Manuel war. In ihrer Sehnsucht nach Alois hatte sie dieses wachsende Gefühl bislang stets verdrängt, hatte ihm keinen Raum gelassen, sich frei zu entfalten. Beharrlich war sie der Tatsache, ihren Mann nie wieder zu sehen, ausgewichen.

Manuel umfasste ihre Hand mit leichtem Druck und sagte ihr mit den Augen: *Komm zu mir, du kannst mir vertrauen.*

Auch ohne Worte verstand Elisa, was er ihr in diesem innigen Moment sagen wollte. Zögernd erwiderte sie seinen Blick, wich nicht mehr aus wie sonst. Viele Nächte hatte sie in den vergangenen Wochen wach gelegen und nachgedacht über sich und Alois und Manuel. War jetzt der Moment gekommen, den Tod ihres Mannes als unabänderlich zu akzeptieren und den geliebten Menschen loszulassen? Konnte sie sich nicht glücklich schätzen, im letzten Drittel ihres Lebens einem so wunderbaren Mann wie Manuel begegnet zu sein? Einem

Mann, der sie aufrichtig liebte, ohne sie mit seiner Liebe zu bedrängen. Einen geduldigen, gefühlvollen, warmherzigen und zugleich energischen Mann. Das Leben ging weiter. Anton und Kristina waren mit guten Vorzeichen dabei, ihren eigenen Lebensweg zu beschreiten. Bald bedurften sie ihrer Hilfe nicht mehr. Bald würden sie ihre eigenen Familien gründen und tun, was das Schicksal ihnen bestimmte.

Elisa erwiderte den Druck in Manuels Hand, und mit den Augen sagte sie ihm: *Lass mir Zeit. Ich bin auf dem Weg zu dir ...*

3

Anton stapfte durch den Schnee, der in der kalten Dezembernacht reichlich gefallen war. Um Geld zu sparen, verzichtete er auf eine Kutsche und legte den Weg nach Übigau zu Fuß zurück. Zuerst lief er über den Schlossplatz und die Augustusbrücke bis zum Blockhaus, dann flussabwärts immer an der Elbe entlang. Mehr als eine Stunde benötigte er, und dennoch war die Zeit nicht nutzlos vertan. Während er am Wasser entlangging, die frische, nach Schnee riechende Morgenluft in die Lungen sog, hing er seinen Gedanken nach und überdachte diese oder jene getroffene Entscheidung.

Die Arbeit mit Schubert begeisterte ihn jeden Tag aufs Neue. Er verehrte und bewunderte den Professor. Seine Dampflokomotive *Saxonia* – auf diesen Namen hatten sich die Erbauer geeinigt – nahm allmählich Gestalt an. Die Vorlage für die Konstruktion hatte Schubert bereits während seiner Englandreise erarbeitet. Begeistert hatte er in Manchester die dort gebaute COMET eingehend studiert. Es war eine Freude, gemeinsam mit diesem Mann zu arbeiten und von ihm zu lernen. Schubert gewährte ihm Einblick in sämtliche Zeichnungen und Berechnungen für die *Saxonia*. Auch hatte er ihn gelehrt, nicht aus spontaner Begeisterung heraus irgendetwas anzufangen, sondern jeden Schritt wohl überlegt vorzubereiten, ehe er ihn in die Tat umsetzte. Sämtliche Berechnungen solle er mehrmals überprüfen und die einzelnen Komponenten genau aufeinander abstimmen und miteinander vergleichen, damit ihm vor lauter Begeisterung kein Fehler unterlief.

Schuberts Ratschläge und sein praktisches Wissen waren für Anton nicht mit Gold aufzuwiegen. Zumal er bei der Entwicklung seines *Selbstfahrers* in einer Sackgasse steckte. Er nahm die kritischen Bemerkungen des Professors dazu sehr ernst, überdachte sie und begann schließlich damit, ein weit größeres, anschaulicheres Modell zu bauen. Doch die Anfertigung dieses dritten Modells war teuer. Das Geld dafür bekam er – Dank Elisas Anweisung – vom Dresdner Bankhaus. Manche Tage verließ er die Fabrikhalle nicht vor zehn Uhr abends.

Er schonte sich nicht, war sich seines Erfolgs ganz sicher. Elisa sollte stolz auf ihn sein. Und sie sollte ihr Geld mit hohem Zins zurückbekommen. Für den Kauf von Aktien der Maschinenbaugesellschaft reichte das Geld nicht mehr. Halb so schlimm, sagte er sich. Das mit seiner Erfindung würde schon gut gehen. Ganz bestimmt!

Etwas bereitete Anton jedoch Sorgen. Im April waren die Rümpfe der Elbdampfschiffe *Königin Maria* und *Prinz Albert* für den Einbau der Kessel und Dampfmaschinen nach Übigau überführt worden. Schubert hatte für beide Schiffe relativ leichte Lokomotivkessel und schräg liegende oszillierende Hochdruck-Dampfmaschinen vorgesehen. Doch die Elbdampfschifffahrts-Gesellschaft bevorzugte den Einbau der mächtigen Balancier-Niederdruckmaschinen von der Berliner Firma Engels.

„Diese Maschinen sind für Dampfboote auf der Elbe zu schwer!", erklärte Schubert seinen Mitarbeitern in der Fabrikhalle, nachdem er vergeblich versucht hatte, die Gesellschaft zum Umdenken zu bewegen. „Sie begreifen es nicht! Niederdruckmaschinen verursachen einen viel zu hohen Tiefgang. Das könnte auf der ohnehin flachen, von zahlreichen Flussbiegungen, Sandbänken und Stromschnellen gezeichneten oberen Elbe verheerende Folgen haben. Statt der beabsichtigten 43 cm fahren die Boote nun mit einem Tiefgang von 74 cm. Das ist unverantwortlich, trotz des beabsichtigten Ausbaus des Fahrwassers auf eine Tiefe von 84 cm! Am Ende fällt es auf mich zurück, den Konstrukteur der Dampfboote. Ich mag gar nicht daran denken!"

In den folgenden Wochen kämpfte Schubert für seine Argumente wie ein Stier, musste sich jedoch am Ende dem Willen des Auftraggebers beugen.

Nach der erfolgreichen Probefahrt von Dresden nach Meißen gab sich das sächsische Königshaus am 23. August 1837 die Ehre zu einer Fahrt von Pirna nach Pillnitz. Wie die Zeitungen berichteten, waren die Majestäten außerordentlich zufrieden.

In Übigau jedoch herrschte seit dem Streit um den Einbau der Kessel eine entmutigende Stimmung. Schuberts Autorität war durch die Ignoranz der Elbdampfschifffahrts-Gesellschaft untergraben. Auch sah er sein fachliches Wissen in den Schatten gestellt.

Verbittert sagte er einmal nach getaner Arbeit zu Anton: „Sie werden nicht lange mit diesen Booten fahren können. Bald schon werden sie einsehen, dass sie leichtere Maschinen verwenden müssen. Hoffen wir, dass bis dahin kein Unglück geschieht."

Das Wort *Unglück* nistete sich wie ein böses Omen in Antons Kopf ein, denn Schuberts unternehmerische Erwartungen schienen sich nicht zu erfüllen. Sein Ziel war es gewesen, spezielle, zum Teil recht komplizierte Maschinen in Serie zu produzieren. Dafür wurden in der Übigauer Fabrik alle Teile konstruiert und hergestellt. Anton fragte sich, wie lange der Verein und Schubert die hohen Vorauskosten noch schultern konnten, da der gewinnbringende Verkauf der Maschinen noch immer auf sich warten ließ. Zu groß waren die Vorbehalte vieler Unternehmer gegen die sächsischen Produkte. Für die Modernisierung ihrer Manufakturen und Fabriken kauften sie nach wie vor lieber Maschinen aus England. Nicht einmal die neuen Flachspinnmaschinen hatten bis jetzt Käufer gefunden. Und für die Übernahme der *Saxonia*, die ihrer Fertigstellung entgegensah, gab es noch nicht einmal einen Vertrag mit der Leipzig-Dresdner Eisenbahngesellschaft. Auch dort setzten die maßgeblichen Herren – die seit Jahren gute Geschäftskontakte zu englischen Unternehmen unterhielten – lieber auf die bewährten englischen Dampflokomotiven. Nein, mit der Maschinenbauanstalt stand es ganz und gar nicht gut, und sollte sie eines nicht mehr fernen Tages in Konkurs gehen müssen, weil sie sich nicht mehr rechnete, wäre das für Anton mehr als ein Unglück. Für ihn wäre das eine Katastrophe.

Warm in seinen dicken schwarzen Wintermantel gehüllt, lief Anton auch an diesem Morgen über die Augustusbrücke zur Arbeit nach Übigau. Die Menschen, die ihm begegneten, würdigte er keines Blickes. Bloß niemanden grüßen müssen oder womöglich in ein Gespräch verwickelt werden. Wie dunkle, gesichtslose Schatten huschten sie an ihm vorbei.

Am Ende der Brücke, in Höhe des Blockhauses, stutzte Anton, blieb stehen und drehte sich blitzartig um. Ihm war, als kenne er die Frau mit dem Kind an der Hand, die soeben an ihm vorüber ging. Halblaut fragte er sich: „War das nicht … die Anke?" Durch den Flockenwirbel hindurch suchte er sie, doch so sehr er seine Augen auch anstrengte, die beiden waren verschwunden. Kopfschüttelnd ging er weiter. Wahrscheinlich hatte er sich geirrt. Wieso sollte Anke in Dresden sein? Anke lebte mit Mann und Kind in Chemnitz, war glückliche Mutter und die Gattin eines erfolgreichen, allseits geschätzten Ingenieurs.

Trotz zweier, recht heiter geschriebenen Briefe hatte sich Helfried seit der Abreise von Dresden nicht mehr gemeldet. Nicht einmal seine beiläufige Frage nach dem Kind hatte er beantwortet. War Anke ihrem Mann gegenüber vielleicht doch geständig geworden? Eher nicht. Sie war klug genug, ihr kleines Geheimnis für sich zu behalten.

Anton hatte die Stadtgrenze längst hinter sich gelassen, da dachte er noch immer an Anke. Er sah ihr liebenswertes Gesicht, hörte ihr helles Lachen, erinnerte sich daran, wie seidenweich ihr blondes Haar sich anfühlte, wie süß die rosige Haut ihrer Brüste duftete und wie heiß ihm an jenem Abend zwischen ihren Schenkeln geworden war. Längst hatte er seine abweisende Haltung Anke gegenüber bereut und sich eingestanden, dass er sie mehr denn je begehrte. Obwohl damals wirklich nicht die Zeit war, eine eigene Familie zu gründen, hatte er sich Anke gegenüber ziemlich schäbig verhalten. Er hatte ihr Beleidigungen an den Kopf geworfen und sie mit banalen Anschuldigungen zurückgewiesen, weil er die möglichen Konsequenzen jener Nacht fürchtete, anstatt sich dazu zu bekennen. Das war erbärmlich. Wie konnte er nur!

Schon den zweiten Tag hielt sich der erfolgreiche Unternehmer Dr. Karl Klampinus aus Berlin in der Maschinenbau-Anstalt Übigau auf. Der schwergewichtige Mann interessierte sich für den Bau von Schuberts Dampfschiffen.

Während der Professor ihm ausführlich die Konstruktion erläuterte, warf er immer wieder einen neugierigen Blick hinüber zu Antons Werkstatt. Schubert hatte ihm angedeutet, wer da woran arbeite. Durch die dicke Glaswand konnte Klampinus das Modell recht gut sehen, und nachdem Schubert sich von dem Unternehmer verabschiedet hatte, machte dieser eine Kehrtwendung und ging interessiert hinüber zu Anton. Freundlich begrüßte er ihn mit Handschlag und drückte seinen Bauch mächtig gegen die Tischplatte, damit er das darauf stehende Modell in allen Einzelheiten betrachten konnte.

„Der Ansatz scheint recht gut durchdacht", lobte er mit kratziger Stimme. „Ein Fahrzeug mit eigenem Antrieb. Ohne Schienen. Hab von solchen Ideen mehrfach gehört. Das würde alles, was über die Straße geht, revolutionieren. Von der Post über die Personenbeförderung bis hin zum Transport verschiedener Güter. Eine lukrative Sache, wenn sie funktioniert!"

Dr. Klampinus hob die buschigen Brauen. Kritisch sah er Anton von der Seite an. „Und wie, wenn ich fragen darf, wollen Sie das Gefährt in Bewegung versetzen? Mit der Kraft des Dampfes?"

Aus einem unerklärbaren Grund misstraute Anton dem Interesse des Mannes. Nur zögernd ließ er sich auf ein Fachgespräch mit ihm ein. „Zunächst hatte ich mich tatsächlich an dem Dampfwagen des Franzosen Cugnot von 1769 orientiert. Derartige Herangehensweise habe ich nach zwei Modellversuchen schließlich verworfen und mich für …"

„Verstehe!", fiel ihm Dr. Klampinus ins Wort. „Der Behälter für den Dampfantrieb war um einiges zu groß, deshalb hat sich der Wagen auch nicht durchgesetzt. Und? Haben Sie eine überzeugende Alternative gefunden?"

Anton überlegte, ob er dem Dickbauch mit den listigen Augen seine neue Herangehensweise unter die Nase reiben sollte. Dieser schnaufende, seinen aufgeblähten Leib vor sich herschiebende Unternehmer gefiel ihm ganz und gar nicht. Wiederum war der Mann ausgesprochen erfolgreich und konnte ihm vielleicht irgendwann einmal nützlich sein. Es wäre unklug, sich eine derartige Möglichkeit von vornherein zu verbauen.

„Ich arbeite an der Konstruktion einer Verbrennungs-Kraftmaschine. Sie wandelt einen leicht brennbaren Stoff durch gezielte Verbrennung in jene Energie um, die den Antrieb bewirkt. Noch suche ich nach diesem Stoff. Mir schwebt eine leicht brennbare Flüssigkeit vor. Petroleum oder hochprozentiges Ethanol, durch Gärung von Äpfeln oder Getreide gewonnen. Wie Sie sehen, stecke ich mitten in den Versuchen."

Dr. Klampinus fingerte ein kleines, in schwarzes Leder gebundenes Büchlein und einen Bleistiftstummel aus seiner Manteltasche hervor und machte sich eifrig Notizen. Dazwischen schob er immer wieder mit dem Zeigefinger seine Rundbrille zurecht, die ihm beim Hinunterschauen auf die Nasenspitze rutschte.

„Wie wäre es, junger Mann, wenn Sie mich über den Fortgang Ihrer Erfindung auf dem Laufenden halten würden? Sobald die Sache ausgereift ist, würde ich die Produktion des von Ihnen angestrebten *Selbstfahrers* gern unterstützen. Ich denke, im Gegensatz zu Ihnen wäre für mich der kostenintensive Bau von Modellen in Originalgröße kein Problem. Sie verstehen? Es ginge alles rascher voran, und letztlich verdienten Sie auch schneller gutes Geld."

Er reckte sich und stach Anton einen herausfordernden Blick in die Augen. Als er sah, dass Anton nur unentschlossen lächelte, reichte er ihm seine fleischige Hand und verabschiedete sich. „Überlegen Sie sich's!" Eilig zog er ein kleines Kärtchen mit seiner Postanschrift aus der Manteltasche und gab es Anton. „Bitte sehr! Die Post in Berlin funktioniert einigermaßen zuverlässig."

Anton bedankte sich und versprach, sich zu gegebener Zeit zu melden. Klampinus klopfte ihm unerwünscht vertraut auf die Schulter. „Machen Sie mal junger Mann, machen Sie mal. Es wird Ihr Schaden nicht sein!"

Nachdem er die Tür hinter sich geschlossen hatte, wandte Anton sich wieder seiner Arbeit zu. „Das könnte dir so passen, Wanst!", zischte er. „Mir meine Erfindung abluchsen und damit Geld verdienen. Für wie blöd hältst du mich?"

Er nahm sich fest vor, die Hand schützend über seine Erfindung zu halten und außer Schubert, den er gelegentlich in seiner Wohnung besuchte, niemandem die Zeichnungen und Berechnungen zu zeigen. Vor allem dann nicht, wenn der Selbstfahrer fertig war und er ihn verkaufen konnte. Er wollte so lange Schweigen darüber bewahren, bis er genug Geld verdient hatte und glücklich und zufrieden war. Doch wie viel war das? Wie viel Geld musste er besitzen, damit er glücklich und zufrieden war?

4

„Anke? Anke, bist du es?"

Die Frau lief rascher, zog das kleine Mädchen, das so schnell nicht laufen konnte, hinter sich her.

„Anke, so bleib doch stehen! Warum läufst du vor mir weg?" In wenigen Schritten hatte Anton die junge Frau erreicht. Weil sie nicht dergleichen tat, hielt er sie am Arm fest.

„Lasst mich!", rief sie barsch und riss sich los. „Von Ihnen will ich nichts mehr wissen. Gehen Sie Ihrer Wege, Herr Anton, und lassen Sie mich in Frieden!"

Anton erschrak. Sie hatte sich verändert. Nicht nur, dass sie spindeldürr geworden war, auf ihrem hübschen Gesicht lag eine ungesunde Blässe, die müden Augen waren dunkel umrändert, die schmalen Lippen blutleer. So sah keine Frau aus, die glücklich war.

„Ich trete dir schon nicht zu nahe. Ich freue mich doch nur, dich wiederzusehen. Sag, wieso bist du in Dresden? Besuchst du deine Eltern?"

Sie schüttelte den Kopf. „Meine Eltern sind lange tot."

„Dann bist du mit deinem Mann hier, mit … Helfried?"

„Nein, bin ich nicht. Und nun lassen Sie uns gehen!"

Das Kind an ihrer Hand sah ängstlich zu ihr auf. „Mutter, wer ist der Mann?", fragte es flüsternd und schmiegte sich an sie.

Anton sank in die Hocke. Sacht streifte er der Kleinen die Mütze aus der Stirn, weil er ihr Gesicht besser sehen wollte. „Ich bin der Mann, der deine liebe Mutter einmal sehr gemocht hat, aber zu feige war, es ihr einzugestehen. Und du? Wer bist du? Verrätst du mir deinen Namen?"

Anton hob das Mädchen auf seinen Arm. Er konnte sich gar nicht sattsehen an ihrem hübschen Gesicht. Ein nie zuvor gekanntes Gefühl bemächtigte sich seiner, als er die Ähnlichkeit des Kindes mit sich und auch mit Elisa feststellte und ihm bewusst wurde, dass dieses süße Wesen mit den schwarzen Locken und den großen, tiefbraunen Augen ohne jeden Zweifel seine Tochter war.

„Ich bin die Elisa", sagte sie stolz und hatte plötzlich alle Angst und Schüchternheit verloren.

„Du bist die Elisa? Na, das haut mich jetzt aber um!" Anton warf Anke einen erstaunten Blick zu. „Ist schon verwunderlich, dass Helfried diesem Namen zugestimmt hat."

„Hat er nicht", kam kleinlaut die Antwort über Ankes Lippen. „Die Hebamme sagte ihm, nie und nimmer sei das Kind zu früh auf die Welt gekommen, erst recht keine sieben Wochen. Er hat mich zur Rede gestellt und da hab ich ihm alles erzählt …"

Anton schluckte. Weil das Kind zu quengeln begann, ließ er es wieder herunter. „Und Helfried? Wie hat er reagiert?"

Verschämt senkte Anke den Blick. Sie war den Tränen nahe. „Er … er hat das Kind gar nicht erst sehen wollen. Hat sich von mir getrennt. Die Ehe ist rechtlich geschieden. Nicht einmal zur Taufe ist er gekommen. Keinen Monat später ist er mit einem Freund, auch ein Ingenieur, nach Amerika ausgewandert. Ich habe meiner Kleinen diesen Namen gegeben, weil ich wollte, dass sie etwas mit der Familie ihres Vaters gemein hat." Jetzt konnte Anke sich nicht mehr beherrschen, weinte laut drauflos. „Er hat mich völlig mittellos zurückgelassen, und die Leute haben mit Fingern auf mich gezeigt und mich Hure und Schlampe geschimpft."

Anton zog sie an sich. „Nun weine nicht. Jetzt bin ich ja da." Ihr herzerweichendes Schluchzen ließ ihn ahnen, was sie durchgemacht hatte. „Sag mir lieber, wieso du jetzt in Dresden bist?"

„Jetzt?" Anke hob den Kopf und wischte sich mit dem Ärmel die Tränen von den Wangen. „Ich bin seit fünf Jahren in Mickten. Die Familie meiner Cousine hat mir in ihrem Haus ein kleines Zimmer gegeben. Früh gehe ich putzen und nachmittags helfe ich im Haushalt einer Kriegswitwe in der Seevorstadt, weil sie gut bezahlt, besser als andere."

„Was sagst du da?", rief Anton so laut, dass sich die Kleine ängstlich hinter der Mutter versteckte. „Seit fünf Jahren bist du schon in Dresden?" Anton konnte nicht an sich halten. Er packte Anke mit beiden Händen an den Schultern und rüttelte sie, bis sie endlich ihren Kopf hob und ihm in die Augen sah.

„Anke! Wieso bist du nicht zu mir gekommen? Warum hast du mir nicht wenigstens geschrieben oder dich sonst wie bemerkbar gemacht? Ich bin der Vater deines Kindes. Glaubst du, ich hätte dich zurückgewiesen? Glaubst du, ich hätte mich nicht um euch gekümmert? Hältst du mich für so niederträchtig, so … verwerflich?"

„Ja!", antwortete sie beherzt. „Haben Sie mich nicht bis zum letzten Tag wissen lassen, dass eine Dienstmagd für Sie zwar als Liebchen, doch niemals als Ihre Ehefrau infrage käme?"

Antons Wangenknochen zuckten. Im ersten Moment wusste er nicht, was er darauf sagen sollte. Die Frau, die er im Innersten seines Herzen immer geliebt hatte, war vor ihm untergetaucht. Nicht einmal in höchster Not hatte sie sich überwinden können, zu ihm zu kommen und sich ihm anzuvertrauen. Unwillkürlich musste er an Elisa und Kristina denken. Auch sie hatten sich wegen seines barschen Wesens von ihm abgewandt. Sie waren gegangen, weil sie nicht länger mit ihm zusammenleben konnten. War er wirklich so ein kalter, herzloser, widerwärtiger Mensch? Der Gedanke, dass andere ihn genauso sahen, ließ ihn erschaudern.

Sacht nahm er Ankes verweintes Gesicht zwischen seine Hände. Eine dicke Schneeflocke fiel ihr auf die Stirn. Mit dem Zeigefinger wischte er sie weg. „Anke, meine liebe, lustige Anke", flüsterte er ihr zu und drückte sie noch fester an sich. „Glaube mir, dieser ekelhafte Mensch bin ich nicht mehr. Ich mache alles wieder gut. Das verspreche ich dir." Er küsste sie auf die Stirn, und als sie ihn zaghaft, aber mit keimender Hoffnung ansah, sagte er entschlossen: „Verzeih mir und komm mit mir. Jetzt gleich!"

Sie schnappte nach Luft. „Ich kann doch nicht einfach mit Ihnen …"

„Mit *dir*, wolltest du sagen. Und glaube mir, das geht ganz einfach, auch wenn es dir noch schwerfallen mag. Vertrau mir. Bitte! Ich bin ein anderer geworden. Ein Mann, der es wert ist, ihn zu lieben."

Die Glocken der Kreuzkirche schlugen zur fünften Stunde. Gemächlich verrichteten die Laternenanzünder ihre segensreiche Arbeit. Die Gaslaternen zu beiden Seiten der Brücke warfen ein blassblaues Licht auf die schneebedeckten Straßen, die jetzt wie mit Diamantenstaub bestreut glitzerten. Der Atem der Menschen, die vorübergingen, gefror vor ihren Mündern. Sie drückten ihre Hüte tiefer ins Gesicht und legten einen Schritt zu. Die Kälte drängte sie in ihre warmen Häuser.

„Anton", kam es schüchtern über Ankes Lippen. „Ich habe so oft an … dich gedacht."

Er nickte. „Nun komm! Es wird Zeit heimzugehen." Keinen Widerspruch duldend, nahm er Anke und die Tochter, die vor Kälte mit den Zähnen klapperte, bei der Hand und lief mit ihnen in sein Zuhause, das von nun an auch ihr Zuhause war. Er zögerte nicht einen Augenblick.

Anton betrachtete die Begegnung mit Anke als Fügung des Schicksals, die sein Leben in geordnete Bahnen lenken und ihm einen Halt geben würde. Er war bereit, Verantwortung zu übernehmen für die beiden Menschen, die zu ihm gehörten; das spürte er. Sie waren seine Familie. Die Jahre, die er in dem großen Haus allein gelebt hatte, waren nicht spurlos an ihm vorübergegangen. Wie von Elisa beabsichtigt, hatte er viel nachgedacht, war reifer geworden, geduldiger in seinen Handlungen, überlegter in seinen Äußerungen.

Er fragte sich, wie sein Leben verlaufen wäre, wenn Elisa nicht diese harte Entscheidung getroffen hätte. Wäre seine Abneigung gegen Kristina irgendwann eskaliert oder hätte sie sich in Wohlgefallen aufgelöst? Das bestimmt nicht. Letztlich war sie ungewollt an allem schuld. Wegen ihr hatte sich Elisa von ihm immer weiter entfernt. Wegen diesem zarten blonden Engel war in Elisas Herz kein Platz mehr für ihn. Jeden Tag hatte er mit angesehen, wie sie die Tochter verhätschelte, ihr den kleinsten Wunsch erfüllte, sie keine Sekunde aus den Augen ließ. Jede unbedachte Handlung, jedes vorlaute Wort Kristinas gingen bei Elisa ungestraft durch, während er sich wegen des geringsten Vergehens eine Rüge einfing. Kind des Meeres – wie romantisch, wie anrührend, wie herzzerreißend. Wegen ihm konnte dieses Kind bleiben, wo der Pfeffer wächst.

5

Ein himmlischer Duft nach Lebkuchen und Butterplätzchen durchströmte das weihnachtlich geschmückte Haus. Wie in jedem Jahr erfolgte das Backen unter Mirandas Aufsicht und tatkräftiger Mitwirkung. Kristina hatte ihr das Plätzchenrezept der Mutter verraten, und auch zwei Christstollen mit Rosinen, Mandeln und Zitronat sahen im Backofen ihrer Vollendung entgegen. Als sie goldgelb aus dem Ofen kamen, dufteten sie in der Küche mit den Plätzchen um die Wette.

„Ihr müsst die Stollen, wenn sie noch warm sind, mit flüssiger Butter bepinseln und reichlich Puderzucker darüber streuen", wies Kristina die beiden Mägde an.

Miranda wischte sich die Hände an der Schürze ab. „Weshalb so viel Zucker außen, wenn der Kuchen innen schon herrlich süß ist? Auch ohne den Puderzucker sehen die Stollen mit ihrer hellbraunen Kruste sehr appetitlich aus. Wir lassen den Zucker weg, ja?"

„Um Himmels willen!", protestierte Kristina und hob belehrend den Zeigefinger. „Der Puderzucker darf auf keinen Fall fehlen. Er hat seine Bedeutung. Er zeigt uns, bildlich gesehen, das in weißes Linnen gewickelte Christkind, verstehst du?"

Lachend hob Miranda die mehligen Hände. „Ja, wenn das so ist, dann kommt er natürlich drauf. Mit unserem Turròn, einer Köstlichkeit aus Mandeln, Honig, Nüssen und Puderzucker, kann dein Christstollen, was die Süße angeht, ohnehin nicht mithalten."

Obwohl Kristina das Konservatorium mit großer Begeisterung besuchte, freute sie sich seit Wochen auf Weihnachten und die Zeit auf der Finca. Schon im letzten Jahr hatten Manuel und Elisa sich darauf geeinigt, das Fest mit Traditionen aus Spanien und Sachsen zu begehen. Ein Weihnachten voller wunderbarer Kompromisse. Manuel hatte gleich drei Lose der spanischen Weihnachtslotterie gekauft, die in diesem Jahr zum 25. Mal stattfand und das ganze Land samt Provinzen in ein wahres Lottofieber versetzte, ein landesweites Bangen und Hoffen bis zur Ziehung am 22. Dezember.

Am Vormittag von Heiligabend herrschte im gesamten Haus eine knisternde Spannung. Manuel hatte 30 Gäste gegen acht Uhr zum festlichen Abendessen eingeladen. Gemeinsam mit Elisa wollte er jeden persönlich begrüßen und in den Speisesaal begleiten.

Elisa hatte ein kleines Programm vorbereitet und gemeinsam mit Miranda die Speisenfolge für das gemeinsame Abendessen festgelegt. Den Höhepunkt des Essens, das wie jedes Jahr bis kurz vor Mitternacht andauern würde, bildeten drei prächtige, knusprig braun gebratene Truthähne. Zum Kaffee sollten die Gäste nicht nur vom allseits bekannten Turròn kosten, sondern auch vom Dresdner Christstollen und von den leckeren Zimtplätzchen. Der Tradition folgend, sollte während des Essens die *Urne des Schicksals* herumgereicht werden. In ihr lagen Kistchen mit Geschenken, aber auch mit Nieten. Jeder versuchte sein Glück so lange, bis er ein Geschenk herausgezogen hatte. Und von Elisa am Klavier begleitet sollte Kristina vor der Mitternachtsmesse, der *Misa del Gallo*, im Musikzimmer ein kleines Konzert mit weihnachtlichen Liedern geben. Darauf freute sie sich und hatte fleißig mit der Mutter dafür geübt.

Im Speisezimmer stand seit Tagen neben dem Kamin eine Weihnachtskrippe mit bunt bemalten Figuren aus Ton und Porzellan. Auf Elisas Wunsch hin durfte im orangenen Zimmer, jenem Raum, in dem sie sich mit Kristina am häufigsten aufhielt, ein mit Äpfeln, Walnüssen, Zuckerkringeln und erzgebirgischem Spielzeug geschmückter Weihnachtsbaum aufgestellt werden. Nach spanischer Gepflogenheit gab es die Geschenke erst am 6. Januar, doch Manuel und Elisa waren übereingekommen, die Bescherung auf den Abend des ersten Feiertags zu legen, und auch erst dann die Kerzen am Baum zu entzünden.

Alles war aufs Beste für den Weihnachtsabend vorbereitet. In den Öfen des Hauses knisterte das trockene Holz. Die silbernen Leuchter, die Miranda in den Fluren aufgestellt hatte, waren mit roten Kerzen bestückt. An den Fenstern hingen Sterne aus weißem und gelbem Papier.

Elisa und Kristina hatten bereits ihre Festkleider angelegt, da läutete die Glocke am Hinterhaus. Ein Bote überbrachte einen Brief für Elisa. Miranda nahm ihn entgegen, bezahlte die Gebühr und eilte damit ins Musikzimmer. Elisa probte mit Kristina noch ein wenig.

„Ich möchte die Damen nicht stören", wisperte Miranda, an Kristina gewandt. „Dieser Brief wurde soeben für Senora Weller abgegeben."

„Danke, Miranda. Du störst uns nicht, wir sind ohnehin fertig." Kristina nahm den Brief und gab ihn der Mutter.

„Er kommt aus Dresden. *Dringend* steht darauf." Elisa erschrak. „Es wird hoffentlich nichts passiert sein. Nun, gleich werden wir es wissen."

„So, so. Ein Brief aus Dresden", bemerkte Kristina spöttisch. „Dann muss ich nicht wissen, was drinnen steht." Sie hob den Rock ihres zinnoberroten Kleides an und rauschte in Richtung Tür, blieb dort aber plötzlich stehen und drehte sich noch einmal um. „Es tut mir wirklich leid, Mutter, dass ich zu einem Problem zwischen dir und Anton geworden bin. Nachvollziehen kann ich seine Beweggründe jedenfalls nicht. Er verachtet mich, weil sein Vater im Meer ertrunken ist, während ich lebe. Solch eine Denkweise nenne ich primitiv. Schade, ich hätte gern einen lieben Bruder gehabt."

Leise schloss Kristina die Tür hinter sich, eilte den Flur entlang, dass die Kerzen flackerten, und lief die Treppe hinauf in ihr Zimmer. Zu dieser Tageszeit war es noch sonnendurchflutet. Missgelaunt warf sie sich aufs Bett und stöhnte. Natürlich hätte sie gern gewusst, was Anton schrieb. Sie war alt genug zu wissen, dass sie der Grund der Spannungen zwischen Mutter und Bruder war. Mit ihrer bloßen Existenz hatte sie die Familie, die zufällig in den Norden gekommen war, zerrüttet. Mehr noch, sie hatte sie zerstört.

In Momenten wie diesen sann Kristina darüber nach, ob es besser gewesen wäre, sie hätte in jener Sturmnacht im Arm ihrer leiblichen Mutter den Tod gefunden. Oder die Hebamme wäre erst gar nicht zu der Schwangeren auf die Heinrichswarft gegangen. Dann wären alle drei – Mutter, Alois und Anton – im Haus auf der Peterswarft geblieben und hätten sich retten können. Den Verlust des Stiefvaters und die Tragik seines Todes konnte Anton nicht verwinden. Deshalb der Hass auf sie. Deshalb die boshafte Eifersucht auf Mutters Liebe, von der sie selber all die Jahre reichlich abbekommen hatte. Es gab nur einen Weg, den Teufelskreis zu durchbrechen: Sie musste sich allmählich von der Mutter entfernen. Nicht aus ihrem Herzen, doch von ihrer Person. Damit sie zurückfand zu Anton.

Kristina erhob sich, und obwohl sie ihr Haar jetzt hätte ordnen müssen, trat sie ans Fenster, öffnete es weit und streckte das Gesicht dem hereinwehenden Wind entgegen, der mit seidigem Hauch ihre heißen Wangen kühlte.

„Ich muss noch besser singen", sagte sie zu sich selber. „Ich muss so gut, so professionell werden, dass ich ein Engagement an einem namhaften Opernhaus bekomme. Wie die Schröder-Devrient. Jetzt singt sie an der Dresdner Oper und unternimmt gefeierte Konzertreisen in halb Europa. So ein Leben wünsche ich mir ebenfalls. Und nicht Mutter soll mich in die Stadt meines Engagements und auf Konzertreisen begleiten, sondern Miranda. Damit wäre allen geholfen. Ja, das ist eine sehr gute Idee."

Besorgt brach Elisa das Siegel und entfaltete Antons Brief. Bitte keine neue Hiobsbotschaft, flehte sie insgeheim und ertappe sich dabei, wie ihre Hand zitterte und ihr Herz plötzlich schneller schlug. Noch immer drückte sie das schlechte Gewissen, weil sie mit Anton nicht im Reinen war. Um Kristina in einer harmonischen Umgebung aufwachsen zu lassen, hatte sie Anton mit seiner Wut und Verzweiflung zurückgelassen. War das ihm gegenüber ungerecht? War es ein Fehler? Vielleicht. Doch unter den damals gegebenen Umständen musste sie so entscheiden, und wahrscheinlich hatte sie dadurch Schlimmeres verhindert.

Aufgeregt las sie die ersten Zeilen des Briefes, las sie noch einmal und traute ihren Augen nicht. Anton hatte geheiratet. Die Anke! Er schrieb:

> *„Nicht weil sie mein Kind – ein zauberhaftes Mädchen namens Elisa – geboren hat, habe ich Anke geheiratet, sondern weil ich sie innig liebe und mir keine bessere, zärtlichere Frau und Mutter vorstellen kann. Wir sind nun eine richtige Familie und genießen unsere Dreisamkeit. Wie schön wäre es, Dich, liebe Schwester, an Weihnachten bei uns zu haben. Ich gebe die Hoffnung nicht auf und wäre überglücklich, wenn Du bald wieder zu mir – zu uns – zurückfändest. Erst in der Trennung habe ich begriffen, wie sehr du mir fehlst und wie stark meine brüderlichen Gefühle für dich sind."*

Erleichtert lehnte Elisa sich auf ihrem Stuhl zurück, schloss die Augen und spürte, wie die innere Anspannung allmählich von ihr wich. Eine so freudige Nachricht hatte sie nicht erwartet. Und in welch warmen Worten Anton geschrieben hatte. Nicht zu vergleichen mit seinem ersten Brief, in dem er sich geweigert hatte, sie weiterhin Mutter zu nennen und als solche anzuerkennen. Konnte sie jetzt ruhigen Gewissens an die Rückkehr mit Kristina denken? In eineinhalb Jahren war ihr Gesangsstudium beendet. Wie es dann weiterging, stand noch in den Sternen.

Elisa schob den gefalteten Brief in ihre Rocktasche, atmete einige Male tief durch und überlegte. Manuel hatte ihr vor drei Tagen in der Kapelle einen Heiratsantrag gemacht. Mit allerlei Ausreden war sie ihm ausgewichen, hatte den Bruder vorgeschoben, den sie nicht länger allein lassen dürfe und der sie bereits erwarte. Sie hatte die Enttäuschung in Manuels Augen gesehen und den winzigen Funken Hoffnung, der nicht verlöschen wollte. Auch wenn sie nie Manuels Ehefrau werden würde, so rechnete er doch fest damit, dass sie bis ans Ende ihrer Tage bei ihm blieb.

Sie stand auf. Lief unruhig durchs Zimmer. „Was wiegt schwerer? Meine Gefühle für Manuel, meine Liebe zu Kristina, meine Sorge um Anton? Am besten wird sein, ich erzähle niemandem vom Inhalt des Briefes, bis ich weiß, was ich tun werde. Habe ich in meinem Leben nicht oft genug falsche Entscheidungen getroffen, und das mit verheerenden Folgen für mich und andere? Ich werde das Für und Wider gut abwägen und mich mit Bedacht entscheiden, sobald die Zeit dafür gekommen ist."

6

Aufgelöst wie selten kam Anton an diesem neblig trüben Frühlingsabend nach Hause. Noch zögerte er. Sollte er Anke in seine sorgenvollen Ängste einweihen oder war es besser, die Last allein zu tragen?

Während er die Jacke an den Garderobenhaken hängte, hörte er, wie seine Frau sich in der Küche zu schaffen machte. Sie weigerte sich noch immer, eine Magd einzustellen, wollte die gesamte Hausarbeit selber erledigen, so, wie sie es gewohnt war.

„Anton?", rief Anke freudig, als sie ihn zur Tür hereinkommen sah. „Schön, dass du da bist. Ich habe das Essen fertig und bringe es gleich hinauf. Es gibt Schweinerippchen mit Sauerkraut. Du hast doch ordentlich Hunger, oder?"

„Schubert geht weg!", fiel Anton ihr ins Wort. „Hab es heute erfahren." Mit finsterer Miene sank er auf den Schemel neben dem Herd.

Anke zog den Sauerkrauttopf vom Feuer, gab Fleisch und Kraut in eine Schüssel und stellte sie mit drei dicken Brotscheiben, die sie bereits vom Leib abgeschnitten hatte, aufs Tablett. Dabei betrachtete sie besorgt ihren Mann, bemerkte die Falten auf seiner Stirn, die zusammengekniffenen Lippen, die zuckenden Wangenknochen. Die Sache musste ernst sein. „Wieso geht Schubert weg?"

Anton schüttelte den Kopf. „Komm!", sagte er, nahm das Tablett, trug es hinauf ins Wohnzimmer und stellte es auf dem Tisch ab. Obwohl die Küche über einen Tisch mit sechs Stühlen verfügte und es im ersten Obergeschoss ein geräumiges Esszimmer gab, aßen Anton und Anke gern im Wohnzimmer, mit Blick auf den Neumarkt und die Frauenkirche. Sie mochten dieses helle Zimmer, weil es so gemütlich und heimelig war. Sie hatten sich angewöhnt, während sie aßen, über die Ereignisse des Tages zu reden und anschließend auf dem Sofa zu sitzen und sich bei einem Glas Wein gegenseitig aus Büchern vorzulesen oder Zukunftspläne zu schmieden.

„Wo ist unsere Tochter?", wollte Anton wissen, während sie am Tisch Platz nahmen.

„Im Bett. Sie hustet und hat eine heiße Stirn."

„Sollte es morgen schlimmer werden, holst du den Doktor. Egal, was es kostet, ja?"

Anke nickte, gab das Essen auf die Teller, goss den Wein ein.

Anton nahm einen gierigen Schluck. Dann wartete er noch eine Weile, bis er innerlich zur Ruhe gekommen war. Jetzt erst machte er seinem Herzen Luft. „Schubert hat sich seit Monaten vergeblich um einen Nachfolger für sich bemüht. Jetzt stimmt die Regierung seiner weiteren Beurlaubung nicht mehr zu.

Sie meint, Professor Andreas Schubert, der noch immer als einziger Professor in der Technischen Bildungsanstalt die Fächer Maschinenbau und Eisenbahnbau lehre, sei für den ordnungsgemäßen Lehrbetrieb unabkömmlich. Das habe man bereits bei seinen beiden Studienreisen nach England und Frankreich festgestellt."

„Ja, und? Was bedeutet das für dich?"

„Das Problem dabei ist, dass Schubert beide Arbeiten nicht mehr schafft: den Lehrbetrieb in Dresden und die Direktorentätigkeit in Übigau. Das zweite Dampfschiff, die *Prinz Albert*, sieht seiner Fertigstellung entgegen, und mit dem Bau der *Saxonia* geht es auch mächtig voran. Schubert arbeitet unermüdlich. Früh ist er der Erste in der Werkstatt, abends der Letzte. Nun scheidet er aus dem Unternehmen, welches er selber vor zwei Jahren mit seinem Herzblut gegründet hat, aus und wird nur noch ehrenamtlich tätig sein. Aus der Wohnung in der Übigauer Villa, in der er mit seiner Familie wohnt, muss er ausziehen. Für mich bedeutet das … ich werde ihn kaum noch sehen und kann mir für meine Erfindung keinen Rat mehr bei ihm einholen. Jedenfalls nicht so bequem wie bisher."

Anke fiel sein überaus ernster, nachdenklicher Blick auf. Sie ahnte, dass er das eigentliche Problem noch nicht angesprochen hatte. Wie ein glühendes Holzscheit schien er es vor sich herzuschieben, während er sein Essen hinunterschlang, ohne zu merken, was er aß.

„Schenk mir Wein nach, Anke. Bitte! Ich brauche heute viel Wein. Sonst verdaue ich die Hiobsbotschaft nicht."

Dreimal schenkte Anke ihm von dem trockenen Weißwein nach, trank selber ein Glas und sagte dann, es wäre an der Zeit, der Gefahr ins Auge zu blicken. „Wenn Schubert nicht mehr in Übigau ist …"

„Und ein gewisser Johann Abraham Bondi, seines Zeichens Bankier, sein Nachfolger wird …", warf Anton bissig ein.

„… kannst du dann noch deine private Werkstatt behalten?"

Anton zog die Mundwinkel zum Kinn. „Wohl kaum! Techniker und Arbeiter haben sich ohnehin darüber mokiert. Schubert hatte über meine *Marotte*, wie die Arbeiter meine Erfindung geringschätzig nannten, schützend die Hand gehalten. Wenn Bondi das Sagen hat, muss ich froh sein, wenn er mich weiterhin als Ingenieur beschäftigt. Die private Werkstatt wird er mir ganz sicher nicht weiterhin zugestehen. Da brauche ich ihn gar nicht erst zu fragen."

„Und wenn du das Modell hierher holst und im Haus weiter forschst? Platz genug gibt es ja, solange deine Schwester die Dachzimmer nicht neu vermietet. Was meinst du, könntest du dir nicht in einem der Zimmer ganz oben im zweiten Dachgeschoss deine Werkstatt einrichten?"

Der Gedanke war Anton auch schon gekommen, doch hatte er ihn wieder verworfen. „Das wird nicht gehen. Ich muss größere Metallteile bearbeiten.

Außerdem muss ich mit brennbaren Flüssigkeiten experimentieren. Das ist in einem Wohnhaus – zumal dem meiner Schwester – allein von der räumlichen Situation her nicht möglich und zudem viel zu gefährlich."

„Und wenn du dir in oder in der Nähe von Dresden einen Schuppen oder eine kleine Scheune kaufst und sie für deine Bedingungen ausbaust? Vielleicht streckt dir deine Schwester noch einmal etwas Geld vor?" Ankes Augen strahlten, weil sie in dem Vorschlag eine gute Lösung des Problems sah.

Anton schob den Teller zur Seite und drehte nachdenklich das Weinglas zwischen zwei Fingern. Noch wusste Anke nicht, wie viel Geld ihm Elisa vorgestreckt hatte. Und er wusste nicht, wie er es Elisa zurückzahlen sollte, wenn er seine Erfindung nicht vorantreiben und in absehbarer Zeit zum Erfolg bringen konnte.

„Nein", entgegnete er ausweichend. „Elisa kann ich nicht noch einmal um Geld bitten. Ich kann und will es nicht. Frag mich bitte nicht, warum. Es ist so und damit gut! Mir muss etwas anderes einfallen. Vielleicht …"

„Ja?" Gespannt sah Anke ihn an.

„Vielleicht kann Schubert mir helfen. Das zweite Lehrgebäude am Jüdenhof hat genügend Räume, um ein weiteres Experimentierzimmer einzurichten. Ich stelle meine Erfindung für Lehrzwecke zur Verfügung und arbeite gleichzeitig daran weiter. Was meinst du?"

„Nicht schlecht, ja. Frage Schubert. Fragen kostet nichts. Er ist ein so feiner Mensch. Was er für dich tun kann, macht er bestimmt möglich. Du solltest das Anliegen jedenfalls nicht auf die lange Bank schieben." Aufmunternd prostete sie Anton zu. „Auf Schubert! Auf deine Erfindung!"

<hr>

7

Wochen vergingen, ohne dass Anton sich mit seinem Anliegen an Schubert hätte wenden können. Den Professor beschäftigten ganz andere Sorgen. Der beginnende Sommer war mit reichlich Wärme und Trockenheit gekommen und entsagte der Elbe den für die Schifffahrt notwendigen Wasserstand. Beide in Übigau gebauten Dampfschiffe lagen jetzt an der Brühlschen Terrasse fest. Schon spotteten die Leute über die nichtsnutzigen Dinger, verunglimpften den Konstrukteur, ohne die wahren Gründe für die Fahruntauglichkeit beider Schiffe zu kennen. Und nachdem bei der *Prinz Albert* der Kessel undicht geworden war, weil man ihn aus falscher Sparsamkeit nicht mit guter englischer, sondern mit minderwertiger Freitaler Steinkohle beheizt hatte, klagte die Elbdampfschifffahrts-Gesellschaft gegen Professor Schubert auf Schadensersatz.

„Das ist wahrlich der Gipfel der Unverschämtheit!"

Anton, der hin und wieder mit Otto auf ein Bier ins Gasthaus am Altmarkt ging, konnte sich gar nicht beruhigen. „Erst legen sie Schubert Steine in den Weg, wo sie nur können, missachten seinen fachlichen Rat, und dann soll er der Schuldige für die Schlampereien sein, die sie selbst verursacht haben. Er soll nun für deren Versäumnisse und Ignoranz den Kopf hinhalten. Was ist dieser Herr Schwenke nur für ein niederträchtiger Mensch!"

„Nun reg dich wieder ab, Anton! Die Klage wurde inzwischen abgewiesen und Schwenke als Direktor der Schifffahrtsgesellschaft entlassen."

„Ja und? In finanzieller Hinsicht ist das für Schubert ein Glück. Da stimme ich dir zu. Doch was ist mit seiner Reputation? Der Name des Schiffskonstrukteurs wurde in aller Öffentlichkeit durch den Dreck gezogen. Das hat Schubert nun wirklich nicht verdient; dieser hochfeine Mensch, geniale Mathematiker, begnadete Erfinder. Lediglich das Sächsische Gewerbeblatt hat den Sachverhalt richtiggestellt, Schuberts Leistung gewürdigt und ihn rehabilitiert. Aber ich frage dich, Otto, wer von den Leuten liest schon das Sächsische Gewerbeblatt?"

Grinsend zwirbelte Otto seinen Schnurbart. „Wie sagt der Volksmund so trefflich: *Ist der Ruf erst ruiniert, lebt es sich ganz ungeniert!*"

„Schwachkopf! Das trifft auf Schubert ganz bestimmt nicht zu. Er und seine Frau leiden immens unter dem Prestigeverlust und der hanebüchenen Ungerechtigkeit. Im kommenden Frühjahr wird die *Saxonia* fertig. Bleibt zu hoffen, dass Schubert zumindest mit seiner ersten deutschen Dampflokomotive die Anerkennung zuteilwird, die er verdient."

In Ankes Armen vergaß Anton seine Sorgen für einige Zeit. Ankes zärtliche Liebe schenkte ihm die Kraft, trotz ungewisser Zukunft weiter zielstrebig an seinem Selbstfahrer zu arbeiten.

Direktor Bondi hatte ihm die kleine Werkstatt weiterhin genehmigt, wenn auch gegen Zahlung eines Mietgeldes, das ihm von seinem Lohn abgezogen wurde. Während zwei andere Techniker entlassen worden waren, blieb er in Lohn und Brot. Anton wusste, dass er diesen Bonus allein Schuberts Fürsprache zu verdanken hatte.

An diesem Abend gingen sie zeitiger als sonst zu Bett. Nach einem anstrengenden Arbeitstag war Anton redlich müde. Trotzdem schlief er nicht gleich ein. Zu viele problemgeladene Gedanken schwirrten ihm durch den Kopf.

„Haben Sie ein waches Auge für die *Saxonia*, wenn ich nicht vor Ort bin, hat Schubert mich gebeten und mir dafür in Aussicht gestellt, bei den ersten Probefahrten dabei zu sein. Das wäre grandios!"

Anke kroch unter Antons Bettdecke und legte ihm ihren Finger auf den Mund. „Nun lass gut sein und lass uns endlich schlafen. Sonst fallen meinem …

genialen Erfinder morgen vor Müdigkeit die Augen zu, wenn er die Arbeiten an der *Saxonia* überwacht."

„He! Was soll der spöttische Unterton? Ich *bin* ein genialer Erfinder. Wirst schon sehen, vorlautes Weib, du. Außerdem ist morgen der Tag des Herrn. Da wird nicht gearbeitet. Da wird geliebt und gelacht!" Er neckte Anke mit raschen kleinen, über den ganzen Leib verteilten Stupsern, die sie nun erst recht zum Lachen brachte.

„Hör auf, Anton, das kitzelt, das ist zu derb!"

„Das kann gar nicht derb genug sein. Es ist deine gerechte Strafe, die du ertragen musst. Es sei denn, du flehst mich untertänigst um Vergebung an."

„Anton, hör auf!" Sie lachte immer lauter und wand sich unter ihm wie ein Wurm, als er über sie kam, ihre Arme nach oben drückte und mit gespielter Bosheit in der Stimme forderte: „Los, fleh mich um Vergebung an, wenn ich aufhören soll, du schwaches vorlautes Weib, du. Fleh mich an!"

„Ja doch, ich flehe dich untertänigst an, mein Herr und Gebieter, hab Mitleid mit deinem schwachen Weib. Küss mich lieber, als dass du mich quälst. Liebe mich … falls du heute noch dazu in der Lage bist."

„Was?" Anton riss die Augen auf, zog Anke blitzschnell das Hemd über den Kopf und fauchte: „So ein freches Weibsstück aber auch! Ich kann immer, hörst? Immer! Das werde ich dir gleich mit ein paar kräftigen Stößen beweisen."

Bis weit nach Mitternacht liebten sie sich, scherzten, redeten, tranken übermütig den restlichen Wein, den Anke – nackt über den Flur hüpfend – aus dem Wohnzimmer geholt hatte. An Schlaf wollten beide nicht denken. Erst nach dem dritten Glockenschlag der Kreuzkirche siegte die Müdigkeit. Dicht beieinanderliegend, mit ihren Leibern gegenseitig sich wärmend, schlummerten sie schließlich ein.

8

Ein wuchtiger Stehkessel mit kugelförmig gewölbtem Deckel und ein schlanker Dampfdorn – beides aus glänzendem Kupfer – waren neben den feuerroten Rädern das Markenzeichen der *Saxonia*. Fahrbereit stand sie vor der Übigauer Fabrikhalle und ließ sich bewundern.

„Im Gegensatz zu den englischen Lokomotiven hat sie nicht zwei, sondern drei Achsen. Das macht sie stabiler und sicherer", erklärte Andreas Schubert den geladenen Gästen, die sich ein Bild von Schuberts Lokomotive machen wollten.

Auch Anton konnte sich gar nicht sattsehen an dem Prachtstück, das auf Hochglanz poliert war. Die ersten Probefahrten hatte die Lokomotive hervorragend gemeistert.

„Ich freue mich, Ihnen allen mitteilen zu können, dass Prinz Johann die Konstruktion und den Bau der *Saxonia* wohlwollend verfolgt hat. Ihm habe ich zu verdanken, dass die erste auf deutschem Boden gebaute Dampflokomotive zur Eröffnung der Leipzig-Dresdner Eisenbahn am 8. April den zwei Festzügen, die von englischen Lokomotiven gezogen werden, folgen wird. Auf der Rückfahrt von Leipzig nach Dresden soll die *Saxonia* zwischen dem ersten und zweiten Festzug fahren. Im ersten Festzug fahren die Majestäten, die sich spätestens beim Halt in Leipzig von der Qualität der Saxonia überzeugen werden."

Die Umstehenden klatschten, wünschten Schubert, der feierlich in schwarzem Frack mit Zylinder erschienen war, für den großen Tag viel Erfolg und bestürmten ihn mit Fragen. Nach einer Stunde waren die meisten gegangen. Das nutzte Schubert. Er nahm Anton zur Seite und forderte ihn unauffällig auf: „Kommen Sie, mein Freund, lassen Sie uns kurz in Ihre Werkstatt gehen. Ich muss etwas Wichtiges mit Ihnen besprechen."

Schubert vergewisserte sich, dass niemand ihnen folgte, und als Anton die Tür seiner Werkstatt hinter sich geschlossen hatte und Schubert fragend ansah, erklärte dieser mit gedämpfter Stimme: „Die Eisenbahngesellschaft hat für die Probefahrten zwei Männer eingesetzt, mit denen ich von vornherein nicht einverstanden war. Zum einen den Maschinenführer Kirchweger, dessen Kondensator ich nicht für die *Saxonia* verwendet habe, weil er sich als ungeeignet erwiesen hat. Zum anderen den englischen Lokführer Robson, dem an der Vorführung der deutschen Lok nicht eben gelegen ist."

Anton sah den Professor ungläubig an. Er konnte mit dieser Mitteilung nicht viel anfangen. „Haben sie deshalb schlecht gearbeitet?"

Spöttisch verzog Schubert den Mund. „Genau darum geht es. Die Männer sind bisher nicht eben pfleglich mit der *Saxonia* umgegangen. Und nun befürchte ich, sie werden alle Hebel in Bewegung setzen, damit unsere Lok am 8. April im wahrsten Sinne des Wortes auf der Strecke bleibt."

„Sie befürchten … Sabotage?"

Schubert nickte. Mit verschränkten Armen stellte er sich vor Antons halbfertigem Modell auf und zog die Stirn in Falten. „Die Eisenbahngesellschaft pflegt seit Jahren enge Kontakte zu englischen Herstellern von Lokomotiven. Kontakte, von denen sie auch anderweitig profitieren. Oder einfacher gesagt: Meine *Saxonia* passt ihnen nicht in den Kram. Sie nutzen sogar ihre Beziehungen zur Regierung, um meine Dampflok in Misskredit zu bringen. Wir werden es am 8. April schwer haben, der geballten Missgunst zu widerstehen. Hoffentlich gelingt es uns wenigstens, Schaden von der *Saxonia* abzuwenden."

Anton riss die Augen auf. „Sagten Sie … *wir?*"

Schubert nickte. „Ich will an diesem für mich so wichtigen Tag unbedingt eine vertrauenswürdige Person als Heizer auf der Lokomotive haben. Deshalb frage ich Sie: Möchten Sie diese Aufgabe übernehmen, während ich die Maschine führe? Trauen Sie sich das zu?"

Anton überlegte. Die Arbeit des Heizers war eine nicht zu unterschätzende körperliche Anstrengung. War er ihr wirklich gewachsen? Wiederum ging dieser 8. April 1839 einmal in die Geschichte ein. Die Anstrengung würde sich also auch in dieser Hinsicht lohnen. Noch in fünfzig oder hundert Jahren würde man neben Schuberts Namen auch den des Heizers der ersten deutschen Dampflokomotive erwähnen.

„Herr Professor! Es wäre mir eine außerordentliche Ehre, an diesem historischen Tag hinter Ihnen stehen und den Kessel beheizen zu dürfen!"

Zufrieden legte Schubert seine Hand auf Antons Schulter. „Ich danke Ihnen. Ehrlich gesagt, habe ich nichts anderes erwartet. Also dann! Nutzen wir die Zeit und bereiten wir uns gründlich auf das Ereignis vor. Jedermann soll sehen, wie stark und leistungsfähig unsere *Saxonia* ist."

9

Am Vortag des 8. April war der *Leipziger Bahnhof* in der Dresdner Neustadt feierlich eröffnet worden. Jetzt standen die sechs englischen Loks, festlich geschmückt mit bunten Girlanden, in dem halbkreisförmigen Lokschuppen und warteten auf ihre Ehrenfahrt zur Einweihung der ersten deutschen Fernbahnstrecke Dresden – Leipzig. In der überdachten, viergleisigen, fast 50 Meter langen Wagenhalle standen, ebenfalls geschmückt und abfahrbereit, die Personenwagen der drei Festzüge.

Abseits von ihnen, auf einem Nebengleis, wartete wie ein unerwünschter Eindringling die *Saxonia*. Schubert traute dem Frieden nicht, und damit niemand seiner Lokomotive heimlich Schaden zufügen und ihre Fahrt noch in letzter Minute verhindern konnte, veranlasste er, dass sie die ganze Nacht hindurch bewacht und unter Dampf gehalten wurde.

Bereits am frühen Morgen trafen die ersten geladenen Gäste ein. Schuberts Familie war nicht darunter. Die Herren der Bahngesellschaft ignorierten ihn noch immer. Während Vertreter der Direktion die Gäste am Pavillon des Bahnhofs gebührend empfingen, rollten Bedienstete zum ersten der Züge einen roten Teppich aus. Zur Freude der Anwesenden, denen die Aufregung anzumerken war, spielte das in schmucken Uniformen erschienene Musikkorps des Leibinfanterieregiments mit forschen Klängen auf.

Endlich war es so weit. Unter Hochrufen und freudigen Beifallsbekundungen schritten die Majestäten und Hoheiten an ihren in dicke Mäntel gehüllten Untertanen vorbei zu den Wagen und bestiegen sie. Erst jetzt begaben sich die

Gäste zu den beiden anderen Zügen. Pünktlich um 08:30 Uhr setzte sich der erste Zug zischend und fast vollkommen in eine weiße Dampfwolke gehüllt in Bewegung. In gebührendem Abstand folgten die beiden anderen Züge. Kaum jemand darin wusste, dass ihnen eine hiesige Lokomotive folgte.

Professor Schubert und Anton Tilla standen in Frack und Zylinder auf der Plattform. Schubert hatte sich einen warmen schwarzen Mantel mit Fellbesatz übergezogen. Die Luft an diesem Aprilmorgen war empfindlich kalt.

„Jetzt wird's ernst, mein Freund!", rief Schubert Anton zu, der den Kessel ordentlich unter Dampf gesetzt hatte. „Wir fahren los!"

Erst an der Fahrtstrecke zwischen Dresden und Leipzig, die Tausende begeisterter Menschen säumte, erfuhr die *Saxonia* die Anerkennung, die ihr gebührte.

„Glückwunsch und gute Fahrt!", riefen auch zahlreiche ehemalige Studenten Schuberts. Sie waren extra wegen der *Saxonia* an die Strecke gekommen, weil sie die Übigauer Lokomotive sehen wollten. Auch unter den Streckenwärtern und Eisenbahnarbeitern und ihren Familien hatte sich die Nachricht von der Triumphfahrt der *Saxonia* herumgesprochen. Sie und mit ihnen viele Schaulustige jubelten und klatschten Beifall, als die Lokomotive stolz an ihnen vorbeifuhr.

„Die Maschine arbeitet regelmäßig", rief Schubert über die Schulter hinweg Anton zu, der mit dem Nachschütten des Koks mächtig zu tun hatte. „Ich bin sehr zuversichtlich. Wir werden ohne Probleme bis Leipzig fahren."

Anton wischte sich mit dem Handrücken den Schweiß von der Stirn. „Das wäre nur gerecht, bei allem, was Sie, Herr Professor, für dieses kleine Wunderwerk getan haben. Sagen Sie mir bitte rechtzeitig, wenn Sie noch mehr Dampfdruck brauchen!"

Schubert schmunzelte. „Offenbar brauchen wir gar nicht so viel Dampf. Vielmehr muss ich das Tempo drosseln, denn der Zug vor uns fährt deutlich langsamer. Ja, jetzt bleibt er sogar stehen."

Immer wieder musste die *Saxonia* ihre Fahrt unterbrechen, weil die beiden vor ihr fahrenden Züge kleinere Pannen beheben oder Wasser aufnehmen mussten. Gegen 12 Uhr rief Schubert Anton zu: „Wir haben es geschafft! Gleich fahren wir in Leipzig ein. Gut geheizt! Ich danke Ihnen."

Der Dresdner Bahnhof in Leipzig war eine auf Eichensäulen errichtete offene Halle. Hier war das Erstaunen der Schaulustigen groß, als den drei Wagenzügen eine einzelne Lokomotive mit Tender folgte. Auf einflussreichen Wunsch hin hatte sich – wie schon in Dresden – auch die führende Presse in Leipzig zu dem Ereignis ausgeschwiegen. Schubert stellte die Maschine ab und kontrollierte die Messinstrumente, bevor er mit Anton die Lok verließ. Nach einer Mittagspause des Hofes und der Honoratioren war die Rückfahrt nach Dresden für den frühen Nachmittag angesetzt.

„Ich soll mich eine Stunde nach Ankunft in Leipzig im Schützenhaus einfinden." Schubert schnäuzte sich in sein Taschentuch. „Das war mir erst gestern mitgeteilt worden. Gönnen Sie sich jetzt eine ausgiebige Mittagspause und kräftigen Sie sich ordentlich. Denken Sie daran: Die Rückfahrt wird nicht weniger anstrengend!"

Anton verabschiedete sich von Schubert und lief ins nächstgelegene Gasthaus, wo man ihn sogleich als Heizer der *Saxonia* erkannte und ihm die Möglichkeit gab, sich zu waschen und eine kräftige Kartoffelsuppe mit Blutwurstscheiben einzunehmen. Dazu bekam er einen Krug Bier. Die wippende Schaumkrone lief über den Rand, als Anton den Krug ansetzte und den Tischgenossen zuprostete. „Auf die *Saxonia*! Auf Professor Andreas Schubert, den genialen Baumeister der ersten deutschen Dampflokomotive!"

Enthusiastisch stimmten nicht nur die Männer am Tisch, sondern auch die meisten der übrigen Gäste in den Hochruf ein. Einige kamen zu Anton, klopften ihm anerkennend auf die Schulter und bedrängten ihn mit Fragen über Schubert und den Bau der sächsischen Lokomotive.

„Nun lasst den Mann mal in Ruhe essen!", rief einer der Herren schließlich laut und schlug resolut die Hand auf den Tisch. „Seine Suppe wird noch ganz kalt. Wie soll er für die Rückfahrt zu Kräften kommen, wenn Sie ihn noch lange mit Ihren Fragen belagern."

Dankbar nickte ihm Anton zu. „In der Tat! Das wird noch mal ein mächtiger Kraftakt für mich. Zumal ich kein Heizer bin, sondern ebenfalls Ingenieur."

Da hatte er etwas gesagt! Nun ging die Fragerei erst richtig los. Ein jeder am Tisch wollte nun seine Meinung zu den neuen Fortbewegungsmitteln kundtun und mit Anton diskutieren.

„Ich glaube nicht so recht an diese so gepriesene segensreiche Erfindung", meinte ein unscheinbarer, weißhaariger Mann am Tischende. „Der Teufelszug bringt die Leute zwar schneller von Stadt zu Stadt, aber er wird ihnen auch Unheil bescheren."

„Wieso das?", wunderte sich der Resolute und hob sein Bier an.

„Das kann ich Ihnen sagen: Die Postkutscher, Fuhrleute, Stellmacher, Schmiede, Sattler und Wirtsleute an jenen Strecken, die bisher mit der Kutsche befahren wurden, verlieren nach und nach ihre Arbeit. In ein paar Jahren sind sie vollends ruiniert."

Ein etwas einfältig dreinschauender Kahlkopf warf mit gewichtiger Miene ein: „Der Funkenflug wird im Sommer die Felder ringsum entzünden, und manch ein Bauernhof geht in Flammen auf. Glauben Sie mir, meine Herren, diese Eisenbahnen sind nicht ungefährlich."

„Ach! Blanke Angstmacherei", entgegnete der Resolute und winkte ab. „Warum sollte sich, was sich in England bewährt hat, nicht auch bei uns bewähren?

Glauben Sie mir, meine Herren, die Eisenbahnen werden sich durchsetzen. Ihnen gehört die Zukunft!"

„Da haben Sie vollkommen recht!", rief Anton, kurz von seiner Suppe aufblickend, die er rasch zu Ende löffelte. „Bedenken sie nur einmal die enorme Einsparung an Reisezeit. Mit der Postkutsche benötige ich volle drei Tage bis Dresden. Und das ziemlich umständlich und unbequem. Mit der Eisenbahn brauche ich keine fünf Stunden."

Nachdem Anton den zweiten Humpen Bier ausgetrunken hatte, zog er seine Uhr aus der Jackentasche und stellte fest, dass er sich sputen musste, wenn er pünktlich zur verabredeten Zeit an der Lok sein wollte. „Meine Herren, es war mir eine Ehre und ein großes Vergnügen, Ihre Bekanntschaft gemacht zu haben! Jetzt muss ich zurück zu unserer wackeren Lokomotive. Herr Ober, ich möchte zahlen!"

„Kommt gar nicht in Frage!", protestierte der Resolute. „Die Zeche geht an mich. Es war mir eine Ehre, den Heizer ... pardon ... den Ingenieur-Heizer der ersten deutschen Dampflokomotive kennengelernt zu haben. Weiterhin viel Erfolg und grüßen Sie mir den verehrten Professor Schubert. Ich glaube, wir werden von ihm noch Großes in sächsischen Landen zu hören und zu sehen bekommen!"

„Bei aller Bescheidenheit, mein Herr", warf Anton ein. „Nicht nur von dem Professor werden Sie hören, auch von mir. Ich arbeite zurzeit an einer Erfindung, die den Reiseverkehr auf Deutschlands Straßen revolutionieren wird. Für heute danke ich Ihnen auf das Herzlichste und darf mich nunmehr endgültig verabschieden. Ich wünsche allseits einen guten Tag!"

Er setzte seinen Hut auf, drehte sich auf dem Absatz herum und ließ die Herren, denen es die Sprache verschlagen hatte, verblüfft zurück.

Obwohl Anton pünktlich an der *Saxonia* war, erwartete ihn Schubert bereits, kam ihm sogar ein Stück entgegen und sagte freudig bewegt: „Der König hat mich zu meiner Lokomotive beglückwünscht. Wahrscheinlich hat ihn Prinz Johann über den Sachverhalt informiert und ihn letztlich zu dieser noblen Geste bewegt."

„Großartig! Gratulation, Herr Professor!"

„Danke, danke. Ja, das ist wirklich großartig und sehr hoffnungsvoll dazu. Bitte geben Sie auf der Rückfahrt nach Dresden Ihr Bestes, denn ...", Schubert strahlte übers ganze Gesicht und klatschte einmal laut in die Hände, „... wir fahren gleich hinter dem ersten Zug. Der König möchte die *Saxonia* während der Fahrt beobachten."

„Wirklich? So ein Glück aber auch! Damit wird die Lokomotive nicht nur von unserem Regenten wahrgenommen, sie wird ihm in voller Aktion vor Augen geführt. Ich werde heizen, was der Kessel aushält!"

Schubert lächelte, doch plötzlich verfinsterte sich sein Gesicht und er sagte ernst: „Allerdings gibt es ein Problem in Gestalt der Herren Robson und Kirchweger. Von einem ehemaligen Studenten erfuhr ich, dass beide eifrig gegen mich intrigieren. Bereits für die Hinfahrt hatten sie die 32 Bahnwärter auf der Strecke angewiesen, die quer zu den Schienen stehenden Schranken zu schließen, sobald wir uns nähern. Der Student, der jetzt als Ingenieur die Aufsicht über die Bahnwärter innehat, hat diese Bosheit noch rechtzeitig vereitelt."

Anton atmete auf. „Gott sei Dank! Das hätte für uns das Aus bedeutet."

„Freuen Sie sich nicht zu früh. Robson und Kirchweger haben vorhin vom Wunsch des Königs erfahren. Ich vermute, sie werden von der Eisenbahngesellschaft bezahlt, damit das englische Monopol bei der Herstellung von Dampflokomotiven durch keine deutsche Lok gebrochen wird. Glauben Sie mir, die beiden werden eine andere Gemeinheit aushecken, um mir und der *Saxonia* zu schaden."

„Dann werden wir unsere Augen aufhalten und die Ohren spitzen, damit wir jeglichen Sabotageversuch rechtzeitig erkennen und ebenfalls vereiteln können." Anton glaubte nicht an einen neuerlichen Versuch, der sächsischen Lok zu schaden, doch der Professor sollte recht behalten.

Für jede der englischen Loks stand im Leipziger Bahnhof ein Wagen mit Koks bereit, der jetzt zügig in die Tender geschaufelt wurde. Der Wagen mit Koks für die *Saxonia* fehlte.

„Die Pest soll über sie kommen, diese hinterhältigen Saboteure!" Anton kochte. „Aber wartet nur, dann hole ich eben den Koks selber vom Lager." Gesagt, getan, machte er sich auf den Weg und kam eine halbe Stunde später mit einem koksbeladenen Wagen zurück. Zwei Arbeiter halfen ihn ziehen.

Zu spät! Die drei Züge hatten den Bahnhof bereits verlassen.

„Unsere Lok ist schneller, das wissen wir. Los Tilla, den Vorsprung holen wir auf!"

Schubert warf die Maschine an. Anton heizte, was das Zeug hielt. Die Lok setzte sich in Bewegung, gewann rasch an Fahrt, wurde schneller und schneller.

„Wenn der König den Zug in Dresden verlässt, soll er zumindest sehen, dass auch wir angekommen sind. Die Genugtuung gönne ich den beiden Charakterschweinen nicht, uns vor dem König, vor unserem Fürsprecher, dem Prinzen Johann, und vor aller Öffentlichkeit so jämmerlich zu blamieren!"

Schon nach wenigen Minuten Fahrt schnaufte und zischte die *Saxonia* wie ein in Wut geratenes Tier aus Leipzig hinaus. Doch kurz vor Priestewitz wurde sie plötzlich auf ein Nebengleis geleitet.

Schubert bekam ein ungutes Gefühl. „Hier stimmt was nicht. Wir sind nicht mehr auf dem Hauptgleis. Achtung! Halten Sie sich fest, ich drossle jetzt heftig die Geschwindigkeit."

Anton warf den Kopf herum und spähte geradeaus. „Da kommt gleich eine Biegung. Womöglich kommt dahinter …"

Er hatte den Satz noch nicht beendet, da tauchte hinter der Biegung ein Ungetüm auf.

„Eine englische Lok. Sehen Sie nur, Professor! Mitten auf den Schienen!"

„Festhalten!", schrie Schubert und drosselte noch einmal die Geschwindigkeit. Die Bremsen quietschten, dass es in den Ohren schmerzte. Doch so schnell brachte er die Lok nicht zum Stehen. Mit voller Wucht stieß sie gegen die englische Lok. Ein gewaltiges Krachen, dann war es still. Nur die Ventile schnauften noch.

Der Aufprall hatte Anton zu Boden geworfen und Schubert mit voller Wucht an den Kessel gedrückt. Für einen Moment war er wie benommen und schnappte nach Luft. Dann schüttelte er sich, prustete zweimal laut und fragte Anton, der sich mühsam aufrappelte: „Haben Sie sich etwas getan?"

„Mein Knie hat wohl was abbekommen. Aber es geht schon. Lieber mein Knie als die Lok! Ich schau gleich mal nach, was wir vorn für Schäden haben." Mit schmerzverzerrtem Gesicht, das linke Bein nachziehend, stieg Anton von der Lok herunter und humpelte nach vorn.

Schubert folgte ihm. Schweigsam besahen sie sich den Schaden. Der Rammbock war verbeult, die Metallplatte am Vorderteil gehörig eingedrückt. „Schauen Sie auf der anderen Seite nach, ob die Räder und die Gelenkstangen noch intakt sind."

Anton kontrollierte jedes Detail. „Es ist alles noch dort, wo es sein soll. Außer den Schrammen an der Front kann ich sonst keine Schäden feststellen, Herr Professor."

Schubert war wieder auf die Lok gestiegen und hatte sich die Kurbel und die Instrumente vorgenommen. „Na, Gott sei Dank, und die Maschine funktioniert auch noch fehlerfrei." Anerkennend klopfte er mit der flachen Hand auf die Verkleidung des Kessels, so wie man einem guten Freund auf die Schulter klopft. „Braves Mädchen!", sagte er stolz und lächelte zufrieden. „Schauen Sie doch mal nach, ob sich jemand in der englischen Lok was getan hat. Wieso kommt da keiner raus?"

Anton rieb sich sein Knie, dann ging er um die englische Lok herum, konnte jedoch weder den Lokführer noch den Heizer finden. Kopfschüttelnd kam er zurück. „Wir haben der Lok ganz schön zugesetzt, Herr Professor. Sie ist fahruntüchtig. Der reinste Schrott. Etwas ist seltsam, sie steht unter Dampf, es ist aber nirgendwo ein Mensch zu sehen. Komisch, was?"

Schubert winkte Anton wieder herauf. „Komisch? Hinterhältig, würde ich sagen. Die haben die Lok absichtlich hier abgestellt und uns umgeleitet. Wir sollten mitsamt unserer Lokomotive zum Teufel gehen. Was sind das nur für

Menschen, die zu so einer Gemeinheit fähig sind. Los, Tilla, auf geht's. Den zeigen wir's!"

Geschickt rangierte Schubert die Lokomotive so weit zurück, bis sie wieder auf dem Hauptgleis in Richtung Dresden fuhr. Den Rest der Strecke legte sie ohne einen Zwischenfall zurück. Die aufgebürdete extreme Feuertaufe hatte sie bestens bestanden. Doch den Zeitverlust zum Festzug holte sie trotz rasanter Fahrt nicht mehr auf.

Mit großer Verspätung kam die *Saxonia* in Dresden an. Die königliche Familie hatte den Zug und den Bahnhof bereits verlassen. Von dem dampfenden, an der Front mächtig verbeulten Nachzügler nahm kaum jemand Notiz.

10

Zu Schuberts und Antons Ärger schwieg sich die Presse auch über diesen skandalösen Vorfall aus. Lediglich das Gewerbeblatt berichtete von der Sabotage und forderte die Übernahme der *Saxonia* in den Bahnbetrieb. Widerstrebend und nur auf wachsenden Druck der Bevölkerung kam die Bahndirektion der Forderung nach. Jedoch ließ man keine Gelegenheit aus, Schuberts Lokomotive zu kritisieren und ihren Konstrukteur zu diffamieren. Durch Zufall erfuhr Schubert, dass man das Bedienpersonal angewiesen hatte, recht grob mit der Lok umzugehen, um sie alsbald wieder von der Schiene zu nehmen. Dabei war ihr von Fachleuten im Vergleich zu den englischen Lokomotiven eine größere Robustheit sowie eine bessere Qualität und Betriebsfähigkeit zugestanden worden.

„An Schuberts Stelle hätte ich längst das Handtuch geworfen", sagte Anton zu Anke, nachdem einige Wochen vergangen waren. „Jetzt konzentriert sich der Professor wieder voll und ganz auf seine Lehrtätigkeit. In Übigau bekommen wir ihn kaum noch zu Gesicht. Das ist schade. Das ist sehr, sehr schade!"

Anke setzte sich zu ihm an den Tisch, den sie für das gemeinsame Abendbrot hübsch eingedeckt hatte. Eine Terrine mit dampfender und lecker duftender Kartoffelsuppe stand in der Mitte. „Weil wir gerade bei dem Thema sind, Anton – was wird eigentlich aus deiner Erfindung?" Sie gab jedem eine Kelle voll Suppe auf den Teller. „Kommst du damit gut voran? Ich frage nur, weil ... wenn deine Schwester zurückkommt, wird sie natürlich nach ihrem Geld fragen."

Überrascht blickte Anton zu ihr auf. Die Frage hatte er nicht erwartet. Mit hochrotem Kopf überlegte er, was er darauf antworten sollte. Noch ahnte Anke die Misere nicht. Weder wusste sie von dem ausgebliebenen Aktienkauf noch von der Sackgasse, in der er mit seiner Erfindung steckte.

„Das wird schon", murrte er. Doch er irrte, wenn er glaubte, Anke würde sich mit dieser lapidaren Antwort zufriedengeben.

„Meinst du, bis zum Herbst bist du damit fertig und kannst ein Geschäft mit deinem Selbstfahrer aufmachen?"

„Was bohrst du mir Löcher in den Bauch? Fertig oder nicht fertig, was geht's dich an? Das ist allein mein Bier!"

Genervt sprang Anton vom Tisch auf, rannte Tür schlagend hinaus und verschwand für Stunden in seinem Studierzimmer. Mit gesenktem Kopf hockte er auf dem Stuhl und dachte nach. Und je mehr er nachdachte, desto klarer wurde ihm seine ausweglose Lage. Anke durfte um Himmels willen nicht mitbekommen, wie ernst sie war.

Mit dem Ärmel wischte er sich den Schweiß von der Stirn. Elisa hatte in ihrem letzten Brief angedeutet, in diesem Jahr nach Dresden zurückzukehren. Dann durfte er nicht mit leeren Händen vor ihr stehen. Das wäre fatal und eine nicht auszudenkende Blamage. Zu oft hatte er großspurig von dem zu erwartenden Erfolg seiner Erfindung gesprochen und keinen Deut daran gezweifelt. Doch nun wollte sich der grandiose Erfolg nicht einstellen. Und die Zeit drängte. Wollte er sein Gesicht vor Elisa und auch vor Anke wahren, musste er sich, um an Geld zu kommen, etwas einfallen lassen. Doch ihm fiel nichts ein. Er hatte nicht die kleinste Spur einer Idee.

7. KAPITEL

I

Tosend fegte der Septembersturm über die Nordseeinsel Föhr hinweg. Der tiefgraue Himmel verkündete Regen. Viel Regen! Das wussten die Bauern der Gemeinde Nieblum. Mit vereinten Kräften brachten sie das trockene Heu in die Schober; wenn es denn schon im Freien so ordentlich getrocknet war.

Seit dem Morgen sah Frauke immer wieder durch's Küchenfenster hinab zur Straße. Hier kam um diese Zeit Fritjof Hagen entlang, der den Inselbewohnern die Post brachte. Sobald er zu sehen war – Frauke erkannte ihn an seiner schwarzen Jacke, der Schirmmütze und dem schwerfälligen Gang – wollte sie ihm entgegenlaufen und nachfragen, ob etwas für ihren Untermieter Alois Weller dabei war.

Fritjof Hagen vertraute der redseligen Frau. Bedenken, sie könnte die Post nicht zuverlässig dem Empfänger aushändigen, hatte er auch heute nicht. Im Gegenteil. Bei dem drohenden Wetter war er froh, wenn er nicht ganz auf die Anhöhe hinaufgehen musste.

Rasch ließ Frauke den Brief in ihrer Rocktasche verschwinden, lief zurück zum Haus und huschte sogleich in die Küche. Dort brach sie das Siegel, faltete das starre Papier auseinander und überflog die Zeilen, denen sie die schockierende Nachricht entnahm, Wellers Frau habe die Sturmflut überlebt und sei nach zwei Jahren mit dem Jungen nach Dresden zurückgekehrt.

Frauke fluchte leise. Ihre Befürchtung hatte sich bestätigt. Wie versprochen, hatte jener eifrige Journalist den Verbleib der Familie ihres Mieters erkundet. „Das darf er nicht erfahren", flüsterte sie vor sich hin. „Den Brief hat es nie gegeben!" Gleich den anderen beiden knüllte sie auch diesen zusammen und warf ihn ins Feuer. Kurz darauf hörte sie, wie Weller aus seiner Kammer rief: „War heute etwas für mich dabei?"

„Nein, nichts! Sonst hätte ich es Ihnen schon gegeben."

Weller legte das Notenbuch mit der Bachkantate zur Seite. Zum nächsten Konzert in der Kirche wollte er sie erstmals spielen. Den ganzen Vormittag hatte er daran geübt. Ja, er musste wieder üben, wollte er etwas Neues zum Besten geben. So schnell wie in der seltsamen Zeit nach dem Überfall vermochte er die Konzerte nicht mehr einzustudieren. Diese Gabe war mit dem Wiedererlangen seiner Sprache versiegt.

Das schmerzende Bein leicht nachziehend, kam er die Treppe herunter und ging in die Küche. „Da sieht man's mal wieder", sagte er zu Frauke, die am Tisch saß und Gemüse putzte. „Auf die jungen Leute ist kein Verlass. Erst Hoffnungen machen und mir versprechen, man kümmere sich um die Angelegenheit, und dann verläuft alles im Sande. Ich habe den Mann wohl falsch eingeschätzt."

„Das glaube ich auch, Herr Alois. Ehrlich gesagt, hatte ich gleich ein ungutes Gefühl, nachdem der Schreiberling Sie damals nach Strich und Faden ausgefragt hatte. Großmäuler sind's halt. Aber machen Sie sich darüber bloß keine schweren Gedanken. Am Ende leidet noch Ihr wunderschönes Orgelspiel darunter. Und das wünscht sich niemand hier auf Föhr. Wir bewundern und lieben Sie. Gott beschütze Sie. Möge er Sie uns noch lange erhalten."

Weller schmunzelte. Die Zustimmung, die er von den Inselbewohnern vom ersten Tag an erhalten hatte, bewegte ihn noch immer. Und obwohl keine Stunde verging, in der er in Gedanken nicht bei Elisa und Anton weilte, schätzte er sich glücklich, zu dieser Gemeinschaft zu gehören, ja mehr noch, ein unverzichtbarer Teil von ihr zu sein.

„Wenn mein Bein nicht so arg schmerzen würde, wäre ich längst nach Husum gefahren und hätte mich über das Ausmaß der Katastrophe auf der Hallig Hooge kundig gemacht. Gewiss, ich musste und muss noch immer glauben, dass meine Lieben in den Fluten umgekommen sind, doch eine letzte Gewissheit darüber habe ich nicht."

„Doch, Herr Weller!", widersprach Frauke und ließ Karotte und Messer in die Schüssel fallen. „Diese traurige Wahrheit ist gewiss. Wir haben seinerzeit alles Erdenkliche getan, um etwas vom Verbleib Ihrer Familie zu erfahren. Meinen Sie nicht, Sie kämen besser, sich mit dem schmerzlichen Verlust abzufinden? Vierzehn Jahre sind seither vergangen. Machen Sie Ihren Frieden mit Frau und Sohn und mit Gott. Ansonsten werden Sie Ihr Lebtag keine Ruhe mehr finden."

Weller seufzte. Die Frau hatte gut reden. Seinen Frieden wollte er ohne Elisa ohnehin nicht finden. Wäre das der Fall, hieße das, sie zu vergessen. Und das konnte er nicht.

„Ich hörte, etliche Familien sind zu ihren Warften zurückgekehrt. Auch auf Hallig Hooge. Das ist sehr mutig. Vielleicht sollte ich über unseren Pfarrer mit einigen von ihnen Kontakt aufnehmen. Meine Frau war auf den Halligen bekannt und sehr beliebt."

Mit gekränkter Miene griff Frauke wieder zum Messer und putzte die Möhre mit übertriebenem Eifer. „Machen Sie, was Sie für richtig halten!", sagte sie schroff. „Wir haben unser Möglichstes getan, um Ihnen zu helfen und Erkundigungen einzuziehen. Wenn Ihnen das nicht genügt oder Sie kein Vertrauen zu uns haben, können wir es nicht ändern. Und nun entschuldigen Sie mich bitte, ich habe zu tun!"

Weller hob die Brauen. Zwar wusste er, dass der Frau so etwas wie weiblicher Charme ein Fremdwort war, doch so kratzbürstig hatte er sie noch nicht erlebt.

Kopfschüttelnd machte er kehrt, nahm Jacke und Mütze vom Garderobenhaken und verließ das Haus.

Der Sturm hatte nachgelassen. Dafür regnete es jetzt. Unbeeindruckt lief Weller weiter in Richtung Strand. Der Regen störte ihn nicht. Er hatte weiß Gott andere Wasser zu spüren bekommen.

Während er den Ort durchquerte, überlegte er, wie es mit ihm weitergehen sollte. So viele Jahre hatte er auf dieser Nordseeinsel wie im Nebel dahingelebt, voll von Trauer über Elisas und Antons Verlust. Er hatte weitere Sturmfluten ohne Angst überstanden, weil sein Tod ihn den beiden lieben Menschen nur näher gebracht und sein für ihn sinnlos gewordenes Erdendasein beendet hätte. Die Zeit hatte ihn überrollt. Jetzt, in seinem 69. Lebensjahr, spürte er, wie ihm die Kräfte allmählich schwanden und sein Lebensmut ebenso verebbte wie die Angst vor dem Tod. Wo er seine letzte Ruhestätte finden würde, war ihm egal, doch immer häufiger stellte er sich jetzt die Frage, ob er sterben wollte, ohne die Heimat noch einmal gesehen und ihren Boden betreten zu haben. Sollte er alle seine Kräfte zusammennehmen und die beschwerliche Reise nach Dresden wagen? Tief in seinem Innern wuchs der Wunsch, zurückzukehren in die geliebte Stadt am Elbstrom, in das Haus am Neumarkt, in dem er neben Leid und Tod auch das Glück erfüllter Liebe erfahren hatte.

„Weiß ich, was mich in Dresden erwartet? Ob ich mit offenen Armen empfangen oder von den neuen Besitzern als Fremder betrachtet werde? Vielleicht gewähren sie mir in dem Haus, das nun ihnen gehört, nicht einmal ein Nachtlager. Ich muss auf alles gefasst sein. Will ich das? Könnte ich die lange Reise mit dieser Ungewissheit antreten?"

Stundenlang grübelte er über diese Frage. Wie sollte er sich entscheiden? Hier auf Föhr war er der Nordsee und damit auch Elisa und Anton nahe, doch in Dresden war er zu Hause. Für und Wider hielten sich die Waage, nur eines stand fest: Wollte er Dresden noch einmal sehen, musste er sich bald zu dieser beschwerlichen Reise entschließen und sie antreten, solange er dazu noch imstande war.

2

Elisa schäumte innerlich, während der Impresario wie ein Wasserfall redete und alle Register zog, um ihr Einverständnis zu erlangen. Er trug die Nase ziemlich hoch und war sich seines Erfolgs sicher.

„Madame, ich verspreche Ihnen, Ihre Tochter wird keine Sekunde ohne Aufsicht sein. Wenn Sie es wünschen, wird Senhorita Miranda die junge Künstlerin als deren Gouvernante auf der Tournee begleiten und sie …"

„Das wäre das Mindeste!", warf Elisa empört ein. „Meine Tochter ist vierzehneinhalb Jahre alt, im Grunde noch ein Kind."

„O nein, Madame, da muss ich Ihnen vehement widersprechen. Ihre Tochter ist in jeder Hinsicht eine junge Dame und gleichaltrigen Absolventinnen des Konservatoriums an Verstand und menschlicher Reife weit voraus."

Elisa meinte in seinen Augen einen seltsam schwärmerischen Glanz zu erkennen. Das missfiel ihr. Noch wusste sie nicht, ob sie dem Mann vertrauen oder ihm gegenüber besondere Vorsicht an den Tag legen sollte. Mit schmerzlicher Wehmut dachte sie an Kristinas ausdrücklichen Wunsch, dass Miranda bei ihr in Madrid wohnen und sie umsorgen sollte und nicht ihre Mutter. Du bist nicht meine Magd, Mama, und du sollst es niemals werden, hatte sie gesagt und damit ihre Liebe und Achtung ihr gegenüber bekundet.

„Madame! In den fünf Monaten, in denen Senhorita Kristina den Part der Pamina in Mozarts Zauberflöte an der Madrider Oper übernommen hat, gab es kein einziges Mal Grund zur Klage. Ihre Tochter zeigte weder Anzeichen von Überlastung oder Ermüdung, noch entwickelte sie irgendwelche Allüren, wie ich sie bei erfolgreichen Sängerinnen leider des Öfteren zu beklagen habe. Ihre Tochter hingegen steht über den Dingen. Sie liebt den Gesang aus einer natürlichen, überaus bewundernswerten Begeisterung heraus. Sie gleicht dem erwachenden Morgen, der mit frischem Atem und jungem Herzen dem Licht der Sonne folgt."

Pikiert hob Elisa die Brauen und setzte ihre Tasse ab. Rhetorische Blumensträuße dieser Art waren ihr zuwider. Sie befürchtete, dass der knabenhafte Mann um die Vierzig, dessen leicht gewelltes schwarzes Haar die schmächtigen Schultern wie eine barocke Perücke umwallte, in seinem Ansinnen nicht lockerlassen würde, wenn er sich schon solch banaler Mittel bediente. Ob Wortschmalz oder geschliffene Zunge – sein Ziel zu erreichen, war ihm offenbar jedes Mittel recht. Wahrscheinlich, so dachte sie, hatte er die Verträge für die Tournee mit Kristina bereits in der Tasche und wähnte sich nun in der Annahme, die Zustimmung der Mutter sei angesichts des zu erwartenden Ruhms und finanziellen Erfolgs eine Kleinigkeit.

„Und Sie, mein Herr, sind – wenn ich es recht verstehe – der ständige Begleiter meiner Tochter?"

„Ja, Madame! Als ihr Impresario wird es mir eine große Freude sein, Tag und Nacht über Ihre Tochter zu wachen."

„Die Nächte überlassen Sie bitte Miranda", warf Elisa mit spöttischem Lächeln ein, was ihn einigermaßen irritierte.

„Selbstverständlich, Madame! Ich wollte damit lediglich sagen … und Ihnen versichern …"

„Schon gut, mein Herr. Ich denke, wir verstehen uns." Elisa amüsierte sich insgeheim über seine plötzliche Verlegenheit. Wen glaubte er eigentlich vor sich zu haben? Ein verwöhntes, willenloses Dämchen, das zu allem Ja und Amen sagte?

„Für meine endgültige Zustimmung erbitte ich mir einige Wochen Bedenkzeit."

„Einige Wochen?" Die Brust gestrafft, rückte der Mann auf die Kante seines Sessels vor und gestikulierte aufgeregt mit beiden Armen. „Madame, ich bin schockiert! Die Tournee beginnt in drei Wochen. Ich benötige Ihre Zustimmung sofort." Er faltete die Hände ineinander und flehte regelrecht: „Bitte legen Sie Ihrer Tochter keine Steine in den Karriereweg. Sie ist ein so außergewöhnliches Gesangstalent, wie wir es nur einmal in hundert Jahren erleben. Die Begeisterung des Publikums und die hervorragenden Kritiken in der Presse sind dafür beredtes Zeugnis."

Elisa presste die Lippen aufeinander, um die euphorische Rede des Herrn nicht zu unterbrechen, mit der er wohl hoffte, verloren gegangenen Boden wiedergutzumachen. Ihr Schweigen irritierte ihn abermals.

„Madame, in halb Europa spricht man bereits von Senhorita Kristinas zauberhafter Stimme. Die Opernhäuser rufen nach ihr. Man will die junge Sängerin auf der Bühne sehen, verstehen Sie? Nein, wirklich … es wäre fatal, wenn die Mutter einer so aufstrebenden Künstlerin ihr aus verständlicher, aber unbegründeter Sorge heraus die zu erwartende grandiose Karriere verbietet."

„Sie wiederholen sich, mein Herr! Und bitte – Sie sollten sich vor mir nicht derart ereifern. Ich habe durchaus nicht vor, meiner Tochter die Gesangskarriere zu verbieten. Meine Bedenken entspringen allein der Sorge um ihre zarte Jugend. So eine Tournee ist anstrengend. Darf ich fragen, in welchen Städten Europas meine Tochter singen wird und wie lange? Und was ist nach der Tournee? Bleibt ihr das Engagement in Madrid erhalten?"

„Selbstverständlich bleibt ihr das Engagement erhalten, Madame. Die Tournee beginnt mit einem Gastspiel in Paris, dann folgen Salzburg, Wien, Berlin und Hamburg."

„Dresden ist nicht dabei?"

„Nein, Madame. Dort brilliert zurzeit die Sopranistin Elfriede Schröder-Devrient. Ein ebenso bewundernswertes, höchst außergewöhnliches Talent wie Ihre Tochter. Ich kenne sie persönlich. Ja, ich darf sagen, ich zähle zu ihrem engsten Freundeskreis." Lächelnd lehnte er sich wieder zurück und schlug die Beine so rasch übereinander, dass es albern wirkte.

„Womit wir bereits zwei außergewöhnliche Talente in einem Jahrhundert hätten", konterte Elisa.

„Gewiss, Madame. Ausnahmen bestätigen bekanntermaßen die Regel. Aber ist das nicht wunderbar? Somit hat das heutige Opernpublikum das große Glück und Vergnügen, sich an den Stimmen gleich zweier Ausnahmesängerinnen zu erfreuen. Zudem beide aus Sachsen!"

„Aus Sachsen? O nein, mein Herr, da irren Sie. Beide sind Kinder des Nordens. Die Schröder-Devrient kam 1804 in Hamburg zur Welt und meine Tochter 1825 auf der Hallig Hooge. Wechselvolle Wege des Lebens führten beide junge Damen später nach Dresden. Wie Sie wissen, kamen und kommen nicht wenige Maler, Dichter, Musiker von Rang und Namen nach Dresden und finden im Florenz des Nordens – wie Johann Gottfried Herder Dresden im Jahre 1802 nannte – ihre künstlerische Heimat."

Die peinliche Belehrung trieb ihm die Röte ins Gesicht. Für Augenblicke verstummte er. Elisa bemerkte es mit innerer Genugtuung. Sie konnte nicht sagen, weshalb, doch dieser wortgewaltige, ihr etwas zu affektierte und vor Selbstsicherheit strotzende Spanier war ihr alles andere als sympathisch. „Also gut", sagte sie. „Dann lassen wir es dabei: Europas Musikwelt erfreut sich an den Stimmen zweier Ausnahmesängerinnen. Vorausgesetzt, die Mutter der zwanzig Jahre jüngeren Sängerin erteilt dafür ihre Erlaubnis."

„Madame, das wäre eine wirklich edle Tat. Glauben Sie mir, Ihre Zustimmung zu dieser Tournee ist das Beste, was Sie für Ihre Tochter jemals tun können!"

Elisa riss die Augen auf. „Mein Herr, bitte sagen Sie mir nicht, was das Beste für meine Tochter ist. Das zu wissen bin immer noch ich die erste Person!" Sie konnte sich nur schwer an sich halten und musste das Gespräch rasch beenden, wollte sie nicht noch spitzer in ihren Bemerkungen werden oder gar die Beherrschung verlieren. „Im Übrigen ist nun alles gesagt, was zu dieser Angelegenheit gesagt werden muss."

Um Fassung bemüht, räusperte sich der Herr, legte das Schriftstück mit der vorbereiteten Erklärung auf den Tisch und sagte betont sachlich: „Darf ich diese Bemerkung als Ihr Einverständnis verstehen, Madame? Dann unterzeichnen Sie bitte dieses Papier."

Sein beleidigter Unterton trieb Elisa das Blut durch die Adern. Scheinbar gelassen nahm sie das Schriftstück, warf einen Blick darauf und legte es sogleich zurück auf den Tisch.

„Es ist in spanischer Sprache verfasst, mein Herr. Ich spreche kein Spanisch. Wussten Sie das nicht, obgleich wir seit einer geschlagenen Stunde in Französisch miteinander kommunizieren? Ich spreche deutsch, englisch und französisch. Wenn Sie mir den Text in einer der drei Sprachen vorlegen, will ich mich gern damit befassen. Und jetzt entschuldigen Sie mich bitte, ich habe Verpflichtungen. Ein Hausdiener begleitet Sie gern zu Ihrer Kutsche."

Sie stand auf, erwiderte mit kurzem Kopfnicken seine Verbeugung und rauschte hinaus. Innerlich aufgewühlt lief sie über den Flur und fluchte dabei leise: „So viel Impertinenz ist mir selten untergekommen!"

Sie holte ihren Mantel aus dem Garderobenschrank, warf ihn locker über die Schultern und eilte hinaus. Lief weiter und weiter, versuchte sich zu beruhigen und ihre Gedanken zu ordnen, während sie ziellos die zum Gut gehörende Olivenplantage durchstreifte. Sie wusste, sie musste sich schnell entscheiden. Der Impresario würde ihr den Wortlaut des Vertragspapiers noch vor dem Abend in französischer Sprache vorlegen. Unmöglich konnte sie dann mit neuen Ausflüchten kommen.

Doch wie sollte sie sich entscheiden? Der Tournee zuzustimmen hieße, Kristina immer seltener bei sich zu haben und sie schon jetzt hinauszuschicken ins Erwachsenenleben mit all seinen Herausforderungen und Gefahren. Doch durfte sie der Tochter die künstlerische Laufbahn aus Gründen verwehren, die letzlich purer Eigennutz waren? Zudem hatte sie Anton versprochen, in absehbarer Zeit nach Dresden zurückzukehren. Käme sie nicht, würde das seine Abneigung gegen Kristina erneut schüren.

Ratlos sank sie vor einem Olivenbaum ins Gras, zog die Knie an, stützte das Kinn darauf. Eine Weile spürte sie mit geschlossenen Augen dem warmen Wind nach, der wie ein Seidentuch ihre Stirn und ihre Wangen streifte. Ihr schöner Plan, gemeinsam mit Kristina Mitte September nach Dresden zurückzukehren und ihr ein Engagement am Dresdner Hoftheater zu verschaffen, war gescheitert. So lange die Schröder-Devrient in Dresden sang, würde Kristina immer in der zweiten Reihe stehen. In Madrid und an den Opernhäusern Europas hingegen konnte sie jetzt der aufgehende Stern am Sängerhimmel werden. Diese Möglichkeit durfte ihr niemand verwehren. Erst recht nicht ihre Mutter. Doch konnte sie so lange ohne ihren kleinen Liebling, ihren süßen Engel leben?

„Elisa, weinen Sie?" Besorgt setzte sich Manuel neben sie ins Gras. Sie hatte sein Kommen gar nicht bemerkt.

„Nein, ich weine nicht. Obwohl mir durchaus zum Weinen zumute ist. Ich denke über etwas nach, das mir seit geraumer Zeit keine Ruhe lässt."

Manuel rückte näher an sie heran. Sie wusste, dass er bis zum Mittag ausgeritten war, um die Arbeit in den Ställen und der Käserei zu kontrollieren. Danach nahm er stets ein Bad. Auch jetzt verströmte seine Haut den Duft von Lavendelseife.

„Und worüber denken Sie nach, wenn ich fragen darf?"

„Darüber, ob ich es fertigbringe, für lange Zeit auf die Gegenwart meiner Tochter zu verzichten. Ihrer Karriere wegen."

Zögernd schob Manuel seine Hand auf Elisas Schulter. „War es nicht von Anfang an Ihr Bestreben, eine Sängerin aus Kristina zu machen? Haben Sie dieses Ziel nicht mit unendlich viel Zeit und Liebe zu erreichen versucht und nun tatsächlich erreicht?"

Manuels warme sonore Stimme tat Elisa gut. Sie wirkte auf sie wie ein Zauber, der die Kraft hatte, ihr die innere Ruhe zurückzugeben, die sie in dem aufreibenden Gespräch von vorhin verloren hatte.

„Ja, natürlich, so war es. Kristinas unerwarteter Erfolg macht mich, ihre Mutter, überaus stolz und glücklich. Dennoch bedaure ich, mein Kind so zeitig aus der mütterlichen Obhut entlassen zu müssen. Können Sie das verstehen?"

Elisa spürte, wie Manuels Arm den Druck verstärkte und er im Begriff war, sie an sich zu ziehen. Meistens hatte sie ihn in ähnlicher Konstellation charmant zurückgewiesen. Jetzt, da sie von tiefer Traurigkeit erfasst war, ließ sie ihn gewähren. Eine Weile schmiegte sie ihren Kopf an seine Schulter, spürte seinen Herzschlag, spürte, wie er schneller atmete, weil ihre Nähe ihn offenbar erregte. Für den Bruchteil einer Sekunde wünschte sie sich, er würde die Situation nutzen und sich ihrer bemächtigen; überwältigt vom Ansturm der Gefühle. Schon wollte sie ihre Augen schließen und ihr Gesicht ihm zum Kusse hinwenden, als Manuel sie plötzlich losließ und aufstand.

„Gehen wir ein Stück?", sagte er mit gespielter Heiterkeit und reichte ihr die Hand. „Ich war auf dem Weg zu den Viehweiden. Wollte nachsehen, ob die Knechte die Tränken am Morgen ordentlich gefüllt haben. Begleiten Sie mich?"

Elisa nickte. Zögernd ergriff sie Manuels Hand, stand auf und hakte sich wie selbstverständlich bei ihm ein. Gedankenversunken gingen sie zum Ende des Olivenhains.

Manuel war gut einen Kopf größer als Elisa. Sie fühlte sich geborgen neben ihm. Es war das gleiche sichere Gefühl, wie sie es neben Alois empfunden hatte. Neben Alois durfte sie nie wieder gehen. Die Einsicht tat noch immer weh, doch zum wiederholten Male stellte sie sich die Frage, ob sie für den Rest ihres Lebens auf die Nähe eines anderen Mannes verzichten musste. Wollte sie das? Hätte Alois das gewollt? Seitdem Kristina in Madrid lebte, war ihr Wunsch nach Zärtlichkeit, nach seelischer und körperlicher Nähe zu Manuel wie ein zartes Pflänzchen gewachsen. Erst jetzt, da ihre Aufmerksamkeit zwangsläufig nicht mehr allein der Tochter galt, nahm sie Manuel als Mann wirklich wahr.

Sah sie ihn die Treppe herunterkommen, begann ihr Herz heftiger zu schlagen. Ritt er in luftiger weißer Hemdbluse – die Knopfleiste halb offen – auf seinem Hengst vorbei, ertappte sie sich bei dem Wunsch, ihm das Hemd sogleich bis zum Gürtel aufzuknöpfen und die behaarte Männerbrust zu berühren. Sie mochte Manuels sanftes Wesen, mochte seine Art, wie er sie beobachtete und wie er jede Bemerkung, jede Geste, die sie kränken oder auch nur verstimmen konnte, bewusst vermied. Doch sie wusste auch, dass sich hinter der gebotenen Zurückhaltung ein gefühlvoller, zu starker Liebe fähiger Mann verbarg.

Die Vorstellung, mit diesem Mann in körperlicher Liebe vereint zu sein, ließ sie nicht mehr los. An manchen Tagen konnte sie an nichts anderes denken. Für Stunden schloss sie sich dann in ihrem Zimmer ein und gab sich in heißem Begehren ihren erotischen Phantasien hin.

„Darf ich Sie fragen, wann Sie Ihre Rückreise nach Dresden antreten werden?"

Die Frage kam überraschend. Erstaunt sah Elisa Manuel von der Seite an, doch er erwiderte ihren Blick nicht, sah nur starr vor sich hin, als fürchte er ihre Antwort.

„In zehn Tagen. Mit den Vorbereitungen habe ich bereits begonnen."

Die Sonne verkroch sich hinter einer dichten Wolkenwand. Von Weitem war das gedehnte Muuh der Kühe zu hören, das Kristina so wunderbar nachmachen konnte. Zu gern hätte Elisa gewusst, was in diesem Moment in Manuels Kopf vorging. Sie spürte, wie er angestrengt nachdachte und dass er, obwohl er sich beherrschte, innerlich mächtig aufgewühlt war.

Plötzlich blieb er stehen, packte sie bei den Schultern und sah ihr so ernst in die Augen, wie er es noch nie getan hatte. „Wirst du wiederkommen, Elisa? Sag mir ehrlich, kommst du zu mir zurück?"

Sein Blick war so eindringlich und zugleich flehend, dass Elisa es nicht fertigbrachte, Manuel, wie so oft, mit einer banalen Antwort abzuspeisen.

„Ja", sagte sie leise, legte ihre Hände auf seine Brust, spürte, wie sein Herz pochte, spürte seinen warmen Atem auf ihrer Wange. „Sobald ich meine Angelegenheiten in Dresden geklärt habe, komme ich zu dir zurück."

Er war den Tränen nahe. Kraftvoll und zärtlich zugleich umschlang er Elisa, zog sie an sich und küsste sie mit verloren geglaubter Leidenschaft. Hingebungsvoll erwiderte sie seinen Kuss, der Alois für diesen innigen Moment in weite Ferne rückte und Manuel tief in ihr Herz eindringen ließ.

Liebste Mutter, Du hast mir die Tournee erlaubt. Ich bin überglücklich und danke Dir dafür mit tausend zärtlichen Tochterküssen …

Kristinas Brief war lang und mit etlichen Korrekturen versehen. Sie hatte ihn wohl einfach so drauflosgeschrieben. Auf drei Seiten bedankte sie sich für die erteilte Erlaubnis und versicherte der Mutter, sich ihr gegenüber zeitlebens dankbar zu erweisen. In ihrer offenen, ehrlichen Art machte Kristina kein Hehl daraus, wie ungern sie nach Dresden zurückgekehrt wäre.

Wegen Anton, du weißt, wieso. Ich, die ungeliebte Schwester, würde in dem Haus der neuen Familie – die jetzt obendrein noch Tilla heißt – doch nur stören und mich immer wie das „fünfte Rad am Wagen" fühlen. Dir aber, liebste Mutter, wünsche ich eine gute Reise und eine segensreiche Zeit in Dresden. Ich besuche Dich, sobald sich die Gelegenheit dazu ergibt. Sei bis dahin unbesorgt. Ich bin der glücklichste Mensch auf Gottes Erden. Miranda hütet mich wie eine Glucke, damit es mir an nichts fehlt und ich mich ohne Sorgen meiner Musik widmen kann. Zu singen und andere Menschen mit meinem Gesang zu erfreuen, das ist mein Leben!

Elisa faltete den Brief zusammen, behielt ihn jedoch fest in der Hand. Auch dann noch, als das Schiff im Hamburger Hafen anlegte, zwei Tagelöhner in zerschlissenen Hosen die drei Gepäckstücke auf den Bock der Mietkutsche hievten und sie dem Kutscher zurief, er könne abfahren.

Kaum saß sie auf der gepolsterten Bank und zog das Fenster, um frische Luft hereinzulassen, einen Spalt herunter, entfaltete sie den Brief erneut. Sie ahnte, dass sie die Tochter in den nächsten Jahren nur selten zu Gesicht bekommen würde. Deshalb nahm sie sich vor, selbst häufiger zu verreisen. So oft es nur ging, wollte sie Kristina in ihren Auftrittsorten besuchen. Das war ein gutes, aufmunterndes Vorhaben. Der Entschluss tröstete sie ein wenig über die abrupte Trennung hinweg, auch wenn sie noch nicht wusste, wie sie die häufigen Reisen bewerkstelligen und vor allem finanzieren sollte. Unter der finanziellen Last von Kristinas Ausbildung, des zusätzlichen Gesangslehrers, der Unterbringung in der Madrider Wohnung nebst Versorgung und Mirandas Entlohnung war ihr Vermögen wie ein Butterberg geschmolzen. Doch deshalb musste ihr nicht bange sein. Anton hatte ihr geliehenes Geld gut angelegt. Zumindest einen Teil davon konnte er ihr jetzt ganz sicher mit gutem Zins zurückzahlen. Vielleicht brachte auch seine Erfindung bereits genug Geld ein, damit er seine junge Familie davon ernähren konnte und ihr den anderen Teil des geliehenen Geldes in Raten zurückzahlen konnte.

3

Es goss in Strömen. Der Kutscher hielt so dicht wie möglich vor dem Haus. Elisa schlug die Kapuze ihres dünnen Mantels über den Kopf, eilte zur Haustür und zog dreimal kräftig die Glocke.

„Wer ist da?", rief eine Frauenstimme aus dem flink geöffneten Wohnzimmerfenster in der zweiten Etage.

„Ich bin es, Anke. Frau Weller. Sei so gut und komm rasch herunter."

„Herrje, die Frau Weller! Ja, ja ... ich komme!"

Als die Tür aufging, war Elisa bis auf die Haut durchnässt. „Was für eine Freude! Da wird der Anton aber staunen. Wir haben Sie in diesem Jahr nicht mehr erwartet. O weh, Sie sind ja pitschnass. Warten Sie, ich nehme Ihnen den Mantel ab und bringe ihn gleich zum Trocknen in die Küche. Dort ist es warm."

„Gut, dann gehe ich erst einmal in mein Schlafzimmer und lege trockene Kleider an. Bitte bring mein Gepäck nach oben."

Anke nickte. Jetzt erst wurde ihr bewusst, dass Antons Schwester nach wie vor die Hausherrin war, die ihre ehemalige Bedienstete noch immer als solche betrachtete und sie auch so behandelte. Dass Anke inzwischen ihre Schwägerin war, hatte sie offenbar noch nicht verinnerlicht oder es interessierte sie nicht. Anke sah darüber hinweg und tat, wie ihr geheißen.

Elisa eilte die Treppe hinauf. „Ist Anton da?"

„Nein, er kommt heute später. Er hat noch in der Fabrik in Übigau zu tun. Er muss jetzt ..." Anke stockte mitten im Satz.

„Was? Was muss er jetzt?"

„Das soll er Ihnen lieber selber sagen, Madame. Weil ... es ist nicht alles so gut vonstattengegangen, wie er es sich vorgestellt hat, wissen Sie?"

Ruckartig drehte Elisa sich vor der Schlafzimmertür zu Anke um und sagte betont ruhig: „Nein, ich verstehe nicht. Deshalb sei so gut und kläre mich auf. *Was* ist nicht so gut vonstattengegangen?"

An Elisa vorbei schleppte Anke zwei der Gepäckstücke ins Schlafzimmer, lief dann noch einmal die Treppe hinunter und kam mit der prallen Tasche zurück. Währenddessen überlegte sie, ob es richtig war, wenn sie und nicht Anton Madame Weller von dem Unglück erzählte. Sie stellte die Tasche neben der Kommode ab und sah Elisa ratlos an.

Sichtbar ungeduldig saß sie auf dem Bettrand und forderte Anke mit einem unmissverständlichen Blick auf, ihr endlich zu antworten.

„Nun ja, es ist wegen der Erfindung, wissen Sie? Anton muss das letzte Modell, das größte von dreien, jetzt abbauen."

„Ach ja? Und warum muss er das? Kindchen, lass dir bitte nicht jedes Wort aus der Nase ziehen."

Anke schlug die Augen nieder. „Weil … man hat ihm den Raum gekündigt. Es gab dort eine Explosion. Anton hatte mit der Flüssigkeit für den Antrieb einige Versuche gemacht. Allein und ohne einen Chemisten zu Rate zu ziehen. Die Glaswand ist zersprungen. Der Holzfußboden hat gebrannt."

„Und Anton? Ist ihm etwas passiert?"

Anke schüttelte den Kopf. „Nein, Madame, bis auf ein paar kleine Schnittwunden an den Armen und der Wange ist er mit dem Schrecken davongekommen."

Elisa überlegte. Offenbar war Anton in Schwierigkeiten mit seiner Erfindung. Das verhieß nichts Gutes.

„Bist du die zweite Elisa?"

Die helle Kinderstimme riss Elisa aus ihren Gedanken. Das Mädchen, das mit eingezogenen Lippen, die Hände auf dem Rücken verschränkt, schüchtern auf sie zukam, trug ein grasgrünes Kleid. Ein ähnliches Kleid hatte sie als Kind gern getragen; in Pirna beim Spielen im Garten.

„Wenn schon, dann bin *ich* die *erste* Elisa. Meinst du nicht?"

Freundlich lächelnd reichte sie dem Kind die Hand, zog es zu sich heran und fragte sich, nachdem sie die Kleine eingehend betrachtet hatte, wie das sein konnte. Es war, als sei sie selber wieder Kind geworden und stünde hier. So verblüffend war die Ähnlichkeit. Liebevoll fuhr sie dem Mädchen über das schwarze Lockenhaar und meinte dabei, in ihren dunklen Augen das gleiche Tillasche Feuer zu entdecken, mit dem sie einst den Großvater zur Verzweiflung gebracht hatte. Plötzlich war ihre Verärgerung über Antons Namenswechsel verflogen. Es war gut für sie und in gewisser Hinsicht auch ergreifend, dass dieses Mädchen, das ihr wie aus dem Gesicht geschnitten war, den Namen *Elisa Tilla* trug.

„Verrätst du mir, wie alt du bist?"

Klein Elisa hob die Fäuste und zählte laut von eins bis acht, wobei sie bei jeder Zahl einen Finger energisch hochstreckte.

„Oho! Du kannst ja schon zählen. Hast du das in der hiesigen Mägdeleinschule gelernt?"

„Nein, mein Papa gibt mir Unterricht. Jeden Sonntag. Und die anderen Tage übe ich." Sie malte mit den Armen einen riesigen Kreis in die Luft und rief: „Mein Papa ist ein seeehr schlauer Mann!"

Die Hausglocke läutete. Kurz darauf war zu hören, wie jemand den Schlüssel ins Türschloss steckte und aufschloss. Anke erschrak. „Das ist Anton. Komm, Elisa, du müsstest längst im Bett sein. Sag deiner Tante gute Nacht und dann ab in dein Zimmer."

Artig folgte klein Elisa. Anke schob sie mit der Bemerkung, sie müsse jetzt für die Erwachsenen das Abendbrot bereiten, hinaus und brachte sie in ihr Zimmer.

Im Hausflur legte Anton seine durchnässten Kleider ab, zog die triefenden Schuhe aus und fuhr sich mit den Händen übers Gesicht. „So ein Mistwetter aber auch!", fluchte er und nickte Anke zu, als sie die Treppe herunterkam.

„Es ist jemand gekommen …"

„Ach ja? Und weshalb sagst du das so geheimnisvoll?"

„Weil … es ist deine Schwester. Vor einer Stunde ist sie gekommen. War auch ganz nass. Jetzt zieht sie sich oben in ihrem Schlafzimmer um."

„Meine Schwester? Gütiger Gott!" Erst jetzt bemerkte Anton die nassen Damenschuhe am Garderobenschrank. Schlagartig wurde er kreidebleich. „Hast du ihr von dem Brand erzählt?"

„Ja, hab ich. Aber nur, dass du das Modell abbauen musst. Sonst nichts."

„Wieso … sonst nichts? Was meinst du?"

„Na, dass ihr Geld futsch ist."

„Das weißt du?"

„Anton, ich bin nicht blöd. Ich kann eins und eins zusammenzählen. Zumal wenn du im Schlaf mit deiner Schwester redest."

Beschämt zog Anton die Mundwinkel herunter. „Und? Was meint sie?"

„Frag sie selber, ich halt' mich da raus." Anke machte kehrt und verschwand in der Küche. Anton folgte ihr. Stumm nahm er das Handtuch, das sie ihm reichte. „Hier! Trockne dich ab, ich hole dir inzwischen trockene Sachen. In diesem Zustand kannst du ihr nicht gegenübertreten."

Nachdem Anke hinaus war, ließ er sich auf einen Stuhl fallen, rechte die Finger durch die nassen Haare, holte tief Luft. Die Stunde der Wahrheit war gekommen. Jene Stunde, vor der er sich seit vielen Wochen fürchtete. Jetzt kam es auf jedes Wort an und auf sein Geschick, die aus dem Ruder gelaufenen Dinge irgendwie geradezurücken und zu retten, was zu retten war. Nie zuvor hatte er sich vor einem Menschen so geschämt wie jetzt vor seiner Schwester.

Anke brachte die besten Kleider, die er besaß: weißes Hemd, weiße Halsbinde, die neue graue Hose, dazu die schwarze Jacke aus fein gewebtem Tuch. „So ist's gut", sagte sie, nachdem er sich angekleidet, die Haare trocken gerubbelt und ordentlich gekämmt hatte. „Nun geh hinauf zu ihr. Sie sitzt am Tisch im großen Wohnzimmer. Ich lasse euch noch eine Weile allein, ehe ich das Abendbrot bringe."

„Ist gut, Liebes", seufzte Anton. „Drück mir die Daumen, dass sie mir nicht gleich den Kopf abreißt, wenn ich ihr die Wahrheit beichte."

„Ach was! Sag ihr frei heraus, warum alles so gekommen ist. Sie wird's schon verstehen." Mit einem Kuss auf die Stirn schob sie ihn hinaus.

Auf der Treppe schlug Anton das Herz bis zum Hals. Vor der Tür zum Wohnzimmer räusperte er sich kurz, straffte die Schultern und trat ein.

Elisa trug ein dunkelblaues Kleid nach der neuesten Mode: Die Taille eng geschnürt, geschlitzte Puffärmel, breiter Rundkragen aus weißer Spitze. Ihr Haar, von grauen Strähnen durchzogen, steckte in einem strengen Nackenknoten. Stirn und Schläfen schmückten zierliche Korkenzieherlocken. Anton hätte nicht gedacht, die Schwester nach so vielen Jahren wiederzusehen und festzustellen, dass sie trotz ihrer 55 Jahre noch immer eine wunderschöne Frau war.

Elisa erhob sich, als sie Anton sah, ging auf ihn zu und umarmte ihn. Es war eine lange, herzliche Umarmung, die Anton unter anderen Umständen Gefühle freudigen Glücks beschert hätte. Jetzt aber schwelte die Angst in ihm, vor der Schwester das Gesicht zu verlieren.

„Du bist kräftiger geworden, Anton", sagte Elisa und zog ihn mit sich an den Tisch. „Vielleicht etwas blass um die Nase, aber das Eheleben scheint dir recht gut zu bekommen. Deine süße Tochter habe ich bereits kennengelernt. Komm, setzen wir uns! Wir haben uns beide gewiss viel zu erzählen."

„Ja, das haben wir", stimmte Anton zu und fragte dann, um das Gespräch irgendwie weiterzuführen: „Wie war deine Reise? Wir hatten in den letzten Tagen ziemlich viel Sturm, und seit drei Tagen regnet es fast ununterbrochen. Hattest du eine gute Überfahrt oder war es auch so stürmisch wie hier?"

Kaum hatte er das letzte Wort gesprochen, schalt er sich wegen der banalen Fragen. Sie hatten jetzt weiß Gott wichtigere Dinge zu bereden als das Wetter. Deshalb schwenkte er auch gleich zu einem ernst zu nehmenden Thema über: „Wie geht es meiner … Nichte?"

Elisa stutze. Sie fand Antons Wortwahl ebenso unangebracht wie die Tatsache, plötzlich den Onkel herauszukehren. Er hätte doch einfach nur *Kristina* sagen brauchen. Sie beherrschte sich und schluckte ihre Verärgerung hinunter.

„Ihr geht es gut. Sehr gut. Dank ihrer Intelligenz, ihrer großen Begabung und ihres bewundernswerten Fleißes hat Kristina eine vielversprechende Karriere als Sängerin begonnen. Ich bin überaus stolz auf sie und würde liebend gern während ihrer Tournee an ihrer Seite sein. Doch sie meinte, ich solle mein Versprechen halten und noch in diesem Jahr nach Dresden fahren. Zu dir. Ihre Gouvernante begleitet sie auf ihrer ersten großen Tournee durch Europa. Sie wird in zahlreichen großen Städten singen: Paris, Salzburg, Wien, Berlin, Hamburg."

„Und Dresden? Kommt sie auch nach Dresden?"

„Nein, nach Dresden kommt sie nicht." Elisa erklärte Anton ausführlich die Gründe, die es dafür gab. Dabei war ihr, als hörte er ihr nur mit halbem Ohr zu. War es, weil ihn alles, was Kristina betraf, nicht interessierte oder weil ihm etwas Wichtigeres durch den Kopf ging? Auch sein ständiges Lächeln irritierte sie. Es wirkte unnatürlich. Der Anton, den sie kannte, schaute entweder ernst oder lachte schallend. Dieses aufgesetzte Lächeln passte nicht zu ihm, ließ ihn fremd und unsympathisch erscheinen.

Anke kam herein. Auf einem breiten Tablett brachte sie das Abendbrot. Sie stellte die dampfende Suppenschüssel und den Korb mit frisch geschnittenem Brot auf den Tisch. Dann schenkte sie allen von dem duftenden Kräutertee ein und stellte die Zuckerdose in die Mitte. Dabei wanderte ihr Blick abwechselnd zu Elisa und zu Anton, der ihren fragenden Blick offenbar nicht verstand.

Zögernd nahm sie auf dem Stuhl Elisa gegenüber Platz. Zum ersten Mal speiste sie nun mit der Hausherrin an einem Tisch und fühlte sich alles andere als wohl dabei. Schließlich hielt sie es nicht mehr aus und fragte Elisa beherzt: „Madame, ist es Ihnen überhaupt genehm, wenn ich mit Ihnen hier zu Abend esse?"

Ein erstauntes und zugleich versöhnliches Lächeln huschte über Elisas Gesicht, als ihr klar wurde, dass die Situation für Anke etwas heikel war. Mitleid regte sich in ihr. Sie bereute, dass sie die junge Frau bei ihrer Ankunft doch recht kühl angesprochen und sie, der Gewohnheit folgend, wie eine Dienstmagd behandelt hatte.

„Du bist meine Schwägerin, Anke. Gehörst jetzt zur Familie. Trägst meinen Geburtsnamen Tilla. Das ist zwar alles etwas ungewöhnlich für uns beide, aber ich denke, wir werden uns schnell daran gewöhnen. Ich werde mich bemühen, dir stets eine mütterliche Freundin und deiner Tochter eine liebevolle Tante zu sein. Das verspreche ich dir."

Anke fiel ein Stein vom Herzen. Innerlich bewegt sprach sie das Tischgebet und erwiderte schüchtern Antons Blick, der ihr sagte, wie froh auch er über Elisas Versprechen war. Würde es trotz des Problems, das noch unausgesprochen im Raum stand, ein schöner Abend werden? Anke zweifelte daran. Sie kannte Anton. Er war plötzlich ganz anders als sonst und über alle Maßen aufgeregt. Wieso? War die betreffende Angelegenheit mit dem Geld womöglich noch schlimmer, als sie vermutete?

Während des Essens erkundigte sich Elisa nach der Gesundheit der Tochter und welche wichtigen Neuigkeiten es in Dresden gab. Auch von der Insel Menorca, von Manuels schlossartigem Haus, dem herrlichen Anwesen und von Kristinas rasantem Aufstieg zur gefeierten Sängerin erzählte sie. Antons Arbeit und den Fortgang seiner Erfindung anzusprechen, vermied sie bewusst, weil sie erwartete, dass er selber darauf zu sprechen kam. Doch Anton mache keinerlei Anstalten. Es war, als wollte er das Damoklesschwert, das über ihm schwebte, in letzter Minute doch noch in den Boden rammen.

Nach dem Abendessen räumte Anke den Tisch ab, strich das weiße Tischtuch, nachdem sie es am Fenster ausgeschüttelt hatte, sorgfältig auf dem Tisch glatt und stellte drei Weingläser und eine Flasche Frankenwein darauf.

Zuletzt zündete sie die Kerzen des fünfarmigen silbernen Leuchters an, den sie liebte und gern am Fuß mit einer kleinen Efeuranke oder getrockneten Rosenknospen schmückte.

„Ich geh noch einmal in die Küche und bringe euch etwas Obst herauf", sagte sie mit heller Stimme und verschwand.

Widerstrebend nutzte Elisa Ankes Abwesenheit, um Anton endlich zum Reden zu bewegen. „Nun, Anton, willst du mir nicht endlich erzählen, wie es mit deiner Arbeit vorangeht? Verdienst du ordentlich in der Übigauer Maschinenfabrik? Und was macht deine Erfindung? Ich vermute, mit dem großen Gewinn wird es noch ein Weilchen dauern. Anke sagte mir, es hätte in Übigau einen Zwischenfall gegeben. War wohl nicht allzu schlimm, oder?"

„Man hat mir die Werkstatt gekündigt."

Anton schob die Hände zwischen die Schenkel und senkte den Kopf. Elisa sollte ihm nicht in die Augen sehen. Jetzt nicht. „Die Reparaturkosten für das Dach muss ich von meinem Lohn bezahlen. Der ist nicht schlecht. Wir bauen jetzt an einer zweiten Eisenbahnlokomotive, der *Phönix*. Das Modell meines Selbstfahrers baue ich ab und bringe es hierher."

„Hierher ins Haus?"

„Wohin sonst? Ich baue es in einem der freien Dachkammern auf, wenn du nichts dagegen hast." Er ahnte Elisas besorgte Frage und kam ihr zuvor. „Natürlich mache ich hier keine riskanten Versuche, das versteht sich von selbst. Das überlasse ich nunmehr einem erfahrenen Chemisten, den man mir empfohlen hat."

„Der verlangt dafür gewiss ordentlich Geld."

Anton nickte. „Deshalb habe ich ja auf eigene Faust experimentiert. Wegen des Geldes ..."

Elisa horchte auf. „Du hast doch genügend Geld von mir bekommen. Die eine Hälfte ist in Aktien angelegt, die andere Hälfte ... das sind immerhin 250 Reichsthaler, hast du für deine Erfindung bekommen. Sind die etwa schon verbraucht?"

Bleich vor Scham wich er ihrem fordernden Blick aus und sagte kleinlaut, während er seine Finger zwischen den Schenkeln knetete: „Nicht nur das ist verbraucht. Auch das für die Aktien." Nun war es heraus.

Vor der Tür blieb Anke mit der Obstschale stehen. Die ernsten Stimmen bedeuteten nichts Gutes. Lieber wollte sie dem peinlichen Gespräch hier draußen lauschen, als es drinnen mitzuerleben.

„Wie bitte? Auch das Geld für die Aktien ist verbraucht? Anton, ich versteh nicht. Hast du etwa die Aktien ohne mich zu fragen verkauft und das Geld für deine Erfindung genommen?" Elisa war laut geworden. Bange Ahnung schwang in ihrer Stimme mit, nachdem sie Antons bleiche Wangen und seine vibrierenden Lippen bemerkte. „Anton, ich habe dich etwas gefragt!"

Langsam hob er den Kopf, sah ihr in die Augen und spürte, dass er ihren anklagenden Blick nicht ertrug. „Nein! Ich habe die Aktien nicht *ver*kauft. Ich habe sie erst gar nicht ... *ge*kauft."

Elisa wollte nicht glauben, was sie hörte. Noch hoffte sie, Anton habe sich nur unglücklich ausgedrückt. Doch er dachte nicht daran, das Gesagte zu korrigieren.

„Versteh doch, Elisa, ich habe das Geld für meine Erfindung gebraucht."

„Fünfhundert Thaler?"

„Ich musste drei Modelle anfertigen. Und zweimal habe ich mich vom Militärdienst losgekauft und ..."

„Schweig!"

Empört schnellte Elisa vom Stuhl hoch. Die Arme vor der Brust verschränkt, tigerte sie durchs Zimmer, um die innere Erregung in Bewegung abzuleiten. Schlagartig wurde ihr klar, was Anton mit seinem Alleingang angerichtet hatte, und das nicht nur in materieller Hinsicht. Abrupt blieb sie stehen, trat ans Ende des Tisches, zwang Anton mit einem bitterbösen Blick, sie anzusehen, und sagte betont ruhig, wobei sie jedes Wort klar artikulierte: „Ich fasse zusammen. Erstens: Gegen unsere Abmachung hast du keine Aktien gekauft, sondern das gesamte Geld, welches ich dir geliehen habe, für deine Erfindung verbraucht. Oder treffender gesagt: Du hast mich schamlos hintergangen und belogen!"

„Aber ich habe doch nur ..."

„*Ich* rede jetzt!" Zornig schlug Elisa die flache Hand auf den Tisch. „Zweitens: Diese *geniale* Erfindung, wie du betont hast, steckt fest. In einer absolut engen Sackgasse. Absehbar wird sie kein Geld erwirtschaften. Unterm Strich heißt das: Du hast mein Geld in den Sand gesetzt und mein Vertrauen in hinterhältiger Weise missbraucht. Zudem steht die Zukunft deiner Familie auf wackligen Beinen. Bravo, junger Mann, das nenne ich *genial!* Genial als Versager und Lügner!

„Elisa, bitte, so darfst du nicht mit mir reden. Ich weiß, ich habe einen großen Fehler gemacht, aber ich habe ..."

„Einen Fehler?" Sie beugte sich weit über den Tisch und sah ihn aus schmalen Augen wie eine zum Sprung bereite Katze an. "Weißt du eigentlich, welche Tragweite dieser *eine* Fehler für mich hat? Wenn es hochkommt, muss ich das Haus verkaufen. Oder zumindest beleihen. Schande!"

Sie konnte sich nur schwer beherrschen, die Hand gegen ihn zu erheben und ihrer Wut Luft zu machen, wie sie es als Kind getan hatte, wenn die Spielgefährten sie mit hässlichen Sprüchen beleidigt hatten.

„Elisa, bitte! Ich werde alles wiedergutmachen. Das verspreche ich dir. Und wenn ich Tag und Nacht arbeiten muss, ich zahle dir dein Geld zurück."

Elisa lächelte milde. „Ach, ja? Dieses vollmundige Versprechen in die Tat umzusetzen, müsstest du dich selbst übertreffen. Versprich nicht schon wieder, was du nicht halten kannst! In den kommenden Tagen prüfe ich meine Vermögenslage. Sobald ich weiß, was ich dann tun werde, wirst du es als Erster erfahren."

Sie machte kehrt und eilte hinaus, vorbei an Anke, die ihre Obstschale ängstlich umklammert hielt und die verbitterte Schwägerin nicht anzusprechen wagte.

Fortan mied Elisa den Bruder. An den Vormittagen erledigte sie wichtige Wege. Punkt zwölf Uhr traf sie sich mit Anke und klein Elisa im Wohnzimmer und aß mit ihnen zu Mittag. An den Nachmittagen spazierte sie durch die Stadt oder saß bis Sonnenuntergang auf jener Bank in der Mitte der Brühlschen Terrasse und hing ihren Gedanken nach. Auf dieser Bank hatte sie gern mit Alois gesessen. Still beobachtete sie die an ihr vorübergehenden, adrett gekleideten Menschen. Immer wieder warf sie einen Blick hinüber zur Augustusbrücke. Passanten eilten geschäftig in den südlichen oder nördlichen Teil der Stadt. Wie oft war sie nach dem Winter 1812 über diese Brücke in die Neustadt gegangen und weiter über die Hauptstraße bis zum Schwarzen Tor, durch das in spärlichen Grüppchen die abgemagerten, in Lumpen gehüllten Soldaten gekommen waren, die das Grauen in Napoleons Russlandfeldzug überlebt hatten. Unzähligen Verletzten und Kranken hatte sie in den überfüllten Lazaretten an der Seite von Doktor Pienitz geholfen, ihre Leiden zu lindern. Trauernd gedachte sie ihrem langjährigen Freund und Lehrer, der am 16. August im Alter von 65 Jahren verstorben war.

Wenn die Glocken der Kreuzkirche zur sechsten Abendstunde läuteten, ging Elisa zurück zum Haus. Ganz bewusst nahm sie den Umweg um die Katholische Hofkirche. Hinter ihr wuchs jetzt der Bau des neuen Hoftheaters. Kein Dresdner weinte dem alten Morettischen Hoftheater eine Träne nach. Es hieß, bereits in drei Jahren solle das neue Theater fertig sein. Baumeister sei ein gewisser Gottfried Semper aus Altona. Seit September 1834 war er Professor für Baukunst an der Königlichen Akademie der bildenden Künste zu Dresden. Von Anke wusste Elisa, dass Anton ihm mehrmals im Hause von Andreas Schubert begegnet war. Gottfried Semper sei sogar sächsischer Staatsbürger geworden, nachdem er König Anton den Untertaneneid geleistet hatte. Nun sei man über Dresden hinaus schon mächtig gespannt, wie dem Professor der neue Theaterbau gelingen wird.

Wieder zu Hause, widmete Elisa sich gerne ihrer Nichte, der *kleinen* Elisa, wie sie von allen genannt wurde. Mit ihrer munteren Art bereitete ihr das Mädchen viel

Freude. Die Abende verbrachte Elisa meistens im Bibliothekszimmer. Stundenlang vertiefte sie sich in die Romane, die sie in der Arnoldschen Buchhandlung gekauft oder sich ausgeliehen hatte. Oder sie schrieb sehnsuchtsvolle Briefe an Kristina. Die Tochter fehlte ihr. Immer häufiger ertappte sie sich jetzt bei dem Gedanken, Kristina gegen deren Willen in die Tourneestädte nachzureisen, nur um ihr nahe zu sein. Doch sie kannte Kristina. Wenn sie einmal eine Entscheidung getroffen hatte, blieb sie dabei. Ihr nachzureisen hieße womöglich, ihre Tochterliebe zu gefährden. Außerdem fehlte ihr momentan für größere Reisen das Geld.

An einem kalten verregneten Tag saß Elisa im hochgeschlossenen Kleid am Klavier und spielte Beethovens Mondscheinsonate. Die einfühlsame Melodie trug ihre Gedanken weit zurück in die Kindheit. In jene mystische Nacht, als sie vom Eichenhof aus zum Mondfelsen geritten waren. Im Arm des Onkels hatte sie staunend der Wanderung des silberhellen Mondes über den Felsensaum zugesehen und gehofft, die Geister des Waldes blieben in ihren düsteren Schluchten und taten ihnen nichts Böses. Später hatte Alois die Sonate gern und mit großer Hingabe für sie gespielt, weil er wusste, wie sehr sie die sanfte, von besinnlicher Wehmut getragene Melodie liebte.

In solchen Momenten spürte sie Alois wieder nahe bei ihr. Sie hörte seine Stimme, erinnerte sich an den Geruch seiner Haut, sah seine dunklen Augen vor sich, deren Glanz ihre Seele berührte. Sie wusste längst, sie würde nicht zu Manuel zurückkehren, trotz ihres in einem schwachen Moment gegebenen Versprechens, trotz des flehenden Briefes, der sie vor ein paar Tagen aus Menorca erreicht hatte. Auch in Dresden konnte sie nicht länger bleiben. Die Untätigkeit machte sie krank. Und die Stimmung im Haus war alles andere als harmonisch. Die Geschwister gingen sich aus dem Weg, schwiegen bei Tisch, gingen getrennt zur Sonntagsandacht.

Anke stand zwischen den Fronten, die sich mit jedem neuen Tag mehr verhärteten. Elisa wusste, dass Anke mit Engelszungen auf Anton einredete und ihn bat, sich mit der Schwester zu versöhnen. Schließlich lebten sie mietfrei in ihrem Haus. Was, wenn sie diesen Vorteil aus der Verärgerung heraus änderte oder gar den Verkauf des Hauses in Erwägung zog?

Anton folgte ihrer eindringlichen Bitte insoweit, dass er Elisa eines Abends vor dem Zubettgehen in aller Form um Vergebung bat.

„Mit der Vergebung allein ist es nicht getan, Anton. Ich brauche das Geld. Zumindest einen Teil davon. Warum verkaufst du das Modell nicht samt deinen bisherigen Ergebnissen?"

„Das kommt nicht infrage! Was bleibt mir dann noch, wenn ich mich von dem trenne, was mir meine Zukunft sichern soll und in dem mein Herzblut steckt. Was hätte ich davon?"

„Was du davon hättest? Nun, du wärst in der Lage, einen Teil deiner Schulden an mich zurückzuzahlen. Aber wie ich sehe, steht dieses Bestreben in deinem Denken nicht unbedingt an erster Stelle."

„Ich zahle dir dein Geld auch so zurück!"

„Ach ja? Vom Rest deines Lohns, den man dir auf Jahre hin pfändet? Wach auf, Anton, du schwelgst in Illusionen! Das wirkliche Leben sieht anders aus. Du bist klug, aber nicht genial. Es wird Zeit, dass du dich von deinen euphorischen Zukunftsträumen trennst und etwas unternimmst, um nicht dauerhaft auf Kosten anderer zu leben. Und wenn wir schon einmal dabei sind: Die eigenmächtige Verwendung meines Vermögens kann ich dir vielleicht noch verzeihen. Nicht aber die feige, niederträchtige Lüge, mit der du mich hintergangen hast!"

Am 20. Oktober des Jahres 1839 fuhr Elisa in der voll besetzten Postkutsche in nördlicher Richtung aus Dresden hinaus. Sie wusste nicht, wie lange sie bei dem nebelig feuchten Wetter für die Reise brauchen würde; fünf oder sieben oder gar neun Tage? In Magdeburg wollte sie einen Elbkahn ausfindig machen, der sie für wenig Geld bis Hamburg mitnahm. Von dort wollte sie mit der Kutsche weiterfahren bis Husum. Zu Ulrike.

In Dresden hatte sie alles in die Wege geleitet, was in der eingetretenen Situation zu klären gewesen war. Die leerstehenden Zimmer im Haus waren wieder vermietet. Das brachte ihr zwar relativ kleine, aber regelmäßige Einnahmen. Anton gegenüber hatte sie durchblicken lassen, dass sie bei plötzlich eintretendem größeren Geldbedarf das Haus verkaufen müsse. Dann habe er an den neuen Besitzer Miete zu bezahlen, sofern er im Haus bleiben wollte. Absichtlich hatte sie ihm etwas Feuer unter den Hintern gemacht und ihm gesagt: „Diese Gefahr kannst du abwenden, sobald du mir den ausstehenden Betrag zurückzahlst. Lass dir etwas einfallen, Anton. Du bist ein intelligenter junger Mann mit zwei gesunden Händen und guten Kontakten in Dresden und Chemnitz. Denke daran: Wo ein Wille ist, da ist auch ein Weg!"

Er hatte ziemlich betreten geschaut. Gut so! Er sollte endlich lernen, Verantwortung zu übernehmen. Das Haus verkaufen – nein, das zog sie nicht wirklich in Betracht. Es sollte der Familie um jeden Preis erhalten bleiben. Jeder, der sich ihr zugehörig fühlte, sollte dorthin kommen oder zurückkehren können. Und Kristina sollte es erben. Vielleicht – so sagte sie sich – würde das neue Hoftheater in der Tochter einmal den Wunsch erwecken, trotz weltweiter Konzertreisen ihren Lebensmittelpunkt nach Dresden zu legen.

In Magdeburg musste Elisa drei Tage warten, bis ein ordentliches Boot sie bis Hamburg mitnahm, wo sie nach weiteren zwei Tagen endlich in der Kutsche nach Husum saß.

Sie freute sich unbändig darauf, Ulrike wiederzusehen. Mit ihrer Hilfe wollte sie sich eine kleine Wohnung suchen und als amtlich registrierte Hebamme arbeiten. Das Zertifikat – von Carl Gustav Carus ausgestellt – hatte sie bei sich. Ein bescheidenes, glückliches Leben wollte sie führen. Bescheiden in materieller Hinsicht. Glücklich in der Gewissheit, jeden Tag gebraucht zu werden von Menschen, die ihrer Hilfe bedurften. Dieses Tätigsein für andere sollte ihren Lebensinhalt bestimmen für die Zeit, die ihr auf Erden noch beschieden war.

Wehmütig sagte sie sich: „Manuel wird enttäuscht und traurig sein, wenn er von meinem Entschluss erfährt. Vielleicht wird er mich als Wortbrecherin verachten und den Stab über mir brechen. Doch habe ich eine Wahl? Wie könnte ich an der Seite eines Mannes leben, dem mein Herzen nur zur Hälfte gehört? Zudem würde ich in Menorca jeden Tag auf Kristina warten und darauf, dass sie für immer heimkehrt zu mir und alles so wird wie früher. Doch sie kehrt nicht heim zu mir. Ich weiß das. Und so, wie es ist, ist es auch gut. Sie hat nun einmal bereits in jungen Jahren ihren Lebensinhalt gefunden und ist damit sehr, sehr glücklich. Wer kann das schon mit solcher Entschiedenheit von sich sagen? Würde ich ihr dieses Glück meiner egoistischen Gründe wegen missgönnen, wäre ich eine schlechte Mutter. Und das möchte ich niemals sein. Muss nicht jede Mutter sich irgendwann von ihrem Kind trennen? Dieser Schmerz der Trennung gehört ebenso zum Leben wie der Schmerz der Geburt. Empfinde ich die Trennung von meiner Tochter doppelt schmerzlich, weil ich sie nicht geboren habe?"

4

Kristina trat hinter den Wandschirm ihrer Garderobe im Madrider Opernhaus. Miranda half ihr beim Umkleiden. Schnell musste es gehen. Der Direktor des Opernhauses hatte die ersten Akteure nach der Abendvorstellung zu einem Empfang in sein Haus gebeten.

Unruhig stand Kristina im weißen Unterkleid vor dem Spiegel, hielt sich ein sonnengelbes Kleid mit weiten Puffärmeln an, drehte sich damit einige Male vor dem Spiegel hin und her und schüttelte den Kopf. „Nein! Das ist für den Abend zu grell und wohl auch ein wenig zu kindhaft. Miranda, bring mir das langärmlige rote Kleid mit dem breiten Kragen, und dazu die Perlenkette aus meiner Schatulle. Du machst mir einen strengen Nackenknoten und bindest die Perlen darum. Dazu nehme ich den Fächer mit der Perlenstickerei. Was meinst du, passt das gut für den Abend? Und macht es mich ein klein wenig älter? Wahrscheinlich werde ich dort wieder die Jüngste sein."

„O ja, Senhorita Kristina, das weinrote Kleid ist eine gute Entscheidung. Zum einen sind die Nächte jetzt schon empfindlich kühl. Zum anderen sehen Sie in diesem Kleid besonders zauberhaft aus und werden in der illustren Gesellschaft mit Abstand die attraktivste aller anwesenden Damen sein. Gerade *weil* Sie die jüngste Dame sind!"

Kaum hatte Miranda Kristina das Kleid auf dem Rücken so eng wie möglich zugeschnürt, da klopfte es. Ohne das *Herein* abzuwarten, stand plötzlich ein Mann in der Tür; in der ausgestreckten Hand ein Brief. Miranda lief zu ihm, riss ihm mit einem empörten Blick den Brief förmlich aus der Hand und reichte ihn Kristina.

Neugierig geworden, setzte sie sich damit vor ihren Schminktisch. „Miranda, du kannst mich schon mal frisieren, während ich den Brief lese. In zehn Minuten fährt meine Kutsche vor. Da muss ich fertig sein. Unbedingt!" Mit flinker Hand brach Kristina das Siegel, entfaltete das starre, nach Rosenwasser duftende Papier und überflog die Zeilen.

„Von meiner Mutter ist er. Doch nicht in Menorca geschrieben, auch nicht in Dresden, sondern – du wirst es nicht glauben – in Husum. Ich bin sprachlos. Was, um alles in der Welt, will Mutter an der Nordsee?"

„Wenn Sie den Brief lesen, Senhorita, werden Sie es wissen."

Während des gesamten Empfangs musste Kristina unterschwellig an den Brief der Mutter denken. Nun war eingetreten, was sie, die bevorzugte Tochter, seit Langem befürchtet hatte: Mutter und Anton hatten sich entzweit. Zwar versicherte die Mutter ihr, sie träfe keinerlei Schuld, doch das zu glauben fiel Kristina schwer. Seit sie denken konnte, stand sie zwischen den Geschwistern. Sie hatte Mutters übergroße Liebe und Antons wachsenden Unmut auf sich gezogen. Und das vollkommen ungewollt, ungefragt, ohne eigenes Zutun. Ihre bloße Existenz war der Streitpunkt, der sich über all die Jahre hinweg gehalten hatte und immer wieder neu entflammte wie die schwelende Glut eines schlecht gelöschten Feuers.

Dabei hatte sie gehofft, es käme nicht zum Äußersten, wenn sie sich räumlich von beiden entfernte. Mochte es jetzt auch vordergründig um eine Geldangelegenheit gehen, um missbrauchtes Vertrauen, um Lüge und Leichtsinn, wie Mutter schrieb, der wahre Grund war sie – Anna Kristina Weller. In Antons Augen hatte sie ihm die Liebe seiner Schwester entzogen. Eine Liebe, die er ungeteilt für sich beansprucht hatte, in der Überzeugung, die Blutsverwandtschaft gäbe ihm das Recht dazu.

Nein, sie war nicht die Tochter der Elisa Weller, die sie *Mutter* nennen durfte. Und sie war auch nicht die Schwester des Anton Tilla. Sie war das Kind fremder Eltern, die in den zornigen Meeresfluten ertrunken waren. Auf der weiten Welt hatte sie keinen einzigen Verwandten. Ihre Heimat, ihr ursprüngliches Zuhause hatte sie nie kennengelernt. Sie war ein Kind des Meeres. Ruhelos wie seine wogenden Wellen. Kraftvoll wie seine schäumende Brandung.

In dieser Nacht reifte in Kristina der Entschluss, sich niemals an einen Mann zu binden und nie ein Kind zu gebären. Sie wollte ein freies, spontanes Leben führen. Ein Leben allein für die Musik.

5

Der Winter setzte Dresden in diesem Jahr hart zu. Eine dicke Schneedecke lag seit Wochen über der fröstelnden Stadt. Die Menschen stapften mit ihren Stiefeln durch den verharschten Schnee. Kalter Dampf kroch über die Elbe hinweg. Amseln und Meisen fanden kaum noch Futter. Bettelnd wagten sie sich immer mutiger auf die Fenstersimse der Häuser.

Zu allem Unglück lebte nun auch in Dresden der Typhus wieder auf. Oberinspektor Wilhelm Gotthilf Lohrmann, Mitbegründer der Technischen Bildungsanstalt, raffte die Epidemie am 20. Februar dahin. Die Stadt trauerte um ihn.

Anke sorgte sich vor allem um Antons Gesundheit. Obwohl er den frühmorgendlichen Arbeitsweg nach Übigau als körperliche Ertüchtigung betrachtete und es aus Geldgründen strikt ablehnte, mit der Kutsche zu fahren, zehrte die lange Wegstrecke sichtbar an seinen Kräften.

Aber das war es nicht allein. Seit dem Bruch mit Elisa war Anton immer dünner und blasser geworden. Er zehrte regelrecht aus. Man sah ihm an, wie sehr ihm die Sache, die seiner unwürdig war, zu schaffen machte. Er aß kaum noch. Wenn er von der Arbeit kam, verkroch er sich abwechselnd im Studierzimmer und in der Dachkammer. Dort stand jetzt das Modell seines Selbstfahrers. Stundenlang bastelte er daran herum, montierte, zeichnete, entwickelte ein neues Antriebsmodell, für dessen Bau ihm die Mittel fehlten. An den arbeitsfreien Sonntagen ließ er sich kaum noch bei seiner Familie sehen.

Brachte Anke ihm das Essen hinauf, rührte er es kaum an, mit der Begründung: „Ich muss nichts essen. Ich muss arbeiten. Ich muss dieses verdammte Ding endlich zum Laufen bringen. Wie sonst soll ich zu Geld kommen? Glaube mir, ich habe es bald geschafft."

Anke sah sich das noch eine Weile geduldig an. Doch als der Schnee geschmolzen war und in den Gärten die Märzenbecher ihre weißen Häubchen emporreckten, war ihre Geduld zu Ende. „Anton, tu etwas!", forderte sie ihn bei Tisch unmissverständlich auf. „Deine Schwester ist vergangenen Oktober abgereist. Jetzt haben wir März und nichts hat sich getan. *Du* hast nichts getan!"

„Sei still!", rief Anton frustriert. „Ich tue mein Bestes, aber ich bin nun mal kein Zauberer."

„Das wirst du aber sein müssen, wenn Elisa das Haus tatsächlich verkauft und der neue Besitzer einen Mietzins von uns verlangt. Anton, davor haben wir doch beide Angst."

Anton nickte stumm, während er lustlos seine Abendsuppe löffelte.

„Der Lohn, den dir Übigau zahlt, wird für die große Wohnung nicht reichen, und erst recht nicht zusätzlich für dein Studierzimmer und die Dachkammer mit dem Modell. Anton, ich weiß, wie sehr dich der Bruch mit deiner Schwester seelisch belastet. Wollen wir nicht alles tun, um ihr das Geld so schnell wie möglich zurückzuzahlen? Dann würde sie gewiss vom Verkauf des Hauses absehen. Meinst du nicht?"

Anton blickte fragend zu ihr auf. In ihrer Stimme schwang die deutliche Aufforderung mit, das Geld herbeizuschaffen. Aber wie? Meinte sie wirklich, was er vermutete?

„Kommt gar nicht in Frage, hast du verstanden? Ich verkaufe die Erfindung nicht. Und damit basta!"

„Das meine ich gar nicht. Ich weiß, wie sehr du an dieser Maschine hängst. Ihren Wert einzuschätzen, fehlt mir das Wissen. Aber schau, es gäbe doch noch eine andere Möglichkeit. Zum Beispiel ... ein privates Darlehn, welches du in kleineren Raten aus deinem Lohn zurückzahlst. Möglichst zinsfrei."

„Ha! Zinsloses Darlehn? Liebchen, solche Hirngespinste helfen mir nicht weiter. Und selbst wenn ich dergleichen Lösung in Betracht zöge – wer, bitte schön, sollte dieser großmütige Geldleiher sein?" Er prustete und verzog den Mund zu einem zynischen Lächeln.

Anke blieb ernst. „Kristina!", sagte sie trocken.

„Kristina?" Anton fiel der Löffel in die Suppe. Er lehnte sich zurück und verdrehte die Augen. „Die ist von allen auf Gottes Erden die Letzte, von der ich etwas erbitten würde; das weißt du genau. Sie ist der Kern allen Übels. Außerdem – nicht genug, dass ich mich vor Elisa blamiert habe, soll ich mich nun noch vor meiner sogenannten Nichte erniedrigen? Pah!"

Schon wollte er aufstehen, da hielt Anke ihn am Arm fest und zwang ihn zurück auf den Stuhl. „Anton, soweit ich weiß, hegst *du* einen eifersüchtigen Groll gegen Kristina. Nicht *sie* gegen dich. Meinst du nicht, es wäre an der Zeit, diesen Groll zu begraben? Gibt nicht der Klügere nach, wenn die Fronten dermaßen verhärtet sind? Ich habe erfahren, dass Kristina nach Leipzig kommt. Während der Messe gibt sie zwei Liederabende. Da könntest du sie doch treffen und dich mit ihr ..."

„Nie und nimmer!" Empört wollte Anton seinen Arm losreißen, doch Anke ließ es nicht zu. Sie drückte so fest, dass es ihm wehtat.

„Lass mich los! Überhaupt, was bildest du dir ein, wie redest du mit mir?"

Ein mildes Lächeln umspielte plötzlich Ankes Mund, als sie leise sagte: „Wie eine Frau mit ihrem Mann redet, wenn sie weiß, dass sie wieder Mutter wird."

Jetzt fiel Anton freiwillig auf seinen Stuhl zurück. „Du bist schwanger? Ist es wirklich wahr, ich meine … bist du dir ganz sicher?"

Sie nickte und ihre Augen strahlten. „Lange haben wir darauf gehofft. Jetzt ist es Gewissheit."

Anton sprang vom Stuhl, zog Anke zu sich heran und schloss sie in sein Arme. „Endlich einmal eine freudige Nachricht."

„Ja, Anton, eine freudige Nachricht. Und deshalb bitte ich dich, bring die leidliche Sache mit deiner Schwester in Ordnung. Versöhne dich mit ihr. Versöhne dich auch mit Kristina. Bitte sie um Hilfe, so schwer es dir auch fallen mag. Du gehörst zu ihnen. Sie lieben dich. Sie warten auf dich. Wäre es nicht schön, wenn wir endlich Frieden miteinander schließen könnten? Und wenn wir irgendwann mit Elisa und Kristina eine liebevolle, sich gegenseitig unterstützende Familie sind?"

Anton schwieg. Minutenlang drückte er Anke fest an sich, küsste ihre Wange, streichelte ihr übers Haar, doch er vermied es, sie anzusehen, weil sie nicht mitbekommen sollte, wie sich seine Augen mit Tränen füllten.

6

Seitdem er in der Kutsche saß, nahm der schwelende Druck im Magen weiter zu. Vor Aufregung war Anton speiübel. Am liebsten wäre er auf der Stelle umgekehrt und zurück nach Dresden gefahren. Doch nun hatte er die Fahrt angetreten. Wohl oder übel musste er den schweren Gang zu Kristina auf sich nehmen. Es gab keine Alternative. Doch es widerstrebte ihm, einen Menschen um etwas zu bitten, für den er eine so tiefe Abneigung empfand.

Anke hatte ihm für die heikle Mission viel Erfolg gewünscht und ihn mit der Frage verabschiedet: „Wie hättest du dich all die Jahre gefühlt, wenn du an Kristinas Stelle gewesen wärst?"

Auch wenn sie die Frage nicht weiter kommentiert hatte, verstand er sie doch als unmissverständliche Aufforderung, seine Einstellung zu Kristina zu hinterfragen. Bislang war ihm das nicht in den Sinn gekommen, und auch jetzt glaubte er sich mit seiner Abneigung noch immer im Recht. Doch wollte er in Leipzig erreichen, weshalb er auf dem Weg dorthin war, musste er diese Abneigung hintenanstellen; wenigstens für diese Zeit. Er musste Mitgefühl erwecken und so tun, als täte es ihm leid.

War er dazu imstande? Würde ihm diese Verstellung glaubhaft gelingen?

Das Konzert – ein Liederabend mit Werken von Franz Schubert – fand im Gewandhaus statt. Eigentlich befand sich der beliebte Konzertsaal im ehemaligen Zeughaus, einem Seitenflügel des Gewandhauses. Doch in Leipzig sprach man nur vom Konzertsaal im *Gewandhaus*, und so stand es auch auf Antons Billet, das er jetzt, da er sich dem Eingang näherte, aus seinem schwarzen Frack zog.

Durch einen Boten hatte er Kristina eine Nachricht überbringen lassen, in der er seinen Besuch ankündigte und sie dringend um ein Gespräch bat. Von ihm verursacht, stünde der Friede innerhalb der Familie auf dem Spiel. Sie sei die Einzige, die ihm, Anton, jetzt noch helfen könne. Kristinas Antwort hatte ihn erst vor einer halben Stunde in seiner Pension erreicht. Sie freue sich auf seinen überraschenden Besuch, schrieb sie, und erwarte ihn nach dem Konzert gegen halb zehn Uhr im Hotel *de Saxe*.

Anton reichte dem Türsteher, der ihm in seiner barocken Livree aus braunem Samt freundlich zunickte, sein Billet und betrat den Saal. Er war bereits zur Hälfte gefüllt. In dem dumpfen Gemurmel lag eine erwartungsvolle Spannung, der auch Anton sich nicht entziehen konnte. Beeindruckt von der Größe und Schönheit des Saales, suchte er seinen Platz, grüßte mit leichter Verbeugung das ältere Ehepaar, das neben ihm saß, und schaute sich um.

Der Saal bot 500 Besuchern Platz. Zu beiden Seiten des Mittelgangs waren Stuhlreihen aufgestellt. Saß man dort, schaute man nicht auf die Bühne, sondern über den Gang hinweg den Herrschaften gegenüber direkt ins Gesicht. Lediglich von den wenigen Stuhlreihen am hinteren Ende des Saales bot sich dem Besucher der Blick zur Bühne. Hier hatte Anton einen der Außenplätze gewählt, von dem aus er trotz der Entfernung das Gesicht der Sängerin hoffentlich gut sehen konnte.

Die beiden älteren Damen, die in der Reihe vor ihm saßen, hatten sich viel zu erzählen. Ihr Geschnatter und Gekicher nervte Anton. Ein Herr einige Reihen hinter ihm bekam seinen Hustenanfall nicht in den Griff. Auch das störte die erhabene Atmosphäre des Raumes.

Plötzlich verstummten die Geräusche. Der Pianist nahm seinen Platz am Flügel ein. Und dann – von herzlichem Applaus begrüßt – betrat Kristina die Bühne. Sie verbeugte sich und schenkte dem noch immer eifrig applaudierenden Publikum ein strahlendes Lächeln.

Anton stockte der Atem. Dieses anmutige, feengleiche, von den Menschen gefeierte Geschöpf sollte Kristina, seine ungeliebte Nichte sein? Sie trug ein langes, gerade fallendes rosafarbenes Kleid im Empirestil. Die blonden Haare – zu Korkenzieherlocken gedreht und am Hinterkopf hochgesteckt – schmückte ein mit Perlen besetztes Diadem. Perlen zierten auch beide Handgelenke und die filigranen Ohrgehänge. Es zeugte von Eigenwilligkeit, sich in dieser bereits überholten Mode zu kleiden. Doch jedermann im Saal ahnte – die Künstlerin legte Wert darauf, ihre äußere Erscheinung mit ihrem künstlerischen Vortrag zu verbinden. Und die Lieder Franz Schuberts, die sie heute Abend zu Gehör brachte, waren in jener Zeit entstanden.

Eigentlich hatte Anton sich zum Besuch des Konzerts nur deshalb durchgerungen, weil er Kristina, bevor er sich mit ihr traf, in Augenschein nehmen wollte. Schließlich hatte er sie vor zehn Jahren zum letzten Mal gesehen. Auf keinen Fall sollte sie sein mögliches Erstaunen bemerken, wenn er vor ihr stand. Doch jetzt, da das Klavierspiel einsetzte und Kristinas glockenhelle und zugleich kraftvolle Stimme den Saal erfüllte, ließ er sich hineinziehen in den Kunstgenuss, den er so berührend nicht erwartet hatte.

Und während Kristina hingebungsvoll vom Erlkönig und dem kranken Kind, vom Schicksal der Forelle und vom traurigen Ende des Heideröslein sang, dachte Anton über Ankes Frage nach, die ihm, seit er das Haus verlassen hatte, nicht mehr aus dem Kopf ging. Was hätte er an Kristinas Stelle empfunden bei so viel Abneigung gegen sich? Ganz sicher wäre er gekränkt gewesen und tief traurig. Er hätte sich gedemütigt gefühlt und sich am Ende selber leidgetan. Durfte er sein schroffes Verhalten Kristina gegenüber mit seiner Jugend entschuldigen? Damals vielleicht. Doch jetzt war er im 27. Lebensjahr, war Ehemann und bald Vater zweier Kinder. Nein, jetzt noch immer seine Jugend vorzuschieben, hieße die Wahrheit auf den Kopf zu stellen.

Brausender Beifall und drei Zugaben beendeten das Konzert. Anton sah zur Uhr. Es war kurz nach neun. Er wollte es so einrichten, dass er Punkt halb zehn im Hotel war.

„Mein Herr, Madame Weller erwartet sie im kleinen Salon. Wenn Sie mir bitte folgen wollen …" Der Hausdiener ging voraus. Im Gehen zog Anton noch rasch seine weiße Halsbinde fest, rechte die Hand durchs Haar, räusperte sich. Gleich war es so weit. Jetzt musste er klug handeln, jetzt zählte jedes Wort.

Kristina, die am Fenster gestanden hatte, wandte sich um, als die Tür aufging, und kam Anton mit ausgestreckter Hand entgegen. Erleichtert bemerkte er, dass nicht nur ihr Mund, sondern auch ihre Augen lächelten. Ihr ganzes Gesicht strahlte wahre, ungekünstelte Freude aus. Das dämpfte seine Aufregung ein wenig.

„Anton, ich freue mich über deinen überraschenden Besuch. Ich bin schon sehr gespannt. Sag, wie hat dir mein Konzert gefallen? Trotz deiner äußerlichen Veränderung hatte ich dich in einer der hinteren Reihen entdeckt."

Sie redet noch immer so viel, schoss es Anton durch den Kopf, während er sich zum Handkuss leicht zu ihr hinabbeugte und den berauschenden Rosenduft, den ihr Kleid verströmte, einsog. Solch edles Parfüm konnte sie sich offenbar leisten. Kristina war in einem schulterfreien, nussbraunen Kleid mit Faltenkragen und schmaler Taille erschienen. An den Ohren glänzte ein zierlicher Goldschmuck, der gewiss ebenso wertvoll war wie die mit Diamanten besetzte Brosche in Höhe des Busens. Anton bewunderte insgeheim ihre Verwandlung und wie vortrefflich Kristinas schlichte Eleganz mit ihrer natürlichen Art harmonierte.

Gern folgte er der Aufforderung, ihr gegenüber in dem bequemen Stuhlsessel Platz zu nehmen, während sie das kleine Sofa unterhalb eines prächtigen, in Gold gerahmten Landschaftsbildes wählte. Ein Diener schenkte ihnen Tee ein. Dazu reichte er einen Teller mit Gebäck, das verführerisch nach Zimt und Butter duftete. Anton war viel zu aufgeregt, um etwas davon zu nehmen.

„Ich war überaus beeindruckt von deinem Gesang. Mein Kompliment!"

„Ehrlich?" Kristina neige den Kopf ein wenig zur Schulter und kniff die Augen zusammen, als hätte sie Grund, an dem Lob zu zweifeln.

„Ganz ehrlich. Du hast wirklich eine unvergleichlich schöne Stimme. Kein Wunder, dass deinen Namen inzwischen beinahe jeder kennt. Die Musikwelt spricht in höchsten Tönen von dir. Übrigens – in Dresden ist man jetzt am Zwinger mit dem Bau eines neuen Theaters zugange. Wirst du einmal dort singen, wenn es fertig ist? Du warst nicht wieder in Dresden, seitdem du mit Elisa fortgegangen bist."

Kristina nahm einen Schluck Tee. Dann griff sie sich mit spitzen Fingern ein Stück Gebäck, schob es geschickt über die geschminkten Lippen und kaute es genüsslich. Sie brauchte die Zeit zum Nachdenken.

Zwangsläufig musste Anton warten, bis das krosse Kaugeräusch verstummt war und Kristina mit ernster Miene zu ihm aufblickte. „Ich weiß nicht, ob ich jemals den Wunsch hege, auf Dresdens Bühnen zu singen. Nicht nur wegen meiner dort engagierten Konkurrentin Schröder-Devrient, sondern weil mich Dresden an weniger schöne Jahre meiner Kindheit erinnert."

Sie schlug die Augen nieder, wollte Anton nicht noch mehr in Verlegenheit bringen. Ihr war klar, wie viel Überwindung ihn dieser Gang zu ihr gekostet haben muss.

„Anton, ich denke, wir müssen das nicht aufwärmen. Vergangen ist vergangen. Jedenfalls bin ich gern bereit, dir zu helfen, soweit es mir möglich ist. Sag frei heraus, wo dich der Schuh drückt und wieso durch dein Verschulden der Familienfrieden auf dem Spiel steht. Was kann ich für dich tun? Brauchst du womöglich Geld?"

Anton fiel die Kinnlade herunter. Er hatte sich vorgenommen, das Gespräch schleichend über Umwege auf das heikle Thema hinzuführen. Und nun sprach Kristina es ganz unverblümt an und er vermochte auf ihrem Gesicht nicht abzulesen, ob die Frage ernst oder zynisch gemeint war. „Du scherzt doch. Das fragst du mich nicht im Ernst. Oder?"

Kristina riss die Augen auf. „Sag du es mir, Anton! Sag du es mir! Ist es ein Scherz, lachen wir darüber. Ist es ernst gemeint, lass uns darüber reden."

Anton presste die Hände zwischen die Schenkel, wie er es tat, wenn er in großer Verlegenheit war. Doch jetzt hatte er nichts mehr zu verlieren, sondern nur noch zu gewinnen. Wiederstrebend erzählte er Kristina, was geschehen war. Wie, wofür und mit welchen hochtrabenden Gewinnversprechungen er sich das Geld von Elisa geliehen hatte, weshalb es jetzt restlos verbraucht war und sie von ihm bitter enttäuscht. Kleinlaut gestand er am Schluss: „Eigenmächtig und eigensinnig habe ich über ihren Kopf hinweg entschieden. Nun hat sie den Stab über mir gebrochen, zieht den Verkauf des Hauses in Erwägung, hat sich erneut räumlich von mir entfernt, obwohl meine Frau in ein paar Monaten unser zweites Kind erwartet. Elisa ist verbittert. Ich bin verzweifelt. Diesen Zustand kann ich nicht länger ertragen."

„Das glaube ich dir gern."

„Es war leichtfertig und egoistisch von mir, das gesamte Geld für die Entwicklung meiner Erfindung zu verwenden. Aber ich schwöre, ich war mir ganz sicher, dass ich damit etwas ganz Besonderes, noch nie Dagewesenes schaffen und absehbar auch gutes Geld verdienen würde."

Mit verschränkten Armen lehnte sich Kristina auf dem Sofa zurück und überlegte. Das also war der eigentliche Grund, weshalb Mutter in den Norden gereist war in der Absicht, dort zu bleiben. Diesen Grund hatte sie ihr vorenthalten. Gierig knabberte sie zwei weitere Kekse. Um Anton pünktlich empfangen zu können, hatte sie auf ihr zweites Abendbrot, das sie sich nach den Konzerten gönnte, verzichtet.

Wieder wartete Anton geduldig, bis das Mahlgeräusch, das ihm allmählich Appetit machte, verstummt war und Kristina sich ihm erneut zuwendete. „Ich verstehe, und nun willst du Mutter das Geld so schnell wie möglich zurückzahlen. Meinst du, dann wird sie das Haus nicht verkaufen und kommt nach Dresden zurück?"

Anton zuckte mit den Schultern. „Das hoffe ich ebenso, wie ich darauf hoffe, dass sie mir verzeiht. Darum geht es mir vor allem."

„Und wie viel schuldest du ihr?"

Anton verknetete die Finger ineinander. Jetzt gab es keine Ausflüchte mehr, jetzt musste er Farbe bekennen. Er holte tief Luft und sagte dann, ohne Kristina anzusehen: „Insgesamt ... 500 Thaler."

„500?" Kristina sprang auf. Die Arme vor der Brust verschränkt, lief sie unruhig durchs Zimmer. „Das ist immens! Knapp ein Drittel dessen, was ich im Jahr verdiene. Und das auch nur, wenn ich fleißig in der Welt herumreise und Konzerte gebe. Anton, wie konntest du nur ...?" Ihre sonst so weiche Stimme klang plötzlich hart, und ein deutlicher Vorwurf schwang darin mit.

Das war's dann, sagte sich Anton. Er spürte den kalten Schweiß auf der Stirn, als er sich mit der Hand darüberwischte. Am liebsten wäre er vor Scham und verlorener Hoffnung in den Boden versunken. Doch damit löste er nicht sein Problem. Mit Unbehagen wartete er darauf, was Kristina, die sich wieder auf das Sofa gesetzt hatte und nachdenklich ihren Rock glatt strich, sagen würde. Schließlich wagte er die Frage: „Könntest du mir mit einer gewissen Summe behilflich sein? Als Darlehn natürlich. Ich zahle es dir mit Zins aus meinem Lohn zurück. Über einen längeren Zeitraum, falls dir das möglich ist."

Weil sie schweigend auf ihre, im Schoß ein Taschentuch knetenden Hände starrte, überwand er seinen Stolz und fügte flüsternd hinzu: „Bitte vergib mir mein schroffes Verhalten dir gegenüber. Es war dumm und egoistisch. Ich habe in meinem kurzen Leben schon so viele, mir ans Herz gewachsene Menschen verloren. Zunächst als Kind in Teplitz, und dann durch diese schreckliche Flut. Ich wollte Elisa und ihre Liebe nicht auch noch verlieren. Als ich sah, wie sie dich herzte und umhegte, war ich blind vor Eifersucht. Doch die Jahre, in denen ich allein in Dresden war, haben mich Demut gelehrt. Sag, Kristina, kannst du mir verzeihen?"

Für einen Moment verweilten ihre Blicke ineinander. Es waren ehrliche Blicke voller Hoffnung und Zuversicht. Plötzlich erhellte sich Kristinas Gesicht. „Ja, ich verzeihe dir. Und ich werde dir auch in deiner finanziellen Angelegenheit helfen. Ich halte dir zugute, dass du das Geld nicht für niedere Vergnügungen oder am Spieltisch ausgegeben hast. Etwas zu erfinden, ist etwas Großartiges, das nur mit viel Fleiß, Mut, Zeit und natürlich und vor allem mit viel Geld zu bewerkstelligen ist. Ich zolle dir Respekt für diese Leistung. Ich weiß, was es heißt, eine von Gott gegebene Gabe zu besitzen und sie zu höchster Meisterschaft zu führen. Das kommt nicht von allein. Das schönste Talent nützt einem nichts, wenn man sich ihm nicht ganz und gar hingibt. Und natürlich auch Geld investiert! Frage mich bitte nicht, wie viel Geld Mutter in meine Ausbildung investiert hat. Wüsste ich die wahre Summe, würde sie mich mein Leben lang beschämen."

Sie stand auf, lächelte versöhnlich und streckte Anton die Arme entgegen. „Ja, Anton, ich verzeihe dir. Lass uns die Versöhnung mit einer innigen Umarmung besiegeln. Lass uns von nun an für immer gute Freunde sein."

Als Anton am nächsten Tag im Zimmer seiner Pension erwachte, dachte er als erstes an Kristina, an das gestrige Gespräch mit ihr, an den glücklichen Ausgang. Sie hatte ihm einen Schuldschein über 200 Thaler gegeben, den er bei der Bank in Dresden einlösen konnte. Innerhalb von vier Jahren sollte er das Geld mit drei Prozent Zinsen zurückzahlen. Das war sehr großzügig von ihr, und er sah keinen Grund, weshalb er ihre Bedingung nicht erfüllen sollte. Bis dahin würde seine Erfindung auf jeden Fall fertig sein und ihm genügend Einnahmen bringen. Es musste ihm einfach gelingen!

Zu Antons Freude über das Darlehn kam die Erleichterung, sich mit Kristina ausgesprochen und endlich Frieden geschlossen zu haben. Sein kalter Hass auf die 12 Jahre jüngere Nichte, der über Jahre hinweg ihr Verhältnis zueinander vergiftet hatte, war hinweggefegt. Das fühlte sich gut an. Er hatte eine Freundin gewonnen, einen lieben Menschen, der ihm half, den von ihm verursachten Riss in der Familie nach und nach zu flicken. Er war stolz auf sich.

Zuversichtlich trat er die Heimreise an. Er konnte es gar nicht erwarten, Anke von der glücklichen Begegnung mit Kristina zu berichten.

7

Bei strahlendem Frühlingswetter traf Anton am späten Nachmittag in Dresden ein. Als die Kutsche den Neumarkt erreicht hatte, pochte der Puls in seinen Adern. Er warf einen Blick hinauf zu den geöffneten Wohnzimmerfenstern und rief fröhlich nach Anke, die, nachdem sie ihn bemerkt hatte, heruntergelaufen kam und ihm die Tür öffnete.

„Ich komme mit froher Kunde, mein Goldstern!" Lachend wollte Anton sie umarmen und gleich loslegen mit seinem Bericht. Doch Anke hielt ihm lediglich die Wange zum Kuss hin. Jetzt erst bemerkte er ihr ernstes Gesicht.

„Was hast du, Liebes?", fragte er besorgt. „Warum schaust du so schmal? Ist etwas passiert?"

Anke schlug die Augen nieder, nickte stumm und ging in die Küche. Er folgte ihr. Ein Topf, in dem es brodelte, stand auf dem Herd. Grüne Bohnensuppe, erriet Anto; der würzige Duft war unverkennbar. Seit dem Morgen hatte er nichts gegessen. Sein Magen knurrte.

Anke wies mit dem Finger auf den Tisch. Ein Brief lag dort. Schluchzend holte sie ihr Taschentuch aus der Schürzentasche und schnäuzte sich. „Der ist gekommen. Heute Morgen erst. Aus Übigau."

Anton, um Fassung bemüht, setzte sich auf seinen angestammten Stuhl und las, immer blasser werdend, das vom Direktor der Übigauer Maschinenfabrik unterschriebene Papier. Darin teilte er Anton mit, dass man sich aufgrund der wirtschaftlichen Lage der Fabrik gezwungen sähe, ihm per 1. April 1840 das Arbeitsverhältnis zu kündigen.

„O Gott! Nicht das noch …", rief Anton tonlos, lehnte sich auf seinem Stuhl zurück, ließ den Kopf in den Nacken fallen, schloss einen Moment die Augen. Sekundenschnell rasten die Gedanken durch seinen Kopf. Die ganze Tragweite der Kündigung konnte er noch gar nicht absehen. Nicht nur, dass er Kristinas Darlehn aus seinem Lohn zurückzuzahlen versprach, er musste vor allem seine Familie ernähren. Und er musste weitere 300 Thaler aufbringen zur

Schuldentilgung bei Elisa, damit sie das Haus nicht verkaufte. Ohne das Geld konnte er die Reise in den Norden und die Bitte um Versöhnung vergessen.

Anke gab die dampfende Suppe in die Teller und setzte sich zu ihrem Mann, der noch immer fassungslos auf das Papier starrte. Nur gut, dass sie Klein Elisa zu ihrer Schwester nach Dippoldiswalde gebracht hatte, wo sie mit ihren Cousins und Cousinen spielen und sich am Wasser der Weißeritz vergnügen konnte.

„Anton, lass uns gut überlegen, was wir jetzt machen."

„Pah! Und *was*, bitte schön, sollen wir machen? Was soll *ich* machen in dieser vertrackten Lage? All die Aufregung, die Sorgen. Ich brauche mein Hirn für meine Erfindung. Jetzt mehr denn je!"

Er stürzte die Suppe hinunter, als sei er am Verhungern. Zornig schlug der Löffel jedes Mal auf den Tellerboden auf.

„In Chemnitz könnte ich gute Arbeit finden. Dort entstehen in rasantem Tempo die meisten Fabriken. Immer mehr Unternehmer schaffen sich Maschinen an. Da gibt es für einen erfahrenen Ingenieur wie mich viel zu tun. Aber in Chemnitz müsste ich für meine Unterkunft bezahlen, müsste mich selber versorgen, und ich wäre für Monate von euch getrennt. Willst du das?"

Nachdenklich rührte Anke mit dem Löffel in ihrer Suppe herum. Plötzlich ließ sie ihn los und sah Anton eindringlich an. Ihre Augen verrieten ihm, welcher hanebüchene Vorschlag sich in ihrem Kopf zusammenbraute.

„Denk erst gar nicht daran!", zischte Anton. „Ich verkaufe nicht, hast du verstanden? Der Selbstfahrer ist meine einzige Hoffnung, das Einzige, an das ich mich noch halten kann."

„Aber ... es wäre eine greifbare Lösung, Anton."

„Schweig! Wenn du im Haus sparsam wirtschaftest und ich konzentriert an dem Modell arbeite, werden wir es schaffen. Punkt und aus!"

Er stand auf und wollte gehen, doch Anke hielt ihn am Arm fest. „Sparsam wirtschaften kann ich sehr wohl. Aber wenn du dich allein nur mit deiner Erfindung beschäftigst, so aufs Geratewohl, dann sehe ich schwarz für uns."

„Dann geh doch von mir, Weib, wenn ich dir kein ordentliches Leben bieten kann. Verlass mich! Kehre zurück zu deinen Eltern. Verfluche mich!"

„Anton, bitte!" Sie krallte die Hand in seinen Arm und rüttelte ihn. „Dein hirnloses Gezeter nützt uns gar nichts. Anstatt solchen Unfug zu reden, solltest du dir lieber hier in Dresden oder in der nahen Umgebung eine Arbeit suchen. Fürs Erste wenigstens. Das muss doch möglich sein!"

Bockig schlug Anton ihre Hand von seinem Arm. „Und mit dem Hungerlohn, den ich dort bekomme, warte ich dann so lange, bis meine Schwester das Haus verkauft hat, ja? Du kannst mir gern eine gut bezahlte Stelle versorgen, mein Goldstern. Nur zu! Ich werde dir dafür die Füße küssen. Aber bis dahin bleibt es dabei. Wir machen es, wie ich gesagt habe: Du wirtschaftest sparsam und ich lege mich da oben ins Zeug. Und wenn alle Stricke reißen, nehme ich das Geld aus dem Darlehn von Kristina. Basta!"

8

Weller stöhnte. Das Stechen in seinem Bein zog sich jetzt immer häufiger hinauf bis zur Hüfte. An manchen Tagen konnte er weder sitzen noch liegen. Dann bereitete ihm selbst der Weg zur Kirche furchtbare Qualen. Aus diesem Grund hatte er die Rückkehr nach Dresden aufgegeben. Ihm grauste vor der langen Fahrt. Ewig würde er ohnehin nicht mehr leben.

Beim hiesigen Schuhmacher hatte er sich Schuhe mit einer besonders weichen Innensohle bestellt. Sein Sohn hatte sie ihm am Morgen gebracht. Sie passten gut, und wenn er sie erst einmal eingelaufen hatte, würden sie an den Fersen auch nicht mehr drücken.

Weller zog die Schuhe wieder aus, stellte sie neben das Bett und schlüpfte in seine bequemen Filzpantoffel. Eben wollte er die Zeitung, in der die Schuhe eingewickelt waren, zerknüllen und zum Anfeuern auf den Korb mit Holz neben dem eisernen Öfchen legen, da fiel sein Blick auf eine Anzeige. Sie stand in der rechten oberen Ecke des Blattes, hübsch eingerahmt, der Name einer Sängerin war in Kursivschrift hervorgehoben. Weller meinte, ihn träfe gleich der Schlag, als er las: *… gibt sich die gefeierte Sängerin Anna Kristina Weller die Ehre zu einem Konzert im Stadttheater zu Hamburg an der Dammtorstraße …*

Betroffen sank er auf den Rand seines Bettes und starrte die Zeilen ungläubig an. „Ist vielleicht ein seltsamer Zufall." Seine Hände zitterten. Seine Gedanken überschlugen sich. Wieder und wieder las er den Namen. Endlich kam er zu dem Schluss, dass die drei Namensteile nicht zufällig von der Mutter der jungen Frau gewählt worden waren: *Anna* hieß Elisas Mutter. Und *Kristina?* Die Tochter einer Bauernfamilie im Nachbardorf hieß Kristina. Sie kam während einer Sturmflut zur Welt, als das Haus schon bis zu den Fenstern im Wasser stand. Deshalb hatten sie der Tochter diesen aus dem Schwedischen stammenden Namen gegeben. Und den Nachnamen *Weller?* Nie und nimmer war das ein Zufall!

Ihm war übel. Wie ein Bienenschwarm schwirrten die Gedanken in seinem Kopf herum. Ein Glas Wasser in der Hand, setzte er sich auf die schmale Bank unter dem Fenster und zwang sich, damit er klar denken konnte, zu innerer Ruhe. Allmählich gelang es ihm, die Geschehnisse so aneinanderzureihen, wie sie sich wahrscheinlich zugetragen hatten: „Wenn Elisa ein Kind aufgezogen hat, dann gewiss eines, das sie in der Sturmnacht gerettet hat. Deshalb nannte sie es ebenfalls Kristina. Und wenn jene Kristina den Nachnamen Weller trug und heute eine gefeierte Sängerin war, dann war Elisa …"

Ein unkontrollierbares Zittern erfasste seinen gesamten Körper. Das Glas fiel ihm aus der Hand. Wie ein verlassenes Kind weinte er laut drauflos. Es war ein hilfloses, verzweifeltes, zornig anschwellendes Weinen, das in lautes Schluchzen überging und sich schließlich in einem entsetzlichen Schrei entlud. Ein Schrei, der nicht enden wollte. Immer wieder schrie Weller den Namen aus sich heraus. „Eliisaaa! Eliisaaa!"

Erschrocken kam Frauke hereingeplatzt. „Ist was passiert, Herr Alois?"

Weller verstummte. Dieser Frau hatte er vertraut. Wegen ihrer Zusicherung, keiner seiner Lieben gehöre zu den Geretteten der Hallig Hooge, hatte er auf eigene Nachforschungen verzichtet. Fünfzehn Jahre lang.

Schweigend drehte er den Kopf zur Seite, sah die Frau in ihrer rot gestreiften Schürze und ihrer Unschuldsmiene in der Tür stehen, und es dämmerte ihm Böses. Langsam, wie von fremder Hand geführt, hob er den Arm, füllte seinen Brustkorb mit Luft und brüllte, dass die Fenster klirrten: „Hinaus!!"

Er hörte, wie sie die Treppe hinunterpolterte und aus dem Haus lief. Wohin, war ihm egal. Sie sollte ihm nie mehr unter die Augen treten. Jetzt wollte er die Wahrheit auf eigene Faust erkunden.

„Ich werde nicht eher ruhen, bis ich zuverlässig weiß, wie sich die Ereignisse tatsächlich zugetragen haben, wer von meiner Familie das Unheil überlebt hat und wer ertrunken ist. Gott ist mein Zeuge, ich finde es heraus. Und sei es das Letzte, was ich in meinem Leben tue!"

Noch am selben Abend besann sich Weller des Kärtchens, das ihm vor Jahren jener Zeitungsjournalist Heinrichsen gegeben hatte. An ihn setzte er einen Brief auf, bat ihn um Erklärung, weshalb er sein Versprechen, in seiner Sache zu recherchieren, nicht eingelöst habe. Gewiss habe er ihm, dem unbedeutenden Kirchenmusikus, keine besondere Beachtung beigemessen oder die Nachforschungen seien ihm zu aufwendig gewesen. Jedenfalls hätten sich nun handfeste Beweise gefunden, dass zumindest seine Frau die Katastrophe von 1825 überlebt habe. In kurzen Sätzen schilderte er, was er erfahren hatte, und appellierte zum Schluss an ihn:

> *„… Bitte gewähren Sie mir Ihre Unterstützung und helfen Sie mir bei meinen Nachforschungen zu jener Sängerin. Gern gegen eine angemessene Bezahlung."*

Am nächsten Morgen steckte er den Brief nebst einem Thaler in seine Jackentasche und machte sich, auf seinen Stock gestützt, auf den Weg zur Kirche. Dort übergab er den Brief nebst einem Thaler dem ältesten Sohn des Pfarrers, dem er vertraute. Er bat ihn hinüberzufahren nach Husum und die Redaktion der Zeitung aufzusuchen.

„Händige den Brief jenem Journalisten persönlich aus. Niemandem sonst, hörst du? Wenn du das zuverlässig getan hast, lege ich dir zum Lohn bei deiner Rückkehr einen weiteren Thaler in die Hand."

Mit rotem Kopf und der ihm anerzogenen Bescheidenheit wies der junge Mann das üppige Geldstück zurück. „Das ist zu viel, Herr Alois! Das kann ich nicht annehmen. Ein paar Groschen tun's auch."

„Red' nicht, Junge! Nimm es und tu, worum ich dich gebeten habe. Die Sache ist mir wichtiger als alles Geld. Also zier dich nicht, fahre alsbald hinüber und erledige die Angelegenheit. Dann hast du dir den guten Lohn auch verdient." Keine zehn Tage vergingen, da sah Weller – er saß auf der Bank vor dem Haus – einen Mann die kleine Anhöhe heraufkommen. Er wusste sofort, das war kein Mann von hier. Der aufrechte Gang, der hohe schwarze Hut, die flache Tasche, die unter seinem Arm klemmte.

„Ich dachte mir, ich komme gleich selber. Einen wunderschönen guten Tag, Herr Weller, und vielen Dank für Ihren aufschlussreichen Brief." Er lüftete seinen Hut und reichte Weller mit freundlichem Lächeln die Hand.

Trotz arger Beinschmerzen stand Weller auf, reichte dem Journalisten die Hand und dankte ihm für sein Kommen. „Wollen wir ins Haus gehen?"

Heinrichsen verneinte. „Ich habe wenig Zeit, wissen Sie? Ich fahre heute noch zurück. Wenn Sie nichts dagegen haben, legen wir gleich los. Zudem sitze ich gern in der Herbstsonne. Jetzt, Ende September, macht sie sich allmählich rar."

„Mir kann's nur recht sein. Ich gehe die steile Treppe in mein Zimmer nur mit Schmerzen hinauf. Mein Bein macht mir wieder zu schaffen. Kommen Sie, setzen Sie sich zu mir!"

Weller zeigte Heinrichsen die Anzeige, die er aus der Zeitung ausgeschnitten und zusammengefaltet in seiner Jackentasche verwahrt hatte. „Das ist, was mich arg ins Nachdenken bringt. Ich glaube nicht an einen Zufall. Was meinen Sie?"

Heinrichsen legte seinen Hut neben sich und sah Weller etwas verwundert von der Seite an. Er hatte erwartet, dass er zuerst eine Antwort darauf haben wollte, weshalb er, der eifrige Journalist, angeblich nichts in seiner Sache unternommen hatte. Das konnte und wollte er nicht auf sich sitzen lassen.

„Zunächst lassen Sie mich Ihnen hoch und heilig versichern, dass ich Ihnen kurz nach meinem damaligen Besuch *drei* aufschlussreiche Briefe geschrieben habe. Ich war selbst ziemlich verwundert, keine Antwort zu bekommen. Ich dachte, Sie seien gestorben. Andernfalls hätten Sie mir garantiert geantwortet, denn ich hatte herausgefunden, dass man Ihre Frau Elisa Weller, ihren Sohn

Anton und einen weiblichen Säugling gerettet hatte. Zwei Jahre hielten sie sich bei einer Schankwirtsfamilie in Husum auf. Im Frühjahr 1827 sind sie nach Dresden zurückgekehrt. Ja, das alles hatte ich Ihnen in diesen drei Briefen geschrieben."

Wellers Gesicht erstarrte. Er hatte Mühe, das Gehörte aufzunehmen und an seinen Verstand heranzulassen. Er senkte den Kopf, seine Schultern fielen vorn über, seine Hände auf den Schenkeln begannen zu zittern. Stockend kam der Satz über seine Lippen: „Diese Briefe … ich habe sie … nie erhalten."

Sie schwiegen, und dabei dachte jeder das Gleiche. Nach einer Weile sagte Weller heißer: „Sie hat sie mir unterschlagen, damit ich nicht weggehe. Weil sie ordentlich an mir verdient." Er vergrub sein Gesicht in den Händen, kämpfte gegen die aufkommenden Tränen. „Das ist infam. Ich mag es nicht glauben. Wie bringt ein fühlender Mensch so etwas fertig? Dieses herzlose, kleingeistige Weib hat mir die Nachricht, die für mein Leben so wichtig war, einfach unterschlagen."

Heinrichsen, von der Erkenntnis ebenso schockiert, nickte stumm. Der Mann tat ihm leid. „Die Dummheit ist des Menschen größter Feind", versuchte er Weller zu trösten. „Sie verbreitet oft Unheil, schlimmer als mit Schwertern und Kanonen."

Weller hob den Kopf, atmete einmal tief durch und fragte Heinrichsen, während er ihn ratlos von der Seite ansah: „Was soll ich jetzt nur tun? Was, wenn meine Frau sich neu gebunden hat? Ich käme als Eindringling, brächte ihr Leben wieder durcheinander, das sie sich nach meinem vermeintlichen Tod neu geschaffen hat. Womöglich muss sie sich zwischen mir und dem anderen Mann entscheiden. Eine Entscheidung, die ihr das Herz zerreißt. Habe ich das Recht dazu? In eine ähnliche Situation hatte ich sie schon einmal gebracht, als ich nach Napoleons Russlandfeldzug desertiert bin und mich verstecken musste. Meine Frau musste glauben, ich sei tot. Mein heimlich ihr zugestellter Brief ging damals verloren. Was raten Sie mir? Sagen Sie mir ehrlich, was würden Sie wohl an meiner Stelle tun?"

Allmählich kam Bewegung in Heinrichsen. Er war ein Mann der schnellen Entschlüsse, ein Mann der Tat. „Moment mal!", rief er und schlug die Hände auf die Schenkel. „Zum wichtigsten Ergebnis meiner Recherchen bin ich noch gar nicht gekommen. Wie gesagt, führten sie mich zu jener Frau Ulrike in der Husumer Gastwirtschaft. Von ihr erfuhr ich, dass Elisa Weller inzwischen Dresden wieder verlassen hat. Seit Herbst vergangenen Jahres wohnt sie wieder bei ihr in Husum. Und zwar … allein!"

„Was sagen Sie? Meine Frau ist in Husum? Seit fast einem Jahr? Ich bin hier und sie ist … jetzt … in dieser Stunde …" Weller rang nach Luft, wurde plötzlich kreidebleich.

„Natürlich habe ich der Frau Ulrike nicht gesagt, dass Sie hier sind. Das zu klären überlasse ich Ihnen beiden. Nun freuen Sie sich doch, lieber Freund! So schlimm und unglaublich es auch sein mag, jetzt ist die Stunde der Zuversicht gekommen. Ihre Odyssee ist zu Ende!"

Ein heftiges unkontrollierbares Zittern erfasste Wellers gesamten Leib, als ihm bewusst wurde, wie räumlich nahe ihm Elisa seit Langem war. Das Zittern schüttelte ihn regelrecht durch.

„Herr Weller, beruhigen Sie sich", bat ihn Heinrichsen besorgt. Er befürchtete, Weller könnte jeden Moment der Schlag treffen oder er würde den Verstand verlieren, so gewaltig nahm ihn die bildliche Vorstellung dessen, was er soeben gehört hatte, mit. Minuten vergingen, bis er sich einigermaßen gefangen hatte und wieder klar denken konnte.

„Keinen Tag länger bleibe ich im Haus dieser Schlange. Weiß ich, was sie noch anstellt, um mich am Fortgehen zu hindern?"

Heinrichsen stutzte. Mit ernstem Gesicht rückte er ein wenig von Weller ab. „Meinen Sie das wirklich ernst?"

Weller nickte. „Bitter ernst!"

„Dann fahren Sie doch mit mir aufs Festland. Packen Sie ein paar Sachen zusammen, nur das Nötigste, den Rest lasse ich später abholen. Ich wohne in Wobbenbüll. Sie können sich gern einige Zeit im Haus meiner Schwester einmieten. Wenigstens so lange, bis Sie sich gekräftigt haben und seelisch in der Lage sind, Ihre Frau aufzusuchen."

Weller sah Heinrichsen ungläubig an. „Das würden Sie für mich tun?"

„Das bin ich Ihnen schuldig. Ihr Schweigen auf meine Briefe hätte mich stutzig machen und mich veranlassen müssen, Sie noch einmal aufzusuchen. Deshalb habe ich jetzt etwas an Ihnen gut zu machen. Also dann, frisch ans Werk. Die Zeit drängt!"

9

Bockig verkroch sich Anton in seinem Studierzimmer. Oder er verbrachte Stunden in der Dachkammer, wo jetzt das Modell seines Selbstfahrers samt Versuchsanlage stand.

Die Zeit verstrich. Nach der vierten Woche hatte er sie auf dem Papier vor sich, die geniale Einspritzpumpe, die eine Maschine zum Laufen brachte und die ihrerseits die erzeugte Kraft auf das Räderwerk übertrug. Aber funktionierte das auch am Modell? Ohne einen Versuch würde er das nicht herausfinden, auch mögliche Fehler würde er nicht erkennen, an deren Korrektur er dann arbeiten konnte. Doch diesen wichtigen Versuch zu starten, war alles andere als ungefährlich. *Keine Versuche im Haus!* Das hatte er Elisa versprochen. Nicht auszudenken, wenn durch seine Schuld das Haus zu Schaden käme oder der

Dachstuhl womöglich abbrannte. Nein, er durfte den Versuch nicht wagen; nicht hier. Aber wo sonst?

Nach weiteren zwei Wochen, in denen Anton auf der Stelle trat und ihm allmählich der ohnehin klägliche Rest des verbliebenen Geldes ausging, spielte er ernsthaft mit dem Gedanken, sich irgendwo einen kleinen Schuppen, einen Hausanbau oder eine gut gesicherte Scheune preiswert zu mieten, um das Modell dort aufzustellen und den alles entscheidenden Versuch zu wagen. Also zog er los und durchforstete die Stadt und ihre nähere Umgebung nach genau solch einem Objekt.

Anke indessen wurde himmelangst. Länger konnte sie nicht untätig herumsitzen. Sie musste etwas tun, um die Katastrophe, die unaufhaltsam auf die Familie zurollte, noch rechtzeitig abzuwenden. Nach gründlicher Überlegung und Abwägung aller Vor- und Nachteile fasste sie einen Entschluss. Sie wollte sich nach einer Arbeit umschauen. Nach einer Arbeit für ihren Mann.

Jetzt kam ihr zugute, dass sie – ihrer resoluten Mutter gedankt – Lesen und Schreiben gelernt hatte und oft heimlich bis in die Nacht hinein im Schein einer kleinen Öllampe Bücher las, während Anton neben ihr friedlich schnarchte. Die Romane des französischen Schriftstellers Honoré de Balzac verschlang sie wie Lebkuchen zur Weihnachtszeit. Die intensive Hinwendung zum geschriebenen Wort ermutigte sie, sich brieflich an eine namhafte Persönlichkeit der Stadt zu wenden, von der sie sich wirksame Hilfe versprach: Professor Andreas Schubert.

Während Anton bei sengender Hitze durch die Gegend zog und nach einem geeigneten Unterstand für sein Modell suchte, setzte Anke einen Brief an den Professor auf. Darin schilderte sie ihm grob die prekäre Situation, in der sich Anton befand, und fragte höflich an, ob er nicht eine Anstellung für ihren Mann wüsste oder ihm, Kraft seiner Autorität, eine solche vermitteln könnte. Zudem sei Anton nach einiger Überzeugungsarbeit gewiss bereit, seine Erfindung zu verkaufen, falls daraus ein guter Gewinn zu erwarten sei. Sollte er, der hochgeschätzte Professor, Anton in beiden Angelegenheiten behilflich sein können, möge er es doch bitte so einrichten, dass die vermeintliche Initiative zur Lösung des Problems aus verständlichen Gründen von ihm selbst und nicht von ihr ausginge. Um jedes Risiko zu vermeiden, überbrachte sie den Brief persönlich Schuberts Frau.

Anton ahnte nichts von Ankes Initiative. Deshalb war sein Erstaunen groß, als ihm der Postbote einen Brief von Professor Schubert brachte, den er lange nicht gesehen hatte. Der Professor lud ihn zu einem Gespräch ein. Er habe einiges mit ihm zu besprechen. Ihm sei die ernste wirtschaftliche Lage der Maschinenbaugesellschaft Übigau sehr wohl bekannt. Die *Phönix* sei von der Leipzig-Dresdner Eisenbahngesellschaft nicht übernommen worden, deshalb drohe dem Unternehmen der Konkurs. Er fühle sich angesprochen, sich für seinen ehemaligen Studenten und geschätzten Ingenieur zu verwenden. Er solle ihm die Zeichnungen zu seiner Erfindung mitbringen und ihn ausführlich über den jetzigen Stand informieren.

„Das ist großartig!", rief Anton und las den Brief gleich noch einmal. „Der gute Schubert, was ist er doch für ein feiner Mensch. Erfährt vom Niedergang in Übigau und denkt sofort an mich. Ich bin ehrlich gerührt."

Anke saß mit einer Näharbeit auf dem Sofa. Unschuldig blickte sie zu ihrem Mann auf, der sich gar nicht beruhigen konnte. Sie versuchte nicht rot zu werden und achtete darauf, sich jetzt nicht durch eine dumme Geste oder Bemerkung zu verraten. Anton würde sie in der Luft zerreißen, wenn er herausbekäme, dass sie die Sache angeschoben hatte.

„Aber so ist das nun mal", fuhr Anton begeistert fort. „Eine echte, ehrliche Freundschaft unter Männern zeigt sich in frohen Stunden des Lebens und bewährt sich in des Lebens Krisen."

Anke verdrehte die Augen. Kleiner Schwätzer, dachte sie. Wenn wir Frauen euch nicht ab und an in den Hintern treten würden, fände das Leben so mancher Familie frühzeitig ein bitteres Ende.

„Da siehst du es: In den Augen des Professors gelte ich etwas. Er weiß mein Können, meine Fähigkeiten zu schätzen. Bestimmt wird er mir eine gut bezahlte Stelle in einem aufstrebenden Unternehmen anbieten. Von ihm empfohlen, habe ich beste Chancen für eine Stelle als … verantwortlicher Ingenieur. Was meinst du?"

„Ganz bestimmt, Anton. Das oder etwas Ähnliches. Hauptsache, unsere Geldprobleme werden gelöst, du versöhnst dich mit deiner Schwester und wir bleiben hier wohnen."

Eine Woche später kam Anton reichlich geknickt von dem Gespräch mit Schubert zurück. Er zog ein langes Gesicht. Am liebsten wäre er noch irgendwohin auf ein Bier gegangen und hätte die Enttäuschung hinuntergespült. Doch allein trinken machte ebenso wenig Spaß, wie niemanden zum Reden zu haben.

Ungeduldig wartete Anke auf ihn. Immerhin war er um drei Uhr aus dem Haus gegangen, und jetzt war es gleich sieben. Auf die Unterarme gestützt, lehnte sie am Wohnzimmerfenster und beobachtete die Leute, die unten geschäftig vorübergingen.

Als sie Anton endlich sah, pochte ihr Herz vor Freude doppelt so schnell. Doch die Freude währte nicht lange. Antons müder Gang und seine hängenden Schultern verrieten nichts Gutes. Seufzend schloss sie das Fenster und lief eilig die Treppe hinunter zur Haustür. Sollte ihr mutiges Handeln umsonst gewesen sein? Musste sie nun doch um die Existenz der Familie bangen?

Anton brachte die Zeichnungen ins Studierzimmer. Wenig später saß er am Tisch im großen Wohnzimmer. Anke hatte Kartoffeln und frischen Zwiebelquark zum Abendbrot aufgetragen. Doch Anton rührte nichts an. Ihm war der Appetit vergangen.

„Nun erzähl schon, was hat Schubert gesagt? Spann mich bitte nicht länger auf die Folter!"

Lustlos stocherte Anton mit der Gabel im Quark herum. „Er hat mir eine Stelle empfohlen", brummelte er.

„Das ist doch wunderbar, weshalb bist du dann so griesgrämig?"

„Weil es keine Stelle als Ingenieur ist, sondern … als Lehrer."

„Als Lehrer? Wieso als Lehrer?"

„Als Privatlehrer für ein reiches Muttersöhnchen aus Löbtau, das im Mai das Studium an der Technischen Bildungsanstalt beginnt. In Mathematik, Geometrie und Baukunst soll ich ihm Nachhilfestunden erteilen. Offenbar setzt der Herr Papa kein großes Vertrauen in die Fähigkeiten seines Sprösslings. Deshalb engagiert er einen Privatlehrer, der mit ihm jeden Nachmittag von fünf bis sieben Uhr das am Tage in den Vorlesungen Gehörte vertieft."

Anke spitzte den Mund. „Nun … wenn's auch keine volle Stelle ist, so ist es doch wenigstens etwas. Du bringst endlich wieder Geld nach Hause. Du solltest die Arbeit annehmen, meinst du nicht?"

„Eine Arbeit mit einem monatlichen Salär von stolzen 10 Thalern!", rief Anton hohnlachend aus und verzog verächtlich den Mund. „Ein Hungerlohn ist's! Jetzt hatte ich 33 Thaler." Er warf die Gabel auf den Teller und fauchte: „Außerdem … ich bin kein Lehrer, ich bin ein Erfinder!"

Anke schob die Brauen zusammen. 10 Thaler waren wirklich wenig, und sie würden nicht reichen, wenn Anton davon auch noch Kristinas Darlehn zurückzahlen wollte. Hatte Schubert wirklich nichts Besseres in der Hinterhand?

„Dann lernst du halt, ein Lehrer zu sein. Und nebenbei arbeitest du als Erfinder. Vielleicht bringt es eines Tages doch etwas ein …"

Sie strich sich mit beiden Händen über ihren Bauch, als wollte sie Anton an den Familienzuwachs erinnern. „Schade", sagte sie enttäuscht. „Ich hatte mir von Schubert mehr erhofft. Wo er doch so gute Verbindungen hat, der hochgeschätzte Professor …"

„Er hat mir noch was vorgeschlagen."

„Ach ja?"

„Ich soll mich in der freien Zeit mit dem Brückenbau befassen, mit statischen Berechnungen dafür. Das habe Zukunft, meinte er. Er selbst bereite sich ebenfalls darauf vor. Mit der Vergrößerung der Eisenbahnstrecken wird man schon bald zahlreiche Brücken benötigen. Vor allem in bergigen und flussreichen Regionen. Nun ja, er sagte, nach einer gewissen Zeit und wenn mir das Unterrichten Spaß bereiten würde, dann soll ich mich an der Technischen Bildungsanstalt bewerben. Und zwar als Lehrer für Mathematik und Statik."

Anke blickte anerkennend zu ihm auf. „Und das könntest du?"

„Schubert meinte, ich hätte das Zeug dazu."

„Und würdest vielleicht später einmal ... Professor werden?" Das war Anke so herausgerutscht, wirklich ernst hatte sie es nicht gemeint, doch Anton fand diese Zukunftsvision gar nicht so schlecht: „Nun ja", entgegnete er verlegen schmunzelnd. „Wenn alles gut geht, schon."

„Und sicherlich mit einem respektablen Gehalt?"

Anton ergriff ihre Hand und drückte sie. „Ja, mein Goldstern. Ein Professor für Mathematik und Statik käme in etwa auf ein Jahresgehalt von stolzen 800 Thalern."

Anke schlug die Hand auf den Mund. „Achthundert? Anton, das wäre fantastisch."

„Noch ist es nicht so weit, mein Liebes. Und der Weg bis dahin wäre für mich lang und ziemlich beschwerlich. Das ist nicht der Weg, den ich mir für mein weiteres Leben erträumt habe; das weißt du. Jedoch sehe ich ein, dass ich jetzt handeln muss, damit mir die Dinge nicht aus den Händen gleiten. Wenn du mir versprichst, mit den 10 Thalern gut zu wirtschaften, dann lasse ich mich auf diesen Weg ein. Gleich morgen setze ich meine Bewerbung auf und bringe sie persönlich nach Löbtau."

Eng umschlungen und mit dem Gefühl, den drohenden Untergang abgewendet zu haben, lagen sie beieinander. Die Gefahr, noch länger ohne jedes Einkommen dazustehen, war mit Antons Nachhilfestelle gebannt. Sie wussten beide, dass es nur ein Tropfen auf den heißen Stein war. Um mit einer Versöhnungsabsicht zu Elisa nach Husum fahren zu können, benötigte Anton noch 300 Thaler.

„Wenn wir die nur schon hätten", seufzte Anke. Mit zärtlichen Fingern strich sie Anton über die dicht behaarte Brust, küsste seinen Hals, schmiegte ihren nackten Körper an seinen. Anton schwieg, doch sein Herz begann auf einmal heftiger zu schlagen, das spürte sie. „Sag, woran denkst du? Ich kenne dein Gesicht, wenn du über etwas Wichtiges nachdenkst."

Er beugte sich über sie, gab ihr einen Kuss auf die Stirn, sah ihr fest in die Augen. „Ich habe dir nicht alles erzählt von dem Gespräch mit Schubert. Da ist noch etwas ..."

„Ach, ja?"

„Schubert hatte sich meine Zeichnungen angesehen. Er meint, ich sei an einem Punkt angelangt, an dem ich allein nicht weiterkäme. Das weiß ich schon lange. Ohne Versuche an größeren Modellen trete ich auf der Stelle."

„Und was heißt das?"

Anton rollte hinüber in sein Bett, legte sich auf den Rücken, schob beide Hände unter den Kopf und starrte an die Decke. Er wagte es kaum auszusprechen, doch inzwischen wusste er, es gab keine Alternative. „Das heißt … ich werde meine drei Modelle samt allen Plänen und Zeichnungen verkaufen."

Blitzartig setzte Anke sich auf und sah Anton fassungslos an. „Verkaufen? Du willst deine Erfindung verkaufen? Gäbe es dafür überhaupt einen Käufer?"

„Denke schon. Vor Jahren war ein Berliner Unternehmer in Übigau. Dr. Karl Klampinus. Er hatte sich damals sehr für meinen Selbstfahrer interessiert und mir angeboten, sich der Erfindung anzunehmen, wenn ich damit weit genug gekommen sei. Und das bin ich jetzt."

Sie streichelte seine Wange. „Anton, Liebster, ich weiß, was der Verkauf für dich bedeutet. Diese Erfindung ist für dich wie ein Kind, um das du dich sorgst, das du hegst und pflegst. Ich kann nur hoffen, dass dieser Klampinus ordentlich damit umgeht und dich anständig entlohnt." Sie kroch wieder zu ihm unter die Decke und wisperte ihm ins Ohr: „Was meinst du … wie viel kannst du von ihm verlangen? Zweihundert, dreihundert oder mehr?"

Anton schlug die Bettdecke zur Seite, schlüpfte in sein Nachthemd und sagte, während er zum Fenster ging und es weit öffnete: „Ich habe keine Ahnung!"

10

Eine geschlagene Stunde hatte Anton das Modell geputzt, Zuleitungen überprüft, Ventile festgezogen. Zeichnungen und Konstruktionspläne lagen fein säuberlich zusammengebunden in zwei Stapeln auf dem Tisch. Der kleine Raum unter dem Dach strahlte vor Sauberkeit.

Prustend stützte Anton die Arme in die Seiten und warf einen zufriedenen Blick auf sein Werk. Mehr konnte er nicht tun. Es war alles aufs Beste vorbereitet.

Schubert schellte pünktlich drei Uhr die Hausglocke. Anton hatte ihn gebeten, bei dem Gespräch dabei zu sein. In Anwesenheit des geachteten Professors, der wie kaum ein anderer etwas von Technik verstand, würde der Berliner Unternehmer nicht wagen, ihn, den jungen, noch unbekannten Konstrukteur, über den Tisch zu ziehen. Auf die Frage, was er von Klampinus verlangen könne, hatte Schubert zunächst nur mit wiegendem Kopf und hochgezogenen Brauen geantwortet und später gemeint, das werde man schon sehen, vieles ergäbe sich aus der Situation. Mit Antons Einverständnis werde er in dieser Frage gern als Wortführer auftreten.

Insgeheim hoffte Anton, mehr als die benötigten 300 Thaler zu erzielen. Dann könnte er den schmalen Verdienst etwas aufbessern und müsste nicht jeden Thaler dreimal umdrehen.

Klampinus kam mit einiger Verspätung. Er sei in der Neustadt aufgehalten worden, gab er zur Entschuldigung vor und folgte Anke hinauf ins große Wohnzimmer, wo er Schubert und Anton freundlich begrüßte. Antons Vorschlag, zunächst gemeinsam einen Kaffee zu trinken, nahm er dankend an und schwenkte sein Schwergewicht sogleich auf den Stuhl dem Professor gegenüber.

Anke schenkte den Herren Kaffee ein und gab ihnen ein Stück von dem duftenden Marmorkuchen auf den Teller, den sie frisch gebacken hatte. Die Decke aus Zuckerguss hatte sie mit dem Saft einer kleinen Zitrone angerührt, die sie auf dem Wochenmarkt erstanden hatte. Klampinus' Aufforderung, mit ihnen am Tisch Platz zu nehmen, lehnte sie dankend ab.

„Die Herren haben gewiss Dinge zu besprechen, die die Ohren einer Frau nur ermüden würden." Mit einem charmanten Lächeln verabschiedete sie sich und verließ das Zimmer.

Klampinus bekam solch leckeren Kuchen offenbar selten vorgesetzt. Er verschlang ihn regelrecht und nahm sich mit seinen wulstigen Fingern ungeniert ein zweites und drittes Stück. Dann trank er den Kaffee in einem Zug aus, lehnte sich zurück, hob die buschigen Augenbrauen und maß Anton mit einem herausfordernden Blick. „Ich bin reichlich gespannt, wie Sie mit Ihrer Erfindung eines … *sich aus eigener Kraft fortbewegenden Gefährts* vorangekommen sind, Herr Ingenieur." Gemächlich holte er sein Rauchzeug aus der Jackentasche, brannte sich eine dicke Zigarre an, paffte mehrmals kurz daran und stieß den Rauch mit erhobenem Kopf zur Decke. „Die Kostprobe, die ich damals in Übigau in Augenschein nehmen durfte, war recht vielversprechend. Ich habe des Öfteren daran denken müssen und war überzeugt, dass Sie etwas Ordentliches zustande bringen. Und das ist wohl nun geschehen?"

„Ich denke schon", antwortete Anton selbstbewusst. Er setzte seine Tasse ab, und da er meinte, jetzt wäre der entscheidende Moment gekommen, räusperte er sich und sagte forsch: „Jawohl, das ist es. Nach nunmehr fast zehn Jahren habe ich eine Möglichkeit gefunden, die Technik des Antriebs – im Gegensatz zum Dampfantrieb – wesentlich zu verkleinern und den Dampf durch ein brennbares Gasgemisch zu ersetzen. Die Stoßkraft am kleinen Hubzylinder wird dadurch entscheidend erhöht und somit auch die Geschwindigkeit. Überaus wichtig ist also der geeignete Brennstoff, und genau hier stagniere ich zurzeit und kann – den Umständen geschuldet – keine weiteren Versuche durchführen."

Klampinus nickte bedeutsam. Dann sah er Schubert an, der sich bis jetzt bewusst zurückgehalten hatte, was ihn ein wenig verunsicherte. „Klingt interessant, junger Mann. Sehr interessant!"

„Ich kam zu der Erkenntnis", fuhr Anton begeistert fort, „je höher die Antriebskraft durch den Brennstoff, desto kleiner die Kolbenfläche. Und die ist für den Bau eines selbst fahrenden Gefährts letztlich entscheidend."

Schubert legte die Hände auf den Tisch und beugte sich etwas vor. „Sollten Konstruktion und Bau eines solchen Gefährts gelingen, käme das einer Revolution in der menschlichen Fortbewegung gleich. Jeder, der über die finanziellen Mittel verfügt, könnte sich so ein Gefährt kaufen und lernen, es selbst zu fahren. Und zwar wann und wohin er möchte und auf jedweder damit befahrbaren Straße. Meinen Sie nicht, Herr Dr. Klampinus, darin schlummert ein ganz enormes wirtschaftliches Potential?"

Klampinus spitzte den Mund. „Weitsichtig betrachtet könnte das tatsächlich die Zukunft der menschlichen Fortbewegung sein. Sie sagten, es gibt einen modellhaften Aufbau des jetzigen Konstruktionsstandes? Den würde ich mir gern ansehen."

Anton nickte beiden Herren zu. „Also dann, lassen Sie uns nach oben gehen."

Anke hatte rote Finger vom Beten. Wenn nur alles gut ginge mit dem dicken Herrn aus Berlin, der vor lauter Fettpolster kaum aus den Augen schauen konnte. Der kalte Tabakgeruch, der seinem Mantel anhaftete, verpestete das halbe Treppenhaus. Wenn er gegangen war, wollte sie gründlich lüften und etwas von dem Veilchenwasser verspritzen, das Anton mochte.

Sie zog sich den Korb mit der frisch gewaschenen Leibwäsche heran und legte sie zum Bügeln in Form. Sie musste etwas tun. Auf diese Weise verging die Zeit schneller. Anton meinte, in ihrem Zustand solle sie nicht mehr so viel an körperlicher Arbeit verrichten. Er hatte gut reden, von allein erledigte sich die Arbeit nicht, und eine Magd konnten sie sich derzeit nicht leisten.

„Nun macht schon, ihr da oben!", zischte sie ungeduldig. „So schwer kann das doch nicht sein, einen guten Preis auszuhandeln. Womöglich ist der Dicke nur ein Blender und hat gar kein Geld. Ein Angeber, der sich Antons Erfindung billig unter den Nagel reißen will. Das wäre, gelinde gesagt, eine Katastrophe."

Nach mehr als zwei Stunden hörte sie plötzlich rasche Schritte die Treppe herunterkommen. Es war Anton, sie kannte den Klang seiner Schritte.

„Mach Abendbrot!", rief er, noch halb in der Tür. „Die Herren bleiben zum Abendbrot. Und hol Wein aus dem Keller. Den guten aus Franken, hörst du? Und beeil dich, wir haben Hunger!"

„Jawohl, der Herr!", entgegnete Anke spitz. „Wie Majestät befehlen!"

Anton stutzte. „Das hab ich doch nicht böse gemeint. Komm her, mein Goldstern!" Er umarmte Anke und gab ihr einen stürmischen Kuss. „Es sieht gut aus", flüsterte er ihr dann ins Ohr. „Schubert ist noch am Verhandeln, aber es sieht wirklich gut aus." Rasch drehte er sich wieder um und verschwand.

Anke wollte sich gern bemühen, den Herren trotz der gebotenen Eile ein ordentliches Mahl aufzutischen. Aber wovon? Außer Eiern, Pellkartoffeln und einem Rest gekochten Schinken war die Kammer leer. Kein Fleisch, keine Wurst, kein Käse, kaum noch Brot, selbst im Butternapf konnte man den Boden sehen. Mit einem Abendbrot für die Herren hatte sie nicht gerechnet. Wie peinlich!

„Himmeldonnerwetter, mir muss etwas einfallen, und zwar sofort!" Die Arme in die Hüften gestemmt, dachte sie kurz nach, hatte plötzlich die zündende Idee und legte los: Kartoffeln klein geschnitten in der Schmalzpfanne mit Zwiebeln, Kümmel, Majoran und den Schinkenwürfeln gebraten. Darüber die mit Milch verquirlten Eier, den Deckel drauf und alles einige Minuten gestockt. Als sie den Deckel herunternahm, lachte sie eine goldgelbe, lecker duftende Eier-Kartoffelpfanne an. Die stellte sie warm und bereitete eine zweite und dritte Pfanne. Von oben hörte sie die Männer laut miteinander reden, Zwischendurch erschallte das bärige Lachen des Dicken. Offenbar hatte man sich die Wartezeit mit reichlich Wein verkürzt. Gut so!

Nach zwanzig Minuten war das Mahl bereitet. Die Herren speisten mit gesundem Appetit, was Anke ihnen auf drei großen flachen Tellern stolz mit den Worten servierte: „Mein Spezialrezept – *Deftige Eierpfanne August der Starke*."

Klampinus, dem bei dem appetitlichen Duft das Wasser im Munde zusammenlief, warf Anke einen schelmischen Blick zu und spöttelte: „Deftige Eierpfanne ist mir schon klar, aber … woran erkenne ich bei diesem eine köstliche Gaumenfreude versprechenden Gericht *August den Starken?*"

Anke neigte den Kopf zur Seite und sagte mit einem charmanten und zugleich listigen Lächeln, das nicht nur Klampinus entzückte: „An der verführerischen Völlerei und dem Genuss, danach ordentlich satt zu sein."

11

Mit einem unbeschreiblichen Hochgefühl saß Anton in der bequemen Mietkutsche, die er sich leisten konnte. Wenige Stunden noch, dann würde sich für ihn nach langer Reise das Stadttor von Husum öffnen. Im Gepäck hatte er einen Schuldschein über 500 Thaler, im Herzen den Wunsch, Elisa möge ihm verzeihen und sich mit ihm versöhnen.

Betrübt überdachte er die vergangenen Wochen, in denen er so schmerzlich erfahren hatte, was es hieß, plötzlich mittellos zu sein und nicht zu wissen, wie er sich und seine Familie ernähren sollte. Die Angst, die ihn in diesen qualvollen Tagen wie eine giftige Schlange umzingelt hatte, sollte sich niemals wiederholen. Mit allen Fasern seines Körpers hatte er diese Angst gespürt. Am Abend war er mit ihr zu Bett gegangen, am Morgen mit ihr erwacht. Vielleicht musste er diese Erfahrung machen, damit er daraus lernte, achtsamer mit seinem Leben umzugehen.

Jetzt war diese schlimme Zeit vorbei. Im September trat er in Löbtau die von Schubert vermittelte Nachhilfestelle an. Nebenbei befasste er sich, von Schubert unterstützt, mit Statik und Brückenbau. Die drei Modelle, sämtliche Zeichnungen und die Konstruktionspläne seines Selbstfahrers hatte ihm Klampinus für 800 Thaler abgekauft. Die Dinge hatten sich zum Guten gewendet. Jetzt blickte er hoffnungsvoll in die Zukunft.

Ulrike schob die Brauen zusammen und überlegte. Irgendwie kam ihr das Gesicht bekannt vor. Allmählich dämmerte ihr, wen sie da vor sich hatte.

Anton half ihr auf die Sprünge. „Erkennen Sie mich nicht? Der Anton von der Elisa Weller ... nach der Sturmflut ... damals 1825."

„Herr im Himmel! Der kleine Bruder von der Elisa, nein, dich hätte ich nicht erkannt. Dabei hat die Elisa so viel von dir erzählt."

„Ach ja, hat sie das?"

„Komm rein, min Jung! Komm und erzähl mir."

„Wo ist sie, ich wollte sie besuchen, komme direkt aus Dresden."

Auch Anton hätte die Frau, wäre sie ihm auf der Straße begegnet, nicht erkannt. Ihr vormals blonder Zopf war mausgrau, ihr schmales Gesicht von Falten durchzogen, und ihre Hüften waren trotz der eng geschnürten Taille sichtlich gerundet.

Ulrike nahm seine Hand, zog ihn mit sich in die Küche und rückte ihm einen Stuhl am Tisch zurecht. „So, so, aus Dresden kommst du also geradewegs. Das ist ja wirklich eine sehr weite Reise. Gewiss hast du Hunger und bist durstig. Setz dich, ich hol dir gleich was, und während du dich stärkst, erzähle ich dir von Elisa. Sie wohnt zwar noch bei mir, aber nicht mehr lange. Sie ist halt ein unruhiger Mensch. Muss immer was tun, will immer helfen, wenn sie jemanden leiden sieht. Die Gute!"

Sie redete und redete und verschwand dabei in der Speisekammer, sodass Anton, obwohl er die Ohren spitzte, kaum noch ein Wort verstand. Nach einer Weile kam sie zurück. In der linken Hand hielt sie einen Teller mit Brot, Wurst und einer dicken Scheibe Ziegenkäse, in der rechten einen Humpen Bier.

Anton griff zuerst nach dem Humpen. Gierig leerte er ihn zur Hälfte.

„Bist groß und stark und auch recht hübsch geworden, min Jung. Damals warst du ein kleines ängstliches Mäuschen. Ja, ja, das war für uns alle eine schlimme Zeit."

„Bitte, Sie wollten mir von Elisa erzählen."

„Kannst ruhig DU zu mir sagen. Ich bin die Ulrike, das weißt du ja. Also die Elisa hilft bei einer Geburt. Eine sehr wichtige Geburt. Die Frau des Bürgermeisters kommt nieder, sie quält sich schon seit Tagen, und heute, sagt Elisa, soll das Kind endlich kommen."

„Also kann ich hier auf sie warten?"

Ulrike wiegte den Kopf. „Das weiß ich nicht genau. Sie wollte, sobald das Kindchen da ist, gleich rüberfahren für ein paar Tage."

„Wo rüber?"

„Zur Hallig Hooge."

„Wie bitte?" Anton riss die Augen auf. „Zur Hallig Hooge? Was will sie dort?"

„Frag sie selber, wenn sie da ist! Jeden Morgen fährt ein Boot rüber."

Anton prustete. „Das versteh' ich nicht. Hat sie noch nicht genug von diesem furchtbaren Ort? Mich kriegen keine zehn Pferde jemals wieder auf eine Hallig. Zudem liegt Hooge weit draußen. Warum wählt sie, wenn es schon sein muss, nicht das davor gelegene, viermal so große Pellworm oder Nordstrand, das mit dem Festland verbunden ist?"

Anton war laut geworden, in seinen Augen blitzte der Hass auf alles, was mit dem Meer und den Halligen zusammenhing und ihn an die schrecklichsten Stunden seines Lebens erinnerte.

„Nun beruhige dich, Aton, du musst dort nicht hin. Sie kommt ja wieder. Irgendwann kommt sie wieder. Hat ihre Sachen noch hier. So schnell geht der Umzug nicht."

„Umzug?" Anton fiel von einer bösen Überraschung in die andere. „Sie will auf die Hallig umziehen? Aber wieso tut sie das?" Er war außer sich. „Ich dachte, ich kann sie bewegen, mit mir zurück nach Dresden zu kommen. In ihr Haus. Zu uns, ihrer Familie." Er brachte keinen Bissen mehr herunter.

Ratlos hob Ulrike die Hände. „Daraus wird wohl nichts. Das Haus der Trude steht noch immer leer. Und medizinisch kundige Personen, zumal Hebammen, sind rar, besonders auf den Inseln. Sogar unser Landesvater, der dänische König, und die hiesige Verwaltung haben verkündet, sie wünschen, dass mehr Frauen zu Hebammen geschult werden, weil es uns daran fehlt und weil noch immer zu viele Kinder während der Geburt sterben. In Husum und den umliegenden Ortschaften hat Elisa bereits einen guten Ruf, und alle Frauen, vor allem die wohlhabenden, möchten sie gern bei sich haben und bezahlen sie gut, damit sie auch ja zu ihnen kommt."

„Schön! Und weshalb, in Gottes Namen, geht sie dann auf diese unglückselige Hallig?" Innerlich aufgewühlt, stand Anton vom Tisch auf, vergrub die Hände in den Hosentaschen und tigerte mit finsterem Gesicht durchs Zimmer. „Bei den wenigen Familien, die sich dort nach der Sturmflut erneut angesiedelt haben, nagt sie am Ende noch am Hungertuch. Jedenfalls kommt sie nie und nimmer auf den Verdienst wie auf dem Festland."

Ulrike schmunzelte. „Vielleicht ist's gerade das, ... ich meine, vielleicht bedeutet ihr etwas anderes mehr als das Geld. Verstehst'?"

Den Kopf gesenkt, nickte Anton kaum merklich und sagte dann leise, in sich gekehrt: „Ja … weiß schon, sie ist halt so. Schlimm nur, dass sie eben dadurch …"

„Sag nichts, Anton. Bitte! Sie leidet unter dem Verlust ihres Mannes in stiller, immerwährender Trauer. Sie trägt ihren Schmerz nicht nach außen, aber glaube mir, er ist ihr ständiger Begleiter."

„Da haben wir was gemeinsam …", murmelte Anton. Er setzte sich wieder an den Tisch, aß bis auf die letzte Krume auf, was noch auf dem Teller war, und sagte dann entschlossen: „Auf jeden Fall werde ich hier auf Elisa warten. Und wenn es noch so lange dauert. Ich bleibe hier!"

Fünf Tage musste Anton auf Elisa warten. Als sie endlich vor ihm stand, traute er seinen Augen nicht. In ihren bislang tief schwarzen lockigen Haaren, die er mit ihr gemein hatte, zeigten sich dicke graue Strähnen. Mund und Augen waren von kleinen Faltenkränzen umringt, und die Augen selber hatten ihren feurigen Glanz verloren.

„Anton! Du hier?" Elisa kam auf ihn zu, schloss ihn in die Arme, aber sagte nichts. Dann legte sie ihr schwarzes Schultertuch auf die Kommode und betrat die Stube.

Ulrike, die dort mit einer Näharbeit saß, stand auf. „Ich lasse euch jetzt mal allein", flüsterte sie und huschte hinaus. Wenig später, als Anton und Elisa schon eine Weile am Tisch saßen und sich mit einer Unterhaltung schwertaten, kam Ulrike mit einer Kanne dampfenden Tees und zwei Pötten zurück und stellte alles auf den Tisch. „Bei einem Pott Tee snackt es sich besser. Wenn ihr mich braucht, ich bin im Garten." Sie zwinkerte Anton zu und ging hinaus.

Elisa trank einige Schlucke, während sie Anton musterte. Ihr Erstaunen über sein plötzliches Erscheinen ließ sie sich nicht anmerken. Kühl fragte sie: „Warum die weite Reise, Anton? Nur wegen eines Besuchs bei mir?"

„Ja, allein nur wegen dir, Elisa. Wie du dir gewiss denken kannst, komme ich nicht mit leeren Händen." Er stand auf, holte den Schuldschein aus der Reisetasche und legte ihn auf den Tisch, Elisa direkt unter die Augen. „Ohne ihn würde ich nicht wagen, dich um Verzeihung zu bitten und mit mir nach Dresden zu kommen."

Sie las den eingetragenen Betrag. Anton bemerkte dabei nicht die kleinste Regung in ihrem Gesicht.

„Du zahlst mir hiermit die volle Schuld zurück, und das ziemlich schnell, das erstaunt mich. Sag, wie bist du in dieser kurzen Zeit an so viel Geld gekommen? Etwa durch eine neue, mit hohen Zinsen belastete Verschuldung? Dann, Anton, kannst du es gleich wieder mitnehmen."

Sie ist immer noch verbittert, sagte er sich und rückte mit der Antwort nicht gleich heraus. Kristina hatte ihm versprochen, Elisa nichts von dem Darlehn zu erzählen. Das sollte eine Sache nur zwischen ihnen beiden bleiben. Das konnte es auch getrost. Der Verkauf des Selbstfahrers hatte ihm genügend eingebracht, und er konnte Kristinas Darlehn allein für sich verwenden, für seine überaus wichtige Fortbildung im Fach Statik sowie als Überbrückung, bis er durch Schuberts Fürsprache an der Technischen Bildungsanstalt als Lehrer für Statik eingestellt war. Damit hatte Kristinas Darlehn nichts mit der Schuldentilgung gegenüber Elisa zu tun.

„Ich habe meine Erfindung verkauft", sagte er trocken.

Elisa legte das Kinn auf die aufgestützten Hände und beugte sich langsam zu Anton vor. „Du hast ... was?"

Er bemerkte das zweiflerische Lächeln um ihren Mund, das ihm eine Spur zu herablassend war; eine Eigenschaft, die ihm an Elisa fremd war.

„Ja!", wiederholte er laut und machte ihr mit ernsten Augen klar, dass er die Wahrheit sagte. „Ich habe meine Erfindung verkauft. Die drei Modelle, sämtliche Zeichnungen und Pläne. An einen Berliner Unternehmer. Für 800 Thaler. Schubert war dabei. Frag ihn, wenn du mir nicht glaubst."

Elisa schluckte. Benommen lehnte sie sich zurück und schloss die Augen. Anton bemerkte, wie ihre harten Gesichtszüge sich allmählich glätteten, wie ihre Lippen leicht vibrierten und Bewegung in ihr Inneres kam.

Plötzlich stand sie auf, lief zum Fenster, zog ihr Schnupftuch aus dem Rock und sagte tonlos, den Tränen nahe: „Dass du das getan hast, Anton ... Du hast unendlich viel Kraft und Liebe in diese Erfindung gesteckt. Hast großartige Hoffnungen damit verbunden. Ich hoffe nur, du bereust diesen Schritt nicht irgendwann, zumal, weil er doch wegen mir geschah."

Anton trat zu ihr, blieb dicht hinter ihr stehen, umfasste ihre Schultern und raunte ihr ins Ohr: „Mich mit dir zu versöhnen, hätte ich mein Leben verkauft. Und wenn du mir jetzt mein leichtfertiges, eigennütziges Handeln verzeihst und wir wieder eine glückliche Familie sein können, glaube mir Elisa, dann war mir der Verkauf jeden einzelnen Thaler wert."

Behutsam drehte er sie zu sich herum. Sie sahen sich in die Augen, lächelten, aber sagten nichts, weil dieser glückliche Moment keiner Worte bedurfte.

Regen und ein heftiger Sturm hinderten Anton zunächst an der Rückreise. Er nutzte die Zeit für Gespräche mit Elisa; lange, ernsthafte Gespräche. Jedoch blieb sein beharrlicher Versuch erfolglos, die Schwester zur Heimkehr zu bewegen. Er redete mit Engelszungen, hielt ihr die Vorteile eines Lebens bei der Familie in Dresden und die Gefahren des Lebens auf der Hallig vor Augen. Es half nichts. Elisa hatte sich bereits für dieses Leben entschieden.

„Weißt du, Anton, als meine Füße zum ersten Mal wieder Halligboden betraten und ich vor Trudes leerem Haus stand, überkam mich eine gewaltige, von Sehnsucht getragene Traurigkeit und das Gefühl, nach langer Suche endlich angekommen zu sein. Bei ihm. Und dieses beruhigende Gefühl möchte ich nie mehr missen."

„Dann ist dein Entschluss endgültig, und wenn ich morgen die Rückfahrt nach Dresden antrete, ist es wahrscheinlich, dass ich dich nie mehr wiedersehe."

Elisa ergriff seine Hand.

„Ja, Anton. Das ist sehr wahrscheinlich. Mit dieser bitteren Wahrheit müssen wir beide leben. Ihr seid die Nachgeborenen. Ihr habt eure eigenen Sorgen und Freuden, die euer Leben bestimmen. Ihr seid selber das sprudelnde Leben, und das werdet ihr auch ohne mich meistern. Gewiss wäre es schön für mich, den Rest meines Lebens mit euch zu teilen, doch ich spüre, dass mir in all dem Trubel der innere Rückzug für meine Trauer fehlen würde. Auf den Halligen brauchen mich die Menschen. Und zwar mehr als sonst irgendwo. Über meine Arbeit, die ich liebe, werde ich vergessen, wie meine irdische Lebenszeit zu Ende geht. Auf der Hallig, in Trudes Haus, werde ich mit meinen Erinnerungen leben. Dort bin ich Alois nahe. Vom Meer umgeben, darf ich mit jedem Herzschlag bei ihm sein."

12

Weller hatte die resolute Entscheidung noch keinen Tag bereut. Heinrichsens Schwester hatte ihn freundlich aufgenommen und jeden Morgen, wenn sie ihm das Frühstück brachte, mitfühlendend angesehen. Letztlich war das für ihn der Anstoß, sich jetzt noch einmal aufzurappeln und aus dem mitleidvollen Krüppel, der sein Äußeres in den vergangenen Jahren aus der Trostlosigkeit heraus selbst vernachlässigt hatte, wieder einen stattlichen Mann zu machen. Anders wollte er Elisa nicht unter die Augen treten.

Vom hiesigen Doktor ließ er sein schmerzendes Bein mit warmen Moorpackungen und heilenden Salben behandeln. Beim Frisör bekam sein silbergraues, etwas verwildertes Haar einen ordentlichen Schnitt. Und beim Schneider bestellte er sich ein weißes Leinenhemd, eine beigefarbene Steghose und einen schwarzen, zweireihig geknöpften Frack aus bestem Wollstoff, dazu einen schwarzen Zylinder mit geschwungenem Rand, wie er jetzt Mode war. Auch ein neuer, nicht eben billiger Gehstock mit blitzendem Messingknauf musste her. Doch das Wichtigste: Täglich stärkte sich Weller mit kräftigen Speisen, schlief nachts tief und traumlos wie seit Jahren nicht und übte auf dem Weg vorm Haus stundenlang mit erhobenem Kopf den aufrechten Gang.

Hätte er nur nicht so lange gewartet! Als der Tag kam, an dem er mit der Kutsche in südlicher Richtung nach Husum fuhr, war Elisa nicht mehr da.

„Ach herrje! Das ist aber auch ein Unglück mit Ihnen beiden, lieber Herr Alois. Die Elisa ist seit gut zehn Tagen nicht mehr hier. Und sie kommt auch nicht wieder."

Weller musste sich setzen, um die Nachricht zu verdauen. „Das ist wirklich bedauerlich. Ich weiß nicht, ob ich die lange Reise nach Dresden überstehen werde. Wissen Sie, mit meiner Gesundheit steht es nicht eben zum Besten."

Ulrike stützte die Hände in die Hüften und sah Weller mit großen Augen an. „Wieso Dresden? Elisa ist auf der Hallig Hooge. Sie arbeitet als Hebamme und medizinisch kundige Frau. Hat sogar eine amtliche Lizenz dafür bekommen, und ist nun allein für die Halligleute und die Leute auf den umliegenden Inseln da. Sie wohnt wieder im Haus der Trude. Will für immer auf Hooge bleiben. Der Anton war vor Kurzem hier. Sie haben sich versöhnt, und so konnte er getrost zurück nach Dresden fahren zu seiner Frau und seiner Tochter, die heißt übrigens auch Elisa. *Klein* Elisa sagen sie zu ihr, ist das nicht nett? Die Anke, was die Frau von dem Anton ist, die bekommt bald ihr zweites Kind. Und die Kristina, ja, die Kristina, die war leider noch nicht wieder hier. Ist ja jetzt eine berühmte Sängerin. Wohnen tut sie in Madrid und manchmal auf der Insel Menorca."

Weller stand der Mund offen. „Genug! Genug!", rief er schließlich, überwältigt von Ulrikes Redeflut, die er erst einmal stoppen musste, um seine Gedanken zu ordnen. „Meine Frau ist also auf der Hallig Hooge."

„So ist es, Herr Alois."

Er hätte Ulrike jetzt nach dem Warum und Wieso fragen können, doch was hätte das gebracht? Nur zu gut konnte er sich Elisas Beweggründe denken, glaubte zu wissen, was sie gedacht und gefühlt hatte, als sie diese Entscheidung traf. Er presste die Hand auf den Mund, rieb sich das Kinn, spürte den Kloß im Hals. Nein, Ulrike musste und konnte ihm das nicht erklären.

„Geht heute noch ein Boot zur Hallig?"

Ulrike öffnete das Fenster und rief hinaus: „Jensen! Sag, geht heute noch ein Boot rüber nach Hooge?"

„Glock drei! Mein Sohn fährt."

„Der soll vorher bei mir vorbeikommen. Hab einen Gast, der will rüber zur Elisa. Er kann schlecht laufen. Hat ein kaputtes Bein. Dein Junge soll sein Gepäck tragen, hörst du?"

„Jo!"

„Sie haben es gehört, Herr Alois. Bis zur Abfahrt sind es noch zwei Stunden. Ich habe eine Fischsuppe angesetzt. Der Vater und die Brüder kommen gleich. Möchten Sie vorher einen Teller mit uns essen?"

Die See lag ruhig. Die Sonne legte einen Glitzerteppich über die gekräuselten Wellen. Gemächlich schipperte das Boot dahin. Jensens Sohn straffte die Segel, die kaum Wind zu fassen bekamen. Zwei ältere Frauen in langen karierten Röcken und kurzen grauen Umhängen saßen Weller gegenüber. Sie hatten auf dem Festland eingekauft; Vorräte für die nächsten Wochen, auch zwei Journale lugten aus dem prall gefüllten Weidenkorb.

Sie wollten ein Gespräch mit Weller beginnen, doch ihm war jetzt nicht nach Unterhaltung. Die Aufregung nahm ihm fast die Luft. Er nickte freundlich. Wollte nicht unhöflich sein.

Nach drei Stunden legte das Boot sicher am kleinen Hallighafen an.

„Es hat sich kaum was verändert", überlegte Weller, als er den bekannten Weg durch die Salzwiesen, am Priel entlang, hinauf zur Peterswarft bewusst langsam ging. Nicht, weil ihm das Laufen mit dem halb gefüllten Seesack auf dem Rücken schwerfiel; das Bein hatte sich gut erholt. Nein, es waren die Erinnerungen, die auf ihn einstürmten. Bilder von glücklichen Tagen, die er hier mit Elisa und Anton verbracht hatte. Bis zu jener Nacht.

Nach einer Stunde Weg erreichte er die Peterswarft. Von Weitem schon sah er die bunten Blumen vor den Fenstern. Wäsche baumelte auf der Leine. Eine Obstkiste stand auf der Bank neben der blauen Friesentür. Das Haus war bewohnt. Als er heran war, drückte er auf die Klinke und trat ein.

„Elisa?", rief er, während ihm das Herz bis zum Hals pochte.

Keine Antwort.

Er horchte in die Stille. Dabei fiel sein Blick auf die Treppe hinauf zum Boden. Er sah die Leiter an der Luke stehen, die er nicht mehr erreicht hatte, während Anton nach ihm rief. Was, wenn er damals wegen Elisas Bild nicht noch einmal zurückgegangen wäre? Letztlich hatte jener kurze, folgenschwere Augenblick die Familie auseinandergerissen und ihr Leben auf andere, voneinander getrennte Wege gelenkt.

„Elisa?", rief Weller noch einmal, während er in die Wohnstube trat und sich hier umblickte. Ein blaues Kleid lag über der Sofalehne. Er nahm es, vergrub sein Gesicht darin, sog den Geruch in tiefen Atemzügen ein. Diesen wunderbaren Duft nach Elisa hatte er so lange entbehren müssen.

Wo konnte sie nur sein? Vielleicht am Strand, die milde Abendsonne genießen und an mich denken?

Weller stellte den Seesack in die Ecke, legte seinen Zylinder darauf und machte sich auf den Weg Richtung Westküste zum Halligstrand. Die Sonne stand bereits tief. Wenige Minuten noch, dann berührte sie das Wasser.

Er lief schneller. Spürte keinen Schmerz mehr, nur noch Freude, unbändige Freude auf das Wiedersehen mit Elisa.

Und dann erblickte er sie. Mit wehendem Haar, die Schultern in ein wärmendes Tuch gehüllt, stand sie in ihrem schlichten schwarzen Kleid am

Strand und schaute aufs Wasser. Den Wind im Gesicht, bemerkte sie Weller erst, als er wenige Schritte hinter ihr stand und zögernd „Elisa?" rief.

Langsam, als habe ein Geist sie gerufen, drehte sie sich um und erstarrte. Das Tuch rutschte ihr von den Schultern. Fassungslos glitt ihr Blick über den Mann, der vor ihr stand. „Alois ... bist du's wirklich?", brachte sie mit tonloser Stimme hervor und tat einen Schritt auf ihn zu.

„Ich bin es, Elisa. Ich bin es. Nicht mehr ganz der Mann, wie du ihn zuletzt kanntest, aber immer noch der deine."

Er trat zu ihr, und als er so nahe vor ihr stand, dass er ihren Atem spüren und mit zärtlicher Hand ihre Wange berühren konnte, sagte er leise:

„Mein Engel, komm mit mir. Ich brauche dich ... Ich liebe dich."

ENDE

DIE AUTORIN

Christine Fischer wurde 1951 in Bautzen geboren und lebt seit 1970 in Dresden. Nach ihrer Ausbildung zur Kindergärtnerin und einem späteren Fachschulfernstudium erwarb sie 1994 die Lizenz des Berufsverbandes der Gästeführer Dresdens. Ihr Interesse an der Geschichte der Stadt wuchs stetig – ebenso wie der Wunsch, darüber zu schreiben.

2001 machte sich Christine Fischer mit einer Incoming-Agentur selbständig und widmet sich seither in ihrer Freizeit der Literatur. „Elisa und der Schatten Napoleons" ist ihr erster historischer Roman. Unter dem Pseudonym Henny Fischer schreibt sie zu Gegenwartsthemen.

Bisher erschienen

- 2009 und 2011
  Histörchen und andere Wichtigkeiten aus dem Dresdner Altstadtkern (Eigenverlag)
- 2013
  Elisa und der Schatten Napoleons (Hardcover bei Dresdner Buchverlag)
- 2008 und 2015
  Die Regenmantelfrau (2015 Neufassung bei BoD)
- 2016
  Elisa und der Schatten Napoleons (Paperback)

Weitere Informationen:

www.dresdner-autorin.de

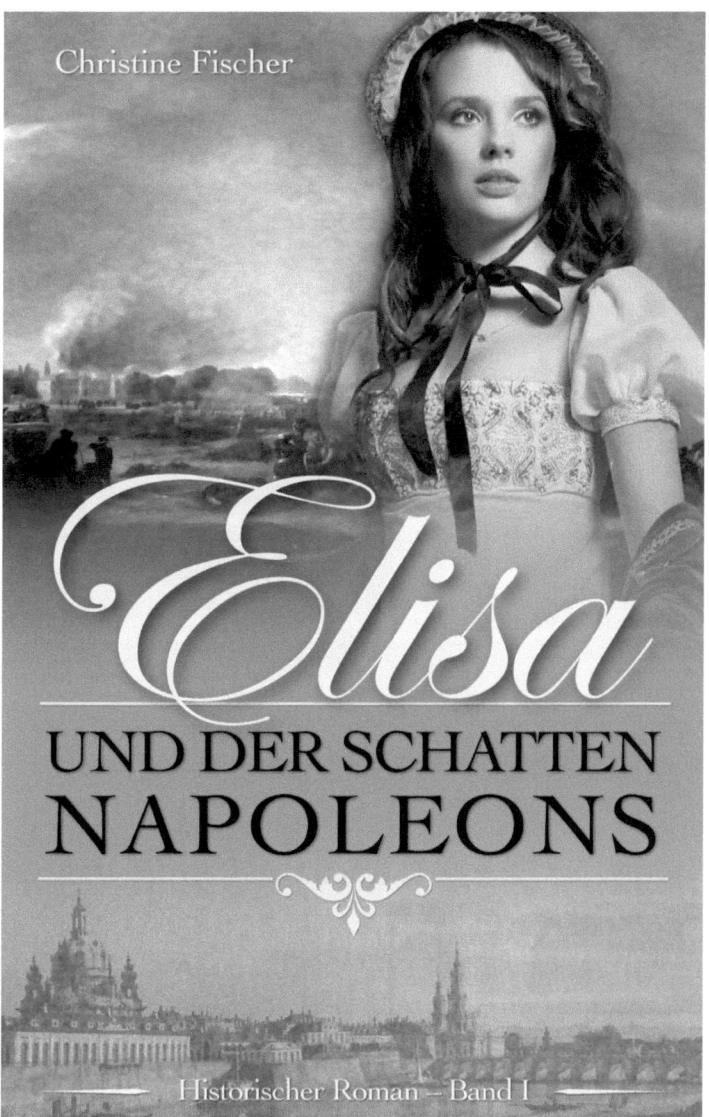